W0238633

Albert Cohen

Die Tapferen

Roman

Aus dem Französischen von Andrea Spingler

Weidle Verlag

Für Charles Gombault

I

Um sechs Uhr morgens entstieg Pinhas Solal, genannt Eisenbeißer, in dem ihm als Schlafzimmer dienenden Keller gänzlich angekleidet der Hängematte, die sein Bett darstellte. Barfuß, aber wie üblich in Gehrock und Zylinder, öffnete er das Fenster und atmete mit geschlossenen Augen den mit Meeresgerüchen vermischten Jasmin- und Geißblattduft ein. Der Schönheit seiner heimatlichen Insel huldigend, lüpfte er seine Kopfbedeckung vor der Landschaft, die im Rechteck des Kellerfensters erschienen war, grüßte ernst das glatte, glitzernde Meer, in dem sich drei Delphine tummelten, die großen silberglänzenden Olivenbäume und ganz in der Ferne die Zypressen, die vor der Zitadelle der ehemaligen Podestaten Wache standen.

»Der edelste und unglücklichste deiner Söhne sagt dir Lebewohl, o Kephalonia!«

Wie um von sich selbst Abschied zu nehmen, betrachtete er sich in der gesprungenen Glasscheibe, die an der Wand lehnte und ihm als Spiegel diente. Mit tiefen Seufzern bewunderte er all das an seiner Erscheinung, was er bald nie mehr sehen würde, bewunderte sein hageres Gestell eines Schwindsüchtigen, seinen sardonisch gegabelten Bart, seine dreckigen großen Füße, die er so geliebt hatte, seine gewaltigen Hände, ganz aus Knochen, Haaren und vortretenden Adern, seinen geflickten Gehrock, seinen Zylinder. Ein ernüchtertes Lächeln entblößte seine langen gelben Zähne, die ebensoweit auseinanderstanden wie seine Zehen. Ja, dieser Tag, der achtundzwanzigste März, würde der unselige Tag seines Ablebens sein.

»Leb wohl, teurer Anblick meiner Person!« sagte er zu seinem Bild in der Scheibe.

So endeten leider alle Genies: im Elend und durch Selbstmord! Ach, die Gesellschaft war schlecht eingerichtet, und es war ungerecht, daß Überlegenheit unter den Menschen auf anderem beruhen konnte als auf Verdiensten, rascher Auffassungsgabe und Tugend! Mit schmerzlich hochgezogenen Augenbrauen murmelte er die Titel des Königs von England, von Gottes Gnaden König des Vereinigten Königreichs von Großbritannien und Nordirland und den Anderen Besitzungen und Territorien Jenseits der Meere und Ozeane, Oberhaupt des Commonwealth, Verteidiger des Glaubens. All das für diesen Glückspilz, und für ihn nichts! Es gab keinen Gott, und es war Zeit, diese grausame Welt zu verlassen!

»Ja, sterben!«

Morgen an seinem Sarg und in Gegenwart der trauernden Bevölkerung würde unglücklicherweise Salomon, sein nächster erwachsener Verwandter, das Gebet der Leidtragenden sprechen. Dieser kleine Ignorant würde stammeln und sicher lauter schreckliche Fehler in der Aussprache des Hebräischen machen. Pinhas Solal hatte Besseres verdient! Gleich, bevor er starb, würde er also selber korrekt, mit der richtigen Betonung, das rituelle Gebet sprechen und sich so in aller Würde die letzte Ehre erweisen. Denn schließlich, war nicht er der Hauptleidtragende?

Nachdem dieser Entschluß gefaßt war, las er noch einmal das Testament durch, das er am Vortag in gewählten Worten aufgesetzt hatte, und wischte sich eine Träne ab, gerührt von den moralischen Ratschlägen, die er den Seinen hinterließ, leider als einziges Erbe. Ja, er würde seine Söhne, seine Frau und seine Töchter zusammenrufen und ihnen mit unterdrücktem Schluchzen sein Testament vorlesen. Darauf würde er seine drei lieben Kleinen zärtlich an seine Brust drücken und ihnen Lebewohl sagen.

»Lebt wohl, Eliacin, Moses, Isaac, lebt wohl, meine Schätzchen, lebt wohl für immer, lebt wohl!« deklamierte er vor der gesprungenen Scheibe, in der er sich betrachtete, während ihm bereits echte Tränen über die Wangen liefen. »Lebt wohl, meine drei Büblein, Lichter meiner Seele, süße Vögelchen, Duftpäckchen meines Herzens, lebt wohl! Leb wohl, Leben! Leb wohl, Kephalonia, blühende Insel meiner Kindheit! Lebt wohl, Magnolien,

Affodill, Zitronen und Zedratzitronen, Meeresbrisen zwischen den Orangenbäumen, Jasminbüschel in meinem Ohr, Rosen zwischen meinen Zähnen, denn dieser Tag ist das Ende von Eisenbeißers Herrlichkeit! Und ihr, ihr guten Dinge zum Essen, die ihr morgen noch dasein werdet, aber ohne mich, der ich euch so gemocht habe, lebt wohl! Lebt wohl, ihr in diesem milden Klima schon reifen, dem Gaumen schmeichelnden Früchte! Lebt wohl, geliebte Zuckermelonen und bezaubernde Wassermelonen! Lebt wohl, kephalonische Trauben, dick wie Pflaumen, lebt wohl, Kaktusfeigen, bei Tagesanbruch eiskalt und so erfrischend in der Kehle! Lebt wohl, ihr guten kleinen Morgenkaffees, schwarz und süß, geräuschvoll und mit einer Schmuggelzigarette geschlürft! Lebt wohl, ihr allerliebsten hübsch pikanten kleinen Rinderwürste! Lebt wohl, ihr knusprigen, in siedend heißem Olivenöl gebratenen Eier mit vielen Paprikaschoten oder, ganz zum Schluß, mit ein paar Tropfen Essig darüber! Leb wohl, du köstliches Eiweiß, das Blasen wirft und sich kräuselt! Und ihr, Törtchen mit gesalzenem Käse, Teigtaschen mit Spinat, Milz in Essig und Knoblauch, Ochsenschwanz mit Weizen, köchelnd von Donnerstagmorgen bis Freitagabend, lebt wohl! Und du vor allem, meine Leibspeise, gefüllter Gänsehals, Liebling der Zunge und sodann des Bauches, leb wohl, leb wohl für immer!«

Mit dem Handrücken wischte er seine Tränen ab, betrachtete sich ein letztes Mal in der Scheibe und knöpfte dann seinen Gehrock auf, unter dem sein hemdloser Oberkörper nackt war. Vor Aufregung schwitzend und sein Brusthaar zwirbelnd, überlegte er lange, auf welche Weise er sich umbringen sollte, und entschied sich schließlich für Erhängen, das ihm edel und praktisch erschien. Doch er fand nur eine dünne Schnur, die ihn für sein Gewicht nicht ausreichend dünkte. Darauf dachte er an Gift, kramte in einer perlmuttverzierten Truhe, fand aber als mögliche toxische Substanz nur ein Paket Natron. Dann bringen wir uns in Gottes Namen mit Natron um! Tatsächlich entstanden Gase, wenn man Natron mit Wasser mischte, und folglich würde sich, wenn er das ganze Paket schluckte, sein Magen aufblähen bis zum Zerreißen, und seine diversen Organe würden explodieren, und es wäre aus, keine Geldsorgen mehr, keine familiäre Verantwortung mehr! Als er auf dem Grund der Truhe Sesamkringel erblickte, fand er es schade, sie verkommen zu lassen, und knabberte sie noch vor dem Sterben.

Beim letzten Kringel erinnerte er sich, daß Natron schlecht schmeckte. Explodieren und sterben, einverstanden, gerne, er war bereit! Aber diesen scheußlichen, unangenehmen Arzneigeschmack im Mund zu haben, niemals! Welche Möglichkeit gab es dann noch? Eine Feuerwaffe natürlich, am liebsten, um sicherzugehen, eine Salve aus der Maschinenpistole, doch ein einfacher Revolver täte es notfalls auch. Ja, aber diese Geräte kosteten Geld, und er hatte keine einzige Drachme mehr. Er lächelte schmerzlich.

»O unheilvolles Los, o verfluchtes Elend, ich habe nicht einmal die Mittel, mich umzubringen.«

Er fand sich also damit ab, weiterzuleben, zumindest vorläufig. Na gut, er würde versuchen, seiner geliebten Familie und sich selbst erhalten zu bleiben. Aber wie konnte man dem Pech und Teer dieses Elends entkommen? Zerstreut las er seine Visitenkarte durch, die er dreißig Jahre zuvor entworfen hatte, ein langes Rechteck mit blümchenbesetztem, gezacktem Rand.

Er führte die Karte an seine Lippen, denn es war die letzte, die er noch hatte, teure Zeugin einer großen Vergangenheit. O Melancholie, o schwarzes Schicksal eines zerschmetterten Riesen! Um sich zu trösten, aß er einen Rest Marzipan auf, den er mit dem Zeigefinger und unter Seufzern vom Grund eines Topfes angelte. Mit gesenktem Kopf suchte er nach einer Möglichkeit, durch irgendwelche Kniffe schnelles Geld zu machen, als er eine glänzende Kakerlake bemerkte, die auf dem gestampften Boden her-

Visitenkarte von
Maître Pinhas Solal
Von den Solal aus dem Gesegneten Frankreich
Aber Leider seit Jahrhunderten im Exil
Auf Kephalonia der griechischen Insel im Ionischen Meer
Französischer Staatsbürger Gültige Papiere
Mit dem Spitznamen Ehrenwort
Genannt Eisenbeißer Sehr Verdienter
Rechtsprofessor Gewandter Advokat
Doktor der Rechte und der Medizin ohne Examen
Setzt Ausgezeichnete Verträge auf
Und Heimtückische Vereinbarungen
Daß Du nicht mehr Durchsteigst!
Auch Prozeßkomplizierer geheißen der
Eines Tages eine hölzerne Tür ins Gefängnis
Sperren ließ Man Findet Ihn zwischen
Sechs und Elf Uhr Morgens auf
Den Stufen der Verschiedenen
Gerichte sitzen Kephalonias größter
Rechtsberater ein Ehrlicher Mann Barzahlung
Wird Bevorzugt Für die Unwissenden
Erklären wir den eleganten Ausdruck Bar bedeutet
Geld Wir nehmen aber Auch Nahrungsmittel
Nachts findet man ihn zu Hause Und Er
Übernimmt auch andere Geschäfte Er hätte
Das Examen machen können wenn Er geruht hätte
Doch er hat nicht geruht Die Karte Nicht Kaputtmachen
Sie hat Extrem viel Gold und Silber gekostet

umlief. Er bückte sich, nahm sie zwischen die Finger und warf sie zum Kellerfenster hinaus. »Geh deiner Wege«, sagte er.

Plötzlich hielt er inne. Aber ja, einige Hundert dieser Visitenkarten drucken lassen und seine drei Buben bitten, sie von Tür zu Tür zu verteilen! Gute Idee, aber in diesem Fall wäre es nützlich, ein paar Worte hinzuzufügen. Er nahm seinen Zylinder ab und zog eine Gänsefeder aus der seltsamen Schädelrinne, die ihm den Beinamen Sattelschädel eingebracht hatte. Nachdem er die Feder angespitzt hatte, tauchte er sie in das schmiedeeiserne Tintenfaß, das am Gürtel über seinem Bauch befestigt war, und schrieb unten auf die von den Jahren vergilbte Karte:

Postscriptum!
Wie erwähnt ist der Obengenannte
Ebenfalls Großer Arzt
Weit mehr Heilkundiger als die
Ärzte mit unnötigen Examen!
Denn was haben sie schon gemacht
Diese Dummköpfe außer die Vorlesungen
Anderer älterer Dummköpfe zu hören
Und dann haben sie mit Mächtiger Protektion
Ihre Prüfungen abgelegt!
Wobei der Vater den Prüfern
Augenzwinkernd ein Trinkgeld gab!
Und um die Kosten wieder hereinzuholen
Läßt der Sohn als sogenannter
Staatlich geprüfter Arzt
Aber Echter Bandit Dich natürlich
Unsummen Blechen Aber glaub mir
Er bringt Dich ins Grab!

Nachdem er es durchgelesen hatte, schlug er sich mit der Hand an die Stirn. Peinlich! Er hatte die Rechnung für die ersten Karten noch nicht beglichen! Seit dreißig Jahren forderte Abravanel, der Drucker, mit abscheulicher Gier die Bezahlung von ihm! Welche Dreistigkeit, eine verjährte Schuld einzufordern! Und das noch nach dreißig Jahren! Ahnungsloser und verachtenswerter Abravanel! Kurz, dieser Materialist würde es sicher ablehnen, neue Karten auf Kredit zu drucken. Seufzend tröstete er sich mit Anchovis und Zwiebeln, deren durchscheinende Schichten er behutsam voneinander löste, und sann über andere Methoden sofortiger Bereicherung nach.

Im Rifatlas Harfen aufstellen? Irgendwo hatte er gelesen, die marokkanischen Stämme seien musikbegeistert. Nein, diese Araber erdolchten einen ja wegen nichts und wieder nichts! Eine politische Zeitung herausbringen, mit flüssiger Schokolade auf Marzipan gedruckt? Nach der Lektüre würde der Abonnent die Zeitung essen. Nein, unmöglich, zu großer finanzieller Aufwand! In Frankreich Politik machen? Natürlich würde er Erfolg haben. Er würde all die rotznasigen Kinder der Wähler küssen, und die Sache wäre geritzt. Zuerst Abgeordneter, dann Minister! Wo aber die unzähligen Drachmen für die Reise hernehmen? Und dann kamen die Kosten des Wahlkampfs, hier und da mußten Trinkgelder gegeben werden. Ach, welcher Schmerz für einen Mann wie ihn, auf dieser Insel verkümmern zu müssen, fern der Zivilisation, fern der wichtigen Hauptstädte, wo die politischen Schicksale gemacht, wo die historischen Reden gehalten wurden!

Plötzlich hob er freudig den Zeigefinger und empfing taufrisch und nackt die tolle Idee. Aber ja, eine Universalbibliographie verfassen, die sich zu Tausenden verkaufen würde! Mit seinen langen Zähnen lächelte er bei der bezaubernden Vision eines gigantischen Lexikons, in dem er für jeden Gegenstand und jede berühmte Person der Antike oder der Neuzeit alle in den letzten Jahrhunderten über den besagten Gegenstand oder die besagte Person veröffentlichten Bücher und Artikel verzeichnen würde. Nein, unmöglich, denn das Erstellen der Universalbibliographie würde, wenn er es allein machte, drei oder vier Jahre in Anspruch nehmen. Die offenen Münder seiner Buben mußten aber noch heute gestopft werden. Privatdetektiv werden mit einer schwarzen Brille? Aber diese Typen waren immer rasiert, um sich verschiedene falsche Bärte ankleben zu können. Niemals würde er auf seinen echten, der ihm teuer war, verzichten können. Und außerdem, warum Detektiv? Die Jüdinnen der Insel fürchteten Gott und betrogen ihre Ehemänner nicht. Kein Bedarf also an Beschattung.

Oder lieber ein zentrales Ideenbüro gründen, das er Trust der Gehirne nennen würde? Er wäre der Trust, und die Kunden bräuchten sich nur an ihn zu wenden für die schnelle Lieferung von Tricks aller Art bezüglich Geschäftseröffnungen oder Konkursverfahren, von Liebesbriefen mit Anspielung auf die Mitgift, von atheistischen oder religiösen Theorien, von Ratschlägen zur Verführung, kurz von allem, was der Tätigkeit des Gehirns entspringt. Auf Kephalonia gab es aber nur sechstausend Juden, der Absatzmarkt wäre nicht groß genug. Ein Inserat in europäische Zeitungen setzen? Vor der Truhe kniend, verfaßte er sogleich den lockenden Text.

Gegen Freundlich Auszuhandelnde Vergütung wäre der berühmte Pinhas Solal, genannt Eisenbeißer, bereit, ein begeistertes Buch zu schreiben Egal Worüber, zum Beispiel ein aufrichtiges und patriotisches Werk über generell jedes beliebige Land vorzugsweise aber Frankreich oder England und sein Oberhaus oder die kleine, aber solide und gut gepflegte Schweiz, oder er schriebe auch bereitwillig ein Tiefgründiges Buch über männlichen oder weiblichen Schriftsteller oder wenig bekannte Schauspielerin, mit Galanten Bemerkungen, oder auch ein erregtes Werk zur Rehabilitierung irgendeines armen zum Tod Verurteilten, wenn die Familie Wohlhabend ist! Dies nur als Kleine Beispiele, der Obengenannte ist zu jedem lobenden Buch bereit, außer über Hitler, der eine scheußliche, seiner Seele würdige Nase hat und im übrigen ja so blöde ist! Senden Sie also die Offerten mit Gebotenem Betrag und Bankbescheinigung über genannten Betrag nach Kephalonia, der griechischen Insel im Ionischen Meer, obwohl der Obige dem Herzen nach Franzose und dem Körper nach Israelit ist!

Er las seinen Text durch, dann zerriß er ihn. Zu lang, diese Anzeige. Wie sollte er sie veröffentlichen ohne Startkapital? Der Reichtum ging leider nur an die Reichen! Wenn er es übrigens hätte, dieses verdammte Kapital, wüßte er schon, was er täte. O ja, er würde sich nach Rio de Janeiro einschiffen, zusehen, daß er im Smoking vom Außenminister empfangen würde, und ihm unter vier Augen und zwischen vier Wänden sagen: »Mein Lieber, ich spiele mit offenen Karten! Also: Sie bürgern mich ein, Sie berufen mich in ein hohes Amt, ich gehe nie hin, und wir teilen mein Gehalt! *Fifty fifty*! Sie haben eine sichere Rente bis zu meinem fernen Tod! Was sagen Sie dazu?« So würde er, über seinen Bart streichend, ganz harmlos schließen. Ja, aber dazu brauchte er eben einen Smoking!

Was dann? Vielleicht einen Verein seiner kephalonischen Bewunderer gründen, wobei jedes Mitglied sich verpflichten würde, monatlich eine Drachme zu zahlen, und die käme ihm zugute! Was war schon eine Drachme im Monat? Eine Lappalie, aber für ihn wären das sechstausend Drachmen im Monat! Sein Glück wäre gemacht! Feine Idee, ja, doch dazu müßte viel einschmeichelnde Überzeugungsarbeit geleistet werden. Es war aber dringend notwendig, noch heute aus der Sackgasse herauszukommen. Er zwirbelte und zwirbelte seinen Bart.

Und wenn er ein Allheilmittel erfinden würde? Die Krankheiten hatten nämlich letztlich alle die gleiche Ursache, da war er ganz sicher: irgendein Ungleichgewicht der Korpuskeln. Es ging bloß darum, das Mittel zu finden, das sie wieder in die richtige Position brachte. Ja, aber dazu bedurfte es medizinischer Spekulationen über Retorten, im Dunkeln, und eines langen hermelinbesetzten Mantels, und wie sollte er während dieser Grübeleien die Buben ernähren? Nun, dann eben ein falsches Allheilmittel erfinden, gelb gefärbten Zucker, und sich in einer von drei Pferden gezogenen und mit kleinen Spiegeln bedeckten Kutsche durch die Straßen von Kephalonia fahren lassen! Um die Menge anzulocken, würde er einen grünen Hut aufsetzen, und seine drei

Buben würden in rosa Trikots und Samtmützen mit weißen Federn durch brennende Reifen springen. Wenn genug Leute beisammen wären, würde er ein wenig Mehl schlucken, behaupten, es sei Arsen, Verrenkungen machen wie im Todeskampf, das falsche Allheilmittel einnehmen, sich gleich darauf fröhlich für geheilt erklären und unter dem Beifall mit ausgebreiteten Armen verbeugen wie die Akrobaten im Zirkus. Doch woher die Kutsche, woher die Pferde?

Er nahm die verklemmte Haltung des Denkers ein, Ellbogen auf den Knien, Kinn in den Händen, und ließ einige Winde der Konzentration fahren. Plötzlich hellte sich seine Miene auf, und ein triumphierendes Lächeln entblößte seine langen Zähne. Endlich war ihm die überragende, sofort realisierbare Idee gekommen! Er erhob sich, tanzte und wirbelte im Kreis, wobei seine nackten Füße anmutig aneinanderstießen. Wohlgemut und zu neuem Leben erweckt, war er wieder Herr seines Schicksals! Große Ehren und sichere Drachmen erwarteten ihn, das wußte er! Aber um seinen Plan auszuführen, brauchte er einen Mitarbeiter. Nun, er hatte ja einen an der Hand, wie geschaffen dafür, seinen ältesten Sohn! Gewiß, Eliacin war erst sechs Jahre alt. Aber so klein an Alter und Körpergröße er auch sein mochte, geistig war er groß, und er war reich an gezierten und geschmackvollen Worten, denn er hatte, gelobt sei der Ewige, die väterlichen Talente geerbt.

»Ältester Bube!« rief Eisenbeißer.

II

Bevor von dem Gespräch, das Eisenbeißer mit dem Ältesten Buben führte, berichtet wird, ist es angebracht, noch einige zusätzliche Einzelheiten über unseren Helden mitzuteilen. Zunächst ein paar Worte zu seinem Äußeren. Wie schon gesagt, war er ein hagerer, langer Schwindsüchtiger mit gegabeltem Bart, mit abgezehrtem und gequältem Gesicht, mit glühenden Backenknochen, mit riesigen nackten, gegerbten, sehr schmutzigen, knochigen, haarigen und geäderten Füßen, deren Zehen erschreckend gespreizt waren. Er trug nie Schuhe, da er behauptete, seine Extremitäten seien »äußerst empfindlich«. Dafür war er bekanntlich stets mit einem geflickten Gehrock bekleidet und hatte einen Zylinder auf dem Kopf, der seinem Beruf als falscher Advokat Ehre machen sollte, einem Beruf, der ihm lieb und teuer war und den er sein Apostolat nannte.

Pinhas Solal, genannt Eisenbeißer, war der kephalonische Jude mit den meisten Vornamen. Unter anderem rief man ihn Langzahn, Satansauge, Lord High Life, Sultan der Huster, Schwarzfüßiger, Bey der Lügner, Prozeßkomplizierer, Seele des Eigennutzes, Leichenbitter, Listenreicher, Erbteilverschlinger, Vater des Schmutzes, Kapitän der Winde. Dieser letzte Beiname wegen einer physiologischen Eigenheit, auf die er sich etwas einbildete. »Ich habe die Winde in den Adelsstand erhoben«, sagte er manchmal. Ein anderer seiner Spitznamen war Ehrenwort, ein Ausdruck, mit dem er seine wenig der Wahrheit entsprechenden Reden ausschmückte. Seit über einem Vierteljahrhundert tuberkulös, aber höchst vergnügt, war er mit einem so markerschütternden Husten ausgestattet, daß er eines Abends damit die große Standleuchte der Synagoge zum Umfallen brachte. Im übrigen war er ganz zufrieden mit seiner Schwindsucht, die ihm erlaubte, den Helden zu spielen und die Hilfe verschiedener Wohltätigkeitsvereine in Anspruch zu nehmen.

Sein Appetit war in Kephalonia nicht weniger berühmt als seine Beredsamkeit. Manchmal zog er einen Karren mit Vorräten hinter sich her, das hieß »Lebensmittelnachschub« und war dazu bestimmt, einem plötzlichen Hunger abzuhelfen. Man hatte ihm den Spitznamen Eisenbeißer gegeben, weil er, wie er mit dem ihm eigenen sardonischen Lächeln behauptete, in seiner Kindheit ein Dutzend Schrauben verschlungen hatte, um seinen Hunger zu stillen.

Man nannte ihn auch Sattelschädel oder Rinnenschädel, weil sein kahler Schädel in der Mitte eine Vertiefung aufwies, einen kleinen Graben, in dem er manchmal Zahnstocher oder einen Bleistift oder eine Feder ablegte. Für diese Anomalie lieferte er verschiedene Erklärungen, von denen die häufigste die folgende war: »Ihr müßt wissen, o meine Freunde, daß ich, als ich das Licht der Welt erblickte, sehr frühreif und ein bißchen außergewöhnlich war. Aus dem verehrten Bauch meiner Frau Mutter kommend, war also mein erster Gedanke, die Hebamme zu fragen, ob es draußen etwas Gutes zu essen gebe. Sie verneinte. Dann kehre ich zurück, rief ich aus, denn ich habe Hunger und finde im mütterlichen Inneren sicher unmittelbar Nahrung! Und da ich auch gehört hatte, daß die Milch meiner Mutter nicht sehr sahnig sei, beschloß ich, gar nicht wieder herauszukommen. Ihr wißt, daß ich nicht gern einen reich gedeckten Tisch verlasse. Infolgedessen mußte man mich mit der Zange holen, und ich wehrte mich heftig, daher mein gefurchter Schädel!«

Eisenbeißer war mit einer umfänglichen Gattin ausgestattet, für die er zurückhaltende Zärtlichkeit empfand, und mit zwei Töchtern mit schweren Zöpfen – die ältere sonderbar kinnlos und die jüngere recht einnehmend, aber beide gleichermaßen lang, gebeugt, sentimental, weinerlich, blutarm, immer verängstigt –, die er, mißtrauisch, wie er war, wegen möglicher Liebeleien, nie allein ausgehen ließ. Er hatte sie auch gern, ließ es sich aber nicht anmerken.

Dagegen vergötterte er seine drei Knirpse, nannte sie seine kleinen Milchbrötchen und seine Rosenkräpflein, kam immer wieder auf ihre Intelligenz und ihre frühreife Beredsamkeit zu sprechen. Sie werden weiter unten beschrieben. Er erzählte auch viel von seinen verstorbenen Jungen und vor allem von seinem Liebling, der im Alter von sieben Tagen verschieden war und den er den Kleinen Toten nannte. Er hatte sich in ihn vernarrt, da er unerklärlicherweise überzeugt war, daß dieses Baby, wäre es am Leben geblieben, ein toller Milliardär geworden wäre. Wenn er bei der Seele des Kleinen Toten schwor, konnte man sicher sein, daß er beinahe die Wahrheit sagte. Am Tag der Beisetzung hatte er sich, allein mit seinem Schmerz und einem gebratenen Truthahn, in seinen Keller eingeschlossen, wo man ihn stundenlang stöhnen, sich auf die Brust schlagen und die Geflügelknochen abnagen hörte. An jedem Jahrestag des Ablebens seines Kleinen Toten hüllte er sich in lange schwarze Schleier und ging auf den Friedhof, hinter ihm die drei kleinen Brüder des Verstorbenen, nach Größe aufgereiht und ebenfalls mit Trauerschleiern. Die Juden erschauerten, wenn sie diese Schar schwarzer Phantome vorüberziehen sahen, deren Tränen durch geviertelte Zwiebeln vermehrt wurden. Es muß festgehalten werden, daß Eisenbeißer bei jeder dieser Wallfahrten zum Grab Schmuggel trieb, indem er Seidenstoffe und Zigarettenschachteln unter seinen Witwenschleiern versteckte. Ich habe weiter oben vergessen zu erwähnen, daß sich der Friedhof, auf dem der Kleine Tote beerdigt wurde, in einem Marktflecken der albanischen Küste befand, wo die Grabstätten kostenlos waren.

Obgleich großer französischer Patriot, begeisterte Eisenbeißer sich auch für England und besonders für sein Oberhaus, für die Home Fleet und für die königliche Familie. Jeden Freitag polierte er mit Schlämmkreide ein silbernes Ein-Shilling-Stück, sein englisches Vermögen, liebkoste es, ließ es in seiner Hand hüpfen, küßte es in seinem hellen Glanz und las mit stolzer Stimme die Inschrift: »George V., von Gottes Gnaden König aller Britannien«. O George, o mein König! rief er dann, wenig auf Logik bedacht.

Nun die verschiedenen Berufe Eisenbeißers. Falscher Advokat, das weiß man. Er besaß wirklich gute Kenntnisse des Rechts. Aber seine Klienten waren nach und nach weggeblieben, denn er gefiel sich zu sehr darin, aus Liebe zur Kunst die Prozesse zu komplizieren und in die Länge zu ziehen. Aus dem Postskriptum seiner Visitenkarte hat man ersehen können, daß er sich etwas darauf einbildete, Arzt ohne Examen zu sein. Tatsächlich hatte er sich in der Heilkunst einen gewissen Ruf erworben und sogar die

Heilwirkungen der Gemüse und Früchte in Verse gebracht – in Schönschrift mit roter Tinte –, und er schwor beim Grab des Kleinen Toten, der Autor zu sein. (»Die Zwiebel mehrt den Samen und hilft bei Krämpfen – Auch Wackelzahn-Schmerzen weiß sie zu dämpfen.«) Von den Gewächsen, über die er keine besonderen Erkenntnisse hatte, sagte er unweigerlich: »Lindert die Winde und treibt den Harn.« Außerdem und unter anderem war er Lastträger, Verwalter von noch zu bauenden Mietshäusern, Lehrer für »echtes und garantiertes Französisch«, Meistertänzer, Gitarrist, Dolmetscher, Gutachter, Glaser, Wechsler, Rattenfänger, Olivenzerquetscher, Tierpräparator, Traubenstampfer im Herbst, Unfallzeuge, Fachmann, Setzer von Blutegeln und schrecklichen Schröpfköpfen, Pfeiflehrer, zeitweiliger Kantor in der Synagoge, Beschneider, Locher von ungesäuertem Brot, Vermittler im nachhinein, Bettler voller Hochmut, Zahnausreißer, Veranstalter von Serenaden und Liebesentführungen, überzähliger Totengräber, Auspresser von Früchten aller Art, Eintreiber von falschen Militärabgaben bei hohlwangigen und verdutzten Neunzigjährigen, Pamphletist, Zuwendungsempfänger von diversen Hilfsfonds, Maikäferjäger, Leichenbitter, falscher bevorrechtigter Gläubiger von bankrotten Geschäftsleuten, Allesmakler, Rattenvernichter, besoldeter Schwänkeerzähler, Einsammler angeblicher Zollgebühren auf den Husten verblüffter Bronchialerkrankter, Warzenentferner. (»Benetzt man die Warze mit Hunde-Urin – Ist der fleischige Auswuchs alsbald dahin.«) Er war auch Verkäufer von poetischen Liebeserklärungen, wie beispielsweise »O du, die du auf deinem Bette ruhest – lang und breit – Ich mache dir einen Antrag.« Vor allem aber war er pleite.

Ein Vierteljahrhundert zuvor hatte er, mit seinem Cousin Saltiel Solal als Kommanditisten, die »Ambulante Diskontbank für den Orient« gegründet. Innerhalb von ein paar Stunden war das kleine Guthaben des Cousins für Notarskosten und komplizierte Registrierungen undurchsichtiger Gesellschafterverträge verschleudert, so daß dem armen Saltiel nur ein einziger Louisdor blieb. Die beiden Teilhaber hatten diesen Louisdor in einer Glasdose, dem Geschäftssitz der Bank, deponiert, die Eisenbeißer über die Schulter gehängt trug. Doch drei Tage später war der falsche Advokat über den langsamen Fortschritt der Geschäfte ungehalten geworden, hatte die Auflösung der Aktiengesellschaft verlangt, seinen Partner schroff zur Rechenschaft gezogen und die Hälfte des Gesellschaftsvermögens gefordert, dank welcher er dann ganz allein eine zweite Bank gründete, eine feststehende diesmal, die mehrere Wochen überdauerte, die »International and Sedentary Finance Company, Illimited«, ausgestattet mit einem auf Kredit gekauften Safe, der so schwer und untransportierbar war, daß Eisenbeißer mit Hilfe seiner beiden Töchter die Bank um den Safe herum bauen mußte.

Eisenbeißer war erfinderisch. So pflegte er zum Beispiel allen kleinen Kindern Kephalonias ganz im geheimen zu prophezeien, sie würden eines Tages Millionär werden. Er ermahnte sie, sich seiner Prophezeiung zu erinnern und am Tag ihres Wohlstands an ihn zu denken. Indem er seine ganze Hoffnung in die Wahrscheinlichkeitsrechnung setzte, sorgte er auf diese Weise für sein späteres Einkommen und verfolgte aufmerksam die intellektuelle Entwicklung seiner jungen zukünftigen Gönner, die sich ihm, wenn die Zeit gekommen wäre, gewiß erkenntlich zeigen würden. War er bei Kasse, überließ er einem besonders begabten Buben sogar manchmal ein paar Kupfermünzen gegen einen Schuldschein über zwanzigtausend Drachmen, zahlbar in zwanzig Jahren und für den Fall, daß der kleine Unterzeichner ein reicher Mann werden sollte. Es kam vor, daß er mit diesen hypothetischen Werten Handel trieb, und zu diesem Zweck hatte er eine Art Börse der Hoffnungen gegründet. Wenn der Kurs des jungen Schuldners stieg, verkaufte der ständig von seinen Gläubigern bedrängte Eisenbeißer den Schuldschein mit kolossalem, allerdings nicht ausreichendem Gewinn.

Seinen zahllosen Berufen hatte er noch den eines Unterseemannes hinzugefügt. Er hatte mehrmals einträgliche Tourneen auf den Ionischen Inseln unternommen, bei denen er sich an Land in einem gebraucht gekauften Taucheranzug zur Schau gestellt hatte. Einen besonderen Erfolg hatte er dabei auf Korfu erzielt, der Nachbarinsel, deren Juden in jeder Hinsicht den Glaubensgenossen von Kephalonia glichen. Außerdem war er Klistierer, wie er sagte. Als Anhänger der härteren Maßnahmen hängte er seine Patienten sofort nach dem Einführen des Klistiers mit den Füßen an der Decke auf, damit sie seine üppigen Einläufe nicht allzuschnell von sich gaben. (Auszug aus seinem Heilmitteltraktat: »Ein Einlauf hilft bei Reich und Arm – Die Masse holt er aus dem Darm.«)

Es braucht nicht besonders hervorgehoben zu werden, daß Eisenbeißer eine hohe Meinung von seinen intellektuellen Fähigkeiten und von seinen politischen Talenten hatte. Jedesmal wenn in Frankreich ein neuer Ministerpräsident ernannt wurde, fühlte er sich benachteiligt und schalt seine Töchter. Wie gern hätte der Arme die hohen Ehren kennengelernt! Er tröstete sich mit kleinen Surrogaten. Er war zum Beispiel sehr stolz auf einen seiner Beinamen, Ritter Offizier, der ihm verliehen wurde, weil ein entfernter Verwandter, Rabbiner in Mailand, mit einem italienischen Orden ausgezeichnet worden war. Um diese Skizze abzurunden, sei noch hinzugefügt, daß Eisenbeißer gern rülpste, wenn er gut gegessen hatte, und reichlich, würdig, poetisch, melancholisch und voller Hingabe spuckte. Genug über Eisenbeißer.

So hatte ich kaum beschlossen, als mir neue Einzelheiten über den Bey der Lügner einfielen. Ich fragte eine Person, die mir teuer ist: »Könnte ich nicht noch ein bißchen mehr erzählen?« Da sie vernünftig ist, hat sie geantwortet: »Sie haben schon so viel über Eisenbeißer gesagt, man muß auch einmal aufhören können.« Aber sie hat meine Enttäuschung geahnt und mich mit einem sonderbar nachsichtigen Mitleid angesehen. Sie weiß, daß all diese Längen dem Buch schaden und daß es unklug ist, zuviel zu sagen. Doch sie weiß auch, daß ich vor allem zu unserem, ihrem und meinem, Vergnügen schreibe und letzten Endes kaum um des Erfolgs willen, jenes Erfolgs, der all diesen zukünftigen Leichen so viel bedeutet. Da hat sie, weil sie ebenso sanft wie schön ist und mehr noch gut als weise, mir mütterlich gesagt: »Doch, eigentlich könnten Sie noch ein bißchen mehr erzählen.« Im stillen wird sie sich gesagt haben, worauf es ankomme, sei, daß ich zufrieden bin. Da sie mich kennt, hat sie immerhin doch hinzugefügt: »Aber übertreiben Sie nicht.« Ganz in meinem Element, da ich ja ihre Zustimmung habe, zünde ich meine Zigarette an und erzähle weiter über Eisenbeißer. Seltsam, dieser Mann, ich, der an seinem Schreibtisch sitzt, vor dem Photo einer verstorbenen Katze, dieser Mann, der bald sterben und auf immer verschwinden wird und es weiß und der dennoch so glücklich ist, über Eisenbeißer zu schwadronieren, an seinem Text zu feilen, so unnütz, mein Gott!

Zuerst die Geschichte von dem Nougat, das Eisenbeißer an die Küchendecke gehängt hatte, einem dicken grünen Stück Nougat, rund wie eine Wurst. Jeden Morgen fragte der Vater seine Buben, ob sie das Nougat lieber heute oder morgen essen wollten. »Meine Lämmlein«, sagte er, »in aller aufrichtigen Väterlichkeit rate ich euch, bis morgen zu warten, denn wenn ihr es heute eßt, meine Rubine, dann ist es weg, kein Nougat mehr! Aber denkt nur an die Freude, die ihr heute den ganzen Tag habt, wenn ihr euch bis morgen geduldet! Ihr könnt euch den ganzen Tag sagen, daß morgen der Tag des Nougatessens sein wird!« Und so verlebten die Buben wochenlang köstliche Tage der Hoffnung auf die Leckerei. Eines Abends in der dritten Woche bemerkten sie mit Schrecken, daß ihr Nougat verschwunden war. »Irgendeine Fledermaus muß sich darüber hergemacht haben«, erklärte Eisenbeißer ruhig. »Es ist bekannt, daß Fledermäuse leidenschaftlich gern Nougat essen.« Die drei Knirpse sagten nichts, blickten einander nur an.

Als Heiratsvermittler hatte Eisenbeißer sich auf Liebesheiraten spezialisiert. Seine Taktik war einfach. Er wählte einen jungen Mann und ein junges Mädchen, beide aus reicher Familie, die aber nie ein besonderes Interesse für einander bekundet hatten. Dem jungen Mann sagte er ganz im Vertrauen, das junge Mädchen rede nur von ihm, beobachte ihn zitternd durch die Vorhänge ihres Fensters. Dann lief er zu dem jungen Mädchen und flüsterte ihr zu, der junge Mann wünsche sich sehnlichst eine Photographie der Wunderschönen von vornehmer Herkunft und bitte um Erlaubnis, ihr morgen ein Ständchen bringen zu dürfen. Wurde die Bitte gewährt, lief er zu dem jungen Mann, berichtete ihm, das Fräulein von hoher Geburt lasse diese Photographie überreichen »zum Zeichen erwachender Liebe« und erwarte von ihm »eine tolle Serenade«. Und so weiter. Nach einigem Hin und Her hatte Eisenbeißer im allgemeinen eine echte, erstklassige Liebe in die Wege geleitet. Wenn die beiden jungen Leute reif waren, stellte er sich bei den Eltern vor – als Unterhändler, wie er es nannte – und setzte sich mit Eifer für die beiden Liebenden ein, malte unmittelbar bevorstehende Selbstmorde an die Wand und schluchzte. Waren die Eltern endlich überzeugt, kassierte er seine Courtage auf die Mitgift plus Sonderzulagen für die Überbringung von mündlichen Botschaften und Liebesbriefen, verschiedene Vermittlungsdienste, nächtliche Einsätze und die Organisation von Serenaden und Barkarolen.

Außerdem erteilte Eisenbeißer auf der Straße, vor allem kleinen Kindern, Unterricht in unbekannten Sprachen. Insbesondere war er Lehrer für Karibisch. »Hör, mein Herzchen«, sagte er, indem er das Herzchen freundlich ins Ohr kniff, »möchtest du nicht Karibisch lernen, eine Sprache, die außer dir keiner kennt? Denk daran, wie stolz du sein wirst!« Gegen ein geringes Entgelt oder die Überlassung eines Kleidungsstücks brachte Eisenbeißer dem kleinen Jungen sehr rasch Karibisch bei. »Für Zigarette, mein Schatz, sagt man im Karibischen Zig, für Treppe sagt man Tre, für Bratpfanne Bra und so weiter, verstehst du.« Die Lektion ging weiter mit der karibischen Nationalhymne, deren einzige Strophe folgendermaßen lautete:

Tsinne-tsinne paramininne tsinne-tsinne,
Tse-tse decatsemeresse,
Tsinne-tsinne paramininne tsinne-tsinne,
Tse-tse decatsemeresse.

Zum Schluß mußte man wie in der Karibik die flache Hand an die Kehle führen, wie um sie durchzuschneiden, und dreimal schreien: »Oi Mai!« Wenn der Unterricht nach ein paar Minuten zu Ende war, zog sich der Lehrer mit seinem Honorar – meist Schuhe, Jacke oder Hemd des Schülers – zurück, nicht ohne dem letzteren empfohlen zu haben, niemanden das Karibische zu lehren. »Denn wenn du es weitergibst, mein Lieber, bist du nicht mehr der einzige, der es kann.« Auf Kephalonia waren etwa fünfzig Knirpse jeweils als einzige der karibischen Sprache kundig.

Eisenbeißer war auch Gastwirt gewesen, hatte aber schnell Konkurs gemacht. Wenn mittags die Gäste kamen, war nämlich meistens nichts mehr übrig, da der Wirt der Verlockung der liebevoll zubereiteten Speisen nicht hatte widerstehen können.

Was noch? Er legte erstaunlichen Wert darauf, zu leben. Nur ein Beispiel: Als eines Morgens beim Aufwachen sein Gesicht plötzlich die Farbe des Safrans annahm, flehte er telegraphisch seine Verwandten in Mailand, Barcelona und New York an, ihm eilends das teuerste Mittel gegen Gelbsucht zu schicken. Er schluckte die drei Medikamente alle auf einmal.

Schließlich ein paar Worte über das dritte und letzte Bankexperiment des Guten. Einige Jahre zuvor hatte das Testament eines Cousins aus Buenos Aires ihn mit mehreren tausend Drachmen bedacht. Er hatte sogleich die »Echte und Ehrenwerte Bank« gegründet. Mit lautem Trommelwirbel hatte er verkünden lassen, daß die auf seiner Bank hinterlegten Summen unerhörte Zinsen brächten. Er hielt Wort. Am Ende jedes Monats zahlte er gewissenhaft das um fünfzehn Prozent Zinsen angewachsene Kapital zurück. Die Kunden strömten herbei. Doch nach drei Monaten ging die Echte und Ehrenwerte Bank ein. Der Hochmut hatte den

Unglücklichen, der den großen Bankier spielen und bewundert hatte werden wollen, ins Verderben gestürzt. Tatsächlich erwuchsen die enormen Zinsen nicht aus gewinnbringenden Geschäften, sondern stammten ganz einfach aus der argentinischen Erbschaft, die bald aufgezehrt war. Der wieder mittellos gewordene Eisenbeißer grämte sich nicht. Drei Monate lang hatte er sich wichtig machen und den Ruhm des mit gerunzelter Stirn in kühne Spekulationen vertieften Finanzjongleurs auskosten dürfen.

Wie man sieht, liebte Eisenbeißer nicht das Geld, sondern die Idee des Geldes und das Reden darüber und das Prahlen mit seinen Möglichkeiten. Seine Liebe zum Geld war poetisch, unschuldig und gewissermaßen uneigennützig. Dagegen kenne ich vergeistigte und gut erzogene Leute, die den guten Geschmack besitzen, nie über Geld zu reden, es aber verstehen, viel zu verdienen und auch zu behalten.

Ich habe dieses Kapitel noch einmal durchgelesen und merke, daß ich nichts über das gesagt habe, was Eisenbeißer seine Wohnung nannte, in Wirklichkeit drei kleine Kellerräume eines verfallenen Hauses. Doch keine Zeit für lange Sätze, denn es ist zwei Uhr morgens, und ich bin müde. Also Telegrammstil. Erster Kellerraum: gleichzeitig Schlafkeller von Eisenbeißer und Empfangskeller. Zweiter Kellerraum: gleichzeitig private Küche von Eisenbeißer, Kanzlei und Schlafzimmer der Buben. Dritter Kellerraum: »allgemeine Küche« oder auch »Frauengemach«, weil seine Frau Rebecca und seine beiden Töchter, Tresorine und Tresorette, sich ständig dort aufhielten. Außerdem habe ich vergessen zu sagen, daß Eisenbeißer auch Pferdezahnarzt war. Schließlich habe ich am Anfang noch zu sagen vergessen, daß die in diesem Buch erzählten Ereignisse früher liegen als die, die in *Die Schöne des Herrn* berichtet werden. Das hätten wir also.

III

»Ältester Bube!« rief Eisenbeißer erneut.

Die Tür ging auf, und der winzige sechsjährige Eliacin stürmte herein, barfuß wie sein Vater. Er lüpfte seinen kleinen Zylinder und nahm Habachtstellung ein, und dabei glich er merkwürdig einem Pinguin in seinem schwarzen Gehrock, dessen weit zurückgeschlagene Revers das blasse Brustbein eines nackten kleinen Oberköpers sehen ließen.

»Zu Befehl, geschätzter Vater!«

Eisenbeißer betrachtete ihn stumm, sah mit Wohlwollen die gewölbte Stirn, die großen Augen und langen Wimpern seines Lieblingssohns.

»Warum reagierten Sie nicht sofort auf meinen Ruf, mein Herr?« fragte er streng.

»Ich brachte das Universum auf eine einzige Gleichung, Vater«, antwortete der Junge. »Auf diese Weise wird mir gelingen, was weder Newton noch Einstein vollbrachten, noch der Prinz von Broglie, der Erfinder der Wellenmechanik, gegen die ich übrigens gewisse Bedenken anmelde.«

»Prinz von Broglie?« fragte Eisenbeißer entzückt.

»Es kommt mir darauf an«, fuhr Eliacin fort, »ausgehend von einer physikalischen Definition des Punktes eine mathematische Funktion zu finden, die gleichzeitig die Gesetze der Gravitation und der elektromagnetischen Kräfte beschreiben kann und dabei auch noch die allgemeine Relativitätstheorie, die Quantentheorie und die Wahrscheinlichkeitstheorie berücksichtigt.«

»In meine Arme!« rief Eisenbeißer.

Er bückte sich, und der Pinguin hüpfte hoch, seinen kleinen Klappzylinder in der Hand. Nach einer pathetischen Umarmung, bei der er sich in der gesprungenen Fensterscheibe verstohlen beobachtete, setzte Eisenbeißer seinen Sohn sanft auf dem Erdboden ab.

»Sehr gut«, sagte er, »mach weiter so, mein Kind, und stopf mir diesem Prinz ein wenig das Maul! Und jetzt an die ernsten Geschäfte, denn es geht heute um viel mehr als das Universum, es geht um mich und darum, daß ich Drachmen in meine Tasche kriege! Nimm einen Stuhl, Blume meiner Milz, und sprechen wir unter Gleichen, denn obwohl du kaum die zarte Schwelle deines sechsten Jahres überschritten hast, ist dein Gehirn beweglich und verdient Vertrauen.«

»Aus tiefstem Kinderherzen sage ich Euch Dank, o mein Vater und Ernährer!« antwortete das Pinguinchen. »Seien Sie versichert, daß ich mich unter allen traurigen oder fröhlichen Umständen bemühen werde, mich in jeder beliebigen und allgemeinen Hinsicht des Vertrauens würdig zu erweisen, mit dem Ihr Wohlwollen mich ehrt! Doch genug, denn eine süße Rührung schnürt mir die Kehle zu!«

Bei diesen Worten legte das Wunderkind eine Hand auf sein Herz und zog mit der anderen ein Tuch aus seinen Rockschößen, um sich die nicht vorhandenen Tränen zu trocknen. Eisenbeißer beobachtete es mit dem scharfen Auge des Kenners. Nicht schlecht, wirklich nicht schlecht, dachte er.

»Schluß jetzt mit verweichlichenden Herzensergießungen«, sagte er schließlich, »zügeln wir die Regungen unserer empfindsamen Seelen! Kommen wir zur Sache, o mein kostbarer Rubin, und laß mich dir die Lage in aller Länge und Breite auseinandersetzen.«

»Verzeihen Sie meine Ungebührlichkeit, Vater!« unterbrach eifrig der Knabe. »Dürfte ich aber vor jedem Exordium Ihrerseits ... (Eisenbeißer lächelte beifällig. Exordium! Welches andere sechsjährige Kind auf der Welt würde ein solches Wort verwenden?) Dürfte ich vor jeder Präambel oder jedem Prolegomenon, wie es Ihnen beliebt, und so ungeduldig ich bin, meinen audiovisuellen Apparat auf Ihre Ansprache auszurichten, trotzdem noch eine bewegende Frage stellen?«

»Stell sie, Rosenkräpflein, stell sie, Gazellenauge, aber stell sie schnell, denn meine Zunge brennt darauf, sich zu äußern«, sagte

Eisenbeißer, aufs köstlichste gekitzelt von der Rhetorik seines kleinen Genies.

»Nun also, Vater. Als angenehme Pflicht und bei allem gebotenen und verdienten Respekt ist die Frage, die ich mit Ihrer väterlichen Erlaubnis stellen möchte, die folgende: Wie geht es Ihnen heute morgen, teurer Erzeuger?«

»Schwindsucht, wie üblich«, antwortete Eisenbeißer nachlässig, »und ziemlich galoppierend heute morgen.«

Er beeilte sich zu husten, und durch die Erschütterung schwang die Deckenlampe hin und her.

»O weh!« sagte Eliacin.

»Aber das ist unwichtig, Sanftmut meines Herzens, lassen wir diese Lappalien, denn ein Gespräch unter Männern steht an. Wisse also und höre, o Ältester Bube, daß vorhin, als am Horizont die Morgenröte mit Perlenzehen erschien, eine wunderbare Idee meinem Gehirn entsprang.«

»Ich bin ganz ehrerbietiges Ohr, Vater!«

»Ja, mein Liebling, ja, Verlobter der Königin, ein grandioses Projekt ist geboren ...«

»Wie könnte es anders sein, Vater!«

»Das reicht jetzt«, sagte Eisenbeißer barsch, »unterbrich mich nicht dauernd, und verdirb mir nicht die Pointen! Ich wiederhole also, ein grandioses Projekt ist geboren, das mir, indem es mir ungeheueren Ruhm und sichere Drachmen einbringen wird, erlaubt, mich erstens intellektuell zu verwirklichen und zweitens köstlich zu ernähren. Das wird auch Zeit, denn, um dir nichts zu verhehlen, o Sohn und Erbe, der Zustand meiner Finanzen bedrückt mich, und ich bin mißmutiger als einer, der es mit der Prostata hat, bin ich doch kaum mehr berechtigt noch imstande zu leben! Tatsächlich mußt du wissen, daß wir vom Elend unterjocht sind, daß ich keine einzige Drachme mehr in der Hosentasche habe und daß mich seit Tagen die Angst plagt und meine Winde zum Versiegen bringt. Ja, ich gestehe es ohne Scham, ich verliere meine Winde darüber, ein unseliges Zeichen von geschwächter

Vitalität und großer Schwärze der Galle. Ach, wo sind meine Winde von einst, die Winde meiner schönen Jugend, so möchte ich ohne Unterlaß raunen!«

»Sie werden zurückkehren, Vater, ich prophezeie es Ihnen!«

»Danke, edles Kind«, antwortete Eisenbeißer. »Im übrigen kann ich dir sagen, daß sie mit der Hoffnung schon ein wenig zurückgekehrt sind. (Er meinte trotzdem noch ein bißchen Tragödie spielen zu müssen und führte die Hand an seine Stirn.) Ach, mein Sohn und Augenstern, falls ich unglücklicherweise scheitern sollte, so mußt du wissen, daß ich mich nicht mehr um eure Ernährung kümmern könnte und ihr folglich alle sterben würdet, deine Mutter, deine Brüder und deine langen Schwestern!«

»Der Böse sei fern von uns!« rief Eliacin.

»Ich wäre dann dazu verdammt, während ich traurig das spezielle Brot kauen würde, das man auf Kephalonia für die Trauernden backt und das gut ist, weil es mit Olivenöl geknetet und über und über mit Sesamkörnern bestreut wird, ich wäre, sage ich, während ich finster dieses Trauerbrot kauen würde, um euch die letzte Ehre zu erweisen, dazu verdammt, über den nebeneinanderliegenden Leichen meiner teuren Familie zu weinen! Ja, mein Sohn, ich will es dir nicht verhehlen, wenn mein großes Projekt sich nicht verwirklichen ließe, wäre unser Elend mit dem vergleichbar, das über den größten Musiker aller Zeiten hereinbrach, sein Name war Mozart!«

»Mit Vornamen Wolfgang Amadeus!« rief Eliacin.

»Armer großer Mozart!« seufzte Eisenbeißer, indem er sein Haupt entblößte.

Auch der Knabe nahm seinen Zylinder ab und regte an, eine Schweigeminute einzulegen. Dieser Vorschlag wurde von Eisenbeißer angenommen, der seine dicke Taschenuhr herauszog, um die Hommage an den Komponisten zu stoppen. Vater und Sohn standen mit gesenktem Kopf regungslos und stumm da, wobei sie einander aber insgeheim beobachteten.

»Friede seinem großen Andenken!« sagte Eisenbeißer und

steckte seine Zwiebel ein. »Ja, Sohn, wie ich schon sagte, als du mich mit zwei Vornamen unterbrachst, die ich bereits in meinem zweiten Lebensjahr, kaum dem ehrbaren Bauch deiner Großmutter entschlüpft, kannte, allein dieses Unternehmen, über das ich nachdenke, wird mir erlauben, meinen Magen zu stärken und zusätzlich deine heilige Mutter, die werte Rebecca, zu ernähren, obwohl sie es, offen gesagt, weniger nötig hat als ich, da sie mit Fettreserven ausgestattet ist.«

»Und es wird Ihnen erlauben, auch meinem Innern einige Kalorien zuzuführen, wenn ich das schüchtern anregen darf, denn ich will es Ihnen gestehen, Vater, ich sterbe vor Sehnsucht nach etwas zu futtern!«

»Armes Kind«, sagte Eisenbeißer ruhig. »Und außerdem darf man deine beiden jüngeren Brüder nicht vergessen, diese lieben Kümmelbrötchen, deren Magerkeit mich erschreckt, und obendrein wäre es nicht unangebracht, deinen unnützen, endlos langen und blassen Schwestern etwas zum Beißen zu geben, diesen Bleichselleriestangen ohne Geschmack. Im Vertrauen und unter Männern sei hinzugefügt, daß ich sie schon auch liebe, aber von weitem, mit Gelassenheit und etwas Verachtung, denn diese weinerlichen Idiotinnen interessieren sich nicht für die großen Probleme und denken nur ans Heiraten!«

»Was wollen Sie, Vater, so sind die Evastöchter!« erwiderte der Junge. »Seien wir großzügig ihnen gegenüber, sie haben so wenig Willensfreiheit! Tota mulier! Doch die Scham hindert mich, den wohlbekannten lateinischen Spruch fortzusetzen. Darauf und angesichts der Perspektive einer entspannteren Finanzlage erlaube ich mir, Sie für alle Fälle darauf hinzuweisen, daß ich seit langem von einem großen Gänsehals träume, den ich still für mich verspeisen würde, während ich irgendein bedeutendes Buch läse! Vielleicht möchte Ihre Freigebigkeit dem besagten Gänsehals, einem ordentlich gefüllten und, wenn Gott will, mit Pinienkernen vollgestopften Gänsehals, vielleicht möchte Ihre Freigebigkeit, sagte ich, sogar einige Korinthenküchlein hinzufügen, auf die meine Seele begierig ist! Möge es Ihnen gefallen, Vater, meine Kandidatur im Gedächtnis zu behalten!«

»Versprochen«, sagte Eisenbeißer, »obwohl Kandidatur nicht das passende Wort ist. Ich rate zu Bewerbung oder auch Gesuch oder sogar Supplik. Wie dem auch sei, wenn das Unternehmen floriert, wird dein Wunsch und Antrag zu gegebener Zeit berücksichtigt werden. (Er träumte einen Augenblick.) In der Tat, ja, Gänsehals ist eine feine Sache, vor allem wenn er mit Pistazien verziert und ausstaffiert wird. Dagegen kann ich dir, was die Pinienkerne angeht, keineswegs folgen.«

Heißhungrig tunkte er einen Brotkanten in den Tonkrug mit Olivenöl, bis er vollgesogen war, drückte ihn dann aus und schob ihn sich zusammen mit einer gesalzenen Sardelle in den Mund, seine langen Zähne in muntere Aktion versetzend, während der Knabe mit den schönen melancholischen Augen im Leeren kaute.

»Vater«, sagte er endlich, »könnten Sie mir nicht die Art und den Gegenstand dieses wunderbaren Unternehmens verraten, das meinen entzückten Nüstern duftende Perspektiven eröffnet?«

Eisenbeißer antwortete nicht gleich, beschäftigt wie er war, mit Hilfe eines Nagels die zwischen seinen Zähnen steckenden Partikel zu entfernen.

»Ich reinige meine Diastemata«, sagte er. »Diastema ist ein Wort, das nur hochgebildete Leute kennen, ein so seltenes und vornehmes Wort, daß dieser Ignorant von Larousse es nicht in sein Wörterbuch aufgenommen hat! Ich habe die Absicht, ihm dieserhalb ein sarkastisches Briefchen zu schreiben! Damit du es weißt, Diastema bezeichnet den Zwischenraum zwischen zwei Zähnen.«

»Danke, Vater, ich werde dieses gelehrte Wort nicht vergessen und es anzuwenden wissen, glauben Sie mir! Was ist das also für ein erhabenes Projekt, frage ich noch einmal?«

»Wenn ich es mir recht überlege«, sagte Eisenbeißer nach einigem dentalen Geschmatze zum Zweck der Vervollkommnung der Nagelaktion, »sollte ich eigentlich diejenigen als erste in mein Projekt einweihen, die mir helfen, es zu verwirklichen. Im Augenblick möge es dir genügen zu wissen, daß dieses Projekt meiner würdig ist! Und nun genug geredet, hör zu und erfahre von mir, welche Mission ich dir anvertrauen werde, eine Mission, die persönlich auszuführen mich mein Intellektuellenstolz hindert.«

»Hören heißt gehorchen, Herr Vater!«

»Ich ersuche dich und, wenn nötig, befehle dir, meine vier Cousins Solal, also die ehrbaren Saltiel, Salomon, Mattathias und Michael abzuholen, jeden an seinem Privatwohnsitz. Mit der Kopfbedeckung in der Hand und nachdem du klargemacht hast, daß es sich um eine mündliche Mitteilung handelt, sag ihnen diese einfachen Worte: Heute vormittag um elf Uhr Zusammenkunft und strenges Konklave bei meinem illustren Vater!«

»Und Erzeuger, möchte ich mit Ihrer Erlaubnis hinzufügen!«

»Ich stimme zu, überzeugt, wie ich bin, von der Tugend deiner heiligen Mutter! Kurzum, sie sollen sich um elf Uhr unverzüglich und als bestehendes Gremium hier einfinden zum Zweck einer Gipfelkonferenz zu fünft! Doch Vorsicht, hüte dich, letztere gegenüber den anderen Glaubensbrüdern unserer Insel zu erwähnen! Du kennst ihre Neugier. Wenn sie von dem Ereignis erführen, kämen sie alle hier angelaufen, eine große aufgeregte Menge, sie würden in unsere drei Kellerräume eindringen und unbedingt alles wissen wollen, mit aus den Höhlen tretenden Augen auf die Knie fallen und mich anflehen, die Propheten anrufen, behaupten, vor unbefriedigter Neugier zu sterben, und betteln um die Enthüllung eines Projekts, dessen Größe mich selbst verblüfft! Und jetzt geh, mein Herzchen, lauf mit der Schnelligkeit des gehetzten Hirschs, und Gott schütze dich vor Hindernissen!«

Nach einem Kuß auf die Hand seines Vaters stürzte der Knabe los, den Zylinder bis auf die Ohren gezogen, und erklomm die grasbewachsene Steigung, die auf die Goldgasse mündete. Eisenbeißer, der ihm bis zur obersten Stufe gefolgt war, beobachtete reglos, die Augen mit der Hand beschattend, wie sein kleiner Botschafter, Überbringer seines zukünftigen Ruhms, sich barfuß und mit wehenden Rockschößen in Windeseile davonmachte.

IV

Aufgemuntert durch die Aussicht auf das große Unternehmen, beschloß Eisenbeißer, seine Seele durch einen kleinen Spaziergang zum Meer zu erquicken, bis die Stunde der Zusammenkunft mit den Cousins gekommen war. Als er in die Goldgasse einbog, die zu dieser morgendlichen Stunde kühl und still war, atmete er die Luft ein, erkannte den gesegneten Duft des Jasmins, der sich mit dem Meeresgeruch mischte, und lächelte. Der Morgen war schön, die Luft roch gut, und es war wunderbar zu leben. Aus Dankbarkeit grüßte er den Himmel und dann gutmütig die Klatschbasen, die an den Fenstern erschienen waren und ihre Bettlaken ausschüttelten.

Er ging beschwingt an den noch geschlossenen Läden entlang, unter der bunten Wäsche, die an den Leinen zwischen den gelb und rot getünchten Häusern flatterte, hindurch, gefolgt von munteren kleinen Winden, zu denen er sich manchmal jäh umwandte, um zu schnuppern, was er »sie im Vorbeigehen grüßen« nannte, als er vor dem Eingang des Ritualbads Josua Colonimos, genannt Totes Auge, hocken sah, den kleinen Maiskolbenverkäufer, der schon dabei war, seine blonde Ware zu rösten, während er zum Zeitvertreib gesalzene Pistazien knabberte. Eisenbeißer beschleunigte seinen Schritt, wobei er über die anzuwendende Taktik nachdachte und ein harmloses Gesicht aufsetzte.

»Höherer Wohlstand und größere Familie, liebenswürdiger Josua!« sagte er, vor dem Kohlenbecken angekommen, über dem die Maiskörner platzten.

»Größere Familie und höherer Wohlstand, Maître Pinhas!« erwiderte Colonimos, mit seinem gesunden Auge aufblickend.

»Ein langes Leben für dich, frei von Krankheiten!«

»Mögen Sie sich Ihrer Augen lange erfreuen!«

»Wohlergehen für dich, und Gott sei dir gnädig, Mann angenehmen Umgangs und erlesener Manieren!«

Als man zum Austausch der Familienneuigkeiten kam, hütete sich der gute Colonimos, der lebhafte Bewunderung für die Talente von Eisenbeißers berühmten Knaben hegte, aus Wohlerzogenheit, dem Vater Komplimente zu machen. Um nicht den bösen Blick anzuziehen, bezeichnete er sie im Gegenteil, wie es sich gehörte, als garstige Dunkelhäuter, ganz zu Eisenbeißers Zufriedenheit, der ihn noch übertrumpfte, sie zu widerlichen Ungeheuern erklärte und vor Abscheu ausspuckte, überzeugt, daß auf diese Weise seinen drei Schätzchen nichts Böses geschähe.

»Und wie geht es Ihren Geschäften, Maître Pinhas?« fragte Colonimos, während er mit zwei Fingern vorsichtig seine Maiskolben umdrehte.

»Schlecht, holder Freund, den ich liebe, schlecht, sogar sehr schlecht! Ächzend unter den Schicksalsschlägen und zappelnd zwischen Existenz und Vernichtung werfe ich mich daher an deine segensreiche Brust und flehe um Hilfe und Erbarmen!«

»Aber was ist los, braver Mann?«

»Geldmangel, mein Herzensfreund! In der Tat mußt du wissen, guter Jude, o blinder Liebling und bewundernswerter Maisröster, mußt du wissen, o Morgendlichster der Kephalonier, daß meine drei Engel vor übermäßigem Hunger schreien, Tag und Nacht, seit achtundvierzig Stunden, nein, ich lüge, erst seit vierzig Stunden, und nicht nur schreien, sondern mir drohen, Steine und Holz zu verschlingen, derart, siehst du, daß ich genötigt war, sie zu fesseln, diese Goldschätze, und sogar zu knebeln, die armen Unschuldigen in ihrer jugendlichen Unreife, indem ich ihnen bei meinem Glauben versprach, sie sofort von ihren Fesseln und Knebeln zu befreien, wenn ich nach widerwilligem und peinvollem Umherirren, die Fäuste schmerzlich an die Schläfen gepreßt, irgendein kostenloses, aus hygienischen Gründen möglichst pflanzliches Futter gefunden haben würde, um es ihnen zwischen die so niedlichen Milchzähne zu schieben, wahre Perlen, teures Totes Auge!«

»Hier haben Sie sechs Maiskolben, ganz heiß und hervorragend goldbraun, die Hälfte meines Morgenvorrats!« rief der gute Colonimos unter Tränen, erschüttert vom Geschrei der gefesselten Buben. »Nehmen Sie sie als Freundschaftsgabe, und bringen Sie sie gleich Ihren Engelchen. Zwei Kolben für jeden! Schnell, um Gottes willen!«

Eisenbeißer dankte maßvoll und ging von dannen, unter jedem Arm drei Maiskolben, die karibische Hymne trällernd und dem Sieg entgegenlächelnd, den sein Eliacin bald über den Prinzen von Broglie davontragen würde.

»Passen Sie auf, die Herrn der französischen Aristokratie, denn nun kommen wir!«

Nachdem er das jüdische Viertel verlassen hatte und am Fuß des Feigenbaumpfads angelangt war, am Rand einer von Bienen summenden und von Affodill wogenden Wiese, setzte er sich und machte sich über drei Maiskolben gleichzeitig her, an denen er abwechselnd knabberte, entzückt von der elastischen Konsistenz der Körner, wobei er ab und zu innehielt, um vor Zufriedenheit zu karibisieren und mit den Zehen zu wackeln vor dem so nahen, melodiösen und unermüdlichen Meer, das ohne Unterlaß am Sand leckte und seinen Schaum darauf zurückließ, der sogleich verging. Als er fertiggekaut hatte, holte er die anderen drei Maiskolben hervor, betrachtete sie, beschwor sich, sie ja nicht zu essen, sondern für die Buben aufzuheben, versprach es und verstaute sie mit einem feinen Lächeln wieder in seinen Rockschößen.

»Ich bin ein liebender Vater«, murmelte er. Mit diesen Worten nahm er eine würdevolle Haltung ein, beschattete seine Augen mit der Hand und bewunderte das ruhige, glitzernde Meer, dessen Blau gelb, grün und rosarot gesprenkelt war. In der Ferne, vor der Odysseusklippe, tollten Delphine herum wie eine Horde Schulkinder. In Ufernähe war durch das transparente Wasser, reines Kristall, lauwarm und nur leicht grün, ganz deutlich der Grund sichtbar und so hübsch mit seinen Rippeln aus goldenem Sand und den langsam durch die flüssige Stille gleitenden blauen

Fischen. Nach Leben duftend, Anfang der Welt, pulsierend, so schön war sein Ionisches Meer. Mit den großen behaarten Fingern warf er seinem Meer einen Kuß zu.

Plötzlich, als er den Blick hob, erkannte er, mit dem Dreispitz geschmückt und im blauen Gehrock mit Messingknöpfen, den Herrn Jacob, der, auf seinen Stock mit dem goldenem Knauf gestützt, langsam auf ihn zu wankte, ein niedlicher, durchsichtiger Hundertjähriger mit einem Ziegenkopf, der letzte Sproß der großen Familie der Meshullam. Da Eisenbeißer Profit witterte, stand er sogleich auf und ging mit heiterer Miene, an den blühenden, von einer lauen Brise gewiegten Zedratzitronen- und Orangenbäumen entlang, dem kleinen Alten entgegen, der leider kaum noch heiratsfähig, aber Gott sei Dank mit krankhafter Neugier gesegnet war. Eisenbeißer zog den Hut, verbeugte sich tief zum Handkuß und legte dann zum Zeichen seiner Aufrichtigkeit die Hand auf sein Herz.

»Langes Leben und höchstes Glück, würdiger Herr! Aber, Ehrenwort, Sie sind frisch wie ein Jüngling und aufrecht wie eine Zypresse! Ah, wenn ich eine Frau wäre, ich wüßte schon, wem ich mein Herz und mein Vertrauen schenken würde!«

»Ja, ja, ich weiß, sie schauen mir alle nach«, meckerte das zitternde Böcklein und wischte sich einen Tropfen von der Nase. »Nun, mein Kind, welche Neuigkeiten gibt es aus der Welt?«

»Nur eine, Herr Jacob, aber eine enorme!«

»Sag sie schnell, Glückverheißender, sag sie mir, damit ich sie erfahre, denn ich bin begierig auf große Neuigkeiten!«

»Ich bin glücklich, sie Ihnen als erstem zu erzählen, denn ich liebe Sie, Herr Jacob, ich sage Ihnen das ganz direkt, mit der Schroffheit einer Seele, die, der Reinheit ihrer Gefühle sicher, diese unverhüllt und unverbrämt ausdrückt, ja, mit so etwas wie Härte und Stolz! Das Temperament eines Oberst, gewissermaßen, mit Bürstenschnitt!«

»Gesegnet seiest du, mein Sohn! Sag mir die Neuigkeit, sag sie schnell!«

»Es ist eine erstaunliche Begebenheit der Welt, Herr Jacob!«

Die Lippen des über seinen Stock gebeugten Hundertjährigen verzogen sich zuckend, und vor lauter Warten floß ein bißchen Speichel heraus. Seine von den schlaffen, faltigen und hängenden Lidern halb verdeckten Vogeläuglein glänzten vor Lüsternheit.

»O mein Sohn, laß mich nicht vor der Zeit sterben!«

»Hören Sie, mein guter Herr, wenn Sie ein bißchen was erraten, sage ich Ihnen das Ganze gratis!«

»Eine Neuigkeit von einem der Großen unter uns? Von Herrn Rothschild vielleicht?«

»Ja, unter uns, aber viel mehr als Rothschild!«

»Aber wie kann man mehr sein als Rothschild?«

»Unendlich viel mehr, Herr Jacob!«

»Dann sag schon die Neuigkeit, sag sie, damit ich sie erfahre, bevor ich sterbe!«

»Zehn Drachmen, lieber Herr!« sagte Eisenbeißer, indem er mit verführerischer Miene seine Barthaare zwirbelte. »Und nur weil Sie es sind, Ehrenwort, denn eine solche Neuigkeit ist soviel wert wie ein vier- oder sogar fünfkarätiger Diamant! Ich habe sie niemandem erzählt, denn mir lag daran, Sie davon profitieren zu lassen, denn Sie sind ein Mann von gutem Ruf und vornehmen Manieren. Ah, Herr Jacob, man wird geadelt allein dadurch, daß man Sie betrachtet!«

»Eine erstaunliche Begebenheit der Welt, hast du gesagt?« fragte der gebrechliche Alte, mit beiden Händen auf seinen Stock gestützt.

»Und sogar des Universums, Herr Jacob!«

»Aber wenn ich dir die Drachmen gebe und es nicht erstaunlich finde, zahlst du sie mir dann zurück?«

»Gott ist mein Zeuge!«

Mit seinen durchscheinenden Fingern klaubte der kleine Hundertjährige die Drachmen aus dem an seinem Gürtel hängenden Geldbeutel und legte sie zitternd in die Hände, die Eisenbeißer wie ein geöffnetes Maul vorgestreckt hatte.

»Also ich höre, aber erzähle richtig, von Anfang an!« sagte er, und seine tiefschwarzen kleinen Augen fixierten ihn gierig.

Nachdem er auf die zehn Münzen gespuckt hatte, was Glück bringen sollte, erklärte der Bey der Lügner, um Zeit zu gewinnen, man solle sich auf die Bank im nahegelegenen Olivenhain setzen, denn die wunderbare Neuigkeit verdiene, in behaglicher und freundschaftlicher Atmosphäre erzählt zu werden. Unter dem unerbittlichen Blau des Himmels gingen sie den kreidigen, von Staub und Sonne gebleichten und von Zypressen, Kiefern und Feigenkakteen gesäumten Pfad hinauf, wobei der alte Jacob das bevorstehende Vergnügen abschätzte und heimlich Brustbeeren knabberte, während Eisenbeißer nach irgendeiner erstaunlichen Begebenheit suchte, die zehn Drachmen wert war. Als sie oben waren, setzten sie sich auf die glühendheiße Steinbank vor einem riesigen verwachsenen Olivenbaum, durch dessen zerklüfteten Stamm das Meer schimmerte. Nachdem er wieder zu Atem gekommen war, verlangte der Letzte der Meshullam die im voraus bezahlte Neuigkeit. In der schwirrenden Stille, die der Chor der lichttrunkenen Zikaden zirpte, hob Eisenbeißer nun an.

»Sie müssen wissen, o kluge, o hochangesehene Honorität, o Wohlaussehender, der Segen des Ewigen komme über Sie und Er schütze Sie vor den Neidischen und Eifersüchtigen, Sie müssen wissen, daß ich, von Genf zurückkehrend, einer sehr sauberen Stadt, wo der Bahnhof einmal im Monat frisch gestrichen wird, über London kam, was der schnellste Weg ist, um nach Kephalonia zu gelangen.«

»Das steht fest«, stimmte der Hundertjährige zu, das Kinn auf dem goldenen Knauf seines Stocks. »London, ich weiß, Kapitale der Kriegsfregatten.«

»Sie müssen aber auch wissen, daß London eine majestätische Stadt ist, ganz aus feinem Marmor und Porphyr, geschmückt mit Fontänen in jeder Straße.«

»Das wußte ich, mein Sohn. Aber wo ist die Neuigkeit von dem noch Größeren als Herr Rothschild?«

»Eine Stadt, deren Bewohner, alle steinreich und mit bestickten Galagewändern bekleidet, in goldenen Kutschen herumfahren. Nun hören Sie mir gut zu, Herr Jacob, denn jetzt wird die Geschichte erhebend, eines Morgens nämlich, es mußte Viertel nach zehn, halb elf sein, ging ich an einem Ort namens Platz der Tausend Springenden Brunnen spazieren, als die acht Pferde einer dieser Karossen durchgingen, rasend geworden durch dringendes Paarungsverlangen. (Der Herr Jacob brach in ein blödes kleines Lachen aus.) Ich stürzte hinzu, nur auf meine Kühnheit hörend, und bändigte eins nach dem andern die acht Pferde, indem ich mit starker Hand die wütenden Nüstern verschloß! Und so rettete ich das Leben der großen Persönlichkeit, die in der Karosse saß und die ganz blaß war und zitterte wie das Papier, mit dem man Salzgurken einwickelt!«

»Aha, jetzt kommt die große Persönlichkeit!« kreischte der Hundertjährige aufgeregt. »Und es war eine sehr große Persönlichkeit, ja? Sag schnell, wer, sag schnell den Namen, mein Sohn!«

»Erraten Sie es nicht?« fragte schmeichlerisch Eisenbeißer, dem noch niemand eingefallen war.

»Bei den Engeln des Himmels, sag, wer es war!«

»Nun, lieber Herr, versuchen Sie es doch zu erraten!«

»Aber wie kann ich denn, unglückselig, wie ich bin? Los, sag es mir! Ich habe zehn Drachmen bezahlt!«

»Nun, dann sollen Sie wissen, o Ihrer großen Weisheit wegen Verehrter, der Sie subtiler sind als Quecksilber, daß die große Persönlichkeit Seine Majestät George der Neunte, König von England, war!«

»Gelobt sei der Ewige!« rief mit zitternder Stimme der Herr Jacob. »O Wunder, o Ereignis, o Größe! Und dann?«

»Und dann, als ich ihn vor dem sicheren Tod bewahrt hatte ...«

»Indem du die rasenden Pferde bändigtest, nicht, mein Sohn?«

»Da hat er mich geküßt, und wir sind Freunde geworden, und ich sage George zu ihm!«

»Ohne der Neunte?«

»Doch, ich muß der Neunte sagen«, bestätigte Eisenbeißer nach einigem Zögern, »und, sehen Sie, genau das ist das einzige Problem bei unseren freundschaftlichen Beziehungen, daß ich ihn trotz unserer Vertrautheit immer mit allen Titeln anreden muß. Das ist das Protokoll.«

»Protokoll, ach?« staunte Herr Jacob.

»Selbst seine Frau muß ihn mit all seinen Titeln anreden, sogar nachts im Bett!«

»O welches Wunder vernehmen meine Ohren!«

»Als ich mich zum Beispiel neulich von ihm verabschiedet habe, war ich ein bißchen sauer auf ihn, aber ich mußte nach dem Protokoll schimpfen! Du bist doof, habe ich zu ihm gesagt, mein lieber George der Neunte, von Gottes Gnaden König des Vereinten Königreichs von Großbritannien und Nordirland und der Anderen Königreiche und Territorien Jenseits der Meere und Ozeane, und du bist sogar sehr doof, Kaiser von Indien, Haupt des Commonwealth, Verteidiger des Glaubens! Was bedeutet, daß meine Streitereien mit ihm immer etwas länger dauern.«

»Einer der Unseren, einer unseres Volkes sagt einem König, er sei doof!« rief der Herr Jacob verzückt. »Ja, das ist zehn Drachmen wert. Behalte sie, mein Sohn. Und sag, Freund des Königs, hast du manchmal in seinem Palast gespeist?«

»Fünf Drachmen Aufpreis!« sagte Eisenbeißer und streckte die Hand aus. »Danke, guter Herr. Ja, ich speise oft mit Seiner Majestät, aber nur abends, denn das Mittagsmahl nimmt man stets in der Bank von England, Bank of England, mit den großen Finanzleuten ein, um über Importe, Exporte, Zollrechte und vor allem das Pfund Sterling, diese mit keiner anderen vergleichbare Währung, zu sprechen.«

»O Schönheit! Wie gern würde ich ihn sehen und hören, diesen König, wenn er mit fester Stimme zu Finanzleuten spricht! Und er speist natürlich auf seinem Thron?«

»Nein, George ißt mittags stets zu Pferde.«

»Ach?« meinte der Hundertjährige respektvoll. »Ja, weil er der König ist. Und die Finanzleute?«

»Sie essen auf der Erde, um das Pferd herum, auf Knien natürlich, nachdem sie den Boden zwischen ihren Händen geküßt haben.«

»Aus Ehrfurcht«, erklärte der Herr Jacob. »Die Bank von England ist mächtig«, träumte er nach einer Pause, in der sein zahnloser Mund weit offen geblieben war. »Und sag mir, Sohn, speist der Baron Rothschild mit dem König bei diesen Mahlzeiten in der Bank von England?«

»Manchmal, ja, und in solchem Fall setzt der Baron einen Zylinder aus massivem Gold auf.«

»Natürlich. Oh, er hat die Mittel dazu. Und sag mir, Sohn, welche Speisen hast du abends im Königspalast gegessen?«

»Nun, alles mögliche, und sehr gut zubereitet. Er auf seinem Alltagsthron, seinem informellen Thron, für Freunde, die er privat empfängt, aber dennoch im Schatten eines Baums ganz aus Diamanten und Saphiren und mit dicken Früchten aus Rubin.«

»O Macht, o Reichtum!« rief der Herr Jacob und klatschte in die Hände. »Und du, mein Sohn, wo hast du gesessen?«

»Nur auf einem Stuhl aus Silber«, sagte Eisenbeißer, dem es allmählich reichte, der Alte wollte ein bißchen zuviel für sein Geld.

»Nur ein Stuhl aus Silber, na gut. Angemessen, aber dennoch eine große Ehre. Und gute Nachspeisen?«

»In der Regel eine Creme aus feinen Perlen, während wir über die großen Geheimnisse der Politik sprachen, aber leise, damit die Königin mit großem Dekolleté nichts hörte, Sie wissen ja, wie die Frauen sind.«

»Unbesonnen, geschwätzig und neugierig, Gott bewahre uns vor ihnen!«

»Und verlogen, was noch schlimmer ist!«

»Gut gesagt, mein Sohn! Und wie ist sie, diese Königin der Engländer?«

»Ganz reizend, ordentliches Hinterteil, angenehm im Umgang, lachende und kluge Augen, genießt es in vollen Zügen, jung und hübsch zu sein.«

»Ein echter Leckerbissen, das ist sicher! Aber erzähl noch vom König, denn das interessiert mich mehr.«

»Also, im Lauf unserer Gespräche habe ich George den Neunten mittels Argumenten und Apophthegmata zum israelitischen Glauben bekehrt. Ich habe ihn im Oberhaus, in Gegenwart all dieser Herren, selbst beschnitten! Und er hat bei der Operation nicht geschrien, im Gegenteil, er lachte aus vollem Hals, während ich schnitt, so froh war er, in den Bund einzutreten!«

»Gelobt sei der Ewige, der allein Wunder vollbringt!« rief der Herr Jacob, die Hände zum Himmel erhoben.

»Und wissen Sie, Seine Majestät ist ein sehr guter Jude! Man muß ihn bei den offiziellen Feierlichkeiten sehen, immer als polnischer Jude gekleidet mit langem Mantel, dickem Regenschirm und aufgewickelten Locken! Und am Versöhnungstag steht er den ganzen Tag mit getrockneten Erbsen in den Schuhen, um zu leiden! Und wie er sich im Talmud auskennt! Und seine Gesetze und Anordnungen unterzeichnet er als Isaac der Erste, beschnittener König von England, ehemals auf den Namen George der Neunte hörend!«

»Halleluja, halleluja! Aber, sag mir, liebster Sohn, ist dieser König dann jetzt wirklich einer der Unseren, ein Sohn unseres Stammes?«

»Hatte ich es Ihnen nicht gesagt, daß es eine Neuigkeit wäre von einem großen Israeliten, sogar größer als Rothschild?«

Mit zitternden Fingern öffnete der kleine Hundertjährige seine Geldkatze und leerte sie in Eisenbeißers Hände, der sogleich zählte. Alles in allem hatte der König von England ihm genau hundert Drachmen eingebracht.

»O ja, einer der Unseren, einer des Bundes«, lächelte der Herr Jacob gerührt. »Und was ist ein Rothschild neben einem König zu Pferde? Staub!«

»Und Hühnerkacke!« trumpfte Eisenbeißer auf. »Denn Rothschild ist ja nur mittels Trinkgeld Baron geworden!«

»Aber sag mir, Verehrter, als guter Jude, der er jetzt ist, wird unser König von England uns sicher Jerusalem zurückgeben! Er wird es uns zurückgeben, das ist sicher, sag ich dir! Hör zu, Freund des Königs, telegraphiere ihm, er möge uns schnell Jerusalem zurückgeben! Erkläre ihm, daß ich alt bin! Ich bezahle das Telegramm! Gehen wir zusammen zum Telegraphenamt! Ich zahle! Sag, mein Sohn, sag, daß er uns Zion zurückgibt!«

»Er ist dafür«, antwortete Eisenbeißer, nachdem er sich am Kopf gekratzt hatte, »aber wissen Sie, leider ist die Königin dagegen!«

»Sie soll ihn doch mal in Ruhe lassen! Was mischt die sich da ein?«

»Nur ruhig, guter Herr, er wird sie nach und nach überzeugen, auf die sanfte Art, abends im Bett.«

»Und sonst mit Gewalt. Ein paar hinter die Löffel, das ist alles, was sie verdient, diese Verdammte, glaubst du nicht auch, Sohn?«

»Gewiß, guter Herr, gewiß. Also erst mal ein wenig Geduld. Seine Majestät hat mir gesagt, er brauche höchstens drei oder vier Monate, um seinen kleinen Teufel, wie er sagt, zu überzeugen.«

»Drei oder vier Monate? Das ist gut, denn dann bin ich noch von dieser Welt. Und wir bauen den Tempel wieder auf, nicht, mein Sohn?«

»Bestimmt, Herr, ganz aus feinem Marmor.«

»Aber keine Armee, keine Kanonen, das sind heidnische Greuel.«

»Einverstanden, guter Herr, es wird so gemacht, wie Sie es wünschen. Aber all das ist streng geheim, und wollen Sie bitte mit niemandem darüber sprechen, bis sich die Königin entscheidet.«

»Was für eine Schlange aber auch, diese Königin! Hör zu, wenn die Böse sich einverstanden erklärt, dann komm schnell und sag es mir, ja? Ich werde darum beten, daß der Ewige sie weich stimmt und ich die Klagemauer küssen kann. Das wird die

Freudenmauer sein an jenem Tag, nicht, mein Sohn?« lächelte er freundlich.

»Leben Sie wohl, lieber Herr Jacob, lassen Sie es sich gutgehen«, sagte Eisenbeißer nach einer Pause und machte sich davon wie ein Dieb.

Doch als er am Zitronenhain angekommen war, kehrte er um und lief zu dem kleinen Alten zurück, der auf seiner Steinbank einen Psalm über die Treue zu Jerusalem trällerte. Nachdem er ihm die Schulter getätschelt hatte, erklärte er ihm, man solle sich trotzdem nicht zu früh freuen, man könne nie wissen, diese Königin sei sehr autoritär mit ihrer dicken Schildpattbrille, und unter ihrem Einfluß würde der König vielleicht zu seinem alten Glauben zurückkehren. Ja, sehr wahrscheinlich und, um die Wahrheit zu sagen, sogar sicher, und folglich solle man nicht mehr mit diesem häßlichen Renegaten rechnen. Gewiß, Jerusalem würde ihnen früher oder später zurückgegeben werden, aber eher etwas später, also Geduld, guter alter Jacob.

»Um zum Abschluß zu kommen, ehrenwerter Herr, ich bin ganz aufrichtig der Meinung, daß die Neuigkeit nicht mehr als fünf Drachmen wert war. Folglich werde ich Ihnen ohne Quittung den zuviel erhobenen Betrag, also 95 Drachmen, erstatten.«

Mit diesen Worten steckte dieser komplizierte Mann indessen nur neunzig Drachmen in die Geldkatze des vom Verrat des Königs von England bedrückten Herrn Jacob. Nach einem Kuß auf die durchsichtige Hand entfernte sich Eisenbeißer raschen Schritts, ungeduldig, wieder in seine Goldgasse zu kommen.

V

In der wimmelnden, kreischenden, von Sonne und Fliegen sirrenden Goldgasse flatterte unter dem unerbittlich blauen Himmel die bunte Wäsche auf den Leinen, die zwischen den Häusern gespannt waren.

Goldschmiede hämmerten auf ihren Türschwellen Silberteller. Tischler nagelten und sangen. Träger gingen gekrümmt unter ihren Körben. Bettler küßten den Mildtätigen die Hand. Kaffeeverkäufer hockten vor ihren Holzkohlekochern. Dickwanstige Fischbrater beugten sich über ihre dampfenden, duftenden Pfannen mit goldbraun gebratenen Fischen. Die Fäuste in die Hüften gestemmt, hielten rotgesichtige Metzger vor ihren an den weißen Wänden hängenden gehäuteten Lämmern Volksreden. Krämer priesen mit lautem Geschrei ihre Waren an, die zu Pyramiden aufgetürmten Melonen, die eingestürzten Berge von Frischkäse, die baumelnden Stockfische, die Zwiebelzöpfe, die Knoblauchkränze, die spitzen Pfefferschoten. Zuckerbäcker vertrieben fächelnd die Fliegen von ihrem schwitzenden Blätterteiggebäck.

Der Diener der großen Synagoge drehte seine Ratsche und warnte die Gläubigen davor, diese Nacht etwas zu trinken, sonst würden sich ihre Bäuche blähen. »Hydropsie, meine Herren, zwischen Mitternacht und ein Uhr!« Ein Obsthändler schnitt eine Wassermelone entzwei und lobte das zum Vorschein kommende blutrote Fleisch. Mitten auf der Gasse krümmte sich ein Schneider über seine Nähmaschine. An eine Mauer gelehnt, rauchten drei Lastträger reihum eine Wasserpfeife. Halbnackte schuhputzende Kinder schwenkten ihre mit Messingnägeln beschlagenen und mit grellbunten Fläschchen gefüllten Kästen. Eine Alte trug ein Tablett mit gefüllten Auberginen auf dem Kopf. Ein Bügler nahm den Mund voll Wasser und sprühte es prustend auf die Jacke, die er dann mit einem Eisen voll glühender Kohlen plättete. Ein allergischer Talmudist nieste und kratzte sich. Ein Marktweib bot Korallenstücke gegen den bösen Blick feil. Ein Buckliger rief seine Mohnhörnchen und Honigkrapfen aus. Ein ambulanter Friseur lockte die Kunden mit lautem Scherenklappern.

Zwei Greisinnen mit rotblonden Perücken unterhielten sich über Krankheiten und Hochzeiten. Fette Notabeln begaben sich würdevoll in die Synagoge, gefolgt von eifrigen Helfern, die die goldbestickten Samtbeutel und die heiligen Bücher trugen. Bedürftige liefen zu einem Trauernden, um die vorgeschriebene Zahl von zehn vollzumachen. Ein Beschneider sputete sich. Ein kleiner Geldwechsler hatte seinen Bauchladen umgehängt. Zwei Wasserverkäufer stießen ihre Messingbecher aneinander und riefen die Durstigen herbei. »Kommt und erfrischt euch Zunge und Kehle, liebe Freunde!« – »Nein, kommt zu mir, kommt zu eurem Liebling, meine Süßen!« – »Ich spüle euren Becher dreimal aus, damit er sauber ist, und reibe mit einem Orangenblatt nach, damit er gut riecht, und damit die Augen auch etwas davon haben, gieße ich mein köstliches Wasser von hoch oben ein!« – »Kostbares Wasser, meine Herren, in Benitse geschöpft, fein und leicht und von gutem Geschmack!« – »Das meine ist besser, rein und eiskalt, das meine, aus Gastouri, der unvergleichlichen Quelle!« – »Kommt und trinkt und labt euch am Vorzüglichen!«

Ein blinder Bettler, umschwirrt von grünen und goldenen sonnetrunkenen Fliegen, bat mit reglos ausgestreckter Hand die Barmherzigen um Mitleid. Zwei Bankiers, bernsteinene Gebetsketten zwischen den Fingern, stritten miteinander. Freunde mit großen samtigen Augen riefen, grüßten sich, tauschten geschäftliche und familiäre Neuigkeiten aus. Heißblütige gestikulierten, argumentierten. Schaulustige feilschten aus Spaß und gingen weiter, ohne etwas zu kaufen. Ein ambulanter Garkoch hockte auf dem Boden und röstete Kuheuter. In der Tiefe des dunklen, von Fliegen und Moschus vibrierenden Ladens strapazierte ein Barbier mit monotonem Gezupfe eine Mandoline. Ein griechischer Säufer gurrte ein Bauernlied, beschimpfte die Juden und ihren Gott und sang dann mit liebestrunkener Stimme weiter.

An der Hauswand der Talmudschule, wo Kinderstimmen stokkend Hebräisches hersagten, saß eine Alte, die in dem Ruf stand, eine Hexe zu sein, und fachte die Glut ihres Kohlebeckens an. Ein Fischverkäufer wedelte die Fliegen von seinen gegrillten, mit Fenchelsamen und Knoblauch bestreuten Rotbarben. Kniend molk ein Ziegenhirte seine Ziege, entlockte ihr einen dampfenden Strahl. Zwei Jugendliche, die sich am kleinen Finger hielten, knabberten Kürbiskerne. In der nach Campher riechenden Apotheke plauderten Synagogenpolitiker miteinander. Unter einer Weinlaube kosteten reiche Dickwänste mit prallen, glatten Wangen öl- und honigtriefende Kuchen, die sie in vornehmer Naschhaftigkeit mit zarten Fingern anfaßten, dann tranken sie große Gläser Wasser, wischten die Finger an ihren Taschentüchern ab, lächelten einander breit zu und verjagten mit ihren Pferdeschwanzpeitschen die Fliegen. Gebeugte Talmudisten kommentierten einen Vers, der ältere mit erhobener Stimme, während der jüngere ihm aus Höflichkeit beipflichtete und, die Ärmel hochkrempelnd, den Augenblick seines dialektischen Sieges abwartete. Im blendenden Licht schob ein Tuchhändler seinen Karren, immer weiter, ohne Unterlaß. Räudige Katzen entflohen.

Bevor er sein Pferd lostraben ließ, ergriff der Kutscher des Großrabbiners die Zügel, schloß genüßlich die Augen, lehnte sich zurück, sprach den Befehl. Geh, Sohn der Stute, sagte er. Die Alte mit dem Kohlebecken betrachtete lächelnd ihr Unglück oder die Hammelstücke, die auf der Glut schmorten. Eine junge Dienerin vergrub ihr Lächeln in einem Granatapfel. Kinder, denen die Hemden aus den hinten geschlitzten Hosen hingen, folgten einem Skarabäenverkäufer, der seine an einen Faden gebundenen Käfer im Kreis schwenkte. An den Augen des blinden Bettlers labten sich Fliegen, und vorsichtige Mücken, winzige Glöckchen, tasteten sich zögerlich, suchend, auf seiner Wange voran. Ein junges Mädchen stand in der Tür und zerstieß etwas in einem Mörser. Unter dem freudigen und strengen Blick des rattenköpfigen Kunden bearbeitete ein kleiner Schuhputzer dessen safranfarbene Halbstiefel, trug noch einmal Creme auf, polierte erneut, wischte nach, kratzte sich dann den Bauch und bewunderte sein schimmerndes Werk.

Ein mit Johannisbrot beladener kleiner Esel trottete widerwillig dahin. Ihm folgte ein größerer, auf dem im Damensitz mit baumelnden Beinen ein christlicher Bauer saß. Ein Einfaltspinsel verkaufte Lotteriescheine. In der Ferne stieß eine Schiffssirene ihren Klagelaut einer Wahnsinnigen aus. Tauben trippelten züchtig umher, sittsam in ihrem Federkleid, ihre dummen Köpfe nickten im Takt des Gehens. Eine dicke Schwangere, die stolz ihren Bauch und einen zu bratenden Truthahn trug, strebte würdevoll dem Ofen des Bäckers zu. Aus der Talmudschule drang das Kreischen eines geprügelten Kindes. Eingerahmt von zwei furchterregenden Schäferhunden mit geschorenen Köpfen und hängenden Lefzen, ging ein griechischer Mönch vorüber, der eine schwarze Haube und einen Haarknoten im Nacken trug und mit der Hand seine Kutte raffte. Klatschbasen, mit grünem oder rotem Turban auf dem Kopf, die aus dem Fenster lehnten, beschimpften einander oder riefen sich gute Wünsche zu, so daß Haß und Freundlichkeiten durcheinanderschwirrten.

»Du uneheliche Bastardin!« – »Du Satansbraten!« – »Und du erst, Satansweib!« – »Deine Brust soll vertrocknen!« – »Und dir soll die Milch sauer werden!« – »Ein Krebsgeschwür in alle deine Öffnungen!« – »Vor Armut und Hunger sollst du deine Augen fressen!« – »Und du sollst zweifach bekommen, was du mir wünschst!« – »O Herr der Welt, richte über sie!« – »Einen schönen Tag für Sie, Frau Rachel!« – »Und für Sie Gottes Segen, werte Esther!« – »Eine schwarze Krankheit soll dich dahinraffen, Verfluchte, aber langsam, damit du leidest!« – »Und du, Garstige, sollst hundert Jahre leben, aber blind, und deine Kinder sollen dir das Brot verweigern!« – »Du mußt wissen, daß ich einen böseren Blick habe als du, wenn ich will!« – »Dein böser Blick soll sich auf dich richten und dich blenden!« – »Wenn du nur morgen schon krepieren würdest!« – »Wenn du nur verfaulen würdest, bevor du krepierst!« – »Bei deinem Begräbnis esse ich Bonbons!« – »Exkremente auf das Grab deines Vaters!« – »Liebste Ruth, freundlich und anständig, wie du bist, könntest du mir ein bißchen Mehl borgen, sei so gut, mein schwerfälliger Mann hat nicht daran gedacht, mir welches mitzubringen!« – »Mein ganzes Haus gehört dir, meine Rose!« »Gott vergelte es dir, gute Frau, und das Übel sei fern von dir!« – »Wohlergehen über deine Liebsten, und der böse Blick bleibe fern!« – »Gott möge dich überreichlich mit Jahren beschenken!« – »Reichtum über deinen Sohn und große Mitgift für ihn!« – »Eine Rothschild für den deinen, und Bankdirektor soll er werden!« – »Fünf schwarze Jahre über dich!« – »O du Vorfahrenlose!« – »Du vom Teufel Geschwängerte!« – »Du Grindkopf der Sünde!« – »Und über dich sind alle Männer gegangen!« – »O Verfluchte, der Ewige wird mein Rächer sein!«

Plötzlich verstummte und erstarrte alles, denn Belline war oben an ihrem Fenster erschienen, die verschreckte, in völliger Zurückgezogenheit lebende Alte, deren Wahnsinn in der Angst vor der Außenwelt bestand. Verstört, groß und schön, löste sie ihr Haar zum Zeichen der Verzweiflung, verkündete die Ankunft der judenmordenden Deutschen, verschwand und kehrte, damit man ihr glaubte, mit ihrem schief auf den Kopf gesetzten vergilbten Brautkranz zurück. Eine alte Königin mit schönen Augen, die, starr und weit aufgerissen, Unglück erwarteten, so sprach sie zu den Männern auf der Straße, beschwor sie, nach Hause zu gehen, um der Liebe zu ihren Frauen und Kindern willen, und sich zu verbarrikadieren, verbreitete Angst und Schrecken, stieß plötzlich Schreie aus. »O unglückseliges Volk!« schrie Belline und rang die Hände und rieb und kratzte sie vor Angst. »O nahes Massaker!« schrie die Königin mit dem gelösten Haar, gekrönt von Verfolgung, überzeugt vom Unglück und vom Kommen der Deutschen, die danach lechzten zu töten. »Ewiger, rette uns vor den Bösen!« rief die Verrückte, die Hände zum Himmel erhoben. »Gott Israels, unser Vater und unser König, wir haben keinen anderen Halt als Deinen Arm, handle um der Liebe zu Deinem Namen willen, vereitle die Pläne unserer Feinde, bewahre Dein Erbe vor der Zerstörung, gib uns Jerusalem zurück!« So rief Belline, die Wahnsinnige, in die Stille.

Zurück in der Goldgasse, bot Eisenbeißer in einem Anfall von Redlichkeit Colonimos an, ihm die geschenkten Maiskolben zu bezahlen, allerdings mit einem Nachlaß von fünfzig Prozent auf den üblichen Preis, dann ließ er sich auf fünfundzwanzig Prozent ein und händigte dem verdutzten Blinden einen Wechsel auf dreißig Tage aus.

Danach machte er sich mit ruhigem Gewissen, zu dem er sich beglückwünschte, wieder auf den Heimweg, befreit ausschreitend, lächelnd und gönnerhaft, gegrüßt und grüßend, geneckt und neckend, geschubst und schubsend, Komplimente machend und empfangend, gutmütig und erhaben, von allen geachtet, Monarch in seiner Goldgasse, spitzbübisch eine rote Rose hinters Ohr und manchmal zwischen die langen Zähne gesteckt, mit seinem Zylinder sich Luft zufächelnd und die Fliegen vertreibend, jedem gebend, was ihm gebührte, hier lächelnd und dort sich verneigend, höflich angebotene gebratene Tintenfische kostend und nachlässig die Locken der Kinder streichelnd, gleichmäßig seine Winde ablassend und kostenlos manchen ärztlichen Rat austeilend, unter anderem zehn Tropfen Mäuseöl für die Ohrenschmerzen der Tochter Roditis, jeden Morgen beim ersten Hahnenschrei ins Ohr zu träufeln, vergiß das nicht, mein Lieber!

Plötzlich von Mitleid gerührt, blieb er vor einem pockennarbigen Blinden stehen, der sein Elend herbetete. Mit einer spanischen Geste und ganz ohne durch ein Husten auf sich aufmerksam zu machen, warf er die zehn Drachmen des alten Jacob in die Schale des Bettlers. So war er, ein Mann mit Herz, und Geld sei ihm schnuppe, erklärte er Issacar, dem Obsthändler, den er dann nach seiner Frau fragte, während er sich ein Stück Wassermelone schnappte und es, um dem tropfenden rosa Saft auszuweichen, vornübergebeugt verschlang. Danach ging er, ohne sich weiter um Frau Issacar zu kümmern, zum Stand von Ventura, dem Fischbrater, wünschte ihm tausend Jahre, und zwar gute, zu leben und mampfte drei Frikadellen, gratis und mit Oregano, »nur um zu sehen, ob sie dir gelungen sind«.

Als er dann noch die ambulante Bäckerin Allegrine traf, umgarnte er sie mit Artigkeiten, bekam einen Sesamkranz und ein Darlehen von zwanzig Drachmen. Lächelnd angesichts des großen Projekts, das er bald verwirklichen würde, eilte er nach Hause, den Brotkranz über den Arm gehängt, den Zylinder millionärisch schräg auf dem Kopf und in der Nase den Duft der roten Rose.

»Ach, welch ein Glück, ich selbst zu sein!« trällerte er.

VI

Die private Küche Eisenbeißers war ein verwinkelter Keller, vollgestopft mit Gesetzestexten, juristischen Handbüchern, Rinderhörnern gegen den bösen Blick, und dazwischen lagen hier und da, in der Auberginenkiste, in dem steinernen Mörser und neben dem Wasserkrug, die Akten seiner Klienten, die alle Titel in schöner Rundschrift trugen. (»Biß des Friseurhunds«, »Nachttopfwurf auf Mordechai den Stotterer«, »Strittige Entbindung Euphrosine Abravanel«, »Schlecht Ausgeführte Beschneidung Jessula«, »Prozeß Unrat Da Costa genannt Kleines Konto«, »Affäre nicht übergebene Mitgift Moses Soncino«. Wobei die letzten beiden noch nicht erledigten Streitfälle schon seit zehn Jahren unter dem Ausguß schlummerten.) Diese Küche, in der der falsche Advokat seine Klienten empfing, war auch das Schlafzimmer seiner Buben, deren Betten aus drei an den Balken aufgehängten geflochtenen Binsenkörben bestanden.

Die beiden jüngeren, auf ihrem jeweiligen Lager eben erst aus dem Schlaf erwacht, sahen einander melancholisch an und tauschten verträumt Ideen für köstliche Gerichte aus. »Ganz viele Hammelfüße als Salat mit ganz vielen Zwiebeln«, sagte der eine. »Ein Kalbskopf, köchelnd in einer Menge Bohnen«, seufzte der andere. Und so weiter, bis die beiden Eisenbeißerchen ihren Vater husten hörten, der, weil er sich gern als Mann der Tat fühlte, hereingestürmt kam, worauf sie sich schnellstens erhoben und mittels eines Knotenseils auf den Boden hinunterließen. In winzigen schwarzen Gehröcken, ihre Klappzylinder in der Hand, standen sie stramm, die nackten Füße gespreizt.

»Der Fahnengruß, meine Herren!« befahl Eisenbeißer.

Vor der an einer Schnur aufgezogenen Trikolore stimmten die beiden Buben die von ihrem Vater komponierte Hymne an, letzterer schlug mit einer Schöpfkelle unerbittlich den Takt dazu und sang den Refrain mit.

Frankreich mein
Heimat fein
Deiner Kinder Gesang
Soll für dich sein

Als das Lied zu Ende war, drehten sich die Pinguinchen mit einem Ruck zur Fahne um und vollführten einen tadellosen militärischen Gruß. Eisenbeißer, der ebenfalls salutiert hatte, hieß sie abtreten.

»Zärtlicher Vater, was verschafft uns die Ehre Ihres reizenden Besuchs?« fragte nun der vierjährige Lord Isaac Windsor and Beaconsfield, denn diese Vornamen hatte der falsche Advokat, ein großer Bewunderer Englands, dem jüngsten seiner Kinder gegeben.

»Ich werde mir mein Frühstück bereiten, Bübchen«, antwortete Eisenbeißer.

»Das woraus besteht?« wollte Moses gierig wissen, der fünf Jahre alt war und mit weiteren Vornamen Lenin Mussolini hieß. (Im Fall einer – kommunistischen oder faschistischen – siegreichen Revolution würde Eisenbeißer sich je nachdem auf den ersten oder den zweiten Vornamen berufen, um seine politische Rechtgläubigkeit zu beweisen.) »Das woraus besteht?« wiederholte der junge Moses.

»Aus einer leichten Moussaka, die, wie euch nicht unbekannt

sein dürfte, ein köstliches Haschee vom Hammel ist, ordentlich vermischt mit Zwiebeln, Tomaten und Auberginen, welch letztere, ich beteure es, Königinnen sind unter den Gemüsen! Eure heilige Mutter erhielt gestern abend meine Instruktionen bezüglich der einleitenden oder vorausgehenden Vorbereitungen. Rebecca, werte Gattin!« rief er. »Ihr aber, meine Engelchen und Augäpfel, steigt wieder in eure Schlafstätten hinauf, denn ich möchte während der Zubereitung der Moussaka nicht gestört werden.«

Die beiden Knirpse kletterten an dem Knotenseil in ihre Hängekörbe, als die Tür aufging und Rebecca erschien, dick und schüchtern und auf türkische Art gekleidet – grünseidene Pluderhosen, zartrosa Weste, Fez mit dicker Goldquaste auf dem kohlschwarzen Kraushaar, perlenbestickte Pantoffeln und Halskette aus Zechinen. Ein demütiges Lächeln auf ihren dicken fettigen Lippen, hielt sie mit beiden Händen eine große Messingschale, auf der das Hackfleisch lag, umgeben von Auberginen, Tomaten und Zwiebeln, das Ganze hübsch angeordnet, aber noch nicht gekocht.

»Der Tag sei dir günstig, o mein Bey«, sagte sie errötend.

»Ich grüße mit Hochachtung und Zuneigung Ihre hundertzwanzig Kilo, Garten meiner Seele.«

»O mein Goldschatz, warum sagst du Sie zu mir?«

»Aus ehrerbietiger Liebe, liebenswürdige Rebecca«, antwortete der Kavalier mit einer Verbeugung. »Wieviel Fleisch hackten Sie?«

»Nun, ein Kilo, wie du es mir gesagt hast, mein Juwel!« antwortete Rebecca, die sich bereits schuldig fühlte.

»Ist es echtes Hammelfleisch?« fragte Eisenbeißer mit mißtrauischem, prüfendem Blick.

»Ehrenwort, daß es ist Hammel! Ich will meine Augen verlieren, wenn es ist kein Hammel! Es ist Hammel!«

»Das reicht«, gebot Eisenbeißer, angewidert von der Sprache dieser Ignorantin.

»Herr Ehemann, zwanzig Drachmen das Fleisch hat gekostet, zwanzig Drachmen dem Metzger muß ich bringen! Ein schwarzes Jahr für mich soll kommen, wenn ich lüge! Zwanzig Drachmen, bei meinem Leben!«

»Hier«, sagte Eisenbeißer, »und versäumen Sie nicht, mir vor Feierabend eine korrekte und gültige Quittung in Form einer ordnungsgemäß unterschriebenen Empfangsbestätigung vorzulegen. Und jetzt treten Sie näher, denn ich habe einen Auftrag für Sie.«

Er flüsterte ihr ins Ohr, und die beiden Buben streckten die runden Köpfe aus den schaukelnden Körben und versuchten, die Hände zum Trichter geformt, etwas zu verstehen.

»Ein langes schwarzes Kleid, und für sofort, mein Diamant? Aber wo finde ich das, ich Unglückliche? O Mißgeschick!«

»Genug des Gejammers, gute Dame. Nehmen Sie einfach das mit einer Schleppe versehene Kleid meiner verstorbenen Großmutter, einer guten Seele, die sich da oben sicher sehr wohlfühlt, aber wir fühlen uns hier unten noch besser. Trennen Sie die Stikkerei ab, und nähen Sie Hermelin auf den Kragen, und zwar schnell und unverzüglich.«

Rebecca richtete unterwürfige und leidenschaftlich schwarzglänzende Augen auf ihren Herrn und Besitzer und rang verängstigt ihre kleinen fetten Hände.

»Aber wo finde ich Hormelin! Das ist für Millionäre, Hormelin!«

»In dem Fall genügt Watte, denn sie hat erfreuliche Ähnlichkeit mit dem Pelz, der Hermelin und nicht Hormelin heißt. Steppen Sie dann noch farbige Bordüren auf die Vorderseite des Kleides.«

»Aber wo finde ich Bordüren? O Unglück über mich!«

»Wenn Sie doch bitte still sein möchten, Madame, und auf den hören, der weiß und befiehlt! Für die Bordüren oder Verzierungen meines künftigen Festgewands und Talars wollen Sie bitte einige Streifen aus den farbenprächtigen Kleidern Ihrer beiden Idiotinnen herausschneiden, die schon seit etlichen Jahren mit dem Blut der Monde geschlagen, doch in keinster Weise verheiratet sind, trotz Mühen und Schweiß meinerseits, des unglücklichen, gedemütigten Vaters, der sie nach allen Seiten anbietet, ohne je Interessenten zu finden! Aber genug. Die Verzierungen müssen mit größter Sorgfalt angebracht werden! Verstanden, teure Seele?«

»Ja, mein Pascha.«

»Schließlich nehmen Sie meinen Zylinder, den alten, den für den Regen, reißen den Rand ab, so daß es ein Barett wird, und nähen einen Besatz aus Watte darauf. Ich habe gesprochen. Die Sitzung ist aufgehoben. Leben Sie wohl, Madame, und Gott behüte Sie.«

Nachdem die Unglückliche ganz ratlos gegangen war, schickte sich Eisenbeißer unter den scharfen Blicken der halb aus ihren Körben gestiegenen Knirpse an, das Holzkohlenfeuer zu entzünden. Als das getan war, schaute er hinauf und warf ihnen Küßchen zu.

»Kleine Zicklein«, sagte er, »nun, da wir Gott sei Dank unter Männern sind, laßt uns wenig, aber laßt uns gut sprechen.«

»Und richtig«, sagte Lord Isaac.

»Ich habe die Anspielung verstanden, mein Lieber«, sagte Eisenbeißer, »doch Respekt vor derjenigen, die dich zur Welt gebracht hat. Seht, die Stunde ist gekommen, euch mit der Moussaka, diesem königlichen Gericht, bekanntzumachen. Verfolgt also genau meine Handgriffe, damit ihr, wenn ihr erwachsen und auf dem höchsten Gipfel des Reichtums angelangt seid, euch selbst euer morgendliches Breakfast zubereiten könnt. Ich erlaube euch sogar, eure Höhe zu verlassen und zu mir herunterzukommen, damit ihr besser versteht und lernt.«

Scharf beobachtet von den beiden schleunigst nach unten gekletterten Kleinen, goß er großzügig Öl in den Topf, der schon auf dem Herd stand. In köstlicher Erwartung vor sich hin pfeifend und ganz in seinem Element, zerschnitt er dann mit erstaunlichem Geschick sechs Tomaten, sechs Zwiebeln und zwölf Auberginen, warf das Ganze in die rauchende Kasserolle, gab das gehackte Hammelfleisch dazu und wischte sich die Hände an seinem Gehrock ab, den er daraufhin auszog, denn ihm war heiß. Mit nacktem Oberkörper pfefferte und salzte er, rührte um und strich glatt, schnupperte heftig und trällerte laut.

»Meine Herren, unsere Moussaka ist gar«, verkündete Eisenbeißer eine halbe Stunde später, nachdem er probiert hatte. »Sie länger auf dem Feuer zu lassen wäre verhängnisvoll. Nehmen wir den Topf also weg. Nun diese drei verquirlten Eier, seht ihr, meine Angebeteten, ich gebe sie dazu, um den Geschmack abzurunden, dann presse ich den Saft dieser Zitrone hinein zum Entzücken der Zunge, die dadurch angenehm gekitzelt wird. Das hätten wir, und jetzt esse ich! Ihr könnt näherkommen, meine Liebchen und Süßen, und sogar riechen, wenn das euer Wunsch und Verlangen ist. Sagt, meine Herzchen, ist sie nicht wunderbar, diese Moussaka? Iß mich! scheint sie zu rufen, findet ihr nicht?«

»Eßt mich, im Plural, ruft sie eher«, bemerkte fein der kleine Isaac, doch seine Anspielung blieb unbemerkt, denn sein Vater war damit beschäftigt, eine Schöpfkelle in die köstliche Mischung zu tauchen und daran zu schnuppern, bevor er sie mit einem gütigen Lächeln den beiden Kleinen unter die Nase hielt.

»Ist dieser Duft nicht berückend? Und jetzt dürft ihr eurem lieben Papa beim Essen zuschauen, ich gestatte es euch, denn ich weiß, daß es euch Spaß macht.«

»Wie gelungen diese Moussaka aussieht, Vater!« sagte Lord Isaac angelegentlich.

»Vielleicht«, erwiderte Eisenbeißer mit einer gewissen Zurückhaltung, denn er spürte die Gefahr. »Nun, wir werden sehen.«

»Wir?« schrien die beiden Buben in großem Jubel.

»Pluralis majestatis«, erklärte Eisenbeißer.

»Vater, darf ich es wagen, Ihnen ganz zärtlich zu sagen, daß ich einen Bärenhunger habe?« flötete Lord Isaac.

»Und ich einen Löwenhunger!« schrie Moses.

»Was tun, meine armen Kinder?« seufzte Eisenbeißer mit unschuldiger Miene. »Es gibt hier leider nichts für euch!«

»Es gibt doch die Moussaka!« riefen die Buben empört.

»Und was bleibt dann für mich? Rabenkinder, wollt ihr denn, daß euer Vater ins Schattenreich des Todes eintritt, solltet ihr womöglich böse kleine Vatermörder sein? Kommt, habt Geduld, meine Schätzchen. Zu Mittag, der Stunde des englischen Lunchs, gibt es für euch einen Maisbrei, der des italienischen Königs würdig wäre.«

»Nicht so gut wie die Moussaka!« rief Lord Isaac, der Jüngere, aber Mutigere.

»Was willst du machen, mein Teurer«, sagte Eisenbeißer, »Privileg des Alters. Du bist jung, du hast Zeit, und weiß Gott, wieviel Moussaka du in deinem Leben noch verdrücken wirst! Komm, sei brav, mein Spatz«, fügte er hinzu und strich über den kleinen Zylinder, »zu Mittag erzähle ich dir eine schöne Geschichte, während du dir einen köstlichen Brei schmecken läßt, dem ich, bist du bescheiden und wohlerzogen, mit Vergnügen etliche Tropfen Öl beimenge.«

»Ja, Erdnußöl!« schrie angewidert der kleine Rebell.

»Aber, mein lieber Freund, es gibt nichts Gesünderes als die Erdnuß! Frag nur die großen amerikanischen Gelehrten!«

»Sie nehmen immer Olivenöl!« erwiderte Lord Isaac, der sich nichts vormachen ließ. »Und zwar das beste, das aus Lucca! Und kaltgepreßt!«

»Lebensnotwendig, mein Schatz, für jemanden, der an galoppierender Schwindsucht leidet.«

»Und ich sage, das ist widerwärtig!« schrie der Winzling.

»Verzeihen Sie ihm, Vater«, schaltete sich Moses ein, »er ist nur ein Kind.«

Eisenbeißer hatte keine Lust durchzugreifen, er war zu stolz auf die Kühnheit seines ungestümen Benjamin. Schweigend musterte er ihn von Kopf bis Fuß. Was für einen Bankier würde er später abgeben! Plötzlich streckten sich vier kleine Arme, und ein Bettelkonzert brach aus.

»Nur ein bißchen Moussaka! – Ja, nur ein bißchen, um sie zu

schmecken! – Um zu wissen, wie sie schmeckt! – Wir schlucken gar nicht! – Eine Idee! – Nur um zu wissen, ob sie gelungen ist! – Unsere Bewunderung für Sie wird dadurch nur größer! Eine kleine Portion für unseren Kinderappetit! – Gott wird es Ihnen zehnfach vergelten! – Vater, seien Sie nicht unbarmherzig! – Hören Sie unser junges Rufen! – Schenken Sie unseren innigen Bitten Gehör! – Bleiben Sie nicht taub für unser kindliches Flehen! – Vater, hören Sie das Knurren unserer beiderseitigen Mägen! – Vater, unsere Mägen verzehren sich selbst! – Vater, Ihr Appetit ist bloß Kompensation! – Angesichts der Enttäuschungen eines unglücklichen Genies! – Unser Appetit dagegen ist physisch! – Gewähren Sie uns daher einen angemessenen Teil Moussaka! – Vater, wir reinigen uns auch die Hände, bevor wir die geliebte Moussaka verschlingen! – Vater, wir werden Gott preisen, der den Hammel schuf! – Vater, wir werden schmatzen, um Ihnen unsere gerührte Dankbarkeit zu zeigen! – Und wenn das Brot zur Moussaka auf den Boden fällt, dann küssen wir es heftig! – Und wir danken Gott, der dem Menschen erlaubt hat, das Brot aus der Erde zu holen! – Vater, Reichtum unserer Herzen, sehen Sie unser Leid! – Vater, wir haben ein leidenschaftliches Bedürfnis nach Moussaka! – Vater, nicht befriedigte Lust auf Moussaka führt zu Hydropsie! – Sie müssen befürchten, daß wir plötzlich anschwellen! – Liebster Vater, wir liegen in den letzten Zügen! – Ehrenwerter Herr Vater, haben Sie Mitleid! – Führen Sie unserem Innern einige Proteine zu! – Vater, wir sind hungriger als Piranhas! – Ja, Vater, hungriger als Piranhas, die Fische der süßen Wasser Amazoniens! – Berühmt für ihren Appetit! – Sie zerreißen ihre Beute mit ihren scharfen Zähnen in unglaublicher Geschwindigkeit! – Moussaka, Vater, im Namen des Hauptmanns Dreyfus! – Moussaka, Vater, im Namen des Oberst Picquart! – Vater, im Namen Émile Zolas! – Vater, im Namen Einsteins! – Vater, im Namen des berühmten Professor Freud! – Vater, im Namen des Marschall Foch! – Vater, im Namen der Académie française! – Im Namen der Propheten, Vater! – Vater, im Namen der Erklärung der Menschen- und Bürgerrechte! – Vater und Erzeuger, im Namen der unsterblichen Prinzipien von 1789!«

Obwohl von väterlichem Stolz erfüllt, glaubte Eisenbeißer die Frage dadurch erledigen zu können, daß er einen großen Zorn vortäuschte.

»Aber, meine Herren, was ist das für ein Sturm der Rebellion, der hier bläst? Wißt, daß ich keinen Aufstand dulde und bereit bin, durchzugreifen und euch alle beide in einen großen Kopfkissenbezug zu stecken, wenn ihr so weitermacht! Was sind das für Manieren, ihr kleinen Aufrührer, Moussaka-Kühler, regelrechte Mörder! An eurer Stelle, ihr kleinen Undankbaren, ihr wahrhaftigen Freimaurer, würde ich mich schämen, dem, der euch das Leben und zahlreiche Portionen Maisbrei schenkte, sein armseliges Frühstück zu mißgönnen! Selbst die Kinder der Löwen lassen ihren Vater in Ruhe essen! Welche Sünden habe ich nur begangen, daß ich solche Tiger unter meinem Herzen getragen habe? Ja, kriegt Kinder«, lachte er schmerzlich, »opfert euch für sie auf, denkt an ihre Zukunft, gebt ihnen eine hohe Bildung, bringt ihnen die Namen der verschiedenen Sterne bei, belehrt sie über Hypothekendinge, und sie werden es euch auf sonderbare Weise vergelten! Meine Herren, was sagt das heilige Gesetz unseres Herrn Moses, gelobt sei er bis ans Ende der Zeiten? Das heilige Gesetz sagt: Ehre deinen Vater! Heißt das, mich zu ehren, das frage ich euch in aller Aufrichtigkeit, meine Herren, wenn man mir grausam die Moussaka entreißen will genau in dem Augenblick, da sie sich anschickt, in meinem Mund heimisch zu werden und sich sowohl der Zunge wie der glatten Innenseite der Wangen anzuschmiegen und mit ihren abwechslungsreichen Geschmacksnuancen meinen entwöhnten Papillen Trost zu spenden?! In Wahrheit, meine Herren, das sage ich euch, müßt ihr die Gewissensbisse fürchten, die euch plagen werden, wenn ich nicht mehr von dieser Welt bin und toter als ein saurer Hering, auf immer unter schwarzer, feuchter Erde vergraben, endgültig erstarrt in ewiger Stille. Ach, wie haben wir ihn gequält, unseren armen

Papa, werdet ihr dann seufzen! Zu spät, meine Herren! Er liegt in seinem Sarg, und ihr werdet ihn nie wiedersehen, nie wieder seinen edlen, so hübsch zweigeflügelten Bart, nie wieder sein sanftes Lächeln! Und jetzt reicht es«, sagte er in verändertem Ton, »laßt mich in Frieden meinen Magen vollstopfen!«

Doch die beiden Buben blieben so hartnäckig, daß Eisenbeißer, kampfesmüde und ruhebedürftig, erst dem einen, dann dem anderen einen Happen spendete, nicht ohne auf den Berg hinzuweisen, den die Moussaka auf dem Eßlöffel bildete.

»Mehr! Mehr!« schrien die Kleinen um die Wette.

»Nein, meine Süßen, wißt ihr denn nicht, daß der Genuß von zuviel Moussaka bei vier- und fünfjährigen Kindern zu einer Verunreinigung des Bluts durch giftige Lymphe führt, was unerträgliche Nierenschmerzen, Harnverhaltung und Ödeme auslöst und schließlich Betäubung und den Verlust der geistigen Fähigkeiten? Mein Gewissen verbietet mir, eine solche Verantwortung zu übernehmen!«

»Reine Heuchelei!« schrie der kleine Isaac.

»Lassen wir die Diskussionen«, sagte Eisenbeißer, insgeheim entzückt von der Kühnheit seines Jüngsten. »Und kurzum, meine Herren, quält mich nicht mehr, denn ich bin sehr empfindlich, da ich doppelte Gefühlsnerven habe, und bedrängt mich nicht weiter, denn eure Portionen waren enorm gehäuft, und seid bitte ein bißchen wohlerzogen! Kehrt in eure Hängekörbe zurück, und laßt mich in Frieden essen, denn mein Magen knurrt! Kommt, los, nach oben, ich befehle es«, schloß er und ließ zur Bekräftigung einen unerbittlichen Wind fahren.

Nachdem die beiden Schätzchen schmollend gehorcht hatten, setzte er sich vor den Moussakaberg, griff zur Schöpfkelle und machte sich unter den dunklen Blicken von Moses und Isaac an den Verzehr. Beim zweiten Bissen schob dieser unberechenbare Mensch die Schüssel beiseite, warf die Kelle weg und stand auf.

»Klarmachen zur Kinderspeisung!« rief er laut.

Die Brüderchen verstanden sofort, was dieser Befehl bedeutete, und sprangen, ohne das Knotenseil zu benützen und auf die Gefahr hin, sich den Hals zu brechen, mit einem Satz aus ihren Körben. Wortlos schnappten sie sich Löffel, setzten sich, ganz Männer der Tat, zu Tisch und langten unter den stolzen Blicken ihres Vaters tüchtig zu. »Eßt auch Brot, viel Brot, denn es erhöht das Vergnügen des vollen Magens! Sollte euch aber in der Eile eine Scheibe Brot auf den Boden fallen, so versäumt nicht, sie um Verzeihung zu bitten und ihr einen Kuß zu geben!« – »Ja, ja, schon gut«, antworteten die Kleinen sehr beschäftigt.

Erhaben in seiner moralischen Gesinnung, die Faust in die Hüfte gestemmt, beobachtete Eisenbeißer voller Rührung das Schauspiel des Glücks, das er gestiftet hatte, bewunderte seine Sprößlinge, die fachmännisch, mit geschäftigen Patschhänden und eifrigen Mündern ihre Mägen füllten, während die kleinen Zylinder im Takt der Kiefer nickten. Plötzlich hielt er es für angebracht, seine Verdienste öffentlich zu würdigen.

»Ich opfere mich für meine Kinder, denn ich bin gut! Ich habe ihnen neun Zehntel meiner Moussaka abgetreten! Sei's drum, wenn ich unterernährt bin, Hauptsache meine Kinder sind glücklich! Denen zum Glück zu verhelfen, die man liebt, das ist das oberste Gebot!«

Die Schönheit seiner Worte überwältigte ihn, und mehrere Tränen liefen über seine ausgemergelten Wangen, während die beiden Kleinen emsig kauten. Er hütete sich, seine Tränen zu trocknen, und vergewisserte sich vor dem Spiegel über dem Ausguß, daß sie auch gut sichtbar waren.

»Ich bin tief gerührt«, sagte er laut und vernehmlich.

Diese Erklärung hatte den Zweck, die Aufmerksamkeit der kleinen Esser zu erregen, solange noch Zeit war, denn die fünf Tränen, erhitzt von den glühenden Wangen des Schwindsüchtigen, würden bald verdunsten. Doch die allzu beschäftigten Undankbaren hoben nicht einmal den Kopf. Fünf Tränen verloren, verschwendet! Er seufzte, legte die Hand auf seine Stirn, um die Enttäuschung zu vertreiben, zuckte die Schultern, schickte sich drein. Das war eben das Schicksal der Väter! Einige Minuten später schoben die beiden Buben ihre leeren Teller weg, stießen einen Seufzer der Befriedigung aus und standen auf.

»Wir sind besänftigt und gesättigt«, lächelte Lord Isaac. »Ich danke Ihnen in meinem eigenen Namen ebenso wie in dem meines lieben Bruders, dessen Gefühle ich getreulich wiederzugeben glaube, für dieses gute Frühstück.«

Eisenbeißer, der fand, daß es dieser Dankbarkeitsfloskel an Herzlichkeit gebrach, verneigte sich kaum. Worauf Lord Isaac hinzufügte, er und sein Bruder würden sich nun etwas ausruhen, »um die Verdauung der Moussaka zu erleichtern«. In ihren Körben schliefen die Kinder fast umgehend ein, rettungslos überfressen. Sie schnarchten bereits, als Eliacin atemlos in der Tür erschien, den Arm zum römischen Gruß erhoben.

»Die Cousins treffen in ein paar Minuten ein«, verkündete er, »aber ich glaubte ihnen durch einen wilden Galopp zuvorkommen zu müssen, liebster Vater, um Sie für alle Fälle zu warnen, den Bericht über meine Abenteuer verschiebe ich jedoch auf später!«

»Sehr gut. Erwarte sie vor der Tür, um ihnen als Abgesandter deines Vaters und gewissermaßen mit seinen Geschäften Beauftragter die Ehre zu erweisen. Dann führe sie in meinen Schlaf- und Empfangskeller. Bitte sie, sich zu gedulden, denn ich möchte sie ein wenig schmoren lassen in ihrem Respekt.«

»Ich kann es Ihnen nicht verdenken, Vater! So machen es auch die Minister!«

»Und die großen Advokaten«, ergänzte Eisenbeißer. »Sag ihnen, daß dein verehrter Vater in großer Meditation des Gehirns befangen ist. Und wenn sie sich vor Ungeduld winden wie auf glühenden Kohlen, dann bezaubere sie durch irgendeine scharfsinnige Rede.«

»Ich erwäge, ihnen meine neueste Theorie vorzustellen, die ich zusammen mit Moses, meinem lieben Bruder und ersten Assistenten, ausgearbeitet habe, nämlich eine Theorie der Elementarteilchen. Oder doch eher nicht, denn sie hätten Schwierigkeiten, das zu verstehen. Lieber biete ich ihnen einen Vergleich zwischen den Dichtern Rimbaud und Lautréamont, wobei der letztere übrigens ziemlich überschätzt wird.«

Seine Unwissenheit überspielend, stimmte Eisenbeißer gnädig zu, erklärte, dieser Vergleich sei eine gute Idee, und drängte seinen Sohn, den Cousins entgegenzugehen. Eliacin gehorchte folgsam und stürzte los. Soviel zu ihm.

»Rebecca, o Fettgebirge, o Langsame, o Sultanin der Schildkröten!« rief Eisenbeißer.

Sogleich trat sie ein mit ihrem armseligen, verschämten Lächeln, schwerfällig keuchend und mühsam sich bewegend, die Arme als Balancierstange von sich streckend wie der Seiltänzer bei seinem Drahtseilakt. Sie hielt das Barett und den Talar, die sie fertiggestellt hatte, und erklärte ihrem lieben Effendi, dem Licht ihrer Augen, »das Abführmittel von heute morgen, das meine Gedärme in Aufruhr versetzt hat« sei schuld an der Verspätung.

»Danke, Gnädigste.« Eisenbeißer verbeugte sich. »Sie können gehen.«

Als er allein war, setzte er sich den Zylinder auf, der durch die Entfernung der Krempe und die Verbrämung mit Watte statt Hermelin in ein Barett verwandelt worden war. Dann breitete er das zum Talar gewordene großmütterliche Kleid auf dem Tisch aus und erfreute sich an dem ebenfalls aus Watte gefertigten Kragen sowie an den Verzierungen aus türkis- und orangefarbener Seide, die Rebecca aus den Sabbatkleidern ihrer weinenden Töchter herausgeschnitten hatte. »Sehr passend«, murmelte er. Beim Gedanken an den Kummer seiner grausam ihrer Prunkgewänder beraubten Töchter rührte ihn plötzlich das Mitleid, und er schneuzte sich lautstark. Arme Tresorine, arme Tresorette! Na gut, er würde ihnen zwei neue noch schönere Kleider kaufen und außerdem einige Kilo Sesamnougat, um sie zu mästen.

»Und damit sie endlich heiraten können, diese trübseligen Geschöpfe«, lächelte er gutmütig.

Nachdem er die große Korbflasche hochgehoben und lange den Wein in seinen Mund hatte laufen lassen, zog er den Talar an, knöpfte ihn zu, setzte sein Barett etwas schief auf, damit es nach alter Gewohnheit aussah, betrachtete sich von Kopf bis Fuß, indem er mit einem Stückchen Spiegel an seiner ganzen Gestalt entlangfuhr. Sehr gut, sehr gelungen, er würde siegen! Mit beiden Händen raffte er den Saum seines Talars und vollführte mehrere Freudensprünge, so daß die großen nackten Füße aneinanderstießen.

Plötzlich hielt er inne, denn er hörte die Stimmen der Cousins im Nebenkeller. Er verwarf seinen Plan, sie warten und sich im Respekt verzehren zu lassen, und da er überdies ungeduldig war und sich endlich in seiner ganzen Glorie zeigen wollte, beschloß er, auf der Stelle zu handeln. Dazu setzte er das Barett gerade auf, damit es nach seriösem Amt aussah, ließ zwei oder drei Winde fahren, um den Geist frei zu bekommen, und nahm Anlauf. Als großer Gelehrter, der es eilig hat, riß er mit gesenktem Kopf und besorgtem Blick die Tür auf und begrüßte, schwungvoll das Barett lüpfend, seine vier Cousins.

VII

Bevor ich fortfahre und erzähle, was Eisenbeißer seinen Besuchern mitteilte, sollte ich diese letzteren für den, der sie noch nicht kennt, vorstellen. Höre also, o unbekannter Freund, den ich niemals sehen werde und doch vielleicht sehr gern gehabt hätte.

Weitläufige Verwandtschaftsbeziehungen verbanden Eisenbeißer, Saltiel, Salomon, Mattathias und Michael – welche die Juden von Kephalonia die Tapferen oder auch die Tapferen von Frankreich nannten. Die fünf Gefährten und Cousins gehörten nämlich zur jüngeren Linie der Solal, die sich nach fünf Jahrhunderten des Umherschweifens in verschiedenen französischen Provinzen am

Ende des 18. Jahrhunderts auf der griechischen Insel Kephalonia der zweihundert Jahre zuvor aus Spanien gekommenen älteren Linie angeschlossen hatte.

Die jüngeren Solals hatten von Generation zu Generation die französische Sprache weitervererbt, eine bisweilen archaische Sprache, die gespickt war mit veralteten Wörtern wie beispielsweise »desverie« (statt »folie«, Verrücktheit), »courbassé« (statt »courbé«, gebeugt), »coltel« (statt »couteau«, Messer), »syndiquer« (statt »critiquer«, kritisieren), »destorber« (statt »déranger«, stören), »vesprée« (statt »crépuscule«, Dämmerung), »copie« (statt »abondance«, Fülle), »se dementer« (statt »lamenter«, klagen), »estorbeillon« (statt »tourbillon«, Wirbel). Die französischen Touristen, die, kaum angekommen, den Besuch ihrer begeisterten Landsleute, der mit kleinen Geschenken beladenen Tapferen, empfingen, lächelten über deren geschwollene und altertümliche Redeweise. Diese Treue zu dem edlen Land und der alten Sprache war rührend. So lasen die fünf Freunde an den Winterabenden, um ein Kohlenbecken sitzend, zusammen Villon, Ronsard, Rabelais oder Montaigne, um die »eleganten Wendungen« nicht zu verlernen, die ihnen manchmal Tränen der Ergriffenheit in die Augen trieben. Die fünf Cousins waren stolz, französische Staatsbürger geblieben zu sein. Mattathias, Salomon und Saltiel waren aus verschiedenen Gründen und trotz ihrer Hartnäckigkeit vom Militärdienst befreit worden. Michael und Eisenbeißer aber waren stolz darauf, ihn im hunderteinundvierzigsten Infanterieregiment zu Marseille abgeleistet zu haben. Michael war ein schöner Tambourmajor gewesen und Eisenbeißer ein barscher Korporal.

Ihr Erfindungsreichtum, die Freundschaft, die sie miteinander verband, ihr Ruf als große französische Patrioten, ihre politischen, diplomatischen und literarischen Kenntnisse, ihre wirre und leidenschaftliche Inkompetenz verliehen den Tapferen großes Ansehen bei ihren Artgenossen. Sie waren die Aristokratie dieses konfusen, phantasievollen, unglaublich überschwenglichen und naiven Völkchens. Um eine Vorstellung von der Treuherzigkeit der Kephalonier zu geben, mag die Geschichte genügen, wie Eisenbeißer einmal mit dem Herzeigen einer amerikanischen Münze eine Menge Geld verdiente. Er kaufte einem Touristen einen Dollar ab und verkündete seinen Glaubensbrüdern, daß er gegen eine Kupfermünze einen echten Taler aus Amerika vorführen würde. Die Massen drängten sich vor der Wohnung des pfiffigen Mannes, der sich ein paar Tage später im Besitz einer ganzen Stange Kupfermünzen befand.

Die Beredsamkeit der Tapferen verblüffte diese orientalischen Schwätzer. Ihre Wortgewandtheit war teilweise darauf zurückzuführen, daß sie dreißig Jahre zuvor einen ausgehungerten Gelehrten aus Paris hatten kommen lassen, der für ein paar Monate ihr Lehrer in schöner Ausdrucksweise gewesen war. Außerdem hatten sie viel gelesen und auch viel behalten, aber planlos und ins Blaue hinein.

Das Vorangegangene erklärt, warum die Juden von Kephalonia stets herbeiliefen, wenn Eisenbeißer und seine Komplizen sich trafen, um miteinander zu reden und verwelkte Neuigkeiten auszutauschen. Aber die Tapferen von Frankreich hielten auf ihr Ansehen, verkehrten wenig mit dem, was sie den Plebs nannten, und achteten darauf, ihren Zusammenkünften einen geheimnisvollen Anstrich zu geben, der sie in den Augen ihrer vor Neid gelben oder vor Bewunderung knallroten Glaubensbrüder nur noch größer machte.

Und jetzt, nachdem Eisenbeißer schon vorgestellt wurde, geziemt es sich, die vier anderen Tapferen kurz zu beschreiben. Zuerst Saltiel Solal. Saltiel, der Onkel mütterlicherseits des schönen Solal, war ein treuherziger und feierlicher kleiner Greis, jetzt fünfundsiebzig, und so sympathisch mit seinem rasierten, von liebenswürdigen Fältchen durchzogenen feinen Gesicht, seinem Büschel weißer Haare, seiner schräg aufgesetzten Biberfellmütze, seinem haselnußbraunen Gehrock, an dem immer ein Jasminsträußchen blühte, seinen kurzen, unter dem Knie zusammengehaltenen Hosen, seinen taubenblauen Strümpfen, seinen Schnallenschuhen, seinem Ohrring, seinem gestärkten Schülerkragen, seinem indischen Schal, der seine fröstelnden Schultern schützte, seiner geblümten Weste, zwischen deren Knöpfe er als begeisterter Napoleonanhänger oft zwei Finger steckte.

Dem ausgesprochen guten und sehr frommen Saltiel war im Leben kein Erfolg beschieden. Naiv und enthusiastisch hatte er die schillerndsten Berufe ergriffen, die einer nach dem andern verpufft waren. Ein paar Wochen lang war er sogar politischer Berater eines kleinen arabischen Potentaten gewesen, dessen sittliches Verhalten ihm aber rasch mißfallen hatte, so daß er sich in einer mondlosen Nacht, als weiblicher Geist verkleidet, heimlich aus dem Staub gemacht hatte. Während eines halbes Jahrhunderts war sein Gehirn übergesprudelt von genialen Erfindungen, die ihn in den Ruin trieben. Jetzt versuchte er notgedrungen, seinen Lebensunterhalt zu verdienen, indem er Postkarten malte und mit Glitzerkörnchen verzierte und, ausgerüstet mit einer Lupe und einer Nadel, Verse aus dem Deuteronomium in Kastanien oder Hühnerknochen ritzte. Zu den mageren Einnahmen aus diesen Arbeiten kam zum Glück noch eine bescheidene Rente hinzu, die seine Schwester, Solals Mutter, ihm hinterlassen hatte.

Seit langen Jahren wohnte Onkel Saltiel im ehemaligen Taubenturm einer stillgelegten Fabrik, am oberen Ende der Gasse der Guten Gerüche. Gemütlich eingerichtet und mit Hilfe der Cousins frisch gestrichen, hatte diese kleine reinliche Behausung Ähnlichkeit mit ihm, und sie saß schief wie eine Biberfellmütze auf dem grasbewachsenen Dach der alten Fabrik. Er verlebte dort friedliche Tage.

Morgens gleich nach dem Aufstehen nahm er mit Hilfe eines Krugs und einer Schüssel umfassende Waschungen vor. Nachdem er sich sorgfältig rasiert und sein Taschentuch mit Bergamotte-Essenz parfümiert hatte, betete er, die Schultern mit dem rituellen Schal bedeckt, dankte dem Ewigen, daß er ein Mann und folglich ein bewundernswertes Geschöpf war, und bat Ihn mit zum Himmel erhobenen Händen, seinen Neffen zu beschützen. »Er ist der Sohn meiner Seele, das weißt Du, Herr. Daher bitte ich Dich, ihn in Genf gesund zu erhalten, ihn erfolgreich sein zu lassen, jedoch in aller Rechtschaffenheit und Tugend, und ich danke Dir schon im voraus, o König der Welt.« Am Schluß empfahl er der göttlichen Fürsorge nacheinander die französische Republik und ihren Präsidenten, »der ein sehr guter Mann ist, bescheiden, vernünftig und höflich, kurz, einer wie ich«, dann seine vier Cousins, dann die Juden in aller Welt, dann die Katholiken, die Protestanten und überhaupt das ganze Menschengeschlecht mit Ausnahme von Adolf Hitler, »falls er sich nicht durch Deinen Willen verändert, Herr, aber, unter uns, das halte ich wirklich nicht für möglich, bei dieser bösen Stimme, die er hat!«

Wenn er seine Gebete beendet hatte, meditierte er fünf Minuten über einen Psalm, mit der Uhr in der Hand, denn die literarischen Werke König Davids langweilten ihn doch beträchtlich, wenn er sich das auch nicht eingestand. Dann schloß er seine Tür, weil er nicht Gefahr laufen wollte, von irgendeinem Glaubensgenossen strenger Observanz überrascht zu werden, und las ein oder zwei Seiten im Neuen Testament, das er insgeheim bewunderte. »Ich bin ein guter Jude«, vertraute er sich selbst an, »und das heilige Gesetz ist meine Kraft und mein Turm, aber trotzdem finde ich, daß der Arianismus etwas für sich hat, Arius hatte recht zu sagen, daß Jesus ein vollkommener Mensch, ein großer Prophet war. Und schließlich war der Sohn von Josef und Maria einer von uns, zum Teufel noch mal! Deshalb trete ich auf meinen Reisen, wenn ich an einer christlichen Kirche vorbeikomme und allein bin, immer ein, um ein kleines Gebet zu sprechen. Pst! Doch Vorsicht, meine Herren, damit es keine Mißverständnisse gibt, Moses ist unser erhabener Gebieter, und der Ewige ist unser Gott, der Ewige ist Einer, ganz und gar Einer, nichts als Einer!«

War der religiöse Teil beendet, trank Saltiel meistens einen schwarzen Kaffee zum Frühstück, der ihm aus dem Café unten geliefert und in einem Korb an einer langen Schnur hinaufbefördert wurde. Nachdem er seinen Gehrock mit einem vom Dach gepflückten Jasminbüschel geschmückt hatte, ging er hinaus und wanderte freundlich durch die Sträßchen des jüdischen Viertels, verteilte Bonbons an die sogleich herbeilaufenden Kinder und sinnierte über die Formulierungen irgendeines schönen politischen Briefes voller weiser Ratschläge, den er nachher in seinem Taubenturm verfassen würde. Hier beispielsweise der letzte Abschnitt seines jüngst an einen französischen Ratspräsidenten gerichteten Schreibens:

»Glauben Sie mir, Teure Exzellenz, und befolgen Sie meine Ratschläge, denn bei langem Nachdenken in meinem Taubenturm habe ich tief in den Stamm des Baums der Erkenntnis gebissen! Versuchen Sie also, den Herren Abgeordneten zu erklären, sie sollen nicht dauernd die Regierung stürzen, zum Teufel, und sei es nur, um nicht gegenüber den Anderen, Stets Zur Häme Bereiten Nationen eine Schlechte Figur zu machen! Und sagen Sie auch den Sozialisten, sie sollen ein bißchen Vernünftig sein, nichts übereilen, nicht zuviel auf einmal verändern, sondern eins nach dem andern, Sanft und mit ein wenig Geduld, aber die Arbeiter sollen natürlich gut bezahlt werden! Mit dem Segen eines Bescheidenen Alten Mannes, Israelit in der Seele, aber Franzose im Herzen und in den Ausweispapieren, der Ihnen schon mehrmals geschrieben hat, ohne daß ihm eine Antwort Vergönnt gewesen wäre, und hofft, diesmal eine zu bekommen, wobei Saltiel Solal in Kephalonia als Adresse genügt, und der, ohne Sie beleidigen zu wollen, eine französische Briefmarke für die Antwort beilegt, die ihm der griechische Amtsdiener des Französischen Konsulats verschafft hat, er ist wirklich Sehr Hilfsbereit, und ich empfehle ihn Ihnen für eine Gehaltserhöhung, denn er hat vier Töchter und eine ist blind und nicht verheiratbar! Mit Hochachtung, Exzellenz!

Saltiel Solal.«

Und hier der Wortlaut eines anderen Briefes, den er an Charles Maurras schrieb und auf den er genausowenig eine Antwort erhielt wie auf seine Briefe an Minister:

»An den Großen Herrn Schriftsteller Maurras, mit Hochachtung, wohnhaft in Paris, Frankreich. Lieber Herr Großer Schriftsteller, obwohl ich keines Ihrer Bücher gelesen habe, aber Sie sollen wirklich ein Großer Schriftsteller sein, der griechische Amtsdiener des Französischen Konsulats, er bringt die Pakete, kehrt die Büros, aber er ist recht Gebildet und liest die französischen Zeitungen, hat mich daran erinnert, daß Sie auch ein Großer Antisemit sind und die Israeliten immer noch hassen! Sie sind ein Mensch und daher sterblich wie wir alle leider, aber was soll man machen? Also, um Himmels willen, warum andauernd Böse sein und worin besteht das Vergnügen? Verbringen Sie die paar Jahre, die Ihnen zu leben bleiben, nicht in Bosheit, die die Seele schändet! Ist es denn ein Lebenszweck zu hassen? Seien Sie gut, Großer Herr Schriftsteller, das ist des Ewigen Gebot! Ich schreibe Ihnen, weil ich eine Photographie von Ihnen gesehen habe, der griechische Amtsdiener hat sie mir gezeigt, als der Konsul verreist war, weil seine Mutter schwer am Herzen erkrankt ist, die arme Frau! Wir sind alle Kinder Gottes, also Brüder, und daher müssen wir uns lieben! Versuchen Sie es, Herr Angehöriger der Académie Française, und Sie werden sehen, wie Angenehm es ist! Sie werden nicht mehr dieses Unzufriedene Gesicht haben wie auf der Photographie! Ich hoffe also, daß Sie sich geändert haben, und in dieser Hoffnung schicke ich Ihnen den Segen von Bruder zu Bruder, wenn auch mit Hochachtung wegen der Académie Française und eben Ihrer großen Bildung! Aber ich empfehle Ihnen, gut zu sein! Ist es gut zu wollen, daß die armen Israeliten leiden und gedemütigt werden? Sie verdienen es nicht! Schauen Sie zum Beispiel meinen Cousin Salomon an, er läßt sich lieber von einer Mücke stechen, als daß er sie zerquetscht! Also?

Wie kann man ihn hassen? Das ist doch unmöglich! Mit einem Lächeln der Hoffnung unterzeichne ich,

Ihr Saltiel Solal.

Psst! Jesus war übrigens Israelit! Seine verehrte Mama auch! Die Apostel auch! Also!«

Mattathias Solal, genannt Kapitän der Geizhälse, genannt Harzkauer, genannt Witwer aus Sparsamkeit, genannt Bankkonto, war der Besitzer der Barkasse, die das Soda für die Seifensieder der Insel transportierte. Dieser hagere, ruhige, umsichtige und gelbe Mann war mit abstehenden, spitzen Ohren ausgestattet, die alles hören zu wollen schienen, um unmittelbaren Nutzen daraus zu ziehen. Im Gegensatz zu seinen Cousins, die alle vier sehr großzügig waren und, sobald sie ein paar Drachmen hatten, diese sofort ausgaben, ohne sich um den nächsten Tag zu scheren, hing Mattathias an den Gütern dieser Welt, wie auch manche Angehörige anderer Religionen daran hängen. Wenn er von Geld reden hörte, zitterten seine Ohren und vollführten eine Vierteldrehung. Seine blauen Augen schielten, weil er dauernd in die Ecken spähte, um verlorene Brieftaschen zu finden. Er fand kaum welche, aber er ging immer vorsichtig und suchte mit seinem mißtrauischen Blick die Wege ab, blieb manchmal stehen, um »ganz saubere Stücke Brot, die Unbesonnene weggeworfen hatten«, aufzuheben und zu Hause köstlichen Brei daraus zu kochen. Es kam sogar vor, daß er an einer dünnen Schnur einen Magneten hinter sich her zog, mit dem er Näh- und Stecknadeln einsammeln wollte, die »untugendhafte Frauen« verloren haben mochten.

Mattathias trug eine grüne Mütze und sein gelber, in der Taille geraffter Kittel war behängt mit handgemalten Postkarten, die er Saltiel abgekauft hatte und nun den Touristen feilbot, indem er mit gesenktem Kopf, aber erhobenem, schrägem, neugierigem, genauem, raschem, berechnendem Blick in den Augen der Fremden auf den Wunsch nach seiner Ware lauerte.

Dieser geschickte Mann stand auch an der Spitze eines maritimen Unternehmens. Gegen geringen Lohn wie Murmeln, Streichhölzer und Bleistifte angelten etwa dreißig Buben für ihn Fische. Zudem verschmähte Mattathias, der als Millionär galt, auch kleine Profite nicht. Wenn er sich Kaffeepulver borgte, trocknete er es nach dem Gebrauch in der Sonne und gab es den freundlichen Nachbarn am nächsten Tag zurück. Man erzählte, er habe zur Zeit seiner Ehe, als sein Säugling gestorben sei, zu seiner Gattin gesagt: »Hör zu, Frau, wir können nicht die ganze Milch aus deiner Brust verkommen lassen, wir müssen sie verkaufen oder sie für unser Frühstück verwenden, zum Gedenken an den lieben Kleinen, der traurig wäre, wenn er von der Vergeudung erführe.« Diese letzte Geschichte, von Eisenbeißer mit Nachdruck verbreitet, war gewiß erlogen.

Noch ein Detail. Mattathias hatte nur eine Hand, sein rechter Arm endete in einem großen Messinghaken, mit dessen Hilfe er sich, wenn er die Zahlungsfähigkeit eines Kreditnehmers abschätzte, den kahlgeschorenen Schädel kratzte, um besser nachdenken zu können.

Und nun der schwitzende und würdevolle Fünfzigjährige, Michael Solal, schmucker Amtsdiener des großen Rabbiners, den die Juden der Insel den Janitscharen Seiner Ehrwürden nannten. Ein gutmütiger Riese, dieser Michael, ein großer Vernascher von Damen und schrecklicher Verführer, den die Frau des griechischen Präfekten selbst, so wurde erzählt, in mondlosen Nächten um Mitternacht in einer Höhle traf.

Wenn er in den verwinkelten Gassen des jüdischen Viertels spazierenging, eine Hand in der Hüfte und in der anderen seine Wasserpfeife, sang Michael gern mit seiner Baßstimme und zog die unterwürfigen Blicke der jungen Mädchen auf sich, die bewundernd an seiner hohen Gestalt hingen, seinem geschorenen Schädel, seinem dicken, schwarzgefärbten und wie ein Frühstückshörnchen gebogenen Schnurrbart, seinen behaarten Armen, seinen massiven Fäusten, seinen starken Seilen gleichenden Halsmuskeln, seiner plissierten weißen Fustanella, die nur bis zu den Knien ging, seinen langen weißen Wollstrümpfen, die von einer roten Kordel gehalten wurden, seinen Pantoffeln, auf deren gebogener Spitze ein roter Bommel saß, seinem breiten Gürtel, aus dem die damaszierten Kolben zweier antiker Pistolen herausragten, seiner kleinen Weste mit goldenen Litzen und Knöpfen. Die tugendhaften Damen, die zum Ritualbad gingen, schlugen die Augen nieder, wenn sie ihm begegneten, und die Kinder hörten auf zu schreien.

Es muß noch hinzugefügt werden, daß Michael der einzige Jude war, der den Pantokrator, den höchsten Berg der Insel, bestiegen hatte. »Was für ein Barbar und wahrhafter Heide!« sagten seine Glaubensgenossen voll Bewunderung. »Tausendvierhundert Meter hoch zu steigen, stellt euch das mal vor!«

Der jüngste und nicht unsympathischste der Tapferen war Salomon Solal, ein pummeliger Israelit von so kleinem Wuchs, daß er in einem Kinderbett schlief, mit Gitterstäben, damit er nicht in der Nacht hinauspurzelte, wenn er in seinem üblichen Alptraum, vor Angst vergehend, Göring beherzt die Meinung sagte. Er war rührend mit seinem runden, bartlosen, sommersprossigen Gesicht, seiner Stupsnase, seinem abstehenden Haarbüschel über der Stirn, seinem dicken Bäuchlein, seiner kurzen grünen Jacke, seinen roten Pluderhosen, seinen nackten Waden und seinen unschuldigen vierzig Jahren.

Dieser kleine Schatz von einem Meter siebenundfünfzig war von Mai bis September Verkäufer von Erfrischungen, im Winter Verkäufer von warmen Krapfen und zu allen Jahreszeiten Schuhputzer. Niedlich, wie er, zwei Tonkrüge über die Schulter gehängt, die Kundschaft herbeirief, indem er mit einer Hand seine beiden Becher aneinanderschlug. »Aprikosenwasser und Limonade aus kleinen Duftzitronen!« rief er freundlich. »Frisch wie die Augen der Gazelle und wie die Lippen der Sulamith ist mein

Aprikosenwasser! Wer Durst hat, komme und lösche ihn! Ein Groschen für die Reichen und gratis für die Armen!« Mit der anderen Hand hielt er seine Kiste mit Schuhcreme in allen Farben.

Dieser Engel wichste die Schuhe der Armen und der Freunde umsonst, was ihm Rügen seitens seiner Gattin einbrachte, eines langen Geschöpfes mit einem einzigen, aber kräftigen Zahn, das ihn mit pharmazeutischen Spezialitäten ruinierte. Wenn sie ihn schalt, ging er schmollend nach draußen und tröstete sich mit einem imaginären kleinen Hund, den er streichelte. »Du bist lieb«, sagte er zu ihm, »wir beide, wir verstehen uns.« Oder, ein anderer Trost, er nahm das alte Grammophon mit dem langen Trichter, flüchtete sich damit aufs Dach seines Häuschens und gönnte sich das Vergnügen, Dirigent zu spielen. Sobald die näselnde Musik ertönte, dirigierte er mit einem Stöckchen, vollkommen sicher, die Posaunen arrondierend, die Pizzikati pointillierend. Am Ende des Stückes verbeugte er sich, den Stab in der Hand, vor einem rasenden Publikum. Und dies noch: Dieser treuherzige kleine Kerl bemühte sich verbissen, aber vorsichtig, schwimmen zu lernen, indem er mit seinen hübschen Händchen in einer wassergefüllten Wanne Schwimmbewegungen machte. Eins, zwei, eins, zwei, skandierte er gewissenhaft nach der Morgentoilette. Doch das Ergebnis war nicht zufriedenstellend.

Salomon war sehr sensibel und bekam bei der kleinsten Gefühlsregung Schluckauf. In einem solchen Fall machte Eisenbeißer sich einen Spaß daraus, ihn überraschend zu ohrfeigen, weil es angeblich kein besseres Mittel gegen Schluckauf gebe, doch die Angst, die der Kleine dabei verspürte, hatte nur den Effekt, den Krampf noch zu verschlimmern. Der Ärmste mochte seinen gutmütigen Verfolger darum nicht weniger. Dieser Engel bestand nur aus Liebe. Wenn er allein war und sich die Hände wusch – was er sehr oft tat, reinlich wie er war –, kam es beispielsweise vor, daß er ohne jeden Grund laut sagte: meine liebe Gattin, oder auch: mein lieber Onkel Saltiel, und in seiner Einsamkeit dem geliebten Objekt zulächelte.

Wie Onkel Saltiel war auch Salomon tief gläubig. Das zeigte sich einmal, als Eisenbeißer aus reiner liebevoller Bosheit in seiner Gegenwart, nur um ihn zu schockieren, erklärte, Gott gefalle ihm nicht, aber ganz und gar nicht, und der arme Kleine, dem sich die Haare sträubten, davonlief, um solche Abscheulichkeiten nicht hören zu müssen. Als der Bey der Lügner ihm aber nachrief, der Ewige der himmlischen Heerscharen sei ein Angeber, ein Wichtigtuer und Lügengeschichtenerzähler, hielt der empörte Salomon es nicht mehr aus und vollbrachte die erste Bluttat seines Lebens. Er hob einen runden Stein auf, indem er sich innerlich mit König David, dem Besieger Goliaths, verglich, und warf ihn mit solcher Kraft, daß er einem Esel, der des Weges kam, ohne an etwas Böses zu denken, ein Auge ausschlug. »Wenn ich nett bin, dann bin ich sehr nett«, erklärte der kleine Tapfere den herbeigeeilten Juden, »aber wenn ich nicht nett bin, dann bin ich fürchterlich!«

Und noch dies: Salomon, der sich bei einem christlichen Bauern von Gastouri, einem der Dörfer der Insel, verdingt hatte, unterbrach eines Morgens seine Olivenernte, um die Wände des Stalls mit hübschen Blumen zu bemalen. »Damit sich die Kühe freuen, die Armen sind immer angebunden und langweilen sich«, erklärte dieser Engel. Dies noch, und dann ist Schluß: Er war die Keuschheit selbst. Die Anzüglichkeiten Michaels ließen ihn erzittern, den armen Kleinen, und er hielt sich die Ohren zu, um die galanten Geschichten des Janitscharen nicht zu hören, den er doch wahnsinnig bewunderte. Salomon bewunderte übrigens ganz generell. Alles berauschte, alles überwältigte ihn. Dieses reine Herz war mit einem großen Verlangen nach Respekt begabt. Salomon, mein vertrauter kleiner Freund in den Tagen des Ekels.

Meine Feder hat innegehalten, und ich habe plötzlich mein Volk im Land Israel gesehen, jugendlich aus einer erhabenen Vergangenheit hervorgegangen, uralter Frühling, männliche Schönheit, der Welt offenbart. Lob und Preis sei euch, ihr Brüder in Israel, erwachsen, würdig, ernst und ohne viel Worte, mutige Kämpfer, Erbauer von Heimat und Recht, israelisches Israel, meine Liebe und mein Stolz. Aber was kann ich dafür, daß ich auch meine Tapferen liebe, die weder erwachsen noch würdevoll, noch ernst, noch wortkarg sind? Ich werde also noch einmal über sie schreiben, und dieses Buch wird mein Abschied sein von einer aussterbenden Art, von der ich eine Spur hinterlassen wollte, mein Abschied vom Ghetto, in dem ich geboren bin, dem charmanten Ghetto meiner Mutter, eine Hommage an meine tote Mutter.

VIII

»Meine Herren, ich begrüße euch universitär«, sagte Eisenbeißer, sein wattebesetztes Barett lüpfend.

Die mangels Stühlen auf dem Boden sitzenden vier Tapferen betrachteten verblüfft den türkis- und orangefarben verzierten Talar. Mattathias hörte auf, sein Harz zu kauen, Michael ließ den Schlauch seiner Wasserpfeife los, und Salomon bekam Schluckauf. Saltiel erhob sich, verschränkte die Arme.

»O Eisenbeißer«, sagte er, »bist du verrückt geworden, was ist das für ein Karneval?«

»Dieser Karneval, mein Lieber, ist Professor an einer Universität«, begann Eisenbeißer wieder und zog noch einmal den Hut.

»Welcher Universität?«

»Einer großen!«

»Aber wo ist sie, diese Universität?«

»Hier!« sagte Eisenbeißer und zeigte auf seine Stirn. »Aber bald in einem prächtigen Gebäude.«

»Und wer hat dich zum Professor ernannt?« fragte Saltiel mit der Absicht tödlicher Ironie.

»Ich«, antwortete Eisenbeißer. »In meiner Eigenschaft als Kenner meines Werts.«

»Wahrlich eine außergewöhnliche Ernennung!«

»Für eine außergewöhnliche Persönlichkeit eine außergewöhnliche Ernennung!« erwiderte Eisenbeißer. »Lieber Saltiel, dein polizeiliches Verhör scheint mir einer gewissen Eifersucht zu entspringen. So sind die Menschen, leider, und es wird einem nur schwer verziehen, wenn man die gewöhnliche Mittelmäßigkeit nicht teilt. Na gut, Schwamm drüber, und wisse, o Saltiel, daß es für alle höchste Ehrungen geben wird! Laß also deine Entrüstung, und öffne deine Ohren, denn ich werde alles erklären!«

»Nein, nicht sofort, bitte«, sagte Salomon mit erhobenem Zeigefinger, »denn ich muß draußen ein kleines Geschäft verrichten. Warte also, bis ich wiederkomme, lieber Eisenbeißer, denn deine Geschichte gefällt mir außerordentlich, vor allem die Ehrungen. Auf Wiedersehen, ich gehe schnell, weil ich es nicht mehr aushalten kann!«

»Was sind das für Manieren?« empörte sich Eisenbeißer. »O Ameise mit menschlichem Gesicht, o Erbse, die du eines Tages in der Posaune stecktest, aus der man dich mit der Zange herausholen mußte, was sind das für ungehörige Manieren, und glaubst du, daß man sich so im Unterhaus benimmt?«

»Das kommt doch, weil ich so viel Aprikosenwasser getrunken habe«, erklärte der kleine Schatz.

»Dieses Gespräch erscheint mir unpassend«, sagte Saltiel. »Bitte, Eisenbeißer, erkläre deine Universität, und du, Salomon, geh deiner Wege und deinen Geschäften nach.«

»Aber ich möchte doch gerne wissen, wie man sich im Unterhaus benimmt, damit ich es lerne, trotz meiner gegenwärtigen Qual!«

»Der englische Abgeordnete ist ein Edelmann von tadelloser Erziehung«, sagte Eisenbeißer. »Daher, mußt du wissen, steht er von seinem Platz auf, wenn er sich in der gleichen Lage befindet wie du, geht zum König, der auf seinem Thron sitzt, macht ein untertäniges Gesicht und flüstert Seiner Majestät ins Ohr: Sir, darf ich ein Minütchen hinausgehen, um mir die Hände zu waschen?

Und der König antwortet: Gewährt, aber beeile dich, und vergiß nicht, die Knöpfe zuzumachen!«

»Gut, jetzt weiß ich Bescheid«, sagte Salomon. »Dann werde ich mir die Hände waschen, denn ich kann es wirklich nicht mehr aushalten! Auf Wiedersehn, liebe Freunde, bis bald!«

»Quäle dieses Lamm nicht mehr, ich bitte dich«, sagte Saltiel zu Eisenbeißer, als Salomon gegangen war. »Außerdem nimmt der König von England an den Debatten des Unterhauses bekanntlich niemals teil. Warum erzählst du solche Lügen?«

»Aus jäher Traurigkeit und weil ich plötzlich mein Skelett unter der Erde sah und einen Zeitvertreib suchte, um mich zu abzulenken«, sagte Eisenbeißer. »Aber lassen wir das! Ja, meine Herren, eine Universität! Zunächst werden wir nur die Leute von Kephalonia bekommen, aber dann wird sich rasch der Ruhm einstellen, und die Studenten werden von überall herbeiströmen! Dementsprechend sicheres Vermögen, ich sage das, ohne zu zögern! Eintrittsgebühren für meine Vorlesungen! Prüfungsgebühren, niedriger oder höher, je nach den Schuhen des Studenten! Natürlich werde ich die Studenten, die Spitzengebühren zahlen, mit einiger Nachsicht prüfen und dafür sorgen, daß sie mit Auszeichnung bestehen! Gebühren für die Aushändigung der Diplome. Sondergebühren für Ehrendoktorate, die an steinreiche Personen vergeben werden! Rückvergütungen der Schiffahrtsunternehmen an die Universität angesichts des Ansturms von Studenten, die auf dem Seeweg kommen! Und für später plane ich die Gründung eines Luxushotels, das heimlicher Besitz der Universität sein wird, ein Palast mit fließendem Kaltwasser und Seilbahn auf die Maulbeeranhöhe für die amerikanischen Studenten!«

Salomon kam zurück, munter und leichten Schritts, und teilte dem Publikum mit, daß es ihm sehr gut getan habe, sich die Hände zu waschen. Niemand interessierte sich für diese Nachricht, außer Saltiel, der dem Dickerchen zulächelte und sich dann an Eisenbeißer wandte.

»All das scheint mir verfrüht und auch allzu großartig«, sagte er. »Doch ich gebe zu, daß eine kleine Universität einem lokalen Bedürfnis entspricht, unsere Glaubensbrüder auf der Insel sind ja sehr bildungshungrig. Und jetzt stelle ich dir die wichtigste Frage. Was werde ich in dieser Universität sein?«

»Mitglied des Senats!«

»Zuwenig! Präsident dieses Senats oder nichts! Das ist mein letztes Wort!«

»Gewährt!«

»Und außerdem werde ich eine Vorlesung über Moral halten!«

»Die Konkurrenz fürchte ich nicht! Gewährt!«

»Außerdem gibt es an der Spitze der Universität immer einen Rektor, einen ehrbaren Mann, der ein gewisses Alter hat. Wer wird Rektor?«

»Bin ich etwa nicht ehrbar?« fragte Eisenbeißer. »Im übrigen besitze ich Talar und Barett.«

»Ausgezeichnet«, sagte Saltiel bissig, »alles Gute für dein kleines Projekt, das mich nicht besonders interessiert. Und jetzt leb wohl, wichtige Geschäfte warten auf mich.«

»Na gut«, sagte Eisenbeißer, »du wirst Vizerektor.«

»Ein Untergebener?« rief Saltiel mit einem verächtlichen Lachen.

»Na gut, Honorarrektor, und nun reden wir nicht mehr darüber!«

»Ich nehme an, nachdem ich es mir überlegt habe. Aber ich werde mich selbstverständlich, wenn du deine Vorlesung hältst, neben dich auf die Bühne setzen, damit klar ist, daß ich kein Student bin und dich kontrolliere!«

»Gewährt! Du kannst sogar die Beine übereinanderschlagen. Ich mache dich jedoch liebevoll darauf aufmerksam, daß es im universitären Bereich üblich ist, Podium zu sagen und nicht Bühne. Aber das ist nicht so wichtig, und wir übergehen es mit einem Lächeln!«

»Welche Vorlesungen wirst du halten, Eisenbeißer?« fragte Salomon begeistert.

»Alle, mein Lieber, alle«, antwortete Eisenbeißer.

»Das wußte ich«, sagte Salomon. »Weil du intelligent bist. Und ich, kann ich auch manchmal ein bißchen Professor sein, wenn nicht viel los ist?«

»Professor für was, mein Kind?« fragte Eisenbeißer mit gespieltem Wohlwollen.

»Für die schönen Dinge des Lebens, alles was guttut, die Freundschaft, wenn man abends bei leichtem Seewind mit Freunden spazierengeht und sich freut, miteinander zu reden, und sich an der Hand hält, und vor allem für die Güte Gottes.«

»Dein Wunsch, Professor zu sein«, sagte Eisenbeißer, »erinnert mich an die Ameise, die gesehen hatte, wie ein prächtiges Araberpferd beschlagen wurde, und ausrief: Ich möchte auch Hufeisen an die Füße haben!«

»Du hast recht«, sagte Salomon, »ich bin nicht gebildet genug, und wer könnte sich mit dir messen? Aber welche Vorlesungen wirst du denn beispielsweise halten, lieber Eisenbeißer?«

»Vorlesungen über Erfolg im Leben oder Scharfsinn oder gesellschaftliche Etikette. Warum dieses diabolische Lächeln des Überlegenen, o Saltiel?«

»In aller Freundschaft, lieber Cousin, bin ich so frei, einige Zweifel hinsichtlich deiner Kenntnisse gesellschaftlicher Umgangsformen anzumelden.« Saltiel griff mit schlauer Miene in seine Tabaksdose aus Horn. »Erlaubst du, daß ich dir dazu ein paar Fragen stelle?« fügte er hinzu, nachdem er geschnupft hatte. Eisenbeißer schloß zustimmend die Augen. »Wenn man dich zum Beispiel in einem vornehmen Salon einer Dame von edler Herkunft vorstellt, wie fängst du das Gespräch an? Sei so gut und laß uns das wissen.«

»Die Frage ist ganz einfach«, antwortete Eisenbeißer. »Die passende Floskel in diesem Fall: Es ist mir eine Freude, gnädige Frau, mit Ihnen artig über kleine Nichtigkeiten zu plaudern.«

»Nicht schlecht«, sagte Saltiel anerkennend, »obwohl Bagatellen schmeichelhafter ist als kleine Nichtigkeiten.«

»Sie kennen sich aus«, sagte Salomon und drehte sich stolz zu Michael um. »Dumm wie ich bin, habe ich leider schon vergessen, was man zu der Dame von edler Herkunft sagt!«

Der Janitschar zog an seiner gluckernden Wasserpfeife und lächelte nachsichtig, denn er wußte genau, daß er keine Zeit damit verschwenden würde, mit dieser Dame von edler Herkunft über kleine Nichtigkeiten zu plaudern, und daß er, wäre er allein mit ihr, seine schnelle und männliche Methode der Annäherung wählen würde, mit der man die Schönen nie beleidigte, die für eine gewisse stille Huldigung durchaus empfänglich und sogar geschmeichelt und dankbar dafür waren.

»Und angenommen, du sprichst mit einem König, wenn er denn bereit ist, dich zu empfangen«, fuhr Saltiel fort, »was sagst du zu ihm, um dein respektvolles Interesse für die Königin zu bezeugen, sei so höflich, mir das kundzutun, bitteschön!«

»Es wird immer einfacher!« kicherte Eisenbeißer leise. »In diesem Fall sagt man zugleich freundlich und diskret: Darf ich um der Stabilität des Thrones und des Glücks der Dynastie willen auf eine neuerliche Schwangerschaft Eurer Charmanten Majestät hoffen?«

»Schwangerschaft!« rief Saltiel mit einem schmerzlichen Lachen. »Schwangerschaft, wenn man von einer Königin spricht! O Unbesonnenheit! Was bist du für ein Mensch, weißt du nicht, daß Schwangerschaft ein unfeines Wort ist? Nein, mein Lieber, man drückt sich mit Zartgefühl aus!«

»Laß es hören, dein Zartgefühl!«

»Nun, man spielt auf andere Umstände, ein glückliches Ereignis an! Allenfalls, wenn man ein wenig vertrauter ist, etwa als Minister, fragt man feinsinnig, ob Ihre Anmutige Majestät bald eine Vorliebe für wallende Kleider entwickeln wird! Das Ganze natürlich mit gerührtem Lächeln! So drückt sich ein gebildeter Mensch aus, wenn er es mit einer Königin zu tun hat, merk dir das!«

»Ich bin Demokrat und kein Höfling und bleibe bei Schwangerschaft!« rief Eisenbeißer. »Und wenn der König eingeschnappt ist, sage ich ihm, daß er mich nehmen muß, wie ich bin, ein Mann des offenen Worts, wie Jean Bart! Schließlich weiß man ja, wenn eine Königin ein Kind erwartet, wie das zustande kommt und welche Stellung sie in einer gewissen Nacht eingenommen hat! Und da soll sie mir gegenüber bloß nicht die Hochmütige spielen, denn wenn sie mir auf die Nerven geht, bin ich imstande und beschreibe ihr alles, was sie in jener Nacht getrieben hat! Mir kann man nichts erzählen! Im übrigen ist ein Rektor moralisch einem König ebenbürtig! Und mit dieser geschickten Überleitung, meine Herren, komme ich nun zu der viel wichtigeren Frage der für die Gründung unserer lieben Universität notwendigen Gelder! Über welche Mittel verfügt ihr, geliebte Freunde?«

»Was mich betrifft, über keine«, sagte Saltiel.

»Aber als wir letztes Jahr in Genf waren, hat uns dein Neffe mit Reichtümern überschüttet! Ich habe sie durch gewisse, gar nicht unkluge Spekulationen verloren, habe aber allen Grund zu hoffen, daß es bei euch nicht genauso ist.«

»Der Onkel sagt die Wahrheit!« bekräftigte Salomon. »Denn er und ich, wir haben alles ganz im geheimen in Marseille ausgegeben, zwei Tage bevor wir das Schiff nach Kephalonia nahmen, so ist es!«

»Sonderbar, diese geheimen Ausgaben«, sagte Eisenbeißer.

»Ich soll meine Augen verlieren, wenn es nicht wahr ist!«

»Unnötig, es zu erzählen«, sagte Saltiel.

»Nein, Onkel, mit Ihrer Erlaubnis werde ich reden!« rief Salomon. »Weil er glaubt, es ist eine Lüge, aber es ist keine Lüge, weil es die Wahrheit ist, und es gereicht Ihnen zur Ehre, aber Sie sind zu bescheiden, und ich werde alles erzählen, damit man Sie hier ein bißchen bewundert! Also, der Onkel und ich gingen auf einer unendlich breiten Straße von Marseille spazieren und hielten uns dabei am kleinen Finger, und da marschierte ein Regiment mit der Fahne vorbei, wir haben erschauernd die Fahne gegrüßt, und der Onkel hielt mir eine wunderschöne Ansprache, und dann haben wir all das Geld, das der Herr Solal uns in Genf gegeben hatte, für den Herrn Kriegsminister auf die Bank von Frankreich gebracht! (Er hielt inne, um Luft zu holen.) Am nächsten Tag haben wir es ein wenig bereut, und wir sind wieder zur Bank von Frankreich gegangen und haben gebeten, daß man uns die Hälfte zurückgibt und der Minister die andere Hälfte behält, aber sie wollten nicht! Na ja, macht nichts! Ich wünsche mir nur, daß der Oberbefehlshaber mit unserem Geld Kanonen von guter Qualität kauft!«

Nach einem Seufzer sah Eisenbeißer liebevoll Michael an, der erklärte, mit dem Geld aus Genf seien gewisse Enkelkinder bedacht worden, um die er sich unauffällig zu kümmern habe. Als Salomon verstanden hatte, bekam er einen Schluckauf, den der Janitschar beendete, indem er ihn ins Hinterteil kniff. Worauf sich der Mann im Talar an Mattathias wandte.

»Und du, o Wohlhabender, o hohle Hand, mit wieviel Drachmen würdest du dich wohlwollend an der Anschubfinanzierung dieser Universität beteiligen, von der du einer der Senatoren sein und in dieser Eigenschaft Gelegenheit haben wirst, jedesmal, wenn er mit seiner Jacht in Kephalonia vorbeikommt, mit dem Baron von Rothschild zu plaudern?«

Mattathias zog ein Taschentuch aus der Hosentasche, betrachtete die rotgestickte Aufschrift (»Dem Mattathias Solal gestohlen«), schneuzte sich langsam, faltete sein Taschentuch zusammen, steckte es umständlich wieder ein, schob das Mastixbaumharz von einer Backe in die andere, strich leicht über die roten Fäden seines Ziegenbarts.

»Mit wieviel Drachmen, lieber Cousin?« wiederholte Eisenbeißer mit schmeichelnder Stimme.

»Mit gar keiner Drachme«, antwortete Mattathias. Ich habe kein Vertrauen in deine Universität.«

»Schwarze Pocken über dich, bis du nur noch ein Loch bist!« schrie Eisenbeißer. »Oder vielmehr sollst du lange leben, aber blind, und von Tür zu Tür gehen und betteln, o Verräter, o gelbe, o traurige Gestalt, o Beutelschneider, o Knauser, o Sauertopf, o

Kaffeetrockner, o Erpresser fischender und ausgehungerter Buben, o Profitmacher mit Muttermilch, o vom Geiz Verstopfter, o Verbrenner deiner alten Kleider, damit die Versicherung dafür aufkommt, o heimlicher Nutzer der Flüssigseife in den Eisenbahnlatrinen, o Austauscher deiner alten Bettlaken gegen die neuen Laken des Hotelzimmers, in dem du nur zu diesem Zweck abstiegst, o Schwindler, der du im Hinblick auf lohnende Almosen in den Straßen von Athen so tust, als würdest du vor Hunger ohnmächtig!«

»Verleumdung, und du weißt es«, sagte Mattathias ruhig.

»Verleumdung, mag schon sein, aber im Innersten glaubst du doch, daß diese Ideen bedenkenswert sind!«

»Mitnichten«, antwortete Mattathias nur.

»Meine Herren, seht euch diesen dünkelhaften Menschen an, und hört, daß er seiner Braut in der Verlobungszeit Blumen schenkte, die er um Mitternacht von den frischen Gräbern des griechischen Friedhofs gestohlen hat! Hört außerdem, daß er nur eine Unze Kaffee auf einmal kauft, denn wenn er ein Pfund kaufen und am nächsten Tag sterben würde, so wäre das Verschwendung, und davor fürchtet er sich mehr als vor dem Sterben!«

»Du weißt genau, daß das nicht stimmt«, sagte Mattathias. »Der Neid spricht aus dir, denn ich gehe weise und vernünftig mit meinem Geld um.«

So sprach er und klebte sein Harz an die Wand, dann halbierte er eine Zigarette und bat Michael um Feuer, der noch lächelnd an das Stelldichein mit der schönen Rothaarigen aus dem Palast dachte, einer, die für gewisse Dinge ideal war und deren einziger Fehler darin bestand, daß sie während der gewissen Dinge Englisch mit ihm sprach.

Und dann warf Eisenbeißer plötzlich Talar und Barett ab, ließ sich zu Boden fallen und murmelte nur noch, seine Universitätskarriere sei mangels Geld gescheitert, ja, für immer gescheitert, lebt wohl, ihr hehren Hoffnungen! Von Mitleid überwältigt, kniete Salomon neben seinem lieben Cousin nieder, dessen Zehen sich vor Kummer verkrampften, strich ihm schüchtern über die Stirn und flüsterte ihm zu, er sei bereit, ihm durch den Verkauf des Rings seiner verstorbenen Mama zu helfen. Der Verzweifelte schlug ein Auge auf und fragte mit ersterbender Stimme, ob der Ring mit Diamanten besetzt sei. Da beschloß Saltiel, sich einzumischen.

»Nein, lieber Salomon«, rief er, »es kommt nicht in Frage, daß du dich von einem heiligen Erinnerungsstück trennst! Solange ich lebe, werde ich mich dem mit aller Kraft widersetzen, damit du das weißt! Und dir, Eisenbeißer, werde ich nur eine Frage stellen, die du bitte beantworten mögest! Warum brauchst du eigentlich Geld für diese Universität?

Eisenbeißer richtete sich auf, sah ihn schweigend an. Plötzlich erhellte ein Lächeln seinen Bart, er sprang auf die Füße, zog Talar und Barett wieder an, ging in stummer Erregung auf und ab und rieb sich die Hände.

»Saltiel«, sagte er schließlich, »ich gebe zu, daß du ein Weiser bist! Es stimmt, ich hatte nicht daran gedacht! In der Tat, wozu Geld? Die Universität wird bei mir, in meiner privaten Küche, eingerichtet, und die Studenten können sich ja auf den Boden setzen! Heute abend male ich drei Schilder, auf denen die Eröffnung der Universität angekündigt wird, und morgen laufen meine drei Lieblinge den ganzen Tag als Sandwich-Buben durch die Goldgasse! Was brauchen wir da Geld, so frage ich Sie, meine Herren? Dementsprechend ist die Universität von Kephalonia gegründet! Übermorgen, am Freitag, Eröffnung in alle Frühe!«

Er küßte seine Cousins einen nach dem andern, beginnend mit Mattathias, dem er ins Ohr flüsterte, daß die kleinen Neckereien vorhin nicht ernst gewesen seien, aufgrund seines großen Schmerzes habe er ihn nur ein bißchen beleidigen wollen. Als er Saltiel umarmte, verwunderte ihn dessen Traurigkeit, der arme Onkel sehnte sich wohl nach seinem Neffen, von dem er keine Nachricht hatte. Der arme Saltiel, plötzlich war er so alt und hatte nicht mehr lange zu leben. Er beschloß, ihn aufzuheitern.

»Freunde«, sagte er, »um die glückliche Geburt der Universität zu feiern, sollten wir eine Bootsfahrt unternehmen! Wir leihen uns den Kahn von Bambo, der mir verpflichtet ist, denn ich habe ihm neulich einen Liebesbrief mit englischen Wendungen und karibischen Sprichwörtern für seine Verlobte geliefert. Also, eine Bootsfahrt, nicht wahr, Onkel, und mit großem Jubel!«

»Ich bin dabei!« rief Salomon. »Heute arbeite ich eben nicht! Wir werden uns vergnügen und ergötzen! Kommst du mit, Michael?«

Michael rieb seine Sandelholzkette, sog den Duft ein, betrachtete das messingbeschlagene Lederarmband an seinem Handgelenk, überlegte. Er war mittags mit der Rothaarigen unter den Mandarinenbäumen des Analipsis verabredet. Aber da Eisenbeißer blinzelnd auf Onkel Saltiel wies, entschied sich Michael für die Tugend. Mit seiner Engländerin gewisse Dinge zu treiben war nicht unangenehm, aber dem Onkel die traurigen Gedanken zu vertreiben war verdienstvoll. Außerdem schwitzte sie bei Bewegungen zu stark, und sie hin und wieder zu enttäuschen, konnte nur positive Folgen haben.

»Ich bin dabei«, sagte er, »und ich bringe meine Gitarre mit.«

»Wir werden singen!« rief Salomon aufgeregt. »Und ihr werdet sehen, wie gut ich rudere! Und bevor wir zum Hafen gehen, machen wir bei mir halt, und ich bringe etwas zum Essen mit!«

»Was bringst du mit, mein Schatz?« fragte Eisenbeißer.

»Von allem bringe ich mit! Meine Frau ist bei ihrer Schwester, die in den Wehen liegt, und ich kann heute tun, was ich will! Ich bringe gehackte Leber mit Zwiebeln mit, die sie zubereitet hat, um sie ihrem Apotheker zu schenken. Aber wir werden sie essen!«

»Unbedingt!« rief Eisenbeißer.

»Und für ihren Arzt hat sie Käsegebäck gemacht. Das bringe ich auch mit, Pech für den Arzt!«

»Soll er doch krepieren!« schlug Eisenbeißer vor.

»O meine Freunde, wir werden uns amüsieren! Wir essen miteinander und schauen uns dabei an! Und dann schauen wir das Meer an, und eine Brise weht, und sie riecht gut! Wir plaudern freundschaftlich, wir machen Pläne für das Glück, falls wir in der Lotterie gewinnen! Wenn ich gewinne, mache ich Reisen, gebe diesem und jenem etwas! Heute arbeite ich eben mal nicht! Und Rosenkonfitüre bringe ich auch noch mit!«

»O mein Wonniger!« rief Eisenbeißer.

»Und dann noch eine dicke Boutargue, sie hat sie versteckt, aber ich weiß, wo! Davon werden wir essen, das ist köstlich!«

»Vor allem in dünne Scheiben geschnitten und schön mit Olivenöl beträufelt!« stimmte Eisenbeißer zu. »Mir läuft schon das Wasser im Mund zusammen, und ich bewerbe mich für diese Boutargue in ihrer Gänze, ohne mit den anderen zu teilen, denn ich liebe Boutarguen und lebe nur für sie! Und ich möchte lieber gar nichts davon essen als nur ein wenig! O Salomon, Blüte Kephalonias, nimm das zur Kenntnis!«

»Und zum Nachtisch Lokum!« rief der kleine Mann auf dem Gipfel der Erregung. »Während wir es essen, schaukelt uns das Boot ein wenig, ihr werdet sehen, wie angenehm das ist! Und dann noch Nußgebäck, das kaufe ich beim Konditor, bei ihm muß ich nicht sofort bezahlen, seht ihr, so bin ich! Und wißt ihr, was ich tue, wenn ich am Vogelmarkt vorbeikomme? Ich kaufe einen Käfig mit Vögeln und öffne das Türchen, damit sie davonfliegen und froh sind! So bin ich!«

»Wie dick ist die dicke Boutargue?« fragte Eisenbeißer.

»Und Wassermelonen bringe ich auch mit, die stecken wir in einen Sack, den wir am Boot festmachen, und der Sack hängt im Meer, und die Wassermelonen sind kühl! Und wir fahren zur Klippe von Vido, wo das Meer so klar ist, daß mir die Tränen kommen! Und ich bringe geharzten Wein mit für meine Freunde, denn ich liebe die schönen Dinge des Lebens, die Zuneigung, den Geruch der See, und dann plaudern wir miteinander und halten uns an der Hand und sind sicher, daß Gott gut ist und wir uns nach dem Tod wiedersehen! (»Verlaß dich drauf«, murmelte Eisenbeißer.) Und blaue Feigen, die innen schön rot sind! Alles bringe ich mit!« rief verzückt dieser Engel unter den gerührten Blicken der Cousins. »Alles, wenn man mich nur liebt und es mir sagt, denn ich brauche es, daß man mir sagt, daß man mich liebt! Und ich muß sogar gestehen, daß ich manchmal leide! Wenn zum Beispiel Eisenbeißer zwei, drei Tage nicht gekommen ist, um mir guten Tag zu sagen, nun, dann sage ich mir, daß er nicht an mich gedacht hat, daß er mich nicht mehr so liebt! Und dann sage ich nichts, aber nachts weine ich ganz allein in meinem Bett!«

»Na komm her, du Dummer«, sagte Eisenbeißer, »komm, ich umarme dich gratis.«

Nach empfangenem und zurückgegebenem Freundschaftskuß schämte sich Salomon und wollt sich aus dem Staub machen. Doch Michael bekam ihn am Hosenboden zu fassen und nahm ihn Huckepack. Der kleine Reiter lächelte Saltiel zu, der sich schneuzte, Mattathias, der zurücklächelte, und Eisenbeißer, der verlegen grinste.

»Schluß mit der Gefühlsduselei«, sagte er, »steigen wir ins Boot zum Essen. Apropos, Salomon, wie dick ist diese dicke Boutargue?«

IX

Am Vortag von den drei Sandwich-Buben verständigt, hatten sich die Leute aus der Goldgasse am frühen Morgen vor einem großen Schild versammelt, das nahe den Stufen zu Eisenbeißers unterirdischer Wohnstatt an einer Fuchsienhecke lehnte. Unter dem lavendelblauen Himmel lasen die Gebildeten laut den Analphabeten vor, die mit offenem Mund lauschten und dann mit scharfsinnigem Nicken Kommentare abgaben.

DIREKT GEGENÜBER!

PHILOSOPHISCHE HOCHSCHULE VON KEPHALONIA!

Rektor Professor Pinhas Solal genannt Eisenbeißer!
Mann des Geistes mit Vielerlei Kenntnissen!
Also Alle Sicherheiten Bietend!

VORLESUNGSGEBÜHREN!

Eine Drachme pro Stunde Oder Nahrungsmittel Zu Vereinbaren
Nach Privater Unterredung aber Abzugeben
Im Voraus Gefälligst!

ERKLÄRUNGEN!

Die Universität befindet sich Zur Zeit beim Rektor! Vorläufig! Später wird sie Anderswo sein! Man braucht Nur die Treppe hinunterzugehen! In Zivilisierten Ländern spricht man einen Rektor mit Euer Ehren an!

WEITERE ERKLÄRUNGEN!

Nur als Beispiel einige Vorlesungen des Hervorragenden Professors Eisenbeißer! Eins: Französische Grammatik mit den heimtückischen Veränderungen des Partizip Perfekt! Wobei hinsichtlich der Schwierigkeit die Italienische Sprache nichts ist gegen die Französische Sprache! Zwei: Sarkastische oder Idealistische Philosophie nach Absprache mit Den Studenten die ihre Vorlieben nennen werden! Drei: Beweise der Existenz oder der Inexistenz der Seele, Ebenfalls nach Wahl! Aber eine Drachme Mehr für die Existenz, die Schwieriger zu Beweisen ist! Vier: Modische und Tiefsinnige Sätze! Fünf: Beredsamkeit im Fall von Verlobung und Hochzeit! Sechs: Tränentriefende Beileidsbriefe! Sieben: Tricks Um Weniger Steuern zu Zahlen und Zollgeheimnisse Um

Alles Durchzubringen was du willst! Diese Schmuggelvorlesung Ist Privat Und Streng Vertraulich und wegen der Bedeutung und der Heimlichkeit Drei Drachmen! Acht: Arten des Widerlegens! Neun: Nur für Erwachsene und Unverheiratete Lektionen in Liebesverführung! Mit Gedanken zur Weiblichen Psychologie! Musterbriefe! Gesprächsthemen für den Anfang einer Liebe! Zehn: Umfassende Einführung in Mittlere und Starke Juristische Kniffe so Daß man den Prozeß immer Gewinnt Trotz des Durch Protektion Zum Richter Ernannten Dummkopfs! Elf: Jedes andere Thema nach Belieben der Kundschaft! Preis Verhandelbar je nach Schwierigkeit und Gründlichkeit! Zwölf: Vorlesung über Innere und Äußere Medizin in von Rektor Eisenbeißer verfaßten Versen zum Auswendiglernen um Sich Gratis Selbst zu Heilen!

WICHTIGER HINWEIS!

Kommt alle! Kommt und mehrt euren Verstand! Die Bildung unterscheidet den Menschen vom Tier! Alle an den edlen Quell des Wissens und der Angenehmen Kenntnisse! Ermäßigung für Abonnenten! Abschlußzeugnis garantiert! Verhandlungen über Gleichwertigkeit mit den Abschlüssen an Französischen Universitäten so daß man auf Reisen Geehrt werden und sich ein bißchen Wichtig machen kann! Seiner Ehren der Professor Rektor nimmt in jedem Unterrichteten Fach Wohlwollend die Prüfung ab und stellt je nach Vereinbarung Urkunden aus Bachelier Licencié Doktor! Die Gebühr für eine verdiente Urkunde beträgt Fünfzig Drachmen! Die Gebühr für eine Unverdiente Urkunde zum Angeben ist Verhandlungssache! Mindestens hundert Drachmen! Mit Bestechung und Augenzwinkern! Wenn das Examen Jämmerlich war! Im Fall Dringenden Besuchs Beim Zukünftigen Schwiegervater weil man Um die Hand seiner Tochter anhalten will Sofortige und liebevolle Verleihung des Doktortitels ohne Examen aber nach Absprache mit Leiser Stimme zwischen Vier Wänden!

WEITERER WICHTIGER HINWEIS!

Analphabeten mit Großem Nachsichtigem Lächeln zugelassen! Die Gebildeten die es lesen werden gebeten den Analphabeten zu erklären daß sie willkommen sind und betreut werden! Man wird ihnen Alles Gut Erklären und sie in die Erste Reihe setzen damit sie gut Verstehen! Man wird ihnen Kleine Zeugnisse Ausstellen wenn sie Oft kommen!

EMPFEHLUNGEN!

Vorsicht Plakat! Nicht Anlehnen! Nicht Zerreißen wenn man beim Lesen Zu Nahe Kommt! Kommt in Massen! Gezeichnet Der Hervorragende Professor Eisenbeißer Mit Rang und Vorrechten eines Rector magnificus!

WICHTIGSTER HINWEIS!

Nach dem Durchlesen Gewissenbisse des Rektors! Folglich werden die Zeugnisse nur Nach Ehrlichen Examen Ausgestellt! Also keine Korruption und kein Augenzwinkern! Da es zu Lange dauert dieses Schild Neu zu schreiben lassen wir es Wie Es Ist Aber die in einem Moment der Verwirrung niedergeschriebenen ein wenig unredlichen Konditionen sind ungültig! Merkt euch das! Streng Rechtmäßige Ausstellung der Zeugnisse! Sittliche Eintreibung der Gebühren! Honesty is the best policy!

Rechts und links neben dem Schild standen feierlich und mit nackten Füßen die beiden kleinen Buben in Gehrock und Zylinder. Abwechselnd forderten sie mit der ganzen Kraft ihrer kleinen Lungen die Gaffer auf einzutreten.

»Los, meine Herren, beeilen wir uns! Heute Eröffnung der Universität! Es gibt nur noch wenige Plätze! Kommen Sie, und genießen Sie die Wonnen der Bildung! Günstige Bildung! Sonderverkauf aller Kenntnisse! Unschlagbare und knapp kalkulierte

Preise! Nützen Sie die Gelegenheit, meine Herren! Nur eine Drachme die Stunde! Die Leitung schreckt vor keinem Opfer zurück! Da muß man zugreifen! Der Unterricht beginnt sofort! Auf, meine Herren, kommen Sie und bilden Sie sich! Ohne Bildung bringt man es im Leben zu nichts! Urkunden mit Unterschrift und rotem Siegellack! Tretet ein, junge Leute! Jedem jungen Absolventen ist eine hohe Mitgift sicher! Die reichen Kaufleute suchen studierte Schwiegersöhne! Treten Sie ein, die Universität fängt an!«

Die allgemeine, lebhaft zum Ausdruck gebrachte Meinung in der Menge war, daß Eisenbeißer übertrieben habe. Eine Drachme pro Stunde, dieser Halsabschneider! Eine Drachme, der Preis für einen großen Fisch! Doch nach etwa zwanzig Minuten hatten sich Colonimos, Belleli und der alte Jacob Meshullam – letzterer hatte seinen Dreispitz durch einen roten Fes ersetzt – abgesprochen und stiegen endlich die grasbewachsenen Stufen hinab bis zu dem von tauglänzenden Weinreben umwachsenen Eingang, vor dem Eliacin sie salbungsvoll empfing. Den Zylinder in der Hand und den Gehrock mit einer alten Fahrradkette, die er sich um den Hals gehängt hatte, feierlich geschmückt, führte er sie durch den dunklen Stollen des Kellers und öffnete die Tür der privaten Küche.

»Hörsaal«, erklärte der kleine Universitätsdiener mit seiner Kette und rieb sich mit einladender Miene die Hände. »Nehmen Sie Platz und entschuldigen Sie mich, denn ich muß zu meinen Dienstpflichten zurückkehren.«

Allein geblieben, setzten sich die drei Wissensanwärter auf den Lehmboden unter die drei von der Decke hängenden Körbe und sahen sich um, beeindruckt von dem goldenen Sessel und dem mit rotem Samt bedeckten Tisch. »Der Lehrstuhl des Rektors«, flüsterte Colonimos, und die beiden anderen pflichteten ihm stumm bei. Die Tür ging auf, und Eliacin stellte schweigend und mit weihevollen Gebärden eine Karaffe Wasser, ein Glas, eine Glocke und ein Tintenfaß mit Gänsefeder auf den Tisch. »Für den

Professor«, raunte der Einäugige seinen Kommilitonen zu, die nickten. Mit einem Heft in der Hand näherte sich der Junge den dreien und bat sie, ihre Namen, Vornamen und Berufe einzutragen.

»Immatrikulationsformalitäten, die an Universitäten üblich sind«, erklärte er.

Das hundertjährige Zicklein hörte auf, sein Bonbon zu lutschen, und meckerte, alle Welt wisse, daß er der Edelmann Jacob, der Letzte der Meshullam sei, und er weigerte sich kategorisch, seinen Namen zu schreiben, denn, so erklärte er, ein Böswilliger, ein Sohn Belials, könnte über seine Unterschrift eine Schuldanerkenntnis schreiben. Colonimos, mit seinem einzigen Auge aufblickend, lehnte ebenfalls ab. Hatte er nicht Eliacin am Tag der Beschneidung auf dem Schoß gehabt, und was brauchte man nach seinem Beruf zu fragen? Wer in Kephalonia wußte nicht, daß er geröstete Maiskolben verkaufte? Außerdem mußte er seinen Lebensunterhalt verdienen, seit er sieben Jahre alt war, wie hätte er da die Wissenschaft von der Schrift erlernen können?

»Schreib also selbst, daß ich Josua von den Colonimos bin, genannt Totes Auge, Sohn von Micha, den die Bombe getötet hat, eine Bombe namens Torpedo, die aus dem Meer gefischt wurde und auf die Michaels Vater, unbedarft und schlecht beraten, mit dem Hammer einschlug, um zu sehen, was darin sei, welche Schätze womöglich.«

Der dritte Student, ein Albino mit rotgeränderten Augen und unsichtbaren Wimpern, gehorchte und schrieb stolz: »Ich bin Isaac von den Belleli, genannt der Weiße, genannt Liebling seiner Mutter, genannt der Gebildete, Konditor und Konditorssohn, Spezialität gefüllte Zöpfe.« Da die klugen Worte des Hundertjährigen ihn beeindruckt hatten, fügte er noch hinzu: »Schuldanerkenntnis darüberschreiben verboten.«

Der Albino war kaum fertig, als die Tür aufging und einen unerwarteten Strom von Studenten einließ. Nacheinander kamen Issacar, der große bärtige Obsthändler; Benjamin Montefiore, der Hinkende, Verkäufer von gerösteten und gesalzenen Kürbiskernen; Samson Espinosa, ein junger anämischer Wechsler, in Begleitung seiner Frau, die ein glitzerndes Haarnetz trug und durch die vielen Männer ganz verschreckt war; der lange Zacharias, Portier der Fabrik meines Großvaters, der liebe Zacharias, der mich schwimmen lehrte; in seiner Sänfte Aaron Manasse, der reiche Gelähmte im gefütterten Kaftan, vom Publikum lebhaft begrüßt; Ascher der Schneider, in dessen Revers lauter eingefädelte Nadeln steckten; Abraham Luzzato, der Schreiber des rabbinischen Gerichts, ein ganz Kleiner mit riesigem Kopf; fünf dicke diamantenübersäte, sich heftig Luft zufächelnde, schwitzende Damen in orange-, amarant-, zitronen-, flieder- und herbstlaubfarbenen Kleidern; Ruben Disraeli, der Röster von Kuheutern, genannt Eckzahn; Samuel Fano, der ekzematöse Trödler, genannt Wangenkratzer, genannt Schlingel, der stets sein kleines Vermögen bei sich hatte, um die eventuellen Verkäufer durch Barzahlung und betörendes Winken mit den angebotenen Geldscheinen zu verlocken; Sarfati, der Fischbrater; Salamanca, genannt Beduine, ein fettleibiger Cafétier; Negrin, genannt Doppelbuckel, Frackbügler; Benrubi, genannt Konsulchen, genannt Protokoll, noch ein Trödler; zwei Zwillinge mit langen Gesichtern und abstehenden Ohren; ein stiller Jüngling von seltsamer Schönheit; noch weitere Juden mit kräftigen Nasen und großen Samtaugen, schnellen Blicken und fuchtelnden Händen, und alle begrüßten einander, setzten sich dann auf den Boden und tauschten sich aus.

Mattathias, Michael und Salomon kamen als letzte in den nun brechend vollen Kellerraum. Der kleine Wasserverkäufer war nicht nur mit seiner Schuhputzkiste, den beiden umgehängten Krügen und obendrein einem Blumenstrauß beladen, er hielt auch noch den Janitscharen an der Hand, denn er fühlte sich gern ganz nah bei seinem Freund, an dessen Seite er niemanden fürchtete. Warum der Blumenstrauß, wurde er von verschiedenen Seiten gefragt.

»Der ist für den Professor Rektor«, antwortete der Pummelige, der sogleich auf den Tisch stieg, um von allen gesehen und gehört zu werden. »Wisset, liebe Glaubensbrüder und Kinder des gesegneten Bundes, daß ich schon vor Tagesanbruch aufgestanden bin, um duftende Blumen zu pflücken! Sehr ihr, da sind Hyazinthen, Affodill, Myrten und sogar Blüten des Pfefferbaums! Das soll ihm Glück bringen für seinen ersten Vortrag! Ich habe ihm auch einen Brief dazu geschrieben! Wartet, ich werde ihn euch vorlesen, hört zu!

Dieser Blumenstrauß ist für Seiner Ehren den Professor Eisenbeißer Kephalonia von seinem lieben Freund Salomon und auch mit freundlichem Gruß von Onkel Saltiel. Lieber Eisenbeißer, er kann nicht kommen, ich wollte bei ihm bleiben, um ihn zu pflegen, weil er an einer Magenverstimmung leidet, da er keine Nachricht von seinem Neffen hat, aber er meinte, ich müsse dich hören, um dich nicht zu kränken. Du siehst ich habe nicht vergessen, daß du gesagt hast, daß man Euer Ehren zu einem Rektor sagt der Blumenstrauß ist für das Glück. Noch einmal Dein lieber Salomon!«

Als er mit dem Vorlesen fertig war, das kein Beifall belohnte, verbeugte er sich, stieg vom Tisch, fiel hin, stand wieder auf, versicherte, er habe sich gar nicht weh getan, und klopfte sich den Staub ab, während das Publikum ungeduldig wurde und nach dem Professor verlangte, der wirklich zu lange auf sich warten ließ. Verbitterte riefen, er tue das, um sich wichtig zu machen. Worauf Diamantine Viterbo, eine der dicken Damen, mit großem Gefächel bemerkte, daß Mando, der Sohn von Eisenbeißers Schwager, schließlich im Gefängnis gewesen sei, was hatte er sich also so aufzuspielen?

Leise befahl Eliacin seinen kleinen Brüdern, ihren Vater über den »gärenden Aufruhr« zu informieren, während Salomon wieder auf den Tisch gestiegen war und sich bemühte, den Tumult mit seinen kleinen Händen zu beruhigen, indem er erklärte, Professoren kämen immer zu spät wegen der Gedanken in ihrer

Stirn, und den Empörtesten gratis ein Glas Aprikosenwasser anbot oder sogar, freundschaftshalber ihre Schuhe zu putzen, damit sie sich geduldeten.

Endlich öffnete sich die Tür einen Spalt, und eine große Hand ganz aus Knochen, Haaren und Adern reichte eine Trommel und zwei Schlegel herein. Eliacin hatte rasch danach gegriffen und führte sogleich einen Trommelwirbel aus wie bei der Truppenparade, dann hielt er mit stolz erhobenem Kopf inne. Das Husten hörte auf, neugierig warteten neunundfünfzig große orientalische Augen.

»Der Herr Rektor!« verkündete der Älteste Bube, und unter neuerlichem Trommelwirbel ging die Tür auf.

X

Vor ihm Lord Isaac mit einem dicken goldenen Stößel auf der Schulter, hinter ihm, mit beiden Händen den Saum des Talars hochhebend, der junge Moses, so hielt der Rektor der Universität langsam Einzug, souverän und leutselig, mit gegabeltem Bart und nackten Füßen. Sein zerfurchtes Gesicht wirkte nobel schulmeisterlich durch einen Zwicker ohne Gläser, aber verziert mit einem breiten Seidenband, das er zwischen seinen langen Zähnen hielt.

»Die Universität!« verkündete Eliacin. »Aufgestanden, meine Herren!«

Mit Ausnahme des Gelähmten und des von Salomons flehenden Blicken unbeeindruckten Mattathias erhob sich das Publikum mit einem Ruck, die beiden jüngeren Buben, reizend und ernst in ihren kleinen Gehröcken, salutierten, während Rebecca und ihre beiden langen Töchter, die schüchtern in der Tür standen, Tränen des Stolzes abwischten. Eisenbeißer musterte die Versammlung mit gütigem Blick, setzte sich in den Sessel, nahm seinen Zwicker ab.

»Bitte, nehmen Sie Platz, meine Herren Studenten«, sagte er, nachdem er leicht sein Barett gelüpft hatte. »Lord Isaac, mein Lieber, lege bitte den Stab der Universität an seinen geweihten Platz. (Das Pinguinchen legte den frisch vergoldeten Küchenstößel auf den Tisch.) Und nun kassiere in deiner Eigenschaft als Kämmerer, Ältester Bube. Jeder eine Drachme, mein Schatz, und achte auf falsche Münzen!«

Der kleine Oberdiener ging durch die Reihen, einen Teller in der Hand, gefolgt von seinen Brüderchen, die jede Drachme auf ihre Echtheit prüften, indem sie beide nacheinander hineinbissen. Die Bildungsfreunde zahlten bar, bis auf Zacharias und Negrin. Als dieser ihm einen Zopf roter Pfefferschoten hinhielt, sah Eliacin fragend seinen Vater an, der mit resigniertem Lächeln zustimmte. Zacharias seinerseits holte einen schönen Tomaten-Sardellen-Kuchen aus einem Korb hervor. Worauf der wiederum stumm von seinem Sohn befragte Rektor mit einem langen, gelben Lächeln der Anerkennung antwortete. Nach beendetem Geldeinsammeln brachte der Älteste Bube, von seinen mißtrauischen Brüdern überwacht, die Drachmen und den Kuchen zu seinem Vater, der die ersteren einsteckte, den letzteren, nachdem er daran geschnuppert und davon gekostet hatte, auf den Tisch stellte und sich dann erhob. Als gewandter Redner hütete sich Eisenbeißer, sofort zu sprechen, lächelte wohlwollend, wischte die Kuchenkrümel von seinem Talar. In der Stille, die vom Gurgeln der Wasserpfeife Michaels noch betont wurde, begann er endlich seinen Vortrag, die großen Hände auf den Tisch gestützt.

»An diesem feierlichen Tag, mit dem für unser Volk eine neue Ära beginnt, meine Herren Studenten und, wenn Sie erlauben, liebe Freunde, sehen meine entzückten Augen nicht ohne tiefe Rührung vor mir die intellektuelle Elite der Goldgasse. (Er hielt inne und gebot Eliacin mit einer Handbewegung, sich in respektvollerem Abstand zu halten.) Haben Sie also Dank, daß Sie so zahlreich in unserer Alma Mater, ein lateinischer Ausdruck, der

›erstrangige Universität‹ bedeutet, erschienen sind! Ja, meine Herren, durch meinen Mund dankt Ihnen die gesamte Universität für die Ehre, die Sie ihr erweisen, eine Ehre, die ich aus Bescheidenheit nicht gänzlich auf mich beziehen möchte. Es mag genügen zu sagen, daß ich stolz bin, nach manchen Ängsten, Hindernissen, Widrigkeiten und Erschöpfungen diese Universität geschaffen zu haben und so in unserem Kephalonia eine unauslöschliche Spur meines irdischen Daseins zu hinterlassen, bevor ich ins ewige Nichts eingehe, was bald geschehen wird bei meinen tiefen Lungenhöhlen, falls ich sie nicht mit Brathähnchen zustopfen kann, ich mag sie gut durchgebraten und nicht saftig, sie müssen ein wenig trocken sein, am besten man läßt sie mindestens zwei Stunden im mäßig heißen Ofen, ich weiß, in dieser Hinsicht kann ich mich auf die Fürsorge meiner geliebten Studenten verlassen! Hiermit, und nachdem die Anspielung, wie ich hoffe, verstanden worden ist, beginne ich mit einer Einführung in meine Vorlesung über juristische Kniffe, nämlich Zweck und Modalitäten von Einschreibebriefen! Meine Herren Studenten, warum sind Einschreibebriefe zu empfehlen trotz ihres hohen Preises? Nun, meine Herren, ich warte! Antworten Sie, Schüler Salomon!«

»Damit der Brief auch bestimmt ankommt, Euer Ehren«, antwortete Salomon schüchtern.

»Ungenügend und sogar schwach«, sagte Eisenbeißer, der sich inzwischen gesetzt hatte. »Meine Herren, wer bietet mehr? (Es entstand eine Pause, in der er sich mit dem Kuchen beschäftigte. Die Studenten wechselten Blicke, husteten, schneuzten sich.) Nun, meine Herren, da Sie Nieten sind, wird mein Sohn und Assistent, der Älteste Bube, der Erste meiner letzten Serie, die Antwort geben! Tritt näher, Konfitüre meines Herzens, belehre diese Unwissenden und zeige ihnen, was du taugst, ich gestatte es dir! Warum Einschreibebriefe? Aus welchem tieferen Grund als dem, den der unwissende Salomon genannt hat?«

»Aus zwei Gründen!« begann Eliacin eifrig. »Nämlich erstens, damit der Postbeamte, der ja eine Quittung und damit einen Beweis ausgestellt hat, den Brief nicht auf den Kehricht werfen kann, nachdem er die Briefmarke, die er vorsichtshalber nicht entwertet haben wird, an sich genommen hat!«

»Das ist richtig, meine süßes Mandelkonfekt, das ist richtig. Und entwerten ist ein gutes Wort, ein hübsches Wort, möchte ich sagen. Und zweitens, mein Schätzchen?«

»Zweitens«, deklamierte das begeisterte Kind, »damit der Empfänger, der stets unredlich ist, dem Richter nicht erzählen kann, daß er den Brief nicht bekommen hat, vor allem wenn es eine Zahlungsaufforderung war!«

»Sehen Sie, was für einen Sohn ich habe, meine Herren Studenten, was für ein Meisterwerk und was für ein Marzipan!«

»Geknetet von Ihren Händen, Vater!« schrie Eliacin, und Eisenbeißer warf ihm eine Kußhand zu.

»Der Älteste Bube hat sehr richtig geantwortet«, sagte er. »Aber gehen wir in die Tiefe, meine Herren, ergründen wir die Sache und schauen wir, was die materiellen Modalitäten eines Einschreibens sein sollten. Sollte man es in einem Briefumschlag schicken?«

»Ja!« schrie Salomon, glücklich, endlich glänzen zu können. »Unbedingt! Denn wenn man es nicht in einen Umschlag steckt, geht es bestimmt verloren!«

»Abgrundtiefe Dummheit und beschämende Einfalt vom Abkömmling eines Esels!« sagte Eisenbeißer. »Komm, gib die intelligente Antwort, lieber Ältester Bube!«

Mehrere Minuten lang überlegte das Wunderkind heftig, die Finger an die Schläfen gepreßt, während die Blicke der Studenten in ängstlichem Schweigen auf ihn geheftet waren. Schließlich schlug Eliacin die Augen wieder auf und hob verlegen den roten Kopf.

»Vater«, stammelte er, »ich weiß die Lösung des Problems nicht! Oh, verzeihen Sie Ihrem unglücklichen Kind!«

»Der Kleine Tote, der hätte es gewußt«, seufzte Eisenbeißer, zog traurig die Brauen hoch und schloß dann die Augen, um den lieben kleinen Leichnam vor sich zu sehen. »Denk doch mal nach!«

»Nein, Vater, ich bin geschlagen, ich bin die Schande der Familie!«

»Jede Sünde wird vergeben werden«, sagte Eisenbeißer. »Also werde ich antworten. Niemals im Briefumschlag, meine Herren! Und warum, meine Herren? Weil der verfluchte Empfänger imstande ist, dem Kläger in Gegenwart des dummen Richters zu sagen: Du hast den Einlieferungsschein der Post, einverstanden! Du hast mir in der Tat einen eingeschriebenen Umschlag geschickt, ich leugne es nicht! Hier ist er, dein Umschlag! Aber es war nichts drin, kein Blatt, nichts! Du hast vielleicht vergessen, das Blatt hineinzustecken! Jedenfalls habe ich keine Zahlungsaufforderung bekommen, ich habe nur einen leeren Umschlag bekommen, das ist alles, mein Lieber! Natürlich, meine Herren, lügt der Exkommunizierte! Aber unmöglich zu beweisen, daß er lügt! Was also tun, damit er die Zahlungsaufforderung nicht leugnen kann? Antworten Sie, meine Herren!«

»Ich hab's!« schrie Eliacin, dürstend nach Rehabilitierung, und verschränkte die Arme. »Heureka! möchte ich hinzufügen wie Archimedes, als er im Bad herausfand, daß man die Dichte der Körper bestimmt, indem man das Wasser als Bezugsgröße nimmt, denn jeder in eine Flüssigkeit getauchte Körper verliert so viel von seinem Gewicht, wie das Flüssigkeitsvolumen wiegt, das er verdrängt! (Eisenbeißer lächelte strahlend, physikalisch bezaubert.) Heureka! sage ich noch einmal, keinen Brief im Umschlag, sondern eine Faltbriefkarte sollte man schicken! (Eisenbeißer applaudierte leise.) Also eine zusammengefaltete Karte, am Rand perforiert und durch Befeuchten des gummierten Teils mit der Zunge zusammengeklebt! Wenn die Briefkarte eingeschrieben geschickt wurde und ich dem Richter den Einlieferungsschein zeige, sage ich zum Beklagten: Nun zeig doch mal, was du bekommen hast! Dieser Einlieferungsschein beweist, daß ich dir ein Schreiben geschickt habe! Der Beklagte wird nicht mehr behaupten können, er habe einen leeren Umschlag erhalten! Er ist gezwungen, die Briefkarte zu zeigen, die zugleich Umschlag und Brief ist! Und der Richter wird ihn wegen damnum emergens, lucrum cessans und moralischer Schuld zu Schadensersatz sowie zur Zahlung aller anfallenden Gerichtskosten verurteilen und so Gerechtigkeit walten lassen!«

»In meine Arme!« schrie Eisenbeißer wieder einmal.

Er stand auf, und das Kind stürzte sich in die ausgebreiteten väterlichen Arme. Vater und Sohn hielten sich umschlungen, nicht ohne aus dem Augenwinkel die Wirkung auf das Publikum zu beobachten. Mattathias schneuzte sich gerührt. »Braves Kind«, murmelte er und nahm sich vor, Eliacin in seinem Testament zu bedenken.

»Schluß mit familiären Zärtlichkeiten!« rief Eisenbeißer. »Unterdrücken wir unsere Tränen und kehren wir zu unserem teuren Studium zurück! Meine Herren, nachdem das Problem des Einschreibebriefes zur allgemeinen Zufriedenheit gelöst ist, stehe ich zu Ihrer Verfügung, um nach Belieben juristische Herrlichkeiten zu erörtern, wie beispielsweise die Klage der Besitzstörung, des Besitzschutzes oder des Drittwiderspruchs, mit wiedereinsetzender Wirkung in welche Rechte auch immer, sowie auch diverse Klage- und Gerichtsverfahren, die alle ihr Köstliches haben und vor allem diverse Berufungsmöglichkeiten und ebenso diverse Wirkungen, als da sind die petitorische und possessorische, aber auch die konfessorische und negatorische, wobei es der letzteren gewiß nicht an Charme gebricht, oder auch Ausnahmen aller Art, von denen die dilatorische mir die liebste ist. Aber Sie haben die Wahl, meine Herren!«

Nach einer Pause entschloß sich Salomon, den Finger zu heben, fragte den Professor, ob er sprechen dürfe, und bekam großmütig die Erlaubnis.

»Hör, Eisenbeißer, äh, Verzeihung, Herr Rektor, von deinen Gerichtsdingen verstehen wir nichts, denn das ist mißtrauisches

Ränkespiel und ungeheuer vertrackt, und übrigens werde ich auch niemals vor Gericht gehen, denn die wenigen Drachmen, die ich habe, würden dabei aufgezehrt! Für unsere Drachme möchten wir lieber ergötzliche Berichte hören über das Leben der Spitzen der Gesellschaft in Europa und erfahren, wie man sich am Tisch des Präsidenten der Republik benimmt oder wenn man dem König von England und seiner lieblichen Dame vorgestellt wird, und so weiter. Das wünschen wir von ganzem Herzen kennenzulernen, das Leben der Großen und ihre Gepflogenheiten, nicht wahr, liebe Freunde?«

Das Publikum bekundete sogleich seine Zustimmung und applaudierte dem Wasserverkäufer, der mit zwei Fingern die Kußhände erwiderte, die man ihm zuwarf. »Wahrlich, du hast gut gesprochen!« rief Colonimos. Puterrot verbeugte sich Salomon, fiel hin und rappelte sich wieder auf.

»Äußern Sie Ihre Wünsche, gute Leute!« sagte Eisenbeißer.

Nun kamen von allen Seiten Bitten um gesellschaftliche Auskünfte. War es zutreffend, daß man bei den großen Dîners die Zuckerstücke mit einer kleinen Kneifzange nehmen mußte? Wer ging zuerst durch eine Tür, der König von England oder der Herr Papst der Katholiken? »Der Herr Papst!« schrien kompetente Stimmen sofort, und Eisenbeißer stimmte mit geschlossenen Augen und gesenktem Kopf zu. Wer galt mehr, der Minister oder der Kardinal? Wer galt mehr, der Botschafter oder der Konsul? Was, der Botschafter? Aber der Konsul hat dir das Visum gegeben! Was war der bedeutendste Orden der Welt? Zu einem König sagte man ja bekanntlich Sire, aber war es auch richtig, Professor, daß man zur Königin Sirette sagen mußte? Stimmte es, daß man zu einer Herzogin stets Gnädigste sagen mußte? Und wer galt mehr, ein Baron oder ein Graf?

Auf letztere Frage antwortete Eisenbeißer, der Graf, aber im allgemeinen sei der Baron reicher. Und es gab noch viele andere Fragen, aber man kann nicht alles berichten. Es möge genügen zu sagen, daß Eisenbeißer mit verschränkten Armen zur Zufriedenheit aller wacker Antworten gab und unter anderem verriet, daß Baron Rothschild jedes Jahr seine Jacht austauschte; daß der Botschafter in Wirklichkeit wichtiger war als sein Chef, der Minister, denn er verkehrte in den höchsten Kreisen, und der Minister nicht; daß Whisky sehr teurer Apfelsaft sei, der auf Empfängen getrunken werde und in dem man einen speziellen Mist aus Schottland und seltene Wanzen aus derselben Gegend sehr lange ziehen lasse; daß in Europa die Menschen von Welt sich gegenseitig fragten, wie es ihnen gehe, aber ohne je auf die Antwort zu hören, was ein Zeichen guter Erziehung sei. Eine der letzten Fragen wurde vom alten Jacob Meshullam gestellt.

»Bei deinem Leben, Herrlicher, der du alles weißt, sag mir, entspricht es der Wahrheit, daß die Königin von England sich die Zähne selber putzt?«

»Nein, ehrenwerter Jacob, dafür hat sie einen speziellen Diener.«

»Ich wußte es! Ein Herzog, dieser Diener?«

»Nein, nur Marquis.«

»Ein Marquis zum Zähneputzen!« schwärmte Colonimos.

»Etwas Großartiges, der Reichtum!« seufzte Belleli.

»Und ein Graf zum Waschen der Füße«, fügte Eisenbeißer großzügig hinzu, »reizende Füße, die bei ihr übrigens sehr sauber sind, denn er wäscht sie ihr einmal die Woche mit großem Pomp und Publikum!«

»Du mögest hundertundzehn Jahre leben, und zwar gute Jahre!« bedankte sich der Hundertjährige. »Ein Marquis für die Zähne, ein Graf für die Füße«, wiederholte er mit beifälligem Nikken. »Gerecht, die Füße sind weniger wert als die Zähne«, nickte er wieder, glücklich über diese Zunahme seines Wissens, dem er auf seinen einsamen Spaziergängen, Brustbeeren kauend, noch lange nachgrübeln würde.

»Hör, Eisenbeißer«, meldete sich Michael, »du, der du mutmaßlich alles weißt, sag uns, ob es stimmt, daß bei den großen Empfängen die königlichen Prinzessinnen teilweise entkleidet kommen und ihre junge Brust zeigen, zur Ergötzung der Gäste, die sie dadurch in große Erregung versetzen, sag es uns, denn ich muß es wissen.«

»Verleumdung!« schrie Salomon, »die Prinzessinnen sind garantiert tugendhaft, sie sind doch Königstöchter!«

»Schweig, Schnipsel!« befahl Eisenbeißer. »Mit Vergnügen und der gebührenden Bereitwilligkeit, o braver Michael, werde ich deine Frage beantworten. Höre also, daß die Edelleute, die zu den Bällen bei Hofe eingeladen werden, die Brüste der Prinzessinnen und sogar der Königin tatsächlich zur Hälfte betrachten dürfen, daß besagte Edelleute aber sofort, mit eiserner Maske, ins Gefängnis gesperrt werden, wenn sie die geringste Anspielung, und sei sie bewundernd, auf das derart ausgestellte Fleisch wagen. Kurz und gut, die königlichen und fürstlichen Brüste dürfen gezeigt, aber nicht erwähnt werden. Europäische Sitten.«

Als Eisenbeißer verstummt war, verfluchten die dicken Damen diese liederlichen Halbnackten, manche riefen Unfruchtbarkeit auf die Schamlosen herab, andere wünschten den unzüchtigen Ehemännerverführerinnen die Pocken. Die Männer dagegen schwiegen nachdenklich. Da es furchtbar heiß war, knöpfte Eisenbeißer seinen Talar auf, um etwas Kühlung zu bekommen, blies auf die grauen Haare seines schweißtriefenden Oberkörpers und fächelte sich mit Hilfe seines Baretts Luft zu. Schließlich zog er eine alte Schlüsseluhr aus seinen Rockschößen und beugte sich kurzsichtig darüber, um intellektuell zu wirken.

»Eine Minute vor neun, meine Herren. In sechzig Sekunden ist die Stunde zu Ende. Aber damit Sie etwas haben für Ihr Geld, verrate ich Ihnen zum Abschluß, wie Sie in einem Luxusrestaurant gratis dinieren können. Tragen Sie stets in einer Streichholzschachtel einen Vorrat verstorbener Kakerlaken bei sich, die ich übrigens zu günstigen Preisen liefern kann. Legen Sie eine dieser Kakerlaken in das ausgezeichnete Dessert, wenn Sie es fast aufgegessen haben. Schlagen Sie sofort Krach, drohen Sie dem Gastwirt mit gerichtlichen Schritten, und er wird Sie gehen lassen, ohne daß Sie bezahlen, und Sie anflehen zu schweigen! Das war's. Neun Uhr, meine Herren, die Sitzung ist aufgehoben! Eine Viertelstunde Pause im Pistazienhöfchen hinter der Universität, folgen Sie den Buben! Während der Pause kostenpflichtiges Abschleifen und Herausschneiden von Hühneraugen an den Füßen durch den Rektor persönlich, schnell wie der Blitz! Andererseits wird darauf hingewiesen, daß meine kleinen Gehilfen liebenswürdigerweise und zu bisher nie gekannten Preisen köstlich gefüllte Feigen verkaufen! Ebendiese Feigen, echte Perlen der Natur, mit Zimt gewürzt, mit Pinienkernen gefüllt und hübsch wieder zugenäht, sind mit einer langen Schnur versehen, damit man ein bißchen damit spielen und sie zum Spaß im Kreis schwingen lassen kann, bevor man sich daran gütlich tut! Lassen Sie sich das gesagt sein! Außerdem, meine Herren, vergessen Sie nicht, daß sie Ihrer Gesundheit zuträglich sind, denn, wie ich es in den Versen meiner medizinischen Abhandlung geschrieben und gereimt habe, ›Die Feige besänftigt die Lunge sogleich – Sie macht den gereizten Darm glatt und weich! – Ein guter Zimt ist immer von Nutzen – Um Leber und Milz gründlich zu putzen!‹«

In dem Höfchen, wo Mastixsträucher, rote Sandbeeren, Ringelblumen und wilde Rosen üppig durcheinanderwuchsen, begannen die drei Buben sofort mit dem Verkauf der Feigen, die sie im Kreis schwangen, um die Liebhaber zu locken, die sich um die kleinen Marktschreier scharten.

»Gefüllte Feigen zur Kräftigung! Ein Trost für Ihre Kehle! Wirklich köstlich! Amüsieren Sie sich, lassen Sie sie im Kreis schwingen! Patentierte Erfindung des Rektors! Drei Groschen das Stück und fünf Groschen für zwei! Zögern Sie nicht, meine Herren! Gefüllt vom Rektor persönlich! Nachdem er sich die Hände gewaschen hat! Wer hat noch keine fliegende Feige?«

Die geniale Leckerei hatte Erfolg, und bald wurden drei Dutzend gefüllte Feigen herumgewirbelt wie bedrohliche Schleudern, während Eisenbeißer, unter der Pinie des Höfchens kniend, einer beleibten Dame im glasperlenverzierten orangefarbenen Kleid, die hinter ihrem Fächer stöhnte, mit dem Rasiermesser das Hühnerauge absäbelte. Als er mit der Operation fertig war und das Honorar einkassiert hatte, entdeckte Eisenbeißer den ärmsten Juden der Insel, Nino, den Kesselflicker, der sich, ohne zu zahlen, davonschlich. Er rannte ihm nach und verlangte die Drachme von dem Unglücklichen, der seine leeren Taschen vorzeigte und sich auf seinen Bildungshunger berief. Nach einer Diskussion wurde vereinbart, daß die Drachme noch am selben Abend in Form eines in Olivenöl getränkten Brotlaibs übergeben würde, »aber Vorsicht, Nino, nicht mogeln, das Brot muß vollgesogen sein wie ein Schwamm«. Der Kesselflicker versprach es und schwor bei den Vorhängen des Thoraschreins. Nachdem die Verhandlungen beendet waren, klatschte Eisenbeißer in die Hände, und die Feigenesser kehrten, ihre klebrigen Finger lekkend, zurück, während über ihnen Schwalben hin und her flitzten.

»Meine Herren, die zweite Stunde beginnt, und ich stehe zu Ihrer Verfügung. Wollen Sie einen Vortrag über das, was man Ehre nennt und was doch nur Besorgnis und lächerliche Angst ist vor dem Was-werden-die-Leute-sagen und das elende Anliegen, von deinen wahrscheinlich dummen Nachbarn und Bekannten geschätzt zu werden und daß sie dich weiterhin grüßen! Die zehn Gebote, das ist schon recht, meine Herren, und ich verneige mich vor unserem Herrn Moses, doch diese Ehre, von der die Europäer soviel Aufhebens machen, ist ein wahres Greuel, denn sie bedeutet nur den Wunsch nach Ansehen, was armselig und ohne Kühnheit ist! Oder hätten Sie lieber Anekdoten über den großen Minister Colbert, dessen richtiger Name wahrscheinlich Goldberg war und er folglich ein Sohn des Bundes, wie Sie und ich! Oder wollen Sie eine Geographie-Vorlesung mit Beschreibung von Genf, der ehrlichen Stadt, wo du deine Brieftasche auf einer Parkbank liegenlassen kannst und die Polizei sie dir gleich ins Hotel bringt, ohne ein Trinkgeld zu verlangen? Oder auch ein

Antipathie-Seminar über Wohltätigkeit? Denn einem Armen geben, einverstanden, aber als Spiel und Vergnügen, wie ein Theaterbesuch, und nicht um sich dessen zu rühmen wie einer verdienstvollen Tat! Was nutzt es nämlich, meine Herren? Der Reiche gibt einem Armen zwei Drachmen oder sogar hundert, sehr schön, aber verändern diese Drachmen die Existenz des Armen oder des Reichen? Sie verlängern das elende Schmachten des Armen und bereichern das köstliche Leben der Millionäre noch um Güte und Stolz! Gerechtigkeit, meine Herren, das ist meine Devise! Oder aber wollen Sie eine Vorlesung über allgemeine Negation? Oder ein Referat, das beweist, daß die so bewunderte Wette Pascals von großer Niederträchtigkeit ist? Oder was würden Sie zu einer hübschen Stunde über amouröse Verführung sagen, wie sie in Europa praktiziert wird, zu Ihrer Information und Bildung, wobei in diesem Fall die Personen des anderen Geschlechts selbstverständlich gebeten würden, uns ihrer köstlichen Anwesenheit zu entheben? Meine Herren, Sie haben die Wahl! Interessenten mögen sich zu erkennen geben!«

Die meisten Männer wollten die Verführungsstunde und taten das, einer lauter als der andere, unter den eisigen Blicken der Damen kund, die sich mit verächtlichem Seidengeraschel und viel gekränktem Fächeln sehr würdevoll zurückzogen. Ihnen folgten Manasse, Luzzato und Espinosa, letzterer wegen seiner Gattin.

Der alte Jacob von den Meshullam aber, plötzlich verjüngt und aufgeregt von einem Fuß auf den anderen tretend, fragte, ob diese europäische Verführung durch Briefe oder durch Serenaden und Barkarolen geschähe oder gar durch nächtliche Entführung mit Samtmaske und großer Bestürzung der Eltern, die ja gezwungen seien, ihre Einwilligung zu geben, da die junge Dame ihre Unschuld schon in der Stunde nach der Entführung verloren habe!

»Wer zahlt, wird es erfahren«, antwortete Eisenbeißer, »und die Gebühr beträgt selbstverständlich drei Drachmen, denn die Universität muß die quantitative Einbuße durch den Preis ausgleichen.«

»Ich zahle!« schrie der Hundertjährige. »Bei der Seele meines Großvaters, der Napoleon gesehen hat, ich zahle! Ich zahle, denn ich bin neugierig auf Fremdes und Neues und möchte es kennenlernen, bevor meine Stunde kommt!«

»Und bevor Der erscheint, der die Gräber füllt und die Gespräche unterbricht», ergänzte Eisenbeißer um der Schönheit willen.

Michael und Salomon verabschiedeten sich. Der Rektor, dem es leid tat um die sechs Drachmen, die er verlieren würde, gab sich schmerzlich und freundschaftlich und ermunterte sie zu bleiben. Michael, ein großer Damenbetörer, zuckte mit den Schultern. Er kannte das Problem, was hätte er lernen können, was er nicht schon wußte? »Keine Dame ist so keusch, daß ihre Tugend vor männlicher und vorteilhafter Körperlichkeit nicht wankt«, lächelte er und zwirbelte seinen dicken Schnurrbart. »Also auf Wiedersehn, lieber Eisenbeißer.« Salomon sagte, er werde auch gehen, denn wozu verführen? Man solle heiraten und seine Frau lieben, das sei alles!

»Ich kann bleiben, damit es nach mehr aussieht«, sagte Mattathias, »unter der Bedingung, daß du mich entlohnst.«

»Krepieren sollst du, o Sauertopf«, sagte Eisenbeißer mit einem netten Lächeln. »Krebs in alle deine Öffnungen, und außerdem Bluthusten für dich und jeden, der es gut mit dir meint!«

XI

Bevor er mit seiner Verführungsstunde anfing, befahl Eisenbeißer seiner Frau, seinen Töchtern und den Buben, sich aus Gründen der Schamhaftigkeit von der Universität zu entfernen und erst wiederzukommen, wenn »ein dreifach durch die Lüfte gellendes Pfeifen« sie zurückrufe. Nachdem er so als auf Sittlichkeit bedachtes Familienoberhaupt gehandelt hatte, betrat er seine private Küche und damit den Hörsaal, wo er wegen der drückenden

Hitze sogleich seinen Talar ablegte. In Hosen und mit nacktem Oberkörper, aber immer noch mit dem Barett auf dem Kopf und die Stirn schwer von Gedanken, ging er schweigend auf und ab, respektvoll beobachtet von den im Schneidersitz auf dem Boden hockenden Studenten; Colonimos flüsterte den neben ihm Sitzenden zu, der Professor denke seine Gedanken durch, und man müsse still sein, damit sie ihm nicht entfielen. Als der Rektor sich die verschiedenen Teile seines Vortrags schließlich im Kopf zurechtgelegt hatte, zog er von jedem Teilnehmer die Gebühr von drei Drachmen ein, ließ sich in seinem vergoldeten Sessel nieder, setzte seinen gläserlosen Zwicker auf, lächelte gewinnend und ergriff das Wort.

»Meine Herren«, hob er an und lüpfte sein Barett, »ich beginne mit meiner Stunde über Liebesverführung in Europa. Sie müssen wissen, daß es zwei Arten der Verführung gibt. Einerseits die langsame und sorgfältige Verführung; andererseits die schnelle Verführung, von der nur in sehr dringenden Fällen Gebrauch gemacht wird. Die langsame und sorgfältige Verführung erfolgt in fünf aufeinanderfolgenden Schritten, die ich zu gegebener Zeit aufzählen werde und die bis zur Erringung des Sieges im Bett bei einer tugendhaften Dame üblicherweise drei Wochen in Anspruch nehmen. Zunächst sei Ihnen aber verraten, daß die europäischen Verführer sich, bevor sie anfangen, vergewissern, daß die für den Erfolg jener Schritte unerläßlichen Bedingungen gegeben sind. (Er nahm seinen Zwicker ab und schaute ins Publikum.) Meine Herren, wenn ich Ihre erloschenen Blicke und Ihre hängenden Mundwinkel sehe, verstehe ich plötzlich, daß Sie nichts verstehen. Ich werde Ihnen entgegenkommen, den universitären Ton aufgeben und Ihnen diese Verführung ganz zwanglos erklären, indem ich Ihnen die wahre Geschichte eines gewissen Wronski und einer Dame Anna Karenina, der Ehefrau eines alten Polizeikommissars des Zaren, erzähle und wie jener diese verführte.«

»Aber hat er nicht Angst gehabt, sich mit einem Polizeikommissar anzulegen?« fragte Colonimos.

»Nein, denn er war Fürst und folglich hochmütig, er trug den Kopf, als hätte er einen steifen Hals, außerdem war er ein Freund des Zaren, den er zum Lachen brachte, indem er ihm die Fußsohle kitzelte!«

»Ein Fürst, mein Lieber, spuckt dich an, wenn du mit ihm zu sprechen wagst!« erklärte Belleli.

»Meine Herren, da diese Stunde tiefgründig ist und große Anstrengungen des Gehirns erfordert, verlange ich Totenstille! Und jetzt fahre ich in meinem Gedankengang fort. Hören Sie also, meine Herren Studenten, daß eines schönen Sommermorgens Fürst Wronski in der glänzenden Uniform eines Kosakengenerals mit Reitpeitsche und diversen diamantenbesetzten Orden in einem großen Park der prunkvollen Stadt Petersburg ausritt, während auf einer Bank die reizende Anna Karenina sittsam ein ernstes Buch las und dabei an einem Veilchensträußlein roch. Ab und zu nahm sie ein liebliches Taschentuch aus ihrer Handtasche, um sich geräuschlos und zart zu schneuzen. Apropos, meine Herren, warum haben die Europäerinnen alle Handtaschen und keine Rocktaschen? Wer kann mir antworten?«

»Ich!« schrie Belleli. »Um ihre Sachen hineinzutun!«

»Lächerliche Antwort«, sagte Eisenbeißer und schleuderte durch den Zwicker einen vernichtenden Blick auf den Albino, der den Kopf senkte. »Der Grund, meine Herren, ist, daß sie wollen, daß man ihre Kurven sieht! Wenn sie aber Rocktaschen hätten, würden die Dinge, die darin stecken, Ausbuchtungen bilden, und diese würden ihre Formen verformen und ihre Rundungen ruinieren! So sind die Evastöchter! Als er nun also die schöne, an ihren Veilchen riechende Anna sah und sie wahrhaft erfrischend und wie Morgentau fand, beschloß der listige Fürst sogleich, sie zu verführen.«

»Sehr gut!« schrie der hundertjährige Jacob von den Meshullam. »Schnell, beeil dich!«

»Er stieg also von seinem feurigen Pferd und verbarg sich hinter einem Baum, zwei Meter von seinem Opfer entfernt, das er teuflisch beobachtete, ohne selbst gesehen zu werden! Im Schutz des Baumstamms sagte er zu sich Folgendes: ›Laß mich überlegen, mache ich es bei ihr mit einer schnellen oder auch Blitzverführung?‹ Er dachte eine Stunde lang darüber nach, während er seinen langen gewachsten Schnurrbart glättete, und sagte sich schließlich: ›Nein, seien wir vorsichtig, sie ist tugendhaft, denn sie liest ein ernstes Buch, es empfiehlt sich also die langsame und sorgfältige Verführung in fünf Schritten! Das wird dauern, macht aber nichts, was sein muß, muß sein, und auf diese Weise ist mir der Sieg gewiß! Aber laß mich überlegen, sind denn die sieben Vorbedingungen gegeben, die für den Erfolg der fünf obengenannten Schritte unabdingbar sind? Prüfen wir sie eine nach der anderen‹, sagte sich der Exkommunizierte. ›Die erste Bedingung jedenfalls ist erfüllt, nämlich daß die Frau einen Ehemann besitzen muß. In der Tat ist diese Anna seit sieben Jahren mit ihrem Karenin verheiratet, und folglich verabscheut sie ihn bestimmt!‹ Meine Herren, der Verfluchte hatte leider nicht unrecht, und er kannte die Europäerinnen gut! Denn Sie müssen wissen, daß Anna, die ständig mit ihrem Mann zusammenlebte, bemerkt hatte, daß er mehrmals am Tag und insbesondere morgens zur Toilette ging, und dafür verachtete sie ihn, denn sie war sehr poetisch. Außerdem hatte er etwas Bauch, was diese Heidinnen gar nicht ausstehen können, sie bevorzugen flache Bäuche. Schließlich überhäufte sie der arme Karenin, der treu und zärtlich war, mit Diamanten, ernährte sie sehr gut und benahm sich vor allem zuvorkommend und nicht grausam, was der Unbesonnenen auf die Nerven ging.«

»Was für eine liederliche Person!« rief Colonimos aus.

»Ich fahre fort, meine Herren, in der festen Hoffnung, nicht mehr unterbrochen zu werden. ›Die zweite Vorbedingung ist ebenfalls erfüllt‹, murmelte der Ruchlose dann hinter seiner Zypresse. ›Diese Frau ist edel und tugendhaft, und das sagt mir zu, weil die Edlen und Tugendhaften einerseits die größte Schwäche für die Bewegungen im Bett haben, denn je mehr das Verlangen nach Unzucht unterdrückt wird, um so mächtiger will es hervorbrechen, und weil sie andererseits naiver und leichter zu verwirren sind als die Frivolen! Sie wird also in großem Vertrauen und großer Aufrichtigkeit in meine Mausefalle gehen und sich meiner verwerflichen Begierde hingeben, wenn ich ihr nur geistreiche Sätze sage und über Musik und Gott mit ihr spreche, was ja leicht ist, das schaffen wir schon! Und so werde ich sie am Ende des fünften Schritts in meinem Bett haben und mich an ihr delektieren, nackt und lieblich mit ihren vier Rundungen!‹«

»Und weiß wie eine Perle!« kreischte das alte Zicklein. »Denn sie war von großer Schönheit, ja, sehr großer Schönheit, da bin ich mir ganz sicher! Echtes Perlmutt, diese Anna«, lächelte er und schüttelte den goldenen Ring in seinem Ohr, um zu zeigen, wie hinreißend Anna war, dann genehmigte er sich zwei saure Bonbons, die er geräuschvoll lutschte.

»Ruhe, Student Jacob!« befahl Eisenbeißer. »Sodann stellte dieser Schreckliche erfreut fest, wie warm und schön der Vormittag war, und frohlockte hinter seinem Baum, daß mit der milden Temperatur auch die dritte Vorbedingung erfüllt war! Tatsächlich kann in Europa keine Verführung gelingen, wenn der Mann draußen bei extrem kalter Witterung und Schneesturm oder auf einem Eisberg bei vierzig Grad unter Null damit anfängt, denn in solchem Fall zittert die Dame und denkt nur ans Zähneklappern. Aber zum großen Jubel des Elenden hatte es an diesem Tag genau zweiundzwanzig Grad über Null, was für eine Freiluftverführung ideal ist. Es braucht nämlich Wärme, damit der geheime Ruf des Fleisches das Gehirn erreicht und dort die notwendige Neigung zu gepflegten Unterhaltungen erzeugt, und diese sind unentbehrlich für die ersten beiden Manöver, die im Park erfolgen. ›Was für ein Glück!‹ ruft also der Fürst. Ruhe, meine Herren, und verschränken Sie die Arme wie die Studenten an der Universität! (Die auf dem Boden Hockenden gehorchten, stolz, Intellektuelle zu sein.) Auch die vierte Vorbedingung war erfüllt, und der Schändliche rieb sich in seinem Versteck die Hände, denn diese

Anna, die er beobachtete wie der Falke eine Taube, diese Anna, sage ich, hatte ein ganz rosiges Gesicht und schien reichlich ausgestattet mit Vitaminen und gewissen kleinen wissenschaftlichen Substanzen, die wir Ärzte Hormone nennen, kurz, mit bester Gesundheit, eine ebenfalls unerläßliche Voraussetzung! Sie müssen wissen, daß eine Europäerin mit Zahnschmerzen oder Kopferkältung während der ganzen Dauer des Zahnabszesses oder des Niesens ihrem Mann treu bleibt. Wenn sie dagegen kerngesund und von Magenkrämpfen verschont ist, leistet sie den geübten Rufen des illegitimen Mannes unverzüglich Folge. Und nun, meine Herren, kehren wir zu den Überlegungen des Verfluchten hinter seinem Baum zurück. Während er hinterlistig seinen Schnurrbart zwirbelte, murmelte er folgendes vor sich hin: ›Die fünfte Vorbedingung ist, daß mein zukünftiges Opfer gut gekleidet ist, denn die Frauen sind eitel, und wenn sie meinen, schlecht gekleidet zu sein, oder der Kragen Falten wirft, eignen sie sich wenig für die Liebe, dann sind sie verzweifelt und denken nicht mehr an die Tändelei. In diesem Fall, wenn sie sich nicht erhaben fühlen, sind sie sogar schrecklich kalt und wollen vom Mann nichts wissen! Finden sie sich dagegen elegant und schön, nach der neusten Mode gekleidet und ohne Pickel auf der Nase, sind sie, die stets nach Komplimenten lechzen und in ihrem unwiderstehlichen Charme bestätigt werden wollen, reif für die Mausefalle. Kurz, sie denken praktisch, und ihre Schönheit soll zu etwas dienen, genau wie ihr Kleid, das Dollars kostet, wozu haben sie es sonst? Die Taille aber‹, fährt dieser Gehilfe Satans fort, ›wird dieses Jahr sehr tief getragen, und ich stelle mit Vergnügen fest, daß der Gürtel bei ihr unterhalb ihres wunderbaren Hinterteils sitzt. Da sie sich, was ihre geschmackvolle Aufmachung betrifft, also lobenswert findet, wird sie entgegenkommend sein und mich artig anlächeln, bereit, sich ein wenig zu öffnen, wenn ich es richtig anstelle! Und die sechste Bedingung‹, sagt sich dieser Taugenichts, ›betrifft mich persönlich, der Verführer soll nämlich von angenehmer Erscheinung sein. Nun muß ich ohne falsche Bescheidenheit zugeben, daß ich schön und gut gebaut bin, also wohl die richtige Statur habe, was mein finsteres Vorhaben gewaltig erleichtern wird!‹ Nun, meine Herren, denken wir philosophisch nach über das, was der Verpestete uns in die angewiderten Ohren geraunt hat. Was bedeutet der Ausdruck schön und gut gebaut? Es bedeutet, er hat ja darauf angespielt, daß sein Fleisch mindestens hundertundachtzig Zentimeter lang und an die siebzig Kilo schwer sein muß. Außerdem bedeutet es, daß der Verführer eine ausreichende Anzahl kleiner Knochen im Mund haben muß, zweiunddreißig, wenn möglich, und auf jeden Fall müssen die vorderen, die sichtbar sind, vollständig sein. So sind die Damen, meine Herren, und sie legen besonderen Wert auf diese kleinen Skelettstücke. Kurz, der Angebetete muß voller Zähne sein, und wenn er sie durch Krankheit einen nach dem andern verliert, geben sie ihm einen Tritt in den Hintern und machen sich auf die Suche nach einem, der mit kleinen Knochen im Mund versehen ist, und erklären diesem auf der Stelle ewige Seelenanbetung. Denn nur mit Besitzern einwandfreier Knöchelchen sprechen sie gern über ihre Seele.«

»Bravo!« schrie Colonimos, dessen Gebiß unvollständig war.

»Mäßige deine Begeisterung, und laß mich fortfahren«, sagte Eisenbeißer. »Um Ihnen zu beweisen, meine Herren, daß ich nicht lüge, werde ich Ihnen nachher ausgeschnittene Heiratsannoncen aus Zeitungen zeigen, und Sie werden sehen, daß die jungen Mädchen, nachdem sie angemerkt haben, daß sie an die Unsterblichkeit der Seele glauben, großen Nachdruck auf die Zentimeter des Bräutigams legen, den sie suchen. He, paßt auf, sagen sie in ihren Anzeigen, wir brauchen eine anständige Länge Fleisch! Mindestens ein Meter siebzig! Groß, schlank, dunkelhaarig, kraftvoll! Wenn dann ein junger Mann daherkommt, der als ehrenhafter Zeitgenosse bekannt ist, aber nur hundertfünfundfünfzig Zentimeter aufweisen kann, wenn also dieser Unglückliche sich der Vornehmen aus der Annonce vorstellt, einer Frommen aus guter Familie, die für erhabene Gefühle schwärmt und die ganze Zeit nur über klassische Musik redet, wissen Sie, was sie zu dem netten jungen Mann sagt? Sie sagt: ›O Winziger, weißt du denn nicht, daß ich die moralischen Qualitäten eines Verlobten nur schätzen kann, wenn er über eine anständige Fleischeslänge verfügt?‹ Und ganz empört über die Kleinwüchsigkeit des Kandidaten, traktiert sie ihn mit Schlägen und läßt ihn halbtot auf dem Boden liegen!«

»Schlange!« schrie Colonimos.

»Und selbst wenn der Freier lang genug ist, aber ihm vorn im Mund auch nur ein einziger Zahn fehlt, so spuckt sie ihm sofort ins Gesicht! Und das war's dann für ihn! Der Arme, mangels eines jämmerlichen Zentimeters Knochen wird er nie die Süße der Liebe kennenlernen! Ich wiederhole es, meine Herren, denn man kann diesen Punkt nicht genug betonen, die europäischen jungen Damen schwärmen von der Seele und dem, was sie die unsichtbaren Wesenheiten nennen, aber die Eckzähne sollen gefälligst sichtbar sein!«

»Gleichviel, mir gefallen sie!« rief der alte Jacob mit seinem kleinen dümmlichen Lachen. »Im übrigen habe ich hinten noch mehrere Zähne, und außerdem gedenke ich, mir ein Gebiß zu kaufen! Das Mädchen soll nur kommen, und dann verhandeln wir!«

»Halten Sie Ihre aufdringliche Zunge in Zaum, Schüler Meshullam!« befahl Eisenbeißer. »Sonst stelle ich Sie zur Strafe in die Ecke, mit einer Eselsmütze! Die junge Europäerin begnügt sich übrigens meist nicht damit, die vorderen Zähne zu prüfen. Erscheint ein Freier zum erstenmal, um mit Blumenstrauß und weißen Handschuhen einen Heiratsantrag zu machen, läßt sie ihn gleich den Mund aufreißen und untersucht das Innere mit einem kleinen runden Spiegel an einem langen Stiel aus Metall wie beim Zahnarzt, um zu sehen, ob das Gebiß vollständig ist! Und wehe, hinten fehlen ein oder zwei Zähne, dann versetzt sie ihm einen Fußtritt! Und nun wollen wir noch philosophischer nachdenken. Was bedeutet dieses weibliche Bedürfnis nach Fleischeslänge?

Dieses Bedürfnis, meine Herren, bedeutet brutale Anbetung des Faustschlags! Denn Fleischeslänge in gutem Zustand und zahlreiche Eckzähne und stattliche Brust und flacher Bauch und Energie, alle Greuel, nach denen sie gieren, beweisen die Fähigkeit des Mannes, Faustschläge auszuteilen! Und jetzt hören Sie mir gut zu, denn hier werde ich tiefsinnig! Was ist ein Faustschlag, meine Herren? Ein Faustschlag ist der Anfang eines Mordes! Was diese Süßen mit sanften und gebildeten Gesten also vor allem von ihrem Mann fordern, damit sie ihn anbeten können, ist, daß er in der Lage sein soll wehzutun, zu schlagen, ein bißchen oder auch richtig zu töten! Im Grunde wie in alten Zeiten, bevor Moses mit den Zehn Geboten vom Sinai herabgestiegen ist, wie in alten Zeiten, als die Menschen noch Affen waren und der beliebteste bei den Weibchen der größte war, der mit einem dicken Stein jedem x-beliebigen anderen Affen den Schädel einschlagen konnte! Ja, meine Herren, was diese gebildeten und reichen jungen Damen, die mit drei Straußenfedern und drei Hofknicksen dem König von England vorgestellt werden, was diese gut erzogenen jungen Damen in der Erlesenheit ihrer kostspieligen Kleider, genau wie ihre Äffinnenurgroßmütter in alten Zeiten, wollen, ist ein Totschläger! Nur geben es die Gerissenen nicht zu! Die Wörter in ihren Heiratsannoncen lügen und verschleiern! Sie schreiben: groß, mindestens ein Meter fünfundsiebzig, energisch, mit Charakter, sportlich, die Natur und die Bewegung in der Natur liebend, und all die Wörter bedeuten nur: in der Lage, diesen Faustschlag zu verpassen, der, wie ich schon gesagt habe, der Anfang von Mord ist! Kurz, meine Herren, um zu lieben, brauchen sie einen Gorilla!«

»Wieso Gorilla?« wunderte sich Colonimos. »Verzeihung, Professor, sie wollen keinen Gorilla, sondern einen Mann!«

»Dichterische Freiheit, Dummkopf!« erklärte Eisenbeißer. »Für die großen Professoren der Sorbonne ist es ganz üblich, Vergleiche anzustellen! Wissen Sie, was Sorbonne heißt, und verstehen sie die Bedeutung? (Colonimos bewunderte ihn. Der wußte Bescheid, der Fuchs, dachte er. Er hatte wirklich auf alles eine Antwort, wer konnte sich mit ihm messen?) Ich bleibe also bei Gorilla! Aber diese Hübschen empören sich über den Ausdruck Gorilla! Sie sagen, das stimme nicht, was sie wollten, sei ein Mann voll erhabener Gefühle, der an die Seele und Unsichtbares aller Art glaube, weshalb sie in ihren Ehemannsuchanzeigen stets ausdrücklich darauf hinwiesen, daß er außer den zahlreichen Zentimetern Fleisch auch moralische Qualitäten haben solle, und daher seien sie die reinsten Engel, und ihr Ideal sei ein großer und köstlich fleischlicher, aber hochgesinnter Gentleman, der bei allen Mahlzeiten mit ihnen über Gott spreche. Lassen Sie sich davon nicht täuschen, meine Herren! Diese Forderung nach moralischen Qualitäten stellen sie nämlich nur, um trotz ihrer behaarten Beine nicht als Äffinnen zu erscheinen, um die Artigen zu spielen und ihren Gorilla als Mann zu verkleiden und nicht gegen unsere Bibel zu verstoßen! In Wirklichkeit geht es ihnen um den schlagenden Gorilla hinter der Mannsgestalt! Kurz, reines Alibi, und die Schweinsfüße bedecken sie mit Schlagsahne. Doch würden Sie, meine Damen, den größten Propheten zum Gatten nehmen, wenn er ein Zwerg oder ein zahnloser Greis wäre und folglich so oder so nicht zu einem Faustschlag fähig? Nein, meine jungen Damen! Der Fall ist also erledigt, und Sie haben gestanden!« rief er fröhlich.

Plötzlich hielt er inne. Warum gab er sich solche Mühe für diese Dummköpfe? Für drei elende Drachmen lieferte er ihnen Gedanken zu mindestens dreißig Drachmen das Stück! Er zuckte die Schultern. Ach was, man mußte weitermachen, nicht für diese Unwissenden, aber der Wahrheit zuliebe, diesem höchsten Ziel des Menschen!

»Der Finstere also, meine Herren, immer noch hinter seinem Baum versteckt und diese Anna belauernd, die jetzt ein sehr wertvolles und noch ernsteres Buch liest, ein Buch über Anständigkeit, der Finstere sagt sich im Innersten: ›Die letzte und siebte Vorbedingung, unerläßlich, um sie zu meiner Bettsklavin zu machen, ist die passende gesellschaftliche Stellung, also daß ich gutsituiert bin als Fürst und Kammerherr, und ich werde es einrichten, daß sie erfährt, daß ich die Waschschüsseln des Zaren ausleere, was sie sehr beeindrucken wird.‹ Der Exkommunizierte hat leider nicht unrecht, meine Herren! Sie verehren die hohe Stellung, denn die hohe Stellung bedeutet Stärke, die Stärke, die sie anbeten. Und die Stärke, das ist die Macht zu schaden und letzten Endes die Macht zu töten! Ja, meine Herren, die Stärke in jeder Form, physisch oder moralisch oder gesellschaftlich, was wir Philosophen gemeinhin sozial nennen, ist letzten Endes immer die Macht zu töten, und deshalb wird sie weltweit angebetet. Ein zu tiefschürfender Gedanke, meine Herren, schwierig zuzulassen, ich weiß, und niemand wird mir glauben wollen und mich verstehen können! So sind die Genies! Unverstanden zu Lebzeiten, manchmal sogar verachtet, bin ich dann aber unter der Erde, ach, wie viele Statuen, meine Herren! Aber genug der schwarzen Gedanken, Genitiv Plural, meine Herren, und kommen wir auf die hohe Stellung zurück, welche die Macht zu schaden und zu zerstören bedeutet! Hast du einen Prozeß, ein Einflußreicher gewinnt ihn, selbst wenn du im Recht bist. Er zwinkert dem Richter zu, mit dem er gerade das Mittagessen mit verschiedenen Vorspeisen eingenommen hat, ein Zwinkern, das besagt: Na, mach schon und verurteile mir diesen Hergelaufenen zu lebenslanger Zwangsarbeit!«

»Sehr richtig«, sagte Belleli, »und wenn der griechische Präfekt je erfährt, was seine Frau nachts unter den Olivenbäumen mit Michael treibt, Gott bewahre!«

»Verzeihung, Professor«, sagte Colonimos, verraten Sie uns bitte, was ein Kammerherr ist!«

»Ich weiß!« schrie der Herr Jacob. »Ein Großer im Palast!«

»Ein schmeichlerischer Diener«, sagte Eisenbeißer, »denn alle Erfolgreichen sind so, müssen Sie wissen. Der Botschaftssekretär ist der schmeichlerische Diener des Botschaftsrats, der der schmeichlerische Diener des Botschafters ist, der der schmeichlerische Diener des Ministers ist, der der schmeichlerische Diener des Premierministers ist und ihn so bald wie möglich verraten wird!«

»Aber der Premierminister ist niemandes Diener!« sagte Colonimos stolz.

»Ebenfalls Diener und großer Umschmeichler des Königs!« sagte Eisenbeißer.

»Stimmt«, sagte der Herr Jacob. »Den König mußt du hätscheln.«

»Aber der König ist niemandes Diener!« schrie Belleli.

»Diener seiner Schauspielerin und Konkubine«, sagte Eisenbeißer, »die ihn mit einem Soldaten betrügt und mit dem ihr Spielchen treibt und ihn dann im Schrank versteckt, wenn der König mit Geschenken ankommt! Ich komme jetzt auf den elenden Wronski zurück und werde Ihnen seine letzten Überlegungen mitteilen.«

»Hinter dem Baum!« schrie der Herr Jacob, der mit einer fröstelnden Bewegung den Kopf einzog, um es richtig auszukosten.

»›Alle Vorbedingungen sind also erfüllt‹, sagte sich leise der Verderber, ›aber daraus entsteht noch keine Liebe, es bedeutet nur, daß ich meine schändlichen Manöver mit Aussicht auf Erfolg durchführen kann. In der Tat, wäre ich nämlich häßlich, könnte ich mich noch so sehr ins Zeug legen, es ginge schief, führe ich aber meine Manöver schlecht aus, geht es, so schön ich auch bin, ebenfalls schief, denn sie ist tugendhaft, vergessen wir das nicht, und ich muß meinen ganzen strategischen Verstand zusammennehmen, um mein Ziel zu erreichen!‹«

»Nun sag doch, was er mit seinem Verstand tun wird!« schrie der Hundertjährige. »Rasch!«

»Zuerst parfümiert er sich hinter seinem Baum mit chinesischem Moschus, von dem er immer ein Fläschchen in seiner Hosentasche hat. Dann setzt er ein Monokel auf, damit sie weiß, daß er zur besseren Gesellschaft gehört. Dann poliert er sich mit seinem bestickten Taschentuch die Stiefel, damit sie es bemerkt und weiß, daß er ein markiger Reiter ist, was sie auf sündige Gedanken bringt, so daß sie sich sagt, er ist muskulös, zu Faustschlägen fähig und mit großer Kopulationskraft begabt.«

»All das wegen der Stiefel!« schwärmte Colonimos.

»All das, ja, denn ich bin Psychologe. Dann stärkt sich der Verfluchte, um in Form zu sein, mit gefülltem Brot, wovon er immer einen Vorrat bei sich hat.«

»Gefüllt womit?« fragte Colonimos.

»Mit Schinken natürlich.«

»Ein Ungläubiger«, erklärte der Herr Jacob. »Fahre fort, mein Sohn.«

»Dann, immer noch hinter seinem Baum, zieht er seine Manschetten etwas aus dem Ärmel hervor, damit sie sieht, daß sie sauber sind, und daraus schließt, daß er sich jeden Tag wäscht.«

»Lüge!« empörte sich der Herr Jacob. »Wer wäscht sich schon jeden Tag? Und dann?«

»Dann dreht er seine Zunge sechsmal in die eine und sechsmal in die andere Richtung, um sich auf die Redekunst vorzubereiten, und tritt aus seinem Versteck heraus!«

»Jetzt erfahren wir es!« schrie der Hundertjährige. »Pst, Juden, schweigt!«

»Er nähert sich ihr galant und verbeugt sich, denn er ist ihr schon einmal in einem mondänen Luxussalon begegnet.«

»Ganz gewiß«, sagte Colonimos, »ein Polizeikommissar wie der Ehemann ist ja fast ebensoviel wie ein Fürst und kann dich ins Gefängnis bringen, wenn das Trinkgeld nicht reicht. Was für eine Stellung, meine Freunde! Sogar Gendarmen zu befehlen! Und dann?«

»Dann fragt er sie, die Hand an einem der spitzen Enden seines Schnurrbarts, ob es ihr gutgeht. Sie sagt ja und liest weiter in ihrem Buch, denn sie ist tugendhaft, und aus reizender Schüchternheit flattert ihr Herz wie ein Vögelchen. Um ihr Erröten zu verbergen, führt sie mit einer entzückenden Geste die Veilchen an ihre Nase.

»Sie gefällt mir, diese Holde!« schrie das alte Zicklein und wischte mit zitterndem Finger die Tropfen weg, die aus seiner Nase flossen. »Ein Leckerbissen! Man bringe sie zu mir, und ihr werdet sehen!«

»Aber sie liest ernsthafte Bücher!« sagte Colonimos. »Eigentlich frage ich mich, wie sie in die Falle geraten kann.«

»Sie geht ganz sicher in die Falle, laß mich nur machen!« mekkerte der Hundertjährige. »Fahre fort, mein Sohn.«

»Fürst Wronski beginnt also mit dem ersten Manöver, dem der gemeinsamen Vorlieben.«

»Laß hören«, sagte der Herr Jacob und hielt die hohle Hand ans Ohr.

»Er hat gehört, sie sei gebildet. Also fragt er sie gewandt, ob sie eine Tragödie von Racine lese, und da sie verneint, sagt er: ›Wie schade! Denn Racine ist ein großer Schriftsteller!‹ Da leuchten die Augen der Karenina, sie ist sehr froh, denn sie hat eine große Schwäche für diesen Racine, der, unter uns gesagt, sehr langweilig ist, bis auf ein gutes Stück, das er geschrieben hat und das *Les Plaideurs* heißt. Aber lassen wir das. Sie denkt: ›Obwohl ich tugendhaft bin, kann ich ja eigentlich mit diesem Fürsten reden, denn es sind unschuldige, literarische Dinge, über die wir uns unterhalten werden.‹ Verstehen Sie, der Sohn Satans hat ihr ein Alibi, eine ehrliche Rechtfertigung geliefert! Sie glaubt, daß es ihr aus Liebe zu Racine Spaß macht, mit ihm zu reden! Warum aber in Wirklichkeit?«

Von allen Seiten prasselten die Antworten, jeder Student schrie mit verschränkten Armen die seine heraus. »Weil er die richtige Größe hat!« – »Und Zähne!« – »Und weil er Fürst ist!« – »Und weil sie kein Zahnweh hat!« – »Und weil sie nicht niesen muß!« – »Und voller Vitamine ist!« – »Und ihr Gürtel unterhalb des Hinterns sitzt!« – »Und weil es warm ist!« – »Und weil der Ehemann morgens ins Büro geht!«

»Sehr gut, meine Herren, Sie machen mir Ehre! Der Listige packt nun die Gelegenheit beim Schopf und redet schnell über

Racine und dann über Malerei und Skulptur, und die Idiotin ist entzückt und sagt sich: ›Das ist ja wunderbar, wir haben in allem die gleichen Vorlieben! Oh, wie gern rede ich mit ihm, und wie unschuldig und wohlerzogen ist das!‹ Dann fragt sie ihn, ob er auch wie sie die Musik liebt. ›Ungemein, o Vollkommene‹, antwortet er, ›ich könnte sie fressen!‹ Bei diesen Worten wackelt sie vor Zufriedenheit so mit den Hüften, daß sie auf den Hintern fällt! Er hilft ihr auf und macht schnell feinsinnige Bemerkungen über einen Professor aus Germanien, einen Unseligen erster Güte namens Bach, seine Musik habe ich in Marseille gehört, als ich im Rang eines Gefreiten meinem Vaterland diente, eine Musik mit lauter unnötigen Verzierungen und ohne jedes seelische Gefühl, wahrhafte Begleitmusik zum Holzsägen, die ich mit einem selbstlaufenden Mechanismus vergleichen möchte oder auch, wenn es Orgelmusik ist, mit einem Elefanten, der sich mit seinen Füßen in klebrigem Fliegenpapier verfängt und nicht mehr loskommt! Und da der Übelgesinnte von einem seiner Spione erfahren hat, daß sie die Natur liebt, spricht er schnell von dem Vergnügen, ein gutes Frühstück im Grünen zu veranstalten.«

»Mit schäumendem Wein und Zigeunern, ich weiß!« sagte der Herr Jacob.

»Und er redet auch vom Mondschein, und sie zappelt wieder vor Glück wie eine Forelle und sieht ihn mit großen Augen an, dann senkt sie bescheiden den Blick und sagt mit sanfter und wohlerzogener Stimme: ›Was gibt es Schöneres als einen Spaziergang im Mondschein mit einer Seele, die einen versteht?‹ Und damit ist das Manöver der gemeinsamen Vorlieben beendet, und er geht rasch zum zweiten Manöver über, dem der beruhigenden Moral. Zu diesem Zweck behauptet dieser Dreckskerl von Fürst, er gebe auf der Straße gefundene Banknoten immer bei der Polizei ab und deklariere beim Zoll stets seine Waren. Stellen Sie sich vor, was für ein Lügner! Dann sagt er, er liebe die Vöglein und ebenso seine Großmutter und sein Vaterland. Da denkt sie: ›Welch edles Herz! Man kann volles Vertrauen zu ihm haben! Absolut!‹ Und schließlich spricht er respektvoll von Gott, was für Anna eine große Beruhigung ist, die sich sagt: ›Dieser Mann ist wirklich vollkommen, sehr anständig, sehr ernsthaft, und es ist nichts dabei, mit ihm zu reden!‹ Und natürlich bewundert sie ihn sehr wegen seiner Ehrlichkeit beim Zoll und denkt, ein solches Juwel könne keine bösen Absichten hegen. Sie wünscht sich nichts anderes, als ihn seiner Moral wegen zu bewundern! Warum aber in Wirklichkeit, meine Herren?«

»Weil er zweiunddreißig Zähne hat!« schreit Colonimos, der Klassenbeste, mit verschränkten Armen.

»Sehr richtig. Und die unglückliche Dumme sagt sich: ›Endlich jemand, mit dem ich über erhabene Dinge sprechen kann! Was für ein Unterschied zu meinem Ehemann, diesem unseligen Dickwanst, der dauernd auf die Toilette geht und nie vom Mondschein spricht!‹ Und um noch länger mit diesem vertrauenswürdigen Mann zusammenzusein, der ja von Gott gesprochen hat, fragt sie ihn, ob er auch Mozart liebe, und er sagt natürlich: ›So sehr wie kandierte Melonen, die meine größte Leidenschaft sind!‹ Und sogleich hält er ihr einen Vortrag über Mozart, immer denselben, den er auswendig kann, weil er ihn auch allen anderen Idiotinnen serviert hat. Und Anna atmet tief durch die Nase, so froh ist sie, daß sie beide zusammen und gemeinschaftlich Mozart lieben. In Wirklichkeit hat sie tief geatmet, um ihre Brust herauszustrecken, damit er sieht, daß sie gut ausgestattet ist. Aber das weiß sie nicht, denn sie ist ja tugendhaft. Schließlich verabschiedet sich der Verderbte, nachdem sie verabredet haben, sich morgen abend um neun Uhr bei ihr wiederzusehen, und sie vollführen, was man in der Gesellschaft Shakehands nennt und was bedeutet, daß sie ihm militärisch fest die Hand drückt, um zu spüren, daß sie anständig und daß nichts Unrechtes zwischen ihnen ist. Eine Hirnlose wie all die anderen! Und sie lächelt vor sich hin, als er weg ist. Sie liest nicht mehr ihre ernsthaften Bücher, sondern seufzt mit geschlossenen Augen: ›Wie interessant und tugendhaft war doch diese Unterhaltung mit dem Fürsten! Oh, wie freue ich mich, ihn morgen wiederzusehen und mit ihm über schickliche und bedeutende Dinge zu sprechen!‹ Und was macht der Verfluchte währenddessen? Erraten Sie es?«

»Nein! Sagen Sie schnell, Meister Eisenbeißer! Sagen Sie es, um Gottes willen, sonst sterben wir!« schrien gleichzeitig mehrere Studenten.

»Nun, er läuft zum Zaren, kitzelt ihn, damit er gute Laune bekommt, und bittet ihn, Karenin noch heute mit einer Polizeimission ins Ausland zu schicken! Und so ist der arme Ehemann abgereist, der gute Ehemann, der sie immer rührend umsorgt hat! Und im Zug weint er, weil er seine liebe Gattin verlassen muß, und schlägt sich gegen die Brust!«

»Der Unglückliche, der nicht weiß, was ihn erwartet!« stöhnte Colonimos und schneuzte sich vor Mitleid, was seine Kommilitonen sogleich nachmachten, während Eisenbeißer, gerührt von der Rührung seiner Studenten, sich mit einem großen Stück Kuchen tröstete.

»Meine Herren«, sagte er, als er es aufgegessen hatte, »ein paar Minuten Pause jetzt, denn ich muß das Verhalten meiner Familie kontrollieren. Seien Sie brav und stecken Sie bitte nicht überall Ihre Nase hinein.«

Als sie ihren Vater im Talar ankommen sahen, fingen die drei Buben in der Goldgasse wieder an, marktschreierisch die Vorteile von Universitätsabschlüssen anzupreisen, mit denen man »schöne Mitgiften anlockt« und »Bankierstöchter ködert«. Er zwickte jedem ins Ohr und ging dann, um nach den Frauen zu sehen, die in einiger Entfernung standen. Nach einer verhaltenen Artigkeit Rebecca gegenüber gebot er seinen Töchtern, keine jungen Leute anzuschauen und folglich beim Gehen immer den Blick zu senken. Worauf er sein Barett lüpfte.

»Leben Sie wohl, meine Damen«, sagte er, »ich kehre zu meinen Amtspflichten zurück.«

XII

»Und nun, meine Herren, kommen wir wieder zu unseren lieben Studien und widmen uns dem dritten Verführungsmanöver, der Phase der sittsamen und wachsenden Freundschaft, die üblicherweise einen Drittel Monat dauert. Nachdem er sich des unglücklichen Ehemanns entledigt hat, besucht also der gefährliche Wronski Anna jeden Abend! Der Schurke wählt den Abend, weil dann die Verdauungsvorgänge die Karenina träge machen und ihr Verlangen nach Poesie verstärken. Und auf diese Weise wird er immer mehr zu ihrem schicklichen Freund und Seelenbruder und sagt ihr jeden Abend wunderbare Worte. Er spricht über Musik und Literatur, wobei er seine Winde unterdrückt, und sie hört ihm zu, während sie die ihren unterdrückt, den Kopf auf das Polster des Sofas zurückgelehnt, als würde sie mit Rosenwasser gurgeln, und dann stellt sie sehr gebildete Betrachtungen über Malerei an, indem sie zum Beispiel die gräßliche Mona Lisa und ihr dämliches Lächeln bewundernswert findet. Wenn ihr Magen knurrt, hustet sie, um es zu übertönen, oder sie spielt die Begeisterte und deklamiert Gedichte, damit ihr lieber Freund das Knurren nicht hört, für das sie sich schämt, denn es ist gewaltig wie die Geräusche der dicken Saite des Violoncellos und paßt nicht zu diesem so feinen Mann mit den lackierten Fingernägeln. Oder sie dreht sich nach rechts und links und windet sich, um dieses verflixte Knurren zurückzudrängen, zu unterdrücken, zu bezwingen und zum Schweigen zu bringen! Oder sie steht auf und geht poetisch schwankend zum Fenster, um die Sterne zu bewundern, aber in Wirklichkeit will sie sich nur von dem Vornehmen fernhalten, damit er das Brüllen ihres wütenden Magens nicht hört! Sonst ist sie jedoch glücklich und hat ein ruhiges Gewissen, denn sie hat ihrem armen Ehemann sofort ganz ehrlich geschrieben, daß der Fürst sie zu besuchen pflegt, und wir sind große Freunde, teilt sie ihm mit, und unterhalten uns in allen Ehren über bedeutende und ernsthafte Dinge! So schreibt sie ihm, und das Teuflischste ist, daß sie es glaubt! Sie sehen, wie intelligent sie sind, die Tugendhaften! Auf der anderen Seite, müssen Sie wissen, ist das Lieblingsthema ihrer Gespräche in dieser Phase der wachsenden Freundschaft die gewöhnliche Seele der anderen, was bedeutet, daß sie Ungewöhnliche sind und dafür gemacht, sich zu verstehen! Dieser schnurrbärtige Sohn Belials besucht sie also jeden Abend in großer Freundschaft zu Plaudereien über Skulptur und Natur. Er ist geduldig, wie Sie sehen, der Listige!«

»Diese Dame zu verführen verlangt großen Einsatz!« sagte Colonimos.

»Weil sie tugendhaft ist, mein Lieber. Natürlich ist sie ganz elektrisiert von den kunstsinnigen Worten des Fürsten über Literatur und Malerei, weil sie der Beweis sind, daß er wirklich zur höheren Gesellschaft gehört, und folglich fühlt sie sich auch zu dieser höheren Gesellschaft gehörig, da er ja in großer Sittsamkeit ihr Freund ist. Und ihre Hand zum Herzen führend, flüstert sie vor sich hin: ›Oh, wie überragend er ist und meinem Mann überlegen, diesem schmuddeligen Alten, der jeden Morgen auf den Abort geht und nur Polizeikommissar ist, was wirklich gar nichts ist gegen einen Fürsten, der Stiefel trägt und über Literatur spricht!‹ Aber sie erbebt noch mehr, als er ihr von seinem Kammerherrndasein erzählt und daß er jeden Tag die Schüssel mit dem Schmutzwasser von der Gesichtswäsche des Zaren ausleert. ›O wie schön‹, denkt sie, ›und was für eine vornehme Seele muß man haben, um die lieben kaiserlichen Waschschüsseln richtig ausleeren zu können! O wie froh bin ich, die untadelige Freundin dieses Herrlichen zu sein, der als Fürst und Waschschüsselausleerer des Zaren jeden Beliebigen der unteren Klassen ins Gefängnis bringen kann, und wehe dem, der ihm nicht gefällt! O wie bewundernswert er ist, und wie ich die Stärke verehre!‹«

»Welche die Macht ist zu schaden!« schrie Belleli.

»Und folglich die Macht zu töten!« schrie Colonimos, dem Eisenbeißer einen Kuß zuwarf.

»Kurz, meine Herren, gesellschaftlich herrscht Übereinstimmung, wie der Erbärmliche hinter seinem Baum es ausdrückte! Aber sie will sich auch der fleischlichen – wir Gelehrte sagen biologischen – Übereinstimmung versichern. Daher fragt sie ihn, auf welche Bewegungen er sich versteht, erkundigt sich, ob er gern Tennis spielt, schwimmt, radfährt, ringt und mit Jataganen an den Füßen über den Schnee gleitet. Er sagt jedesmal ja, der Lügner! Da sieht sie ihn mit großer Verehrung an und sagt sich: ›Was für dicke Muskeln muß er haben! Wie muß er Faustschläge versetzen können! Sicher kann ihm kein Mensch Widerstand leisten, schon gar nicht mein unseliger Mistkommissar! Er ist wirklich ein Mann nach meinem Körper!‹ Darauf errötet sie und sagt sich: ›Lapsus calami, ich wollte natürlich sagen, ein Mann nach meinem Herzen!‹ Und damit sie ihn noch mehr bewundert, geht er in den Garten hinaus und vollführt vor ihr riesige Sprünge, klettert auf Bäume, macht Kunststücke auf seinem Pferd! Da sieht sie ihn zärtlich an und sagt sich: ›Er ist wirklich unvergleichlich!‹ Zurück im Salon spielt er dann den starken Mann, um ihr zu gefallen, aber ich nenne keine Einzelheiten, damit es nicht zu lang wird.«

»Bei deinem Leben, sag die Einzelheiten!« flehte der alte Jacob. »Denn wie soll ich es anstellen, wenn ich sie nicht kenne?«

»Ja, Professor, sagen Sie doch, wie er den starken Mann spielt!« schrie Belleli.

»Nun also, er setzt sich hochnäsig hin, die Faust auf der Hüfte, und schreit seine kunstsinnigen Bemerkungen heraus, indem er sich mit der anderen Faust gegen die Brust schlägt, damit sie weiß, daß er Charakter hat und niemanden fürchtet! Und sie ist zufrieden und schließt tief atmend die Augen! Oder aber er gibt sich als Verächter irgendeiner Musik, die er nie gehört hat, oder eines Buches, das er nie gelesen hat, und dann bewundert sie ihn mit großen Augen und findet ihn ganz und gar überragend mit seinem federgeschmückten Käppi! Oder er beißt mit den Zähnen ein Fünffrancstück durch, und da hüpft sie vor Begeisterung hoch und sagt sich: ›Was für Zähne! Das ist was anderes als mein Dikker vom Abort!‹ Oder er rückt sein Monokel zurecht und sieht sie böse an, so daß ihr ganz schwach wird vor Glück und süße Gefühle sie erröten lassen und sie ihn sehr anziehend findet und sich sagt: ›Oh, er ist zum Anbeißen! Mein Garstiger von der Polizei wird mich nie mit einem Monokel anschauen!‹ Oder aber er lacht plötzlich, ohne daß sie etwas Lustiges gesagt haben, aus vollem Hals und mit weit offenem Mund, damit sie sieht, daß er alle seine Backenzähne besitzt, und Zeit hat, sie unauffällig zu zählen! Und wenn sie dann sieht, daß sie vollständig sind, atmet sie noch tiefer vor Glück und achtet ihn noch mehr! Dann steht er auf und sagt mit Obristenstimme Dummheiten, während er davongeht, die Hände in den Taschen und das Käppi nach hinten geschoben, und sie bewundert die Dummheiten sehr, die er sagt! Dann dreht er sich jäh und gesund um und blickt sie frech und mit einem bösen Lächeln an, woraus das Vizebewußtsein der Idiotin schließt, daß er mutig und aggressiv ist, also ein guter Erzeuger, und da verschlingt sie ihn mit den Augen, als wäre er Marzipan mit Rosenkonfitüre. Vizebewußtsein, meine Herren, ein moderner Begriff, der bedeutet: Gedanken, die in deinem Gehirn sind, aber die du nicht kennst!«

»Wenn die Gedanken in meinem Gehirn sind, wie kann ich sie da nicht kennen?« wandte scharfsinnig ein spitzes Maul ein.

»Einen Maulkorb vor den unwissenden Mund und sofortige Schließung der inkompetenten Klappe!« befahl Eisenbeißer. »Es handelt sich hier, mein armer Freund, um einen wissenschaftlichen Abgrund, in den du nicht eindringen kannst. Übe dich also in Bescheidenheit vor den Tiefen des Doktor Freud!«

»Berühmter israelitischer Professor!« schrien die Studenten im Chor.

»Aber sind sie denn alle so, diese Europäerinnen?« fragte Colonimos.

»Alle, mein Lieber! Wenn beispielsweise ein Verlobter auf der Straße im Beisein der Verlobten eine Ohrfeige fängt und nicht mit der Faust zurückschlägt, dann ist er verloren! Die Verlobte will nichts mehr von ihm wissen, es ist aus! Und sie verlangt von ihm den Preis der Aussteuer und des bereits gekauften Hochzeitskleids zurück und berechnet ihm sogar die Mahlzeiten, die er beim zukünftigen Schwiegervater eingenommen hat!«

»Wahrhaftig, was für eine Teufelin!« rief Colonimos. »Statt den armen Verlobten zu trösten! Aber in ihrer Religion heißt es doch, daß du sanften Herzens sein sollst, und wenn man dich auf eine Backe schlägt, sollst du die andere hinhalten?«

»Sonntagmorgenworte, mein Lieber, und den Rest der Woche vergessen sie sie.«

»Auf, auf, zurück zur Lieblichen!« schrie der Hundertjährige.

»Gleich, Herr Jacob! Aber um Ihnen zu beweisen, wie versessen die Europäerinnen auf Gorillahaftes sind, werde ich Ihnen als jemand, der viel gelesen und noch mehr behalten hat, die Geschichte von Mahaut erzählen, der Tochter des Grafen von Flandern und Nichte des Königs von Frankreich, und wie sie sich verliebte.«

»Du sollst leben!« schrie der alte Meshullam. »Denn ich liebe Geschichten von Grafen und Königen!«

»Lob sei Ihnen, o köstlicher Erzähler«, übertrumpfte ihn Colonimos, »denn in Wahrheit hören wir leidenschaftlich gern Berichte aus der großen Welt!«

»Und hängen an Ihren klugen Lippen!« schrie ein dritter.

»Lippen, die Blüten treiben!« ergänzte ein vierter.

»Meine Herren, wie soll ich sprechen, wenn Sie an meinen Lippen hängen? Wollen Sie sich bitte davon lösen, damit ich sie wieder bewegen kann! Also Ruhe!«

»Ruhe!« kläffte der Herr Jacob. »Los, rasch, die Tochter des Grafen! Her mit ihr!«

»Ruhe!« schrien seine Kommilitonen.

»Ruhe, lassen Sie das Ruhegeschrei, meine Herren!« schrie Eisenbeißer und schwenkte ein Glöckchen, das er aus seinen Rockschößen hervorgeholt hatte. »Sonst gibt es keine Geschichten! (Mit dem Finger auf dem Mund geboten die Anwesenden einander schweigend Stillschweigen, und bald hörte man nur noch das Gemecker einer Ziege, die in dem kleinen Hof mit den Pistazienbäumen graste.) So ist es recht, ich fange an. Hören Sie also, geliebte Studenten, daß in den fernen Zeiten des Mittelalters Wilhelm der Eroberer, der Bastard Roberts, des Herzogs der Normandie ...«

»Er hat Ahnung, der Exkommunizierte!« flüsterte Colonimos.

»Sehr richtig!« schrie der alte Jacob, »denn ein Herzog ist noch mehr als ein Graf, das weiß ich, und niemand braucht es mir beizubringen!«

»Aber nicht nur Sie wissen es, Herr Jacob!« schrie Belleli.

»Wir wußten es alle!« schrien verschiedene Stimmen.

»Aber ich bin in hohem Alter und weiß es schon länger als Sie!«

»Ruhe, verdammte Juden!« schrie der Rektor. »Nun, also, dieser Wilhelm setzte sich in den Kopf, die frische Rose Mahaut zu heiraten.«

»Sie gefällt mir genausogut wie diese Anna«, sagte der Hundertjährige. »Eine rosig schimmernde Rose, stellen Sie sich das vor!«

»Aber als diese Mahaut von den Absichten des jungen Mannes erfuhr, tat sie sehr überheblich und brach in ein teuflisches Gelächter aus, das mindestens eine Viertelstunde dauerte! Als sie mit Lachen fertig war, sagte sie: ›Ich, die Nichte des Königs von Frankreich, einen Bastard heiraten! Lieber bleibe ich Jungfrau und trage mein Leben lang den Nonnenschleier!‹«

»Ich kann es ihr nicht verübeln!« bellte der alte Jacob. »Ein Bastard, immerhin, eine Ausgeburt der Unzucht!«

»Ja, aber der Bastard eines Herzogs!« erwiderte Belleli.

»Ich«, sagte Colonimos, »hätte auch nichts dagegen, Bastard eines Barons zu sein, denn, glauben Sie mir, er würde mich bestimmt nicht verhungern lassen!«

»Nun, meine Herren, was macht der Bastard des Herzogs, als ihm diese hochmütige Antwort überbracht wird? Er dringt in den Palast des Grafen von Flandern ein!«

»Belgien«, erklärte der Hundertjährige. »Sie haben den Kongo! Ich habe Aktien der Union Minière!«

»Rasend vor Wut packt Wilhelm also Mahaut an den Haaren, schüttelt sie wie einen Sack, traktiert sie mit Fußtritten, schleudert sie mit baumelndem Kopf gegen die Wand. Dann geht er und läßt sie liegen mit ihrem hochgerutschten Kleid, das ihr gezüchtigtes Hinterteil freigibt. Und wie endet die Geschichte? Die große Hochmütige und Nichte des Königs von Frankreich sagt zu ihrer Hofdame: ›Dieser Wilhelm gefällt mir, nur ihn will ich zum Gatten! Man möge uns schnell verheiraten, denn meine Seele ist entbrannt für diesen stolzen Baron.‹«

»Was für eine Verworfene!«

»Einen Mann zu lieben, weil er ihr den Hintern versohlt hat!«

»Zucken wir im Geist die Schultern, meine Herren, und haben wir Mitleid mit diesen Unglücklichen, die dem brutalen Naturgesetz unterworfen sind. Sie wollen einen Beschützer und guten Zuchtbullen, so wie Hühner einen Hahn mit großem Kamm brauchen, um fleischige Hühnchen zur Welt zu bringen, eine Wonne für den Gaumen, wenn die Haut durch das Braten über Rebfeuer schön knusprig ist, aber man muß den Spieß langsam drehen, so daß das Innere des Tiers leicht trocken wird, was den Reiz erhöht! Doch kehren wir zu Anna zurück. Wo war ich stehengeblieben?«

»Beim dritten Manöver!«

»Der sittsamen und wachsenden Freundschaft!«

»Richtig. Nun also, der Fürst erwähnt ab und zu sein monatliches Bad, damit sie weiß, wie sauber er ist, und das bringt diese Europäerinnen auf gewisse Gedanken, und um Mitternacht geht er, nachdem er ihr süße Träume gewünscht und ihr die Hand geküßt hat. Sie bewundert ihn dafür, daß er Luxusmanieren hat, und denkt sich: ›Ach, mein Elender von der Polizei würde mir nicht die Hand küssen!‹ Wenn er weg ist, läßt sie sofort, da nun allein, mit großer Erleichterung all ihre Winde fahren, die sie aus Idealismus zurückgehalten hat, Winde aller Art, meine Freunde, kurze und lange, gerade und gezackte, also von jedem etwas, dann läuft sie in die Küche und schneidet sich dicke Scheiben von der Lammkeule ab und ißt sie im Stehen, denn sie stirbt vor Hunger. Oder wenn es Kalbskopfsalat gibt, dann stürzt sie sich darauf und verschlingt ihn genüßlich, denn das ist ihre Leibspeise!«

»Meine auch!« schrie der Herr Jacob. »Weil er weich ist!«

»Ist sie satt, macht sie ihr kleines Geschäft, wie sie es auch schon drei Stunden zuvor getan hat, bevor er kam, dann legt sie sich melodisch auf das Sofa im Salon und murmelt mit geschlossenen Augen entspannt und glücklich: ›Ich habe einen Freund, und er versteht mich!‹ Denn Sie müssen wissen, daß Europas Damen es lieben, verstanden zu werden, das ist ihr Tick, und sie sagen, ihre Ehemänner verstehen sie nie, verstanden werden bedeutet nämlich, mit einem Edelmann zu sprechen, der kein Ehemann ist und der ihnen schmeichelt und der noch nicht weiß, daß sie Blähungen haben. Dazu ist zu bemerken, meine Herren, daß Anna ihren Ehemann nicht nur abgrundtief haßt, weil der Arme auf die Toilette geht, sondern auch und vor allem, weil er sie mehrmals am Tag dorthin gehen und manchmal wegen Verstopfung lange dort verweilen sieht! Und warum sieht er sie dorthin gehen? Weil sie verheiratet sind und jeden Tag Stunden und Stunden zusammen sind und sie es nicht die ganze Zeit zurückhalten kann! Sie haßt ihn also, weil er weiß, daß sie nicht poetisch ist! Mit Wronski dagegen, der nur zwei oder drei Stunden bleibt, kann sie es zurückhalten und die Königin der Poesie spielen! Daher ihr Haß auf die Ehe! Und jetzt fahre ich in meiner Rede fort. Als der Verderber also weg ist, sagt sie sich wieder, daß es Freundschaft ist und sie sich wirklich nichts vorzuwerfen hat. Trotzdem schminkt sie sich seit ein paar Tagen die Lippen rot, wenn sie ihren Trefflichen empfängt!«

»Warum tun sie sich eigentlich diese Farbe auf den Mund, Professor?« fragte Colonimos.

»Aus drei Gründen, mein Lieber«, sagte Eisenbeißer. »Erstens, um die Aufmerksamkeit der Männchen auf eine Schleimhaut zu lenken, die in Europa in den Beziehungen zwischen Mann und Frau eine alberne Rolle spielt, so daß diese Schleimhaut also gewissermaßen rot erleuchtet ist, genau wie die weiblichen Glühwürmchen auf Gattensuche ihr Hinterteil nicht rot, aber grün leuchten lassen! Ja, eine alberne Rolle! Denn der Mund sollte nur der erhabenen Funktion des Essens dienen und nicht durch lächerliches Gereibe entehrt werden! Was gibt es Schöneres als essen? Das Dumme ist nur, daß du danach keinen Hunger mehr hast, und das ist schade! Zugegeben! Doch kommen wir nun zu zweitens! Besagtes schändliches Rot soll den Verehrern auch zeigen, daß die Damen nicht an mangelhafter Durchblutung leiden, blasse Lippen sind ja ein Zeichen von Blutarmut und Alter, sondern daß sie im Gegenteil mit Blut guter Qualität reichlich versorgt sind, also jung und bester Gesundheit sind, also mit Vergnügen und, was die Nachkommenschaft betrifft, mit Gewinn besprungen werden können. Und jetzt folgt drittens etwas höchst Subtiles, was Sie nicht verstehen werden, wie schon Ihr stumpfer Blick und Ihre hängenden Mundwinkel zeigen! Aber was soll's, meine eigene Begeisterung reißt mich mit! Drittens, meine Herren Studenten, sind die Lippen eine Ersatzschleimhaut, die einzige seit Jahrhunderten, die die Europäerinnen füglich zur Schau stellen dürfen! Kurz, es handelt sich um eine Darbietung, die wir Psychologen genital nennen, getarnt als unschuldiger Brauch, und infolge ihres Vizebewußtseins wissen die anständigen Damen nichts davon, genausowenig wie sie das sündhafte Motiv für Seidenstrümpfe, Parfums oder Gesellschaftstänze kennen. Die Lippen rot zu schminken heißt also, dem lüsternen Betrachter eine wichtige Schleimhaut zu zeigen als Ersatz für die offenere und direktere Darbietung, wie man sie bei anderen Tierarten beobachtet. Um meine These in ein paar Worten zusammenzufassen, möchte ich sagen, daß eine ehrenwerte Prinzessin durch die rote Bemalung ihrer damit stark betonten Schleimhaut erklärt, daß sie zu intimen Beziehungen bereit ist! Ich bin verlockend, scheint sie zu rufen, seht meine frische, so rote, so gesunde Schleimhaut!

Außerdem bin ich sehr wollüstig, scheint sie hinzuzufügen, ich beschäftige mich mit diesen Dingen, ich interessiere mich für diese Dinge, ich stehe zur Verfügung, damit ihr es wißt! Kurz, es handelt sich um eine fragwürdige Einladung! Alte Damen ahnen davon natürlich nichts und schminken sich in aller Unschuld, um sich zu verjüngen, diese Idiotinnen, aber sie sehen dadurch nur noch häßlicher und abgetakelter aus! An eure Töpfe, alte Hexen! Und nun Schluß mit Philosophien, die den Verstand der stummen Söhne des Esels übersteigen, kehren wir zur Karenina und ihrem verfluchten Unterleib zurück. Fragen Sie, meine Herren, ich gestatte es Ihnen!«

Nach langem Schweigen, dem ein Getuschel mit Belleli folgte, rieb Colonimos sein gesundes Auge und hob dann den Zeigefinger.

»Entschuldigen Sie meine Neugier, liebster Professor, aber hatte diese Schamlose aus ihrer legalen Paarung keine Nachkommenschaft?«

»Doch, ein Schätzchen von sieben Jahren namens Alexis, anmutig und artig. Aber um besser an ihren Herrlichen mit dem spitz aufgezwirbelten Schnurrbart denken und sich glücklich und ruhig sagen zu können, sie werde ihn am Abend im Mondschein sehen, hat sie den armen Alexis gegen Bezahlung bei einer bärtigen Alten untergebracht, denn sie liebt den Sprößling des Kommissars nicht besonders, wie sie achselzuckend sagt.«

»Die Garstige!« schrie Belleli.

»Ein Sohn aus ihrem Bauch mit winzigen Händchen, verstehen Sie das?« empörte sich Colonimos.

»Ich füge noch hinzu, daß sich der Schurke während dieses Manövers der sittsamen und wachsenden Freundschaft oft verspätet, um sich rar zu machen. Sobald er kommt, nimmt er also, wie gesagt, eine energische Haltung an, um die Hirnlose zu beeindrucken. Danach unterhalten sich die beiden sogleich über Sonnenuntergänge, Blumen, klassische Musik, Seelengröße und andere feinsinnige Themen und tun so, als gingen sie nie auf den

Abort. Das nennt man das Vorspiel einer Liebe. Aber genug, ich komme jetzt zum vierten Manöver, das ich vergleichen möchte mit einem von Donnerstagmorgen bis Freitagabend sanft garenden Rindfleisch mit Weizen, ich liebe die fetten Stücke, und das ich folglich das Manöver des Schmorens nennen werde.«

»Lob sei Ihnen, verehrter Professor!« schrie Colonimos.

»Erzählen Sie schnell, damit wir es erfahren!« schrie Belleli.

»Dann laßt uns schmoren!« schrie der Herr Jacob, vor Ungeduld von einem Fuß auf den andern tretend. »Los, fang an, denn ich habe ein ganz neues Bonbon im Mund, sehr gut, Himbeergeschmack!«

»Nun also das Manöver des Schmorens. Hört nämlich, o ihr von den Umständen und der Zeit Geschätzten, o ihr mit guten Manieren Begabten, o ihr Lieblinge der drei Drachmen, hört, daß am zehnten Tag ihrer sittsamen und wachsenden Freundschaft der Fürst ihr durch seinen schwarzen Diener hat sagen lassen, er müsse dringend verreisen und habe keine Zeit zu kommen und ihr die Hand zu küssen, er werde aber in sieben Tagen zurück sein. Vor Traurigkeit verdunkelt sich die Welt vor ihrem Gesicht, und in ihrer Einsamkeit jammert sie vor sich hin: ›Oh, wie leer sind meine Tage ohne meinen großen Freund! Oh, ich habe gar nicht gelebt, bevor ich ihn kennenlernte, ich war wie der Maulwurf unter der Erde! Oh, daß er rasch wiederkommt und mit mir über Sonnenuntergänge spricht! Oh, wie edel und vortrefflich er ist! Und er zumindest geht nie auf den Abort!‹ Worin sie sich täuscht, meine Herren, Liebhaber und Verführer machen jeden Tag Kacka! Aber da diese Idiotinnen sie nicht auf den Abort gehen sehen, stellen sie sich vor, sie hätten keine Därme! Folglich große Hochachtung und Vergötterung! Ich habe übrigens vor, dem Chef der Pariser Untergrundbahn, Metro genannt, zu raten, auf die Tunnelwände dieser Metro alle zehn Meter als moralische Reklame diese einfache Maxime malen zu lassen: Liebhaber und Verführer machen sehr viel Kacka! So sind die weiblichen Fahrgäste gezwungen zu lesen, und die Jungfrauen sind gewarnt, und die Ehefrauen begehen keinen Ehebruch mehr! Denn daher kommt alles Übel, meine Herren, daß diese Unbesonnenen nicht wissen wollen, daß Liebhaber Kacka machen! Lesen sie aber meine tausendfach wiederholte Maxime, werden sie sie zwangsläufig behalten, was ihnen die gewachsten Schnurrbärte verleidet, und so werden sie keusch und treu sein! Inzwischen lasse ich mir diese Maxime vom Kacka der Liebhaber und Verführer jeden Abend vor dem Schlafengehen von meinen Töchtern Tresorine und Tresorette aufsagen, damit sie gesunde Träume haben. Das Beste wäre vielleicht, den bei den Damen beliebtesten Schauspieler heimlich in Kackstellung zu photographieren und dieses Photo dann allen Bräuten am Ende der Trauungszeremonie zu überreichen! Doch kehren wir zur Poetin Anna zurück. In ihrer Einsamkeit sehnt sie sich also nach dem fernen Kacker, und um sich die Zeit zu vertreiben, spuckt sie auf das Photo ihres Mannes.«

»O die Gesteinigte!« rief Belleli aus, dessen rotgeränderte Augen vor Empörung blitzten. »Stellen Sie sich vor, der Vater ihres Sohnes!«

»Am siebten Tag aber trifft ein Telegramm ihres Sonnenuntergangsblähers und Sinfonienfurzers ein, in dem er ihr mitteilt, seine Rückkehr verzögere sich, und er komme erst übermorgen, wodurch das Schmoren vollkommen wird. Am neunten Tag ein neues Telegramm mit der Nachricht, er komme am Abend um neun Uhr. Wie sie sich dann vorbereitet! Sie seift ihr Haar ein, bestreicht es mit Mandelöl! Sie wäscht ihren ganzen Körper! Sie schneidet sich die Nägel! Sie putzt sich die Ohren! Sie wäscht sich um acht Uhr fünfzig noch einmal die Hände! Sie verteilt tiefsinnige Bücher auf dem Sofa, um sich Achtung zu erwerben, wenn er da ist! Fünf Minuten vor neun schaut sie sich im Spiegel an, um zu sehen, welches ihre bessere Seite ist! Weibliche Allüren! Sie richtet die Beleuchtung ein, löscht eine zu helle Lampe, macht eine andere, behaglichere an und bedeckt sie sogar mit roter Seide, damit es poetisch und elegisch wirkt und auch weil es dem

Gesicht schmeichelt! Dann probiert sie vor dem Spiegel ihr Lächeln aus und angenehme Gesichtsausdrücke, zuerst Lebhaftigkeit, dann sanfte Vorwürfe, dann reizendes Erstaunen. So sind sie.«

»Haben Sie solche wie Anna kennengelernt, Professor?« fragte Colonimos.

»Nein, aber es fügt sich, daß ich einige Kenntnis des weiblichen Herzens besitze. Anna findet sich also perfekt, was ihr Kleid und ihren Körper angeht, und so setzt sie sich, denn es ist drei Minuten vor neun, und rührt sich nicht mehr, um schön zu bleiben. Plötzlich Läuten an der Tür! Sie schaut sich schnell ein letztes Mal im Spiegel an, um sicher zu sein, daß ihre Nase nicht glänzt, denn vor diesem Glanz haben die Frauen große Angst, und geht öffnen.«

»Ankunft des Stellvertreters Satans!« verkündet Colonimos.

»Nein, mein Lieber, denn jetzt beginnt das fünfte und letzte Manöver, das Manöver vom Grill und von der Explosion. Geläutet hat der schwarze Diener Wronskis, dieses Fürsten der Blähungen! Er bringt einen Brief, kniet nieder und läuft sofort wieder davon. Sie öffnet den Brief, und ihre Stirn umwölkt sich, und ihre Augen verdüstern sich, denn sie erfährt, daß der Fürst sie nicht aufsuchen kann!«

»Ich habe verstanden!« schrie Belleli. »Das ist ein Trick, um sie schmoren zu lassen!«

»Ich habe auch verstanden!« kläffte der Herr Jacob, der aus dem Schlaf auffuhr. »Was glauben Sie?«

»Die Kummervolle geht auf und ab und rauft sich in großem Schmerz die Haare! Was ist nur los? Er ist in Petersburg und kann nicht zu ihr kommen! Warum nur? Ach, unsere schicklichen Unterhaltungen, unsere süße Freundschaft, die Malerei, die Natur, die Skulptur, die Literatur! So jammert sie und schaut in den Spiegel! Wo sie doch so einnehmend war in diesem Kleid, das um das Gesäß so eng ist, daß sie kaum gehen kann! Da zerreißt sie dieses Kleid, das zu nichts nütze ist!«

»Was für eine Verschwenderin!« schrie Colonimos.

»›Warum kommt er denn nicht‹? weint sie. ›Was habe ich ihm getan? Ist er mir böse? Ich habe ihm doch jeden Tag köstliche Briefe geschrieben!‹ Und plötzlich beschließt sie, ihn mit Hilfe des telephonischen Apparats anzurufen.«

»Das kenne ich!« sagt der Herr Jacob. »Der andere spricht in seinem Haus, und du hörst ihn!«

»Schwitzend vom Kopf bis zu den Füßen und das Haar zerzaust wie das Wollknäuel, mit dem die Katze gespielt hat, schreit sie in das wissenschaftliche Rohr und fordert eine aufrichtige Erklärung! Sie verheimlichen mir etwas! Ich habe das Recht, klar zu sehen! So reden die Verrückten im Affekt. Da willigt der Übeltäter in ein letztes Treffen ein, aber erst am Nachmittag, damit sie genug Zeit hat, sich auf den glühenden Kohlen der Vermutungen zu drehen und zu winden.«

»Verzeihen Sie meine Unhöflichkeit, Professor«, sagte Colonimos, »aber wie kommt es, daß Sie, der Sie so häßlich sind wie die schwärzeste Nacht, das ist bekannt und keine Beleidigung, wie kommt es, daß Sie so viel über die Liebe wissen?«

»Eine Frage des Gehirns, mein Lieber, ich habe es dir schon einmal gesagt«, antwortete Eisenbeißer. »Denn ein großer Geist ist derjenige, der kennt, was er nie gesehen und praktiziert hat. Ich bin Gott sei Dank mit einer gewissen natürlichen Vorstellungskraft und Phantasie begabt. Doch keine Regierung scheint es bemerkt zu haben, und ich bin weder Botschafter noch Gesandter. So geht es in der Welt, mein Lieber, und du solltest den beschränkten Blick dieser großen Diplomaten sehen. Nun ja, kommen wir zu der dummen Anna zurück, die sich für das letzte Treffen zurechtmacht. Stellen Sie sich vor, diese Verliebte wäscht sich schon wieder, obwohl sie sich erst vorgestern gewaschen hat! Danach macht sie sich mit dem Brennstab Locken, daß sie aussieht wie ein Schaf, dann geht sie rasch einen Hut kaufen, der einen Dollar kostet und hübsch, aber von der tristen Art ist, mit Schleier! O wie ihr Herz pocht und holpert, als sie an die Tür des

Palastes klopft! Der Fürst hat den Salon gut geheizt, denn sie soll sich in ihrem Körper wohlfühlen, damit sie in ihrer Seele leidet, und außerdem hat er lüsterne Hintergedanken. In einem Gewand aus indischem Brokat, um künstlerisch und begehrenswert zu erscheinen, spricht er, dieser Verdammte, dann folgende Worte: ›Ich darf Sie nicht mehr sehen, obwohl ich sie anbete und es mich sehr juckt und ich äußerst scharf darauf bin, mit Ihnen das übliche Geschäft von Mann und Frau zu machen, aber, was wollen Sie machen, mein lieber Engel, es ist unrecht, Sie weiterhin zu besuchen, denn Sie sind mit Ihrem Karenin verheiratet, und außerdem habe ich nicht das Recht, meiner Mätresse, die Großherzogin Tatjana heißt, Leid zuzufügen, die Ehre verlangt, daß ich Sie davon in Kenntnis setze!‹ Merken Sie, was für ein Gauner dieser Fürst Wronski ist? Er sagt ihr gleichzeitig, daß er sie anbetet und daß er sie nicht mehr sehen will! Nichts könnte die Ärmste verrückter machen, die sich mit ihrem molligen Hinterteil in Seelenqualen windet und denkt: Wie, er betet mich an, und ich soll ihn nicht mehr sehen? Wie, er hat Lust, mit mir das übliche Geschäft von Mann und Frau zu machen, und er macht dieses Geschäft mit der Tatjana? Kurz, meine Herren, wir sind bei der Explosion! Und er lügt ja auch, denn diese Tatjana war nie seine Mätresse, er will sich nur wichtig machen und Anna schmoren lassen! Und dann erzählt dieser ausgemachte Lügner, daß er Tatjana nicht mehr liebt, seit er der wunderbaren Anna begegnet ist, aber daß er sich aus Mitleid und Hochachtung angesichts des Ranges der Tatjana verpflichtet fühlt, sie nicht zu verlassen. Und er schwört, daß er Tatjana nicht mehr liebt! ›Aber das wird Sie nicht hindern, heftig und lange mit ihr zu kopulieren!‹ rief die Tugendhafte verzweifelt, die allen Anstand verloren hat und sich sagt, daß er, wenn er die Tatjana wiedersieht, die Verfluchte von neuem lieben wird, weil er mit ihr kopuliert und sie Tag und Nacht aufs Kreuz legt! Er richtet es dann so ein, daß sie eine Photographie sieht, die er aus einem Luxusjournal ausgeschnitten und mit einem goldenen Rahmen versehen hat, damit es echt wirkt, eine Photographie dieser Tatjana, die vorn und hinten gut gepolstert und außerdem noch Großherzogin ist, was Anna wahnsinnig macht, die zuckt wie eine Rotbarbe auf dem Rebfeuer, übrigens die beste Art der Zubereitung, mit Knoblauch und ein paar Fenchelsamen, und sich auf den glühenden Kohlen extremer Eifersucht wälzt. Und sie schreit, daß sie ihn liebe und es nicht gerecht sei, daß sie sich nicht mehr sehen, denn er liebe doch auch sie! Also tragisches Taschentuch! Mannigfaltiges Wringen des kleinen Taschentuchs! Zipfel des Taschentuchs im Augenwinkel! Kleines Luxusgeschneuze! ›Das ist das Ende meines Lebens als Frau!‹ schluchzt Anna und wankt nach rechts und nach links und knöpft ihre Jacke auf und zu und stürzt zu Boden, damit er ein wenig ihre schönen Beine sieht, und sie steht wieder auf und fällt erneut und stöhnt, und ihre Lider sind geschwollen, und sie reißt sich den Schleier herunter und zerfetzt ihren Ein-Dollar-Hut, und sie schreit, er solle ihr Glück nicht dieser verflixten Tatjana opfern, und hängt sich wie eine klebrige Krake an ihn, der bei sich denkt: ›Das hätten wir, sie ist fertig, ich kann sie vernaschen!‹«

»Oh, der Verpestete!« schrie Belleli.

»Er hat keine Gottesfurcht!« schrie Colonimos.

»Und nun arbeitet es heftig in Annas kleinem Gehirn, weil Tatjana so schön, so elegant und so großherzoglich ist, und sie hat Angst, daß diese ihr den Kostbaren wegnimmt! Kurz und gut, es kommt zu zahlreichen Küssen und großen europäischen Züngeleien und Speicheleien und Austausch verschiedener Mikroben, namentlich Streptokokken und Staphylokokken, doch Anna ist das egal, Hauptsache sie kann ihre Zunge um die Zunge ihres Angebeteten schlingen!«

»Oh, die Widerliche!« schrie Belleli.

»Und sie hören nicht auf, meine Herren, sich feuchte Zungenküsse zu geben.«

»Das ist ja ekelhaft«, empörte sich Colonimos. »Nein, ich kann nicht glauben, daß sie sich lecken wie die Tiere! Das ist nicht möglich!«

»Die Europäer lecken sich sehr gern, das liegt in ihrer animalischen und speichelleckerischen Natur«, sagte Eisenbeißer. »Sie lecken sich ungeheuer viel, vor allem zu Beginn einer Liebe, und je mehr sie zur feinen Gesellschaft gehören, um so mehr lecken sie einander und übertragen dabei außer den oben erwähnten Mikroben erhebliche Mengen unsichtbarer kleiner Pilze namens mycosis albicans, und Sie können sich nicht vorstellen, was für Mundschweinereien nachts in einem Londoner Park, der auch noch Heiden Park heißt, begangen werden. Und es geht noch weiter! Anna und ihr Wronski mischen nämlich nicht nur ihre Zungen, sondern auch ihren Speichel! Jawohl! Diese Unbesonnene verbringt also ihren Speichel in den Mund des Verfluchten, anstatt ihn vernünftig zu benutzen, um einen anständigen gefüllten Gänsehals zu zementieren oder gute, ehrliche Makkaroni mit Olivenöl und Knoblauch, die am Schluß angebraten werden, so daß sie ein bißchen knusprig sind, was ausgezeichnet schmeckt! Denken Sie nur, liebe Freunde und Glaubensgenossen, was für ein Wahnsinn, einen nützlichen Verdauungssaft zu vergeuden, ihn zu verbrauchen für *nichts,* bloß um ihn diesem Dummkopf von Wronski, der nur über Pferde reden kann, in den Mund zu schieben! Und nun, um es kurz zu machen, liegt Anna plötzlich im Evakostüm im Bett, anstatt sich um ihr Kindchen zu kümmern, und der verfluchte Fürst macht seine Sache mit ihr, und sie heult vor Glück, zappelt begeistert und vollführt verschiedene Turnübungen und Sprünge wie ein Karpfen, leider nicht gefüllt! Also die große Schweinigelei, genannt Leidenschaft, mit ständigem Aneinanderreiben der Häute, denn das ist der Sinn der ganzen Sache! Und nach sechs Monaten Sonne und Meer, wohin sie geflohen sind, langweilen sie sich heftig miteinander! Denn so endet die Liebe, wenn sie auf der Attraktion des Fleisches und der Anziehung der Eckzähne gründet! Die Vorlesung ist zu Ende, meine Herren.«

»Aber, Professor, was ist aus dem armen Ehemann und dem lieben kleinen Alexis geworden?« fragte Colonimos.

»Nun, der Ehemann ist just am nächsten Morgen gekommen, beladen mit nahrhaften Geschenken für seine geliebte Frau, unter anderem drei Kilo besten Kaviars! Die Wollüstige, die noch einen roten Kopf hat von ihren Purzelbäumen vorwärts und rückwärts die ganze Nacht über, gibt sich sehr vornehm und sagt zu ihm: ›Du sollst wissen, daß ich eine überragende und hehre Liebe zum Fürsten Wronski habe, der ein köstlicher Charmeur ist und die Waschschüsseln des Zaren ausleert! Man kann das also überhaupt nicht vergleichen! Zudem mußt du wissen, daß meine Liebe zu diesem Unvergleichlichen eine schicksalhafte Passion ist, ich kann nichts dafür, mein Lieber, es ist Gottes Wille, und Gott selbst hat unsere Münder vereint, ganz zu schweigen vom übrigen! Daher, o Polizeikommissar, muß ich dir leider höflich mitteilen, daß ich dich in aller Vornehmheit verlassen werde, und danke für den Kaviar!‹«

»Sicher hat sie ihn komplett ihrem Verfluchten gegeben!« rief Belleli.

»Drei Kilo Kaviar, können Sie sich das vorstellen?« wandte sich Negrin erregt ans Publikum, indem er aufstand.

»Mindestens für sechzig Taler Kaviar, wenn er vom Sterlet ist«, sagte Issacar zu Zacharias, der es sofort Benrubi mitteilte, der es Montefiore weitersagte, der Disraeli informierte, der vor Aufregung in die Hände klatschte und dann stehend und mit lauter Stimme erklärte, angesichts der Bedeutung eines Polizeikommissars sei es bestimmt erstklassiger Sterlet-Kaviar!

»Nein, nicht Sterlet, eher Malossol, der ist von viel höherer Qualität!« schrie Fano, der auch aufgestanden war.

»Ja, Malossol!« kläffte der hundertjährige Jacob, plötzlich erwacht. »Malossol kenne ich! Sehr gut, weil er weich ist! Ich werde der Lieblichen welchen geben! Die freut sich, Sie werden sehen!«

»Lähmung Ihren Zungen, meine Herren!« donnerte Eisenbeißer. »Ein wenig universitäre Haltung, wenn ich bitten darf!«

»Und was ist aus dem unglücklichen Ehemann geworden, Professor?« fragte Colonimos. »Ich fürchte mich davor, es zu erfahren, und mein Herz zittert wie ein Vögelchen!«

»Der arme Karenin hat sich erst die Wangen zerkratzt und sich dann mit einem Liter Vitriol vergiftet, und der reizende Alexis in seinem hübschen schwarzen Samtanzug mit Spitzenkragen hat sich schluchzend auf den Leichnam seines lieben Vaters gestürzt! Soweit zu ihnen.«

Nach einer Pause, die ausgefüllt war vom Geschmatze des alten Jacob, der mehrere Bonbons gleichzeitig lutschte, wurden Taschentücher hervorgezogen und Nasen geschneuzt. Armer Karenin, armer Alexis! Zum Trost diskutierte man über die verschiedenen Strafen, die die beiden Liebenden verdienten, besonders über das Kahlscheren von Anna, der Wollüstigen! Dann seufzte Belleli und sagte, der Ehemann müsse Gott sei Dank nicht mehr leiden, denn er sei ja tot. Wohingegen Colonimos die Hoffnung äußerte, der kleine Alexis möge zumindest eine schöne Erbschaft gemacht haben, und vielleicht könne der Zar etwas für das arme Waisenkind tun. Ja, sagte Belleli, er habe sicher eine schöne Erbschaft gemacht bei den vielen Trinkgeldern, die der Polizeikommissar empfangen habe, und zwar vor allem von armen Juden ohne Aufenthaltsgenehmigung. Als wieder Ruhe eingekehrt war, gähnten die Studenten, und der Herr Jacob schlief weiter.

»Diese langsame und sorgfältige Verführung ist sehr ermüdend«, sagte Colonimos und streckte sich. »All diese komplizierten sieben Bedingungen und fünf Manöver, all das Reden über Literatur und all die Lügen, die man erfinden muß!«

»Und dauernd seine Winde zurückhalten«, sagte Negrin.

»Und kostspielig ist diese Verführung!« sagte Belleli. »Verreisen, Telegramme schicken, und sogar einen schwarzen Diener braucht man! Und all das, damit die Abscheuliche einem mit Gewalt die Zunge in den Mund steckt!«

»Erlauben Sie, Professor, aber Sie hatten uns auch die schnelle Verführung versprochen!« erinnerte Colonimos.

Der Rektor, dieser Ehebruchsgeschichten plötzlich überdrüssig, da sie seiner Universität doch im Grunde unwürdig waren, erledigte das Thema in wenigen Sätzen, während er sich mit dem Barett Luft zufächelte.

»Sie sind in einem Salon, und der Mann führt gerade das erste Manöver durch.«

»Das der gemeinsamen Vorlieben!« ergänzte Belleli mit verschränkten Armen.

»Ich habe es auch gewußt!« rief Colonimos. »Aber ich wollte den Professor nicht unterbrechen!«

»Er sitzt auf dem Sofa, und das junge Mädchen gegenüber in einem Sessel. Und plötzlich gähnt er verschämt beim Gedanken an die vier verteufelten Manöver, die noch bevorstehen, all die Arbeit und all die Ausgaben für den schwarzen Diener, und er entscheidet sich für die Blitzverführung! Schließlich verdient sie es nicht besser! Auf geht's! Zu diesem Zweck spielt er den Traurigen, er senkt den Kopf und zieht sein Taschentuch heraus. Sie fragt ihn, was er hat. In kurzen Worten, auf englische Art, sagt er, daß er großen Kummer hat. Sie ist selig vor Mitleid, denn die Frauen lieben es zu trösten! Sie fragt ihn sehr behutsam aus. Er sagt, daß seine Gattin ihn nicht versteht und ihn unglücklich macht, die Unselige, und er schnieft vor geheucheltem Schmerz. Da setzt sie sich mit sehr tugendhafter und sanfter Miene neben ihn und nimmt freundlich seine Hand, von großem Mitgefühl ergriffen und sehr zufrieden, daß er unglücklich und unverstanden ist, denn sie lieben es, Mitgefühl zu haben und die von einer anderen Frau Unverstandenen zu verstehen und sie in großer Vornehmheit zu trösten und letztlich Heilige zu sein. Er bringt ein Schluchzen zustande. Und ihre Miene wird noch tugendhafter und noch mitfühlender, und sie rückt näher an ihn heran, Schenkel an Schenkel! Sie drückt ihm die Hand, und sie fühlt, daß sie ihn vollkommen verstehen wird, und sagt mit Engelsstimme: ›Ich werde Ihre Schwester sein!‹ Worauf er lauter schluchzt und sie überwältigt ist von Mitgefühl und ihren Bruder in großer Ehrbarkeit an sich drückt! Und dann drückt er in großer Ehrbarkeit seine Schwester an sich! Kurz, sie drücken einander in so großer Ehrbarkeit, daß geschieht, was geschehen muß! Ende der schnellen Verführung!«

Mit Ausnahme des in seinen unschuldigen Schlaf versunkenen alten Jacob schüttelten sich die Studenten verlegen und vermieden es, sich anzusehen. Dann fingen sie, einer nach dem andern, zu reden an.

»Ich habe einen schlechten Geschmack im Mund«, sagte Colonimos.

»Diese Verführungen, langwierig oder schnell, das ist nichts für uns«, sagte Belleli.

»Für mich«, sagte Negrin, »ist Liebe, daß du nach Hause kommst und dir deine Frau die Tür aufmacht und dich willkommen heißt. Sei mir willkommen, mein Schatz, sagt sie zu dir.«

»Und wenn du Schuppen hast, wäscht sie dir den Kopf«, sagte Montefiore.

»Und morgens bringst du ihr den Kaffee ans Bett«, sagte Zacharias. »Und wenn sie krank ist, pflegst du sie.«

»Eine Herz und eine Seele sein, das ist Liebe«, sagte Benrubi.

»Und wenn du geschäftlichen Ärger hast, muntert sie dich auf«, sagte Disraeli.

»Und man wird zusammen alt«, sagte Colonimos.

»Und man wird zusammen häßlich«, sagte Eisenbeißer, »und das ist das Schönste von allem! Denn wenn die Stunde des Alters geschlagen hat, schaut die Gattin den Gatten an und sagt sich im stillen, ach, er ist weniger hübsch geworden, mein Ärmster, aber, ach, ich liebe ihn mehr, und der Gatte sagt sich, ach, wieviel schöner sie ist als früher, da sie schön war, ich mag sie wirklich unheimlich gern! Und wenn ihr ein Stückchen Fleisch zwischen den Zähnen hängt, leihst du ihr deinen Zahnstocher, denn alles, was dir gehört, gehört auch ihr! (Er nahm sich das letzte Stück Kuchen, verschlang es und redete weiter, während er sich die Krümel von der graubehaarten Brust wischte.) Und vor allem, meine Herren, soll man mir nicht erzählen, daß diese Anna mehr zu bedauern als zu tadeln sei, was bedeuten würde, daß ihre Passion unvermeidlich und schicksalhaft war! Das ist nicht wahr, meine Herren, denn hätte dieser Fürst Wronski, als er ihr zum erstenmal begegnete, eine Folge von Darmwinden, und zwar hintereinander süßliche und scheinheilige, teuflische und herzlose, vor ihr fahren lassen, oder, einfacher, hätte dieser Fürst aus Zerstreuung oder durch ein plötzliches befreiendes Lachen auch nur einen einzigen, bescheidenen Wind streichen lassen, so hätte sich Anna nie so unausweichlich und unsterblich verliebt! Daher frage ich Sie, liebe Glaubensgenossen und Freunde, wie ernst soll man ein Gefühl nehmen, das schon der kleinste Wind absterben läßt? Oder anders gesagt, meine Herren, wenn dieser verführerische Ausleerer der kaiserlichen Waschschüsseln bei ihrem ersten Gespräch im Park, von plötzlicher Darmkolik heimgesucht, es nicht mehr hätte verhalten können, wenn sie also gesehen hätte, wie er sich in seiner Not zum dramatischen Ende der Verdauung hinhockt, hätte sie ihn mit erhabener Liebe geliebt, ihren Märchenprinzen? Nein und nochmals nein! Welchen Glauben, ich wiederhole es, soll man also einem Gefühl schenken, das beim Anblick einer doch wohlbekannten und außerdem universellen Verrichtung vergeht? Und ist das nicht der Beweis, daß all diese edlen Liebesleidenschaften nichts anderes sind als Täuschung, Schein und Theater, das auf Lüge und dem Verheimlichen der Darmwinde beruht? Und deshalb, meine Herren, verachte ich all diese europäischen Romaneschreiber, die verführerische Schilderungen der Leidenschaft liefern und verlogen und fahrlässig die großen und kleinen natürlichen Bedürfnisse der ehebrecherischen Heldin und ihres Komplizen vor unseren Blikken verbergen! Überspannte Ehefrauen berauschen sich zwangsläufig an diesen Schilderungen, und dann beeilen sie sich, Feuer unterm Rock, ihre bewundernswerten Ehemänner zu betrügen, und erklären, ihre neue Passion sei unwiderstehlich und vom Schicksal bestimmt! O wahrhafte Eselinnen! Kurz, es lebe die Tugend und die Treue und nieder mit den Hunden und Hündinnen des Ehebruchs, und verflucht sei die Karenina, die Liederliche, die ihren guten Mann und ihren wonnigen Sohn, Rußlands Blüte, verlassen hat, um in einem Bett mit Wronski, diesem heimlichen Windelasser und Kackamacher, fliegenden Trapezwechsel zu üben!«

Beifall brach los, und die Studenten schrien ihre Begeisterung hinaus, während der Redner sich die schweißtriefende Stirn abwischte. »Lob sei Ihnen, geliebter Professor!« – »Lob sei Ihnen, Erhabener!« – »Lob sei Ihnen, Goldmund!« – »Aus Ihrem Mund fließt Sirup!« – »Eine liebliche Kaskade feiner Perlen kommt von Ihren Lippen!« – »Lang lebe unser Meister Eisenbeißer!« – »Wahrlich, wer gleicht ihm?« – »Und welches Glück haben wir!« – »Weiter, verehrter Rektor!« – »Unterweisen Sie uns!« – »Fahren Sie fort, uns zu bezaubern!« – »Führen Sie uns auf den Pfad der Tugend und des Anstands!«

Bescheiden verbeugte sich der große Schauspieler Eisenbeißer, die Hand auf dem Herzen, nach rechts und dann nach links. Da der Beifall anhielt, hob er den Arm, um ihn zu beenden.

»Werte Glaubensgenossen, geliebte Studenten und treue Vasallen, ich bin stolz auf Sie, denn Sie haben einen guten Geschmack«, sagte er. »Daher werde ich, Ihren Bitten nachkommend und um die giftigen Ausdünstungen der heidnischen Unkeuschheit zu vertreiben, als nettes Postskriptum eine Gratisstunde über unseren Herrn Moses und sogar über den Ewigen, den Gott Israels, halten!«

»Gelobt sei Sein heiliger Name, denn Er hat uns durch Seine Gebote geheiligt!« sprach Colonimos.

»Gelobt sei Er«, fuhr Belleli fort, »denn Er hat uns die Frauen anderer verboten und die heiligen Bande der Ehe verordnet!«

»Stellen Sie sich also auf einen Genuß ein, meine Herren!« sagte Eisenbeißer.

Doch in diesem Augenblick wurde die Tür aufgerissen, und geschwind wie ein Sperber trat der kleine Salomon ein. Halt! schrie er, überzeugt von seiner Bedeutung. Eisenbeißer ließ die

Gelegenheit nicht ungenutzt, verschränkte die Arme und sah ihn vernichtend an.

»Was will dieser Kühne, der unsere Debatten stört?«

»Eine wichtige Neuigkeit!« rief Salomon ganz atemlos.

»Schüler Colonimos, werfen Sie manu militari diesen Aufdringlichen hinaus, den ich zur persona non grata erkläre!« befahl Eisenbeißer, der sich das Vergnügen leisten konnte, unerbittlich zu sein, weil er wußte, daß Salomon nicht klein beigeben und die Neuigkeit schließlich bekannt werden würde.

»Eine große geheime Neuigkeit, lieber Eisenbeißer! Nur für deine Ohren! Dem Rat des Onkels zufolge!«

»Komm her, Reiskorn, und laß dich auf meiner Höhe nieder!« sagte Eisenbeißer.

Salomon zog sich auf den Sessel hoch und flüsterte seinem Cousin ins Ohr, während die Blicke der Studenten an den Lippen des kleinen Boten hingen. Sie begriffen schnell, daß es eine erhebliche Neuigkeit war, der Rektor brauchte nicht lang, bis er sein Interesse und dann seine Freude äußerte. Schon bei den ersten Worten zwirbelte er eifrig seine Schnurrbartenden. Und während er gespannt lauschte, stieß er manchmal ein kleines Geheul aus und strich dem Wasserverkäufer über den Schädel, eine kleine Kugel, von der nur das Haarbüschel an der Stirn aufragte. Als Salomon ausgeredet hatte, küßte Eisenbeißer ihn auf die Stirn, dann wandte er sich an die vor Neugier platzenden Studenten.

»Die Neuigkeit, meine Herren, ist tatsächlich geheim, aber sie ist groß und geeignet, Sie gelb werden zu lassen! Ich werde sie Ihnen also mitteilen, denn wozu wäre ein Geheimnis gut, könnte man es nicht mit Stolz und geschwellter Brust verraten? Hören Sie also, meine Herren, daß mein lieber Gevatter Saltiel von seinem Neffen Solal von den Solal einen Scheck erhalten hat, einen zweifellos gewaltigen Scheck, der zwischen den Tapferen aufgeteilt werden soll, das heißt zwischen mir, der ich mein Liebling bin, und Saltiel, Mattathias, Michael und diesem Winzling, den

Sie hier sehen, stolz, als wäre er der Stifter des Schecks! Ein Scheck, ausgestellt in Schweizer Franken, meine Herren, die hart sind wie Diamant, und die Summe wird zwischen den lachenden Begünstigten vernünftig aufgeteilt werden, wobei mein Teil bestimmt viele hundert Franken betragen wird, Franken, die am Fuß der unabhängigen Berge des edlen Helvetiens entstanden sind, Franken aus Gold, ich höre schon das reizende Klimpern, wenn ich in meine Hosen schlüpfe, geliebte Franken, die uns erlauben werden, eine luxuriöse Reise der Freundschaft und des Glücks in jenes Genf zu machen, wo der Großzügige herrscht, wahrer Despot in seinem Palast der Nationen, Neffe Saltiels und echter Verwandter von mir selbst! Damit, meine Herren, hat die Hochschule ihre Laufbahn beendet und schließt für immer ihre Pforten wegen Schweizer Schecks und plötzlichen Reichtums! Also raus hier, blöde Studenten, denn ich habe genug von euren gemeinen Gesichtern und euren lumpigen Drachmen! Du aber, Freund Salomon, lieber Mitbegünstigter, warte bitte auf mich, denn ich gehe in meinen Schlafkeller und ziehe wieder Zivilkleidung an!«

Sobald Eisenbeißer verschwunden war, rieb sich Salomon, dem die Beleidigungen seines Cousins höchst peinlich waren, die Hände, damit es nicht so aussah, als wäre es ihm peinlich, lächelte den Verdutzten dann freundlich zu und begann sich nach der Gesundheit ihrer Familien zu erkundigen. Doch die Tür ging auf, und Eisenbeißer trat ein, eine Nelke hinterm Ohr und eine Zigarre zwischen den Zähnen, seinen Zylinder schief auf dem Kopf und den Gehrock nachlässig über den nackten Schultern.

»Komm, mein Liebling«, sagte er zu Salomon. »Überlassen wir diese armen Teufel ihrem entwerteten Geld, und wenden wir uns ohne einen Blick auf diesen unwissenden Plebs dem Schweizer Scheck zu!«

XIII

Wichtigtuerisch und nachdenklich, die Hände hinter dem Rücken verschränkt, ging Onkel Saltiel in seinem Taubenschlag auf und ab, während Mattathias Rechnungen auf die Rückseite einer Zigarettenschachtel kritzelte und Michael, mit übereinandergeschlagenen Beinen auf dem kleinen Eisenbett sitzend, seine Wasserpfeife rauchte und dabei über den mit rosa Samt bezogenen Schlauch strich. Plötzlich ging die Tür auf, und Eisenbeißer stürmte herein, gefolgt von Salomon.

»Zeig den Scheck her!« schrie er mit ausgestreckter Hand.

»Geduld«, sagte Saltiel. »Liebe Cousins und Gevatter der Freundschaft, ich habe euch vier in meine Kanzlei gerufen ...«

»Welche Kanzlei?« unterbrach Mattathias. »Das ist das Zimmer, in dem du schläfst.«

»Und in dem ich denke«, betonte Saltiel stolz. »Daher wiederhole ich, daß ich euch in mein Büro gerufen habe, um euch den Brief vorzulesen, der dem Scheck beilag.«

»Zeig den Scheck her!« schrie Eisenbeißer.

»Wenn die Zeit gekommen ist«, sagte Saltiel. »Angesichts der Feierlichkeit des Briefes hielt ich es für angemessen zu warten, bis wir alle vollzählig sind.«

»Plenarsitzung, einverstanden!« sagte Eisenbeißer. »Aber zeig den Scheck her!«

»Ich entschuldige mich also, lieber Michael und lieber Mattathias, euch derart auf die Folter gespannt zu haben, und werde den Brief jetzt vorlesen.«

»Zuerst der Scheck!« flehte Eisenbeißer.

»Nein, alles zu seiner Zeit. Der Brief ist wichtiger.«

»Wichtiger als ein Scheck?« empörte sich Eisenbeißer.

»Ja, mein Lieber, denn der Brief enthält Äußerungen des Herzens.«

»Aber der Scheck enthält Schweizer Franken! Sag zumindest den Betrag!«

»Auf den Betrag kommt es nicht an, die Absicht zählt!«

»Na gut, hören wir auf damit. Lies uns den Brief vor, ich hoffe, er ist kurz, und dann zum Scheck, auf daß mir die Tränen kommen!«

»Meine Herren, erheben Sie sich, um den Brief zu hören!« sagte Saltiel und setzte seine Brille mit dem eisernen Gestell auf. »Zunächst möchte ich Sie auf die Qualität des Papiers hinweisen.«

»Feinstes Japanpapier, gut!« sagte Eisenbeißer. »Beeilen wir uns!«

»Dann mache ich Sie darauf aufmerksam, daß dieser Brief oben links in Prägedruck die Aufschrift ›Völkerbund‹ und darunter ›Kanzlei des Untergeneralsekretärs‹ trägt. Kanzlei, meine Herren, und nicht Büro!«

»Daher kommt also deine Kanzlei von vorhin«, sagte Eisenbeißer. »Aber bei deinem Neffen ist das eine richtige Kanzlei.«

»Ist diese Kanzlei auf dem Papier in Gold gedruckt?« fragte Salomon.

»In Blau, das ist vornehmer, und in Relief. Du kannst es tasten.«

»Um Himmels willen, Saltiel, lies den Brief!« forderte Eisenbeißer. »Denn ich kann es kaum erwarten, den Scheck zu sehen mit seinen niedlichen Schnörkeln und der reizenden Stelle, wo auf einem Untergrund von winzig gedruckten und anmutig wiederholten Wörtern, wodurch Fälschungen verhindert werden sollen, der Betrag steht! Komm, im Namen der Propheten, lies!«

»Gelobt sei Gott, meine Herren«, sagte Saltiel, nachdem er seine Mütze wieder aufgesetzt hatte, um den heiligen Namen nicht im Zustand der Nacktheit auszusprechen. »Wahrlich gelobt, denn Er ist der Höchste, der Vollkommene und Unvergleichliche.«

»Schon gut!« sagte Eisenbeißer. »Das alles ist Er! Lies den Brief!«

»Ich warte darauf, daß Bankkonto geruht sich zu erheben, um dem Brief die Ehre zu erweisen.«

»Und dem Scheck«, sagte Eisenbeißer.

Mattathias zog seine Schuhe an, die einen Gummizug und seitliche Einschnitte für die Hühneraugen hatten, stand langsam auf und blickte mit seinen blauen, ruhigen Augen auf Saltiel.

»Du machst zuviel Gewese«, sagte er, »und ich bin wie Eisenbeißer der Meinung, daß ein Scheck Vorrang hat vor jedem Brief, der kein Kreditbrief ist.«

Saltiel zuckte die Schultern, räusperte sich und begann würdevoll, mit stolzgeschwellter Brust und durchgedrückten Knien, seine Lesung.

»Teurer und geliebter Onkel, geschätzter und verehrter Saltiel von den Solal, meine Seele sehnt sich nach Ihnen. Ich sende Ihnen daher einen Scheck, damit Sie zusammen mit Eisenbeißer, Michael, Mattathias und dem lieben Salomon ...«

Letzterer bekam vor Rührung Schluckauf. Saltiel hielt inne, die Lesung sollte nicht durch vulgäre Geräusche entweiht werden. Mit streng gerunzelter Stirn wartete er reglos auf das Ende der Darbietung. Als das übliche Mittel – Puderzucker schlucken und Nase zuhalten – nicht half, begann der kleine Kerl gekränkt zu schluchzen. Um ein Ende zu machen, zwickte Eisenbeißer ihn ins Hinterteil, und der Schluckauf hörte auf.

»Ich hoffe, es wird nicht noch einmal so einen Zwischenfall geben, und fahre fort«, sagte Saltiel.

»... im Flugzeug nach Genf kommen können, um mich zu besuchen und mit mir den Morgenkaffee im Hotel Ritz einzunehmen, wann immer es Ihnen gefällt ab ersten Juni, denn da werde ich nach einer langen Dienstreise bestimmt wieder in Genf sein.«

»Meine Herren, drei Bemerkungen, bevor ich weiterlese. Erstens, das Hotel Ritz ist das erste Hotel von Genf. Enorme Preise, liebe Freunde, aber er kann sich das erlauben! Zweitens, lange

Dienstreise bedeutet umfassende Bestandsaufnahme mit den hochgestellten Persönlichkeiten der Hauptstädte zum Wohl der leidenden Menschheit! Drittens, der Scheck ist von Crédit Suisse, der ersten Bank der Schweiz!«

»Folglich auch Europas«, ergänzte Eisenbeißer und rieb sich die Hände. »Sag den Betrag!«

»Ich lese weiter, aber Vorsicht, Salomon, dein Name kommt ein zweites Mal vor. Mach dich darauf gefaßt und zügle dein Zwerchfell.«

»Der Scheck ist auf meinen lieben Salomon ausgestellt, damit er das Vergnügen hat, ihn ganz allein einzulösen. Dann möge er den Betrag wie folgt verteilen.«

»Los, sag die Verteilung!« schrie Eisenbeißer, einen Stift in der Hand und bereit mitzuschreiben.

»Für dich, Eisenbeißer, zwölftausend Schweizer Franken.«

»Ich sterbe!« schrie Eisenbeißer, der glaubte, um der Schönheit willen zusammenbrechen zu müssen. »Und wieviel kriegen die anderen?« fragte er gleich darauf, aber da lag er immer noch am Boden und hatte erst ein Auge geöffnet.

»Jeder zwölftausend, außer Mattathias, dem nur zweitausend zustehen, weil er reich ist.«

»Sehr gerecht!« sagte Eisenbeißer und sprang auf. »Dein Neffe hat gesunden Menschenverstand!«

»Was weiß er, ob ich reich bin?« murrte Mattathias.

»Der Scheck beläuft sich also auf fünfzigtausend!« schrie Eisenbeißer. »Saltiel, mein Schatz, zeig uns den Scheck über fünfzigtausend!«

»Gleich. Meine Herren, hören Sie den Schluß des Briefes, der wirklich wunderbar ist.«

»Mein lieber Onkel, es wird ein großes Glück für mich sein, Sie wiederzusehen. In köstlicher Erwartung, verehrter Onkel und geistiger Vater, bin ich mit tiefem Respekt Euer Neffe und untertänigster Diener, der Euch die Hände küßt und Euren Segen erfleht.«

Damit ließ Saltiel den Brief fallen, sank auf seinen Stuhl und brach in Tränen aus. Eisenbeißer, versessen auf den Scheck, erging sich in liebevoller Fürsorge, hielt ihm Essig unter die Nase, befeuchtete ihm damit die Stirn, während Salomon mit einem Handtuch dem Greis Luft zufächelte, der mit äußerster Willensanstrengung wieder aufstand, blaß und stolz und mit zitternden Beinen.

»Stellen Sie sich vor, er bezeichnet mich als seinen geistigen Vater und nennt sich meinen untertänigen Diener! So behandelt mich der Chef der Völker!«

»Nur der stellvertretende Chef«, sagte Mattathias.

»Schändlicher!« wetterte Saltiel. »Ich kürze eigenmächtig deinen Teil um tausend Franken! Ich übernehme die Verantwortung!«

»Ich werde mich bei deinem Neffen beschweren!«

»Und ich werde ihm dein Betragen schildern!«

»Bravo!« rief Eisenbeißer. »Hör, lieber Saltiel, der Brief deines bewundernswerten geistigen Sohnes ist stilistisch von großer Schönheit, und ich werde gegen jedweden Widersacher, privatim et seriatim, und mit allen rechtmäßigen und zulässigen Mitteln zu ihm halten! Ich habe geweint, als ich diesen Brief hörte! Hier ist noch eine Träne, schau sie schnell an! Übrigens fällt mir gerade etwas ein. Diese tausend Franken, die Mattathias, dem widerwärtigen Verleumder mit seinem grindigen Kopf, so richtigerweise vorenthalten werden ...«

»Nein«, sagte Saltiel und griff in seine Tabaksdose mit Lederriemchen. »Nein«, wiederholte er und nahm eine starke Prise, um seine Entscheidung zu betonen. »Diese tausend Franken bekommst nicht du, sondern sie werden an arme Familien verteilt, die es verdient haben. Ich habe gesprochen. Salomon, warum diese Traurigkeit in deinen Augen? Was fehlt dir, mein Sohn?«

»Mir fehlt, daß ich mich vorhin gemeldet habe, um ein paar Worte zu sagen, und Sie haben es nicht beachtet! Hier reden alle, aber ich muß den Mund halten!«

»Leg diese düstere Haltung ab, mein Sohn, und sag, was du sagen wolltest!«

»Alle dürfen hier reden, nur ich nicht!«

»Nun, dann rede, mein Kind!«

»Nein, ich bin zu gekränkt!«

»Nun, dann schweig und krepiere!«

»Der Scheck ist auf meinen Namen ausgestellt, und man gibt ihn mir nicht zur Aufbewahrung, das wollte ich sagen und Einspruch erheben!«

Saltiel übergab den Scheck sofort dem kleinen Kerl, dessen Niedergeschlagenheit sich in Freude verwandelte, denn er würde ihn einlösen, so erklärte er, da er allein dazu berechtigt sei! Los, würde er zum Kassierer sagen, beeilen Sie sich!

»Aber unterschreibe nicht die Quittung, bevor du die Summe bekommst!« empfahl Eisenbeißer.

»Sie ganz ruhig, lieber Freund, ich warte, bis die Scheine vor mir liegen, lege fest meine Hand darauf, und dann erst unterschreibe ich mit der anderen Hand!«

»Gib mir mal den Scheck, Salomon, daß ich mich ein bißchen daran laben kann!«

»Nein, du machst ihn mir kaputt! Hier, schau ihn an, wenn du willst, aber berühre ihn nicht!«

Eisenbeißer näherte sich auf nackten Zehenspitzen, drückte einen Kuß auf den Scheck, den Salomon mit beiden Händen hielt, atmete dann seinen Geruch ein und strich mit sentimentalem Lächeln darüber.

»Ein Bankscheck, ein von der Bank bestätigter Scheck!« schwärmte er. »Nicht nötig, ihn zum Inkasso einzusenden! Er wird sofort ausgezahlt! Denn wer sollte es wagen, am Crédit Suisse zu zweifeln? Ach, lieber Saltiel, wie gefällt mir dein Neffe! Und wie schade, daß er nicht wieder geheiratet hat! Aber ich habe die Absicht, ihm in Genf ein schmeichelhaftes Heiratsangebot zu machen, bezüglich eines sehr anständigen Mädchens.«

»Welches Mädchen?« fragte Saltiel, bereits mißtrauisch.

»Eins von meinen beiden, ich überlasse ihm die Wahl! Tresorine oder Tresorette, welche er will! Ganz nach seinem Belieben! Alle beide sind makellose Perlen, lieblich und rein wie die Mandel, genährt mit Hühnerfett, intelligent und spontan! Sie sind Muster an Tugendhaftigkeit und gehen auf der Straße nur mit gesenktem Blick, so daß sie sich stoßen und mit Beulen und Malen an der Stirn nach Hause kommen! Ich rate ihm jedoch zu Tresorine, der Älteren, die Vorrang hat, wie es sich gehört, denn würde die Jüngere als Erste heiraten, wäre ihr Tresorines Haß gewiß!«

»O Unverschämter!« rief Saltiel, rot vor Zorn. »Deine Tochter, die Kinnlose, die Zahnlückige, die Unwissende, die Dreißigjährige, die nur aus Knochen besteht und nach Petersilie riecht? Und warum? Damit du fett wirst und den Schwiegervater gibst, der das Erbe meines Neffen verschlingt? Weißt du denn nicht, daß nicht einmal Rothschilds Tochter gut genug für ihn ist? Ach was, diese Albernheiten sind es nicht wert, daß man sich mit ihnen aufhält, reden wir ernsthaft! Mein Neffe verordnet uns, mit einer Flugmaschine zu reisen. Wir fliegen also mit einer solchen Maschine und mit der Gnade Gottes, des Barmherzigen, dessen mächtiger Arm uns sogar im Leeren halten wird! Andererseits haben wir heute den dreißigsten März, und der Freigebige hat uns befohlen, erst ab ersten Juni nach Genf zu kommen. Was sollen wir tun, meine Freunde? Sollen wir hier vor lauter Warten in Trübsinn verfallen?«

»Niemals!« rief Eisenbeißer. »Denn es ist mein Naturell, mich zu ergötzen, wenn ich Tausender habe!«

»Was haltet ihr in dem Fall, liebe Freunde, von einer sofortigen kleinen Vergnügungsreise in verschiedene Länder, bis dieser gesegnete erste Juni gekommen ist?«

»Einverstanden!« sagte Eisenbeißer. »Geben wir unsere Tausender aus und amüsieren wir uns, bevor wir als Abfall unter die Erde kommen!«

»Ebenfalls einverstanden!« sagte Salomon. »Schauen wir, was in den Ländern und auf den Inseln der Welt vor sich geht!«

»Kein Einwand gegen den sofortigen Aufbruch? Der Vorschlag ist einstimmig angenommen! Meine Idee, liebe Freunde, wäre, daß wir mit Rom beginnen, der Stadt der Cäsaren. Was meint ihr?«

»Ich bin dafür«, sagte Eisenbeißer, »ich hatte schon immer Lust, dem Papst einen Besuch abzustatten, was mir jetzt in meiner Eigenschaft als ehemaliger Rektor leicht möglich sein wird. Auf nach Rom!«

»Und nun, meine Herren, spitzt die Ohren. Ich habe nämlich, in Voraussicht des einstimmigen Votums, das soeben erfolgt ist, bereits Erkundigungen eingeholt beim Cafetier unten, der Bescheid weiß, da sein Schwiegersohn Diener im Hotel Bella Venezia ist. Wißt also, daß jeden Tag um elf Uhr eine Flugmaschine von Athen nach Rom abgeht. Wir werden also morgen das Schiff nehmen, das übermorgen früh in Piräus ankommt.«

»Dem Hafen von Athen«, sagte Salomon.

»Ein großer Professor der Geographie!« kicherte Eisenbeißer. »Er lehrt uns Dinge, die ich schon im Bauch meiner Mutter wußte!«

»Sei ein bißchen nett«, sagte Saltiel. »Unser Salomon hat mit der Unschuld seines Herzens gesprochen. Auch wenn du Dinge, die er sagt, schon weißt, laß es dir nicht anmerken, und demütige diese liebe Seele nicht.«

Salomon senkte die Augen, und seine sommersprossigen runden Wangen nahmen die Farbe reifer Tomaten an. Ach, mit welcher Freude würde er sich für Onkel Saltiel opfern! Ach, wie gern würde er den Onkel ertrinken sehen und er, Salomon, würde sich ins Wasser stürzen und ihn retten!

»Also, meine Herren, morgen schiffen wir uns ein!«

»Entschuldigen Sie, wenn ich Sie korrigiere, Onkel«, sagte Salomon, »aber morgen ist Samstag, und es ist verboten, am heiligen Sabbat zu reisen!«

»Was mischst du dich ein, Dummkopf?« empörte sich Eisenbeißer. »O Miniaturrabbiner, wer hat dich gebeten zu sprechen und mir die königliche Abreise zu verderben? Wir sagen dem Ewigen, es sei Zerstreutheit und Vergeßlichkeit unsererseits gewesen, und dann reden wir nicht mehr davon! Die Sache ist erledigt! Abreise morgen!«

»Nein«, sagte Saltiel. »Morgen ist wirklich der Tag des Herrn, und ich schäme mich, es vergessen zu haben. Dieser Brief hat mich verwirrt. Wir werden den Sabbat gewiß nicht entweihen und reisen also am Montag ab, da es am Sonntag ja kein Schiff gibt.«

»O Saltiel, hast du denn kein Mitleid mit mir?« flehte Eisenbeißer auf Knien. »Drei Tage warten bis zur köstlichen Abreise? Aber ich werde vergehen! Ich bitte dich, mein Freund!«

»Nein.« Saltiel verschränkte die Arme. »Ich stehe zu meinem Wort und erkläre, daß wir erst am Montag abreisen.«

Da Eisenbeißer ihn angesehen hatte, begriff er, daß der Onkel unbeugsam war, und stand wieder auf. Stumm und schmollend ließ er den Kopf hängen. Was für ein Tyrann, dieser Saltiel! Ein heiliger Tag! Als wäre eine fröhliche Schiffahrt unter Freunden nicht auch etwas Heiliges! Plötzlich erinnerte er sich an den Scheck, hob den Kopf und lächelte mit seinen langen Zähnen – die Welt war wieder rosa geworden in seinen Augen.

»Reden wir über den Scheck«, sagte er. »Wer löst ihn ein?«

»Ich«, sagte Salomon. »Mein Name steht drauf!«

»Aber du kannst ihn mir indossieren, mein Schatz, und ich löse ihn in aller Zärtlichkeit für dich ein, glücklich, dir einen Gefallen tun zu können, und du mußt nicht zur Bank gehen und stundenlang warten und mit dem christlichen Kassierer diskutieren, der sehr böse und der Schwager des Polizeichefs ist.«

»Salomon wird ihn einlösen«, sagte Saltiel, »denn er ist ehrlich und anders als eine gewisse Person.«

Der geschmeichelte Eisenbeißer grinste vergnügt in seinen Bart. Nun ja, er war ein bißchen verrucht, wie Napoleon und Julius Caesar, wie alle großen Männer. Und hatte Heinrich IV. nicht gesagt, Paris sei eine Messe wert?

»Andere Vorschläge, meine Herren, bevor wir die Sitzung aufheben?« fragte Saltiel

»Ich möchte etwas vorschlagen«, sagte Eisenbeißer.

»Nun denn, schlag vor!«

»Etwas, das deinen Neffen freuen wird!«

»Nun denn, rühre deine Zunge!«

»Ich rühre sie, wenn du mir tausend Drachmen auf die Hand versprichst, denn meine Idee ist das schönste moralische Geschenk, das wir deinem Neffen machen können!«

»Ich verpflichte mich persönlich zu tausend Drachmen, sobald der Scheck ausgezahlt ist, unter der Bedingung, daß dein Vorschlag mir gefällt! Mach also dein Maul auf!«

»Nein, ich habe Durst. Besänftige meine Kehle, o Salomon.«

Der kleine Mann spülte sofort ein Glas aus, rieb es mit einem Orangenblatt nach, damit es gut roch, neigte seinen Krug mit der Zitronenlimonade und füllte das Glas bis zum Rand.

»Trink mit Freude, und dann erkläre ein bißchen unser moralisches Geschenk.«

Um die Ungeduld seiner Freunde zu steigern, kaute Eisenbeißer ein paar Pistazien, die er in seiner Tasche gefunden hatte. Schließlich entschloß er sich.

»Um dem Herrn Solal unsere Anerkennung auszudrücken, was sage ich Anerkennung, um ihm unsere Dankbarkeit und unsere Liebe auszudrücken ...«

»Die Pest über dich und deine Einleitung!« rief Saltiel. »Mach deinen Vorschlag!«

»Mein Vorschlag ist, daß wir dem Präsidenten der Republik einen Brief schreiben und ihm erklären, daß dein Neffe verdient ...«

Er hielt inne, um die Spannung zu erhöhen.

»Er verdient es bestimmt!« sagte Salomon.

»Maul halten!« herrschte Saltiel ihn an. »Nun, Eisenbeißer, sag mir, was er verdient!«

»Daß wir dem Präsidenten der Republik erklären ...«

»Das hast du schon gesagt! Ich bin wie ein nervöses Pferd, das unter den Zügeln zittert.«

»Und ich brenne vor Ungeduld, und meine Fußsohlen qualmen!« sagte Salomon.

»Los, laß es heraus!« befahl Saltiel. »Was verdient er?«

»Die Ehrenlegion!« erklärte Eisenbeißer, indem er sein Haupt entblößte, und die Anwesenden erschauerten. »Wir werden alle den Brief unterschreiben, der zu einer Petition werden wird!«

Saltiel betrachtete ihn interessiert. Ein Spitzbube, gewiß, aber was für ein Geist!

»Die Idee ist famos!« sagte er. »Schreiben wir den Brief sofort!«

»Famose Idee, famose Idee!« kläffte Salomon und begann sich um sich selbst zu drehen. »Schreiben wir einen Brief an den Herrn Präsidenten von Frankreich! Und ich unterschreibe auch! Und so wird der Herr Solal dank mir ausgezeichnet! Und wissen Sie, ich habe eine schöne Unterschrift mit Rundungen und kleinen Punkten darin!«

»Bleib doch ein bißchen ruhig, o lärmende Eierschale!« sagte Saltiel. »Sei artig, wir müssen den Brief schreiben! Hör um Himmels willen auf, dich zu drehen, mir wird ganz schwindlig!«

Doch nichts half. Verrückt vor Glück drehte sich Salomon mit ausgebreiteten Armen unermüdlich weiter, während seine Cousins ihn neugierig beobachteten und sich fragten, wie lange dieser Kauz noch die Kraft haben würde herumzuwirbeln, ohne ohnmächtig umzufallen.

»Ich bin froh!« schrie dieser menschliche Onkel. »Dem Herrn Solal von den Solal wird ein Orden verliehen! Wie stolz werde ich sein, wenn er seinen roten Orden bekommt, ich kenne die Farbe! Ehrenlegion, der höchste Orden der Welt! Und wie gut ist es zu wissen, daß es Gott die ganze Zeit gibt! O meine Freunde, wenn ich abends die Kerze lösche und in meinem Gitterbett liege, rolle ich mich zufrieden zusammen und denke an Gott, und ich sage Ihm, daß ich weiß, daß Er mich sieht und daß Er mich liebt und daß Er weiß, daß ich Ihn liebe! Und nach Gott denke ich an meine liebe Frau und dann an meine Freunde! Oh, wie ich lächle, wenn ich in meinem Bett an meine Freunde denke, ich lächle über den ganzen Körper, ich lächle sogar mit den Fingern meiner Füße und bewege sie viel, so sehr liebe ich meine Freunde! O meine Freunde, Onkel Saltiel, was für ein israelitisches Herz! Welches Glück, ihn anzuschauen, ihm zuzuhören und ihm dann die Hand zu küssen! Was für ein großer und wunderbarer Mann! Wenn er Geld hat, gibt er es ganz heimlich den Armen, ein Armer hat es mir im Vertrauen erzählt, aber ich erzähle es trotzdem weiter! Und am Montag wird die Reise übers Meer stattfinden! O meine Freunde, wie gern reise ich! Und in Rom werden wir den Herrn Papst mit seinem schönen weißen Gewand sehen, so ernst und bedeutend! Ich mag ihn! Aber ich bin ein guter Jude und mag unseren Großrabbiner noch mehr! Und ich halte alle Fastentage ein. Nicht nur die großen, nicht nur den Versöhnungstag und den 9. Aw, sondern auch den 17. Tammus und das Fasten des Gedalja und den 10. Tewet und den Fastentag Esthers, eben alle! O meine Freunde, wie froh bin ich zu leben! Und später kommt dann das Paradies, und ich werde nie tot sein! Und ich werde Gott ein wenig sehen, von weitem natürlich, aber ich werde Ihn doch sehen, und vielleicht lächelt Er mir zu! Inzwischen werde ich auf einem fliegenden Wagen in herrliche Länder fahren, und in diesem Wagen bekommt man gute Sachen zu essen, das hat man mir gesagt! Ich werde sie alle aufschreiben, um sie nach der Rückkehr zu erzählen! Und ich werde in Kephalonia allen sagen, daß ich in herrliche Länder fahren werde! Und wenn ich in Genf den Herrn Solal besuche, ziehe ich meinen Samstagsanzug mit weißen Hosen an und Brillantine in den Haaren!«

»Michael, halte dieses Drehungeheuer fest!« befahl Saltiel. »Wenn nötig, kneble diesen Herumwirbler, feßle ihm die Beine und leg ihn auf mein Bett, aber ohne ihn mir zu beschädigen, denn er ist eine kostbare Perle. Und jetzt werde ich die Petition verfassen.«

»Nein, ich!« sagte Eisenbeißer. »Ich bin es gewohnt!«

»Nein, ich!« sagte Saltiel. »Denn ich habe das Feingefühl, und ich bin der Onkel! Laßt mich also allein, liebe Cousins, und geht unten spazieren. Wenn ich fertig bin, schlage ich mit den Händen ans Fenster, und dann bringt ihr mir bitte eine Tasse schwarzen Kaffee mit viel Zucker.«

Als er allein war, setzte er sich bequem hin, griff mit den Fingerspitzen in seine Tabaksdose aus Horn, schnupfte, die Augen selig geschlossen, mit einem Lächeln und zarten Gebärden und rieb sich dann kräftig die Hände, denn nun durfte er zeigen, was er konnte. Er rückte seine Brille mit dem Eisengestell zurecht und schrieb mit dem Federhalter einleitende Schleifen ins Leere, anmutige Schleifen, die auf Inspiration und schöne Schrift einstimmen sollten. Dann machte er sich unter den bewundernden Blikken des gefesselten und geknebelten Salomon mit einer vergnügten Grimasse ans Werk.

XIV

»Lob sei dir, guter Michael, dieser schwarze Kaffee war ausgezeichnet, und ich gratuliere dir, daß du ihn heraufgebracht hast, ohne einen Tropfen zu vergießen. Du kannst Salomon losbinden, denn als ich ihn vom Knebel befreit habe, hat er versprochen, sich nicht mehr zu drehen. Und nun, meine Herren, werde ich Ihnen die Petition, die zu meiner Zufriedenheit ausgefallen ist, vorlesen, aber Sie können nähertreten, um die Kalligraphie zu bewundern.«

»Erlaube mir, daß ich es wage, dich freundlich zu unterbrechen«, sagte Eisenbeißer. »Ich sehe den Anfang deines Briefes und stelle fest, daß du mit Sehr Verehrter und Höchlichst Bewunderter Herr Präsident der Französischen Republik beginnst.«

»Nun und?« fragte Saltiel kühl.

»Nun, süßer Freund, darf ich mit meinen bescheidenen Kenntnissen etwas dazu beitragen?«

»Du darfst«, sagte Saltiel, bereits gekränkt.

»Da du es mir erlaubst, sage ich dir, daß mir der Anfang nicht sehr liebenswürdig vorkommt.«

»Und was sollte man deiner Ansicht nach schreiben?«

»Nun, Hohe Exzellenz natürlich.«

»Ich würde eher Majestät schreiben«, sagte Salomon.

»Ich danke Ihnen beiden für Ihre liebenswürdigen Ratschläge und beginne den Brief vorzulesen, indem ich den Anfang beibehalte, da er perfekt ist.«

»Freitag, den dreißigsten März 1935

Sehr Verehrter und Höchlichst Bewunderter Herr Präsident der Republik! Paris! Zunächst und als Einleitung zu einer Bescheidenen Petition entbieten wir unsere Patriotischen Grüße, sind wir doch Französische Staatsbürger vom Vater auf den Sohn, seit mehreren Generationen, aber am Ende des achtzehnten Jahrhunderts in Kephalonia gestrandet! Dieser herrlichen Insel mit hervorragendem Klima, und welche Früchte! Ehrwürdiger Präsident, längliche Trauben, dick wie Pflaumen! Und natürlich sind wir dort geblieben! Ebenfalls vom Vater auf den Sohn! Unterzeichneter Saltiel hat leider keinen Sohn. Unverheiratet, ach, aus Treue zu einer reizenden Verlobten, die allzu früh, mit achtzehn Jahren, gestorben ist, und er war zweiundzwanzig! Ein Madonnenbildnis! Dennoch kann Unterzeichneter sagen, daß er einen Sohn hat! Das ist sein Neffe, dessen Onkel mütterlicherseits er ist und dessentwegen wir Ihnen diese bescheidene Petition schicken! Übrigens nennt sein Neffe ihn seinen Geistigen Vater! Was Ihnen einen Begriff von seinem Charakter und der Zartheit seiner Gefühle gibt! Der Zweck dieses Schreibens ist folglich, Sie inständig, obgleich auf Knien, zu bitten, ihm Unverzüglich einen Höheren Grad der Ehrenlegion zu verleihen, denn er verdient es! Da er eine Hochgestellte Persönlichkeit ist! Generaluntersekretär des Völkerbunds! Sie haben sicher schon einmal seinen Namen gehört, der wie der unsere lautet, welchen Sie am Ende dieser Bescheidenen Petition als Leserliche Unterschriften finden werden! Der gleiche Familienname, also Solal, aber alle fünf vom Jüngeren Zweig! Der gleiche Name wie sein Onkel mütterlicherseits, denn seine Mutter ist ebenfalls eine geborene Solal! Daher die Namensgleichheit sogar beim Onkel mütterlicherseits!«

»Etwas unklar«, sagte Eisenbeißer.

»Für Dummköpfe vielleicht«, erwiderte Saltiel, »aber nicht für die Intelligenz eines Präsidenten der Republik! Ich fahre fort!

Sein Vorname ist auch Solal, und sein Nachname ist auch Solal! Ich nenne ihn zärtlich und vertraulich Sol! Beim Älteren Zweig der Solal ist es Tradition, daß sich der Erstgeborene Solal von den Solal nennt und nicht beispielsweise Moses oder Abraham von den Solal und so weiter, und daran ist nichts auszusetzen! So ist es, das ist ein Brauch! In Deutschland gibt es zur Zeit schlimmere!«

»Gut gesagt«, bemerkte Salomon.

»Sag mal, Saltiel«, warf Eisenbeißer ein, »und wenn du, um diesen Präsidenten ein bißchen zu beeindrucken, schreiben würdest, daß dein Neffe ein direkter Abkömmling des Königs David ist?«

»Nein, das ist eine Lüge.«

»Das ist Politik, mein Lieber!«

»Und außerdem könnte das Neidgefühle in ihm wecken. Ich lese weiter.

Damit es keine Verwirrung gibt in Ihrem Geist, und um der herben Kritik eines gewissen Cousins, dessen Spitzname mit E beginnt, zu entgehen, werde ich jetzt deutlicher erklären, daß mein Neffe dem Älteren Zweig angehört, der von Spanien direkt nach Kephalonia gekommen ist! So ist es! Die Älteren Solal, wie man sagt, sind keine französischen Staatsbürger wie wir, die Jüngeren Solal! Sie waren Untertanen der verschiedenen Mächte, die Kephalonia regiert haben, und jetzt sind sie griechische Untertanen! Oder hellenische, wenn Ihnen das lieber ist! Aber mein Neffe ist durch Naturalisierung französischer Staatsbürger geworden! Da er ein Fräulein Maussane, die Tochter eines französischen Premierministers, geheiratet hat, können Sie sich denken, daß er leicht eingebürgert worden ist! Aude hieß sie! Hübscher Name! Dann war er Abgeordneter, dann Zeitungsverleger, dann Minister und jetzt Wichtiger Chef beim Völkerbund! Nun, das wissen Sie sicher alles! Aber was Sie nicht wissen, ist, daß er sehr Liebevoll ist! Er hat ein Sanftes Gemüt! Stellen Sie sich vor, Lieber und Verehrter, er hat den respektvollen Unterzeichneten einen Tscheck über 50 000 (in Worten fünfzigtausend) Schweizer Franken geschickt! Also ein Geschenk! Wie jemand anderer eine Schachtel Bonbons schicken würde! Können Sie sich das vorstellen?«

»Entschuldige, wenn ich dich unterbreche«, sagte Eisenbeißer. »Anstatt ›Können Sie sich das vorstellen‹ würde ich schreiben ›Was sagen Sie dazu, teurer Präsident‹. Das ist liebenswürdiger. Und schreib auch das Äquivalent in französischen Francs dazu, sonst ist dieser Dummkopf imstande und versteht nicht, wie bedeutend die Summe ist.«

»Wie kannst du es wagen, so über den Präsidenten zu sprechen?«

»Schande über dich!« sagte Salomon.

»Er ist nicht da und kann mich nicht hören«, sagte Eisenbeißer. »Gut, ich ziehe es zurück, er ist sehr intelligent, einverstanden! Weiter!«

»Aber darum geht es ja nicht! Die Absicht des Herzens zählt! Und wenn er Enorme Summen schickt, so weil er Gut Entlohnt wird, da er Sehr Tüchtig ist! Ein kleiner Angestellter, der wenig verdient und hundert Drachmen schickt, ist genauso lobenswert! Doch wir bitten Sie natürlich nicht wegen der 50 000 (in Worten fünfzigtausend) auf dem Tscheck, ihn durch die Legion zu ehren, und zwar einen höheren Grad als Kommandeur, denn er ist schon Kommandeur! Also, damit es keine Mißverständnisse gibt, den Grad darüber! Bitte! Offen gesagt wissen wir nicht, wie dieser Höhere Grad heißt, aber Ihnen ist er sicher geläufig, da Sie sich auskennen! All dies also nicht durch Protektion, sondern Ehrlich! Denn er verdient es wegen seiner Großen Tüchtigkeit! Hoher Beamter und Diener der Menschheit und Arbeiter für den Weltfrieden! Obwohl wir große Angst haben, daß es mit Deutschland früher oder später zur Katastrophe des Krieges kommen wird! Also starke französische Panzer! Ein Grund mehr, ihm schnell den Höheren Grad zu verleihen! Also mehr als Kommandeur! Denn in Kriegszeiten werden Sie, Verehrter Präsident, andere Sorgen haben, wie man so sagt! Man muß das Eisen schmieden, solange es heiß ist! Sie müssen wissen, daß er beim Völkerbund Alles Macht! Sein Onkel kann es Ihnen Garantieren, da er ihn Tag und Nacht hat arbeiten sehen! Wegen Politischer Fragen, die vor Tagesanbruch geregelt sein mußten, ging er um Mitternacht in sein prunkvolles Kabinett mit Vasen aus Sèvres und Gobelins! Ein großer Chef, und alle erbleichen vor ihm und Stammeln! Sie haben sicherlich schon von ihm gehört, ein Großer Politischer Kopf, Universitätsstudium und Umfassende Bildung! Und Charme! Man braucht nur sein Lächeln zu sehen und seine Art, einen Anzuschauen! Kurz und gut, er macht Frankreich Ehre!«

»Hier«, unterbrach Eisenbeißer, »rate ich dir hinzuzufügen: ›Worauf warten Sie also noch, um ihn auszuzeichnen?‹ Und vielleicht ›Zum Donnerwetter!‹, um dem Ganzen Pfeffer zu geben.«

»Das lehne ich ab! So spricht man nicht mit dem Oberhaupt Frankreichs!«

»Bravo!« stimmte Salomon zu, der nichts verstanden, dem Saltiels stolze Antwort aber gefallen hatte. Fahren Sie fort, Onkel Saltiel.«

»Es gibt einen Engländer, der angeblich über ihm steht! Aber, Ganz im Vertrauen ins Ohr geflüstert, wir können garantieren, daß er Alles Macht! Der Engländer ist nur zur Verzierung da, er ist alt und voll weißer Haare! Sehr leise ins Ohr geflüstert! Er trinkt Alkohol! Und spielt Tennis! Das ist alles, was er kann! Sie als Scharfsinniger Psychologe, wenn Sie ihn sähen, Sie würden es sofort merken! Aber da ich ihm nicht Schaden will, füge ich hinzu, daß er ein Gutes Herz hat und zu Meinem Neffen sehr liebenswürdig ist! Außerdem macht er bei den Offiziellen Zeremonien eine gute Figur. Wir werden am einunddreißigsten Mai in Genf sein und wären glücklich, wenn die Ehrenhafte Legion Höheren Grades als Expreßpaket und sicherheitshalber per Einschreiben gleichzeitig mit uns eintreffen könnte und wir so den Grad mit ihm, dem einzigen Sohn meiner lieben Schwester Rachel, feiern könnten! Sie müssen Ihre Untergebenen nur entschieden dazu anhalten, sich mit der Übersendung des Ordens zu beeilen, denn die Angestellten sind manchmal faul. Oder neidisch, und dann sagen sie sich, warum bekommt der diesen Großen Orden und nicht ich? Und verlassen wir uns daher darauf, daß Sie ihnen klar sagen, es sei dringend und Sie bestünden darauf angesichts der intellektuellen Qualitäten meines Neffen! Und vor allem der moralischen! Wenn ich in einiger Zeit durch Paris komme, werde ich mir die Freiheit nehmen, Sie anzurufen, falls Sie wünschen sollten, mir dieses Paket anzuvertrauen, damit ich es ihm überbringe, was meine Freude verdoppeln würde! Aber das ist nicht unbedingt notwendig! Wichtig ist nur, ihm den Höheren Grad der Ehrenlegion zu geben! Nicht zu vergessen die Urkunde, die sein Anrecht auf den Höheren Grad beweist, dessen Bezeichnung uns trotz allen Respekts unbekannt ist!

Als Referenz, Verehrter Präsident, füge ich hinzu, daß der ebenfalls Verehrte Vater meines Neffen, des Sohns meiner Schwester Rachel der Berühmte, leider verstorbene, Gamaliel Solal war, das Oberhaupt des Älteren Zweigs der Solal, der höchst vortreffliche Große Rabbiner der Heiligen Gemeinde der Sieben Ionischen Inseln mit Sitz in Kephalonia! Die Rabbiner der sechs anderen Inseln waren ihm nämlich unterlegen, obwohl manche sehr gelehrt! Er überragte sie jedoch alle und kannte den Talmud in- und auswendig! Maimonides ebenbürtig! Kurz, ein ernster und moralischer Mann von großer Strenge und sogar Furchterregend! So daß meine Beziehungen zu ihm ein wenig kühl waren wegen seines hochmütigen Charakters! Aber trotzdem sehr höflich, seiner profunden Kenntnisse wegen! Geachtet vom ganzen Orient, Licht des Exils genannt! Er wurde so verehrt, daß man ihn im Plural der Würde anredete und sagte Unsere Großen Rabbiner Gamaliel, kurz, er war mit Enormer Weisheit begabt! Sie sehen also, daß mein Neffe jemanden hat, dem er nachschlägt, und seien Sie beruhigt, Er verdient den Orden! Mit mir hat er körperlich Ähnlichkeit! Obgleich er sehr groß und ich kleingewachsen! Obgleich er schön und ich kaum mit Reizen ausgestattet! Aber es gibt eine Familienähnlichkeit bei der Nase, trotz dem, was die Neidischen sagen!

In der Hoffnung, Sie möchten Ihm also in einem Einschreibepäckchen den Orden mit der Urkunde übersenden, während ich in Genf bin, wo mein Aufenthalt kurz sein wird wie überhaupt auf dieser Erde, denn ich habe das fünfundsiebzigste Lebensjahr überschritten, und Sie wissen, daß man in meinem hohen Alter, das auch das Ihre ist, nicht auf Morgen verschieben soll, was man Heute besorgen kann! Die Urkunde einfach, um den Neidischen das Maul zu stopfen, die Imstande wären, Gott weiß Was zu sagen, daß ihm der Orden nicht zusteht und dies und jenes! Obwohl sie Sehr Wohl wissen, daß das nicht Seine Art ist! Aber Sie wissen ja, wie diese Verleumder sind! Um ihnen eben einen Maulkorb anzulegen! Bosheit und üble Nachrede haben mich nämlich immer Sehr Bestürzt! Ergebenste Grüße mit tollkühnem Dank und Viel Hoffnungsvollem Lächeln von Ihren getreuen Landsleuten! Als Erster Unterzeichend! Saltiel von den Solal!

Psst! Anbei ein Photo von ihm im Alter von neun Jahren! Sie sehen, was für ein Goldschatz er war! Das ist das einzige Photo von Ihm Als Kind, das ich besitze. Bitte mir per Einschreiben nach Kephalonia zurückschicken, indem Sie es einem Ihrer Diener anvertrauen und ihm befehlen aufzupassen, daß er es nicht Verliert, Gott bewahre! Meine Adresse ist Taubenturm der alten Viterbo-Fabrik, Sackgasse der Guten Gerüche, auch genannt der Bombe, gleich bei der Hühnertreppe, bitte!

Psst! Psst! Den Orden als Einschreibepäckchen und nicht vergessen die Urkunde beizufügen! Vielfältigen Dank! Mit echter Bewunderung ohne Subtile Schmeichelei sowie mit dem Segen eines Aufrichtigen Onkels und Alten Mannes, im Herzen und den Papieren nach Franzose! Aber Israelit und glücklich es zu sein, trotz der Nachteile des Unverständnisses und der Verleumdungen und des Unglaublichen Hasses! Diesmal allein unterzeichnend!

Saltiel von den Solal!«

Der Verfasser erhob sich, strich seinen Schopf dünner weißer Haare zurück, straffte seine Waden, steckte zwei Finger in seine geblümte Weste und wartete auf die Komplimente. Salomon erklärte sofort, die Petition sei perfekt, kein Wort sei zuviel, und der Herr Solal werde nach einer solchen Petition seinen Orden gewiß bekommen.

»Und was mir gefällt, Onkel, ist, daß Sie am Schluß geschrieben haben, Sie seien froh, Israelit zu sein! Ach, meine Freunde, wenn in der Synagoge die Gesetzesrollen hervorgeholt werden, läuft es mir vor Ehrfurcht und vor Glück kalt den Rücken hinunter, und ich denke, wie groß unser Gott ist! Und wie ich sie annehme, unsere heiligen Gebote! Welches Glück, Israelit zu sein! Und ich bin nicht nur Israelit, sondern schiffe mich auch noch am Montag mit meinen Freunden ein! Und jetzt werde ich unterschreiben, und Sie werden die hübsche Unterschrift sehen! Ich werde sie sehr sorgfältig machen, damit sie Glück bringt!«

Er gab sich wirklich Mühe und malte mehrere Kringel und allerlei unnütze Punkte um seinen Namen. Dann unterschrieb Michael, während Eisenbeißer finster dastand, den Blick in die

Ferne gerichtet, und ab und zu mißbilligend hüstelte. Saltiel wandte sich zuerst an Mattathias.

»Nun, Harzkauer, warum schweigst du?«

»In den geschlossenen Mund fliegen keine Mücken«, sagte Mattathias. »Aber da du willst, daß ich rede, werde ich dir sagen, daß ich nicht einsehe, warum du diesem Präsidenten das Photo von deinem Neffen im neunten Lebensjahr schickst.«

»Damit er sieht, wie schön Sol war! Außerdem ist das meine Sache!«

»Was soll das für einen Wert haben? Und was für einen Zweck?«

»Einen großen Wert und einen großen Zweck! Der Präsident ist nicht wie du. Er sieht wie ein guter Großvater aus, und er wird gerührt sein, das garantiere ich dir! Hättest du vielleicht lieber, daß ich ihm ein Photo von deinem Krokodilskopf schicke? Komm, unterschreibe, sonst kürze ich deinen Anteil!«

Mattathias zuckte die Achseln und fügte sich. Dann hielt Saltiel die Feder Eisenbeißer hin, der mit verschränkten Armen immer noch reglos dastand und schwieg, ein Inbild der Kritik. Saltiel verschränkte seinerseits die Arme zum Zeichen der Herausforderung.

»Sollte meine Petition dir etwa mißfallen?«

»Ich habe einiges auszusetzen. Erstens mischst du dich dauernd selbst in diese Petition ein! Ist es ein gemeinsamer Brief oder nicht?«

»Ich bin der Onkel und habe das Recht, als eigene Person aufzutreten! Leugnest du vielleicht die persönliche Würde des Menschen?«

»Bravo!« rief Salomon, der für würdevolle Antworten empfänglich war.

»Zweitens ist deine Petition ungeschickt! Es gibt nichts, was uns sympathisch erscheinen ließe! Du hast nicht einmal geschrieben, daß wir glühende Republikaner sind! Drittens machst du ihm nicht das allergeringste Kompliment, etwa indem du sagst, daß Frankreich ihn braucht!«

»Ich lehne solche Ränke ab!«

»Na komm, hätte dir das denn weh getan, eine kleine Schmeichelei einfließen zu lassen, um ein wenig seinen Stolz zu kitzeln?«

»Ich verstehe, was Eisenbeißer meint«, sagte Salomon, »und es scheint mir vernünftig.«

»Ich bleibe standhaft«, sagte Saltiel, »mein Sol muß für seine Verdienste geehrt werden!«

»Bravo!« rief Salomon.

»Viertens«, fuhr Eisenbeißer fort, »hättest du deinen Brief mit einem leidenschaftlichen Schrei beenden müssen, Ruhm dem unsterblichen Frankreich, Ruhm den Helden, die für Frankreich gestorben sind! Fünftens hast du nicht im Traum daran gedacht, ihm zu sagen, daß, falls er den Orden bewilligt, dein Neffe auch nachsichtig sein wird, wenn es in den französischen Kolonien hier und da mal zu einem Übergriff kommt, und ein Auge zudrückt!«

»Ich lehne jede Intrige ab!«

»Tja, mein Lieber, so ist das Leben! Na, wie du willst. Ich füge noch sechstens hinzu. Die Petition ist herzlos. Du hättest irgendwo geliebter Präsident einflechten müssen, das hätte ihn milde gestimmt. Kurz und gut, wenn er das gelesen hat, wird er denken: wie kaltblütig diese Kephalonier sind! Und in einem Wutausbruch wird er die Petition zerreißen!«

»Darauf werde ich ebenfalls mit erstens und zweitens antworten. Erstens: Geliebter ist ein Liebeswort.«

»Eben, er wäre gerührt zu sehen, wie sehr wir ihn lieben!«

»Zweitens spricht aus deinen Bemerkungen der blasse Neid, drittens beachte ich sie nicht, und viertens ist meine Petition perfekt! Du weigerst dich also zu unterschreiben?«

»Um des lieben Friedens willen werde ich unterschreiben, aber hinzufügen, daß es unter Vorbehalt geschieht.«

»In diesem Fall streiche ich deine zwölftausend Schweizer Franken! Merk es dir, Salomon!«

»Aber, mein Lieber, das war doch nur eine zärtliche Neckerei!« schrie Eisenbeißer sofort. »Selbstverständlich unterschreibe ich ohne Vorbehalt, denn deine Petition ist hervorragend! Weißt du, meine einzige echte Kritik ist, daß du hättest schreiben sollen: kurz und sehr gut, das ist überzeugender! Und die Schweizer Franken in Französische Francs umrechnen, damit er versteht, wie hoch der Betrag ist! Aber letztlich kennt sich der Präsident sicher aus, und im übrigen kann er immer seinen Finanzminister bitten, die Umrechnung für ihn zu machen. Andererseits, was deine Verlobte betrifft, wäre es vielleicht taktvoller gewesen, dahingeschieden zu schreiben, statt gestorben, dahingeschieden ist respektvoller gegenüber dem Leichnam einer Jungfrau. Außerdem hätte ich der Anrede Verehrter Präsident, was ein wenig traurig wirkt, den Ausdruck Lieber Großer Freund vorgezogen, der zärtliche Bande knüpft. Aber lassen wir das, all das ist nicht so wichtig, gib mir die Petition, daß ich sie freudig unterschreibe. So, das wär's. Nun, mein Lieber, beschrifte den Umschlag. Ich rate dir in aller Freundschaft, einfach zu schreiben: An den Herrn Präsidenten der Republik in seinem Palais in Paris.«

»Gut, aber ich werde oben links noch dazusetzen: Eilt! und Nur von Seiner Exzellenz zu öffnen!«

»Sehr richtig. Und damit es keine Mißverständnisse gibt, schreib noch: Die Untergebenen werden gebeten sich fernzuhalten, denn diese Sache ist nichts für sie.«

Auf der Post wurde die Petition als Einschreiben aufgegeben, wobei Saltiel dem griechischen Angestellten auf die Finger schaute. Ja, alle Briefmarken waren aufgeklebt, und der Mann hatte nicht geschummelt. Er zuckte zusammen, als er plötzlich merkte, daß der Faulpelz nicht kräftig genug gedrückt hatte und die Briefmarken nicht richtig hafteten. Sie konnten sich also beim Transport lösen, und dann würde die Petition nicht beim Präsidenten ankommen, weil sie nicht ausreichend frankiert war! Was tun? Dem Verfluchten sagen, er solle besser kleben? Er wäre gekränkt, und um sich zu rächen, wäre dieser Halunke imstande und würde den Brief gar nicht abschicken! Der Onkel nutzte es aus, daß sich der

Halunke mit einem Kollegen unterhielt, und schlug verstohlen mit der Faust auf die schlecht aufgeklebten Briefmarken. »Seien Sie so freundlich und unterschreiben Sie leserlich«, bat er, als der Angestellte sich anschickte, den Einlieferungsschein auszufüllen. Um sich diesen Goi mit wenig ansprechendem Gesicht nicht zum Feind zu machen und der Petition alle Aussicht auf Versendung zu eröffnen, fügte er mit sanftem Lächeln hinzu: »Ich sage Ihnen das, weil Sie ein Intellektueller sind. Je intellektueller man ist, desto schwieriger ist die Schrift zu entziffern!« Diese Liebenswürdigkeit nützte nichts, und die Unterschrift war ein unidentifizierbares Gekritzel. Wie sollte man später beweisen, daß dieser Grieche für den Verlust der Petition verantwortlich war? Ohne sich etwas anmerken zu lassen, beobachtete er den Angestellten aus einiger Entfernung und notierte seine Beschreibung auf dem Einlieferungsschein: »Klein, dick, Brille, Stupsnase.« Wenn die Petition nicht ankam, konnte er den Schuldigen beim Postminister anzeigen. Zurück am Schalter, bedankte er sich freundlich für die unverzügliche Versendung des Briefes, »denn der Präsident der Republik wartet auf ihn«. Eine unschuldige Lüge, die vielleicht Eindruck machte. Vorsichtshalber legte er auch noch zehn Drachmen vor die Schalteröffnung und sagte zu dem Sohn eines Esels: »Damit Sie Ihrer lieben Mama ein paar Süßigkeiten kaufen können!«

Vom Postamt liefen die Tapferen zur Bank, die sich direkt gegenüber befand. O Unglück! Geschlossen wegen Trauerfalls, der Direktor war gestorben! Der hatte sich ja den richtigen Tag ausgesucht! Nun, das Geld war in Sicherheit und wartete auf sie in einem Safe.

»Wir holen es morgen früh ab«, sagte Eisenbeißer.

»Ganz gewiß nicht«, sagte Saltiel. »Denn es ist verboten, am Sabbat Geld anzufassen.«

»Absolut!« sagte Salomon.

»Auch Schweizer Franken?« empörte sich Eisenbeißer.

»Übrigens lautet der Scheck auf meinen Namen«, sagte Salomon. »Sei verärgert und wütend, o Freimaurer, aber wisse, daß ich ihn an diesem heiligen Tag nicht einlösen werde!«

Eisenbeißer schmollte erneut. Ach, diese beiden mit ihrem heiligen Tag! All diese Schweizer Franken, die in den Händen der Griechen noch tagelang Zinsen abwerfen würden!«

»Meine Herren«, sagte Saltiel, »am Montagmorgen Treffen vor der Bank, wenn sie aufmacht, also genau um neun Uhr, oder im Hinblick auf vorangehende Absprachen und Vorkehrungen sogar eine Viertelstunde vorher.«

»Aber inkognito und ganz geheim!« empfahl Eisenbeißer. »Und zwar um Anträgen auf Darlehen und Unterstützung angesichts unseres plötzlichen Reichtums zu entgehen! Falls die Bank jetzt nicht bis Montag Konkurs macht! Du, Saltiel, da du so fromm bist, das zumindest möge helfen, bete zu Gott, daß er diese Bank beschützt und am Laufen hält bis zum Einlösen des Schecks am Montagmorgen um neun Uhr oder sogar zehn Uhr wegen der größeren Sicherheit! Und danach geschehe Sein Wille! Damit verlasse ich euch, Freunde im Glück, denn ich muß einige bestehende Streitfälle und mögliche Heiraten klären sowie Rebecca von meiner Abreise unterrichten und mich ihren Tränen aussetzen. Holdselige Tage für euch alle bis zum erhebenden Wiedersehen am Montag! Salomon, ich empfehle dir den Scheck an, hüte ihn Tag und Nacht wie deinen Augapfel!«

XV

Als Eisenbeißer kurz nach Mittag wieder zu Hause war, informierte er seine weinende Frau über die bevorstehende Abreise, gab ihr Anweisungen bezüglich der Kleidungsstücke und Bücher, die sie in die zwei als Koffer dienenden Kartons packen sollte, und schloß sich dann in seine private Küche ein, wo er sich zu Tisch setzte und in angenehmer Einsamkeit eine knusprige, fette

Lammkeule verspeiste, während er ein Buch von Darwin las, das er gegen eine Flasche geharzten Wein gelehnt hatte.

Bei der achten Scheibe machte er sich zur Abwechslung einen Spaß daraus, wie ein afrikanischer Wilder zu essen. Zu diesem Zweck hielt er die Keule am Knochen, nahm das Ende zwischen die Zähne und schnitt mit einem gut gewetzten Messer dicht an seinen Lippen ab. Und so mit Unterbrechungen, in denen er den Wein aus der Flasche in sich hineingoß, bis die Keule vertilgt war. Im Nebenkeller verbrannte unterdessen Rebecca, beobachtet von drei skeptischen und spöttischen Buben, aromatische Substanzen, um alle etwaigen Geister zu besänftigen – die sie ängstlich »diese Personen« nannte.

Nach einem Maiskuchen mit Korinthen, gefolgt von diversen zufriedenen Rülpsern, beschloß er, sich wieder dem Gedankenbuch zuzuwenden, das ihn berühmt machen würde. Als er die Tür des Büffets aufmachte, in dem sein Manuskript lag, stürzte sich eine Wespe hinein. Augenblicklich schlug er die Tür wieder zu. Sieg! Das Tier war gefangen! Er drehte den Schlüssel herum, zog ihn aus dem Schloß und versteckte ihn in der Akte betreffs der strittigen Entbindung Euphrosine Abravanel. So liefen die Kinder nicht Gefahr, aus Versehen den Schrank zu öffnen. Da ihm plötzlich einfiel, daß die Wespe durch das Schlüsselloch entweichen könnte, stülpte er rasch seinen Zylinder auf diesen möglichen Ausgang.

»Zu mir, Buben, Hilfe!« schrie er, während er den Hut festhielt und gleichzeitig die Küchentür aufschloß. »Kinder, Wespenalarm!«

Die Sprößlinge stürmten herein, und mit erhobenen rechten Händchen schworen alle drei sofort, ihren Vater zu verteidigen. Eliacin fand auch gleich die Lösung und erklärte, daß er als Besitzer einer neuen Briefmarke diese gern der Gemeinschaft spende. Er feuchtete sie an und reichte sie seinem Vater, der sie beherzt auf das Loch der Gefahr klebte.

»Lob sei Gott!« sagte Eisenbeißer und trocknete sich die Stirn.

»Gerettet, meine Kinder, dank meiner Geistesgegenwart und meiner Kaltblütigkeit! Stellt euch vor, als die Verfluchte mich bemerkt hatte, stürzte sie, von finsteren Absichten beseelt, von Rachsucht getrieben, auf mich zu! Ich gehorchte nur meinem Mut und stieß ein schreckliches Geheul aus, das sie erschreckte und veranlaßte, Rettung und Zuflucht im Küchenschrank zu suchen! Ach, meine Kinder, wenn ihr mich gesehen hättet, wie ich diese Tür verschloß, wie ein Mann und schnell wie der Blitz! Übrigens, Öffnen verboten für zwei Jahre, was das maximale Alter einer Wespe ist, denn wisset, ich verurteile sie zum Tode durch lebenslängliche Haft! Pech für mein Manuskript! Primum vivere, deinde philosophari! Zum Glück sind keine Lebensmittel im Schrank! Sonst wäre sie imstande, sich auf unsere Kosten den Wanst vollzuschlagen! Ah, wir sind noch einmal davongekommen, meine Schätzchen!«

»Vater, stimmt es, daß die Heiden keine Angst vor Wespen haben?« fragte Eliacin.

»Ja, mein Sohn, weil sie an das zukünftige Leben glauben, wie sie sagen! Und sie verstehen sich auch mit den Tieren! Übrigens habe ich jetzt gar keine Angst mehr vor der Wespe! Seht mich an, meine Kinder. Ich fürchte dich nicht, merk dir das, blutrünstiges Tier!« verkündete er vor der Schranktür. »O teuflische Kreatur, deine schwarzen Absichten sind durchkreuzt!« fügte er hinzu, den Kopf hoch erhoben, die Arme verschränkt.

»Vater«, sagte Lord Isaac, »während Ihrer Abwesenheit werden wir auch jeden Morgen kommen und ihr trotzen! ›Wie geht es dir, Wespe?‹ werden wir sie ironisch fragen!«

»Sehr gut, mein Schatz. Und nun geht, meine Süßen, denn ich muß nachdenken.«

Sobald seine Sprößlinge verschwunden waren, nahm er sich den Lammknochen vor und nagte die Fleischreste ab, wobei er über die Petition nachsann, die dieser arme, entschieden gealterte Saltiel so ungeschickt abgefaßt hatte. Plötzlich leuchtete sein Gesicht vor Hingabe. Ja, es wäre eine gute Tat, persönlich an den

Präsidenten der Republik zu schreiben und die Petition durch seine Autorität zu unterstützen. Gesagt, getan. Mit nacktem Oberkörper und schiefem Zylinder begann er zu schreiben, strotzend vor Tugendhaftigkeit. Als der Brief fertig war, las er ihn sich laut vor, um den Eindruck zu kosten, den er auf den Adressaten machen würde.

»An den Präsidenten der Republik, Säule des Hauses Frankreich, auf dessen Schultern das Schicksal einer großen Nation ruht, Salut!

In meiner Eigenschaft als Akademiker unterstütze ich selbstlos das Gesuch um einen Orden für den Herrn Solal von den Solal, das am heutigen Tag per Einschreiben an Ihre verehrte Adresse abgegangen ist, mit gut aufgeklebten Briefmarken, also kein Nachporto! Ich unterstütze es warm, denn besagter Solal, von seinem Onkel recht naiv beschrieben mit viel zu vielen Großbuchstaben für einen offiziellen Brief, aber ich habe es nicht übers Herz gebracht, die Unterschrift zu verweigern, besagter Solal verdient diesen Orden! Ich übrigens auch, nebenbei gesagt, aber der Takt hindert mich, darauf zu bestehen!

Sollten Sie jedenfalls einen mitfühlenden Blick auf meine von jedem Orden unberührte Brust, die doch dem Vaterland so viele Kinder geschenkt hat, werfen können, so ist Ihnen das unbenommen. Ich möchte hinzufügen, daß ich zu Ihrer Verfügung stehe, falls die Französische Republik irgendwelche Prozesse gegen irgendwelche Länder zu führen hätte. Mäßige Honorare und juristische Geschicklichkeit! Jeder Orden, rot oder violett, groß oder klein, würde mit Rührung in Empfang genommen. freundschaftliche empfehlungen ohne großbuchstaben von ihrem leidenschaftlich ergebenen!

Pinhas Solal, genannt Eisenbeißer! Ehemaliger Korporal im hunderteinundvierzigsten Infanterieregiment in Marseille! Gegenwärtig Ehemaliger Rektor der Universität von Kephalonia!

P. S. Und nicht Psst! Wie eine gewisse Person! Freundschaftliche Neckerei an die Adresse meines lieben Cousins Saltiel, des naiven, aber reizenden Verfassers der Petition! Ich muß gestehen, lieber Präsident, mich dürstet ein wenig nach Ehrungen! Was ist schlecht daran, wenn man sie verdient? Nur Bettler sind bescheiden, glauben Sie nicht? Mit Erlaubnis Ihrer Präsidentiellen Hoheit möchte ich hinzufügen, daß Sie vielleicht, sollten Sie im Lauf einer eleganten *Gardenparty* den König von England treffen, mit dem Sie sicher auf reizendem Fuß stehen, daß Sie also ein freundschaftliches Wort einlegen könnten für mich und einen kleinen englischen Orden zu meinen Gunsten, mit Initialen, die zur Anrede Sir berechtigen! Ich bewerbe mich mit ehelicher Hoffnung vor allem für meine liebe Gattin, denn die Frau eines Sir ist ja immer eine Lady! Was also Lady Rebecca bedeuten würde! Auch meine sieben Kinder männlichen Geschlechts, alle in zartem Alter, wären so glücklich!«

Er hielt inne. Strenggenommen hatte er nur drei. Ach was, eine kleine unschuldige Lüge, um diesen guten Präsidenten zu rühren. Eigentlich nicht einmal eine Lüge. Er hatte die verstorbenen Bübchen mitgerechnet, das war alles. Er las weiter.

»Ja, Exzellenz, meine entzückenden sieben Engelchen würden süße Tränen des Stolzes vergießen und erbeben, wenn sie mich mit meinem Adelstitel anredeten! Sir Pinhas! Können Sie sich das vorstellen, lieber Präsident? Und wenn sie vergessen, Sir zu sagen, die Peitsche! Sie können also Seine Britische Majestät beruhigen, alles liefe nach den Regeln ab! Erbbaronet, ein 1611 von Jakob I. geschaffener Ritterorden, wäre noch besser! Damals war es üblich, Bt hinter Vor- und Nachnamen zu setzen! Was ergeben würde: Sir Pinhas Solal, Bt!

Sie könnten Seiner Britischen Majestät, um sie gewogen zu machen, sagen, daß ich das englische Frühstück liebe mit Marmelade von Crose and Blackwell, die mir die schwarzen Kohlentrimmer der hier anlegenden englischen Schiffe heimlich verkaufen, da sie sie nicht mögen und ich sie liebe! Zwieback von Huntley and Palmers, dermaßen gut, und köstliche geräucherte Fische, genannt *Kippers,* fünf Minuten auf den Rost genügt! Aber all das ein wenig scherzhaft und wenn Sie sehen, daß der König gut gelaunt ist! Er wird darüber lächeln, und die Sache ist geritzt! Ich verlasse mich auf Ihre Psychologie! Falls Sie erfolgreich sind, ist meine Adresse also Pinhas Solal, genannt Eisenbeißer, sicherheitshalber, Kephalonia, und das genügt, denn ich hole meine Briefe selbst auf der Post! Also wenn möglich Baronet, sonst zumindest Sir! Sie könnten, ich lege es in aller Bescheidenheit nahe, Seiner Majestät sagen, daß ich lebhafte Bewunderung für die Partei der Tories hege, aber auch, wenngleich etwas weniger, für die Labour Partei! Ein kleiner Posten als Honorarvizekonsul von Großbritannien würde ebenfalls mit Ehrerbietung angenommen, oder jedwede Spende! Kurzum, der geringste Obolus in Pfund Sterling wäre willkommen!

Mit dieser inneren Zutraulichkeit, die ich zu großen Männern habe, aber mit Vornehmheit und Hochachtung bleibe ich

Derselbe!

Zweites P. S. Hochachtung sagte ich gerade zu Recht, denn, ohne Schmeichelei, der Nagel Ihres kleinen Zehs ist mehr wert als mein ganzer Kopf mitsamt seinem Inhalt! Ich füge hinzu, daß ich, Hohe Exzellenz, wenn ein glücklicher Zufall Sie nach Kephalonia führen sollte, mit Vergnügen den kostenlosen Cicerone machen und Ihnen die Schönheiten der unvergleichlichen Insel zeigen würde, die mich auf die Welt kommen sah! Und wenn Sie Feinschmecker sind, könnte ich Ihnen ein köstliches Gericht bereiten, Milz in Essig mit viel Knoblauch, Sie würden sich die präsidentiellen Finger lecken! Und auch in Öl gebratene Auberginen, in dünne Scheiben geschnitten, knusprig, mit Knoblauch bestreut und mit ein bißchen Essig beträufelt, aber ganz wenig, nur um den Geschmack zu verstärken! Köstlich, verehrter Präsident!

Und wenn Sie in Kephalonia, vom christlichen Präfekten empfangen, eine Rede halten, können Sie auf meinen Beifall zählen! Ich werde übrigens bald nach Paris kommen und werde Sie besuchen, nachdem ich Sie anstandshalber angerufen habe! In der Hoffnung, dieser kleine Brief macht Ihnen Lust, mich kennenzulernen, wird es mir ein untertäniges Vergnügen sein, Sie zu besuchen, frisch gewaschen und gekämmt, und keine Angst, ich werde Ihnen Ehre machen! Wir können gemütlich plaudern oder im Lauf eines unterhaltsamen Abends in aller Freundschaft und Sympathie Lotto spielen, und ich werde Ihnen humorvolle Geschichten erzählen, und Sie werden sehen, wie Sie lachen! Ich kann Ihnen, ebenso wie der gnädigen Frau, auch diese Arie aus Tosca vorsingen, die Sie sicher lieben, ich habe nämlich eine schöne Baßstimme! Für immer ist mein Liebestraum verflogen ... Die Stunde ist vorbei und ich sterbe verzweifelt! Das wird bezaubernd! Also, Lieber Großer Freund, vielleicht auf bald und mich zu Füßen der gnädigen Frau im Staub wälzend!

Immer noch Derselbe!«

Wieder hielt er inne. Lieber großer Freund zu ihm zu sagen, war das nicht ein bißchen verwegen? Aber schließlich hatte der Zar einen anderen Präsidenten der Republik so angeredet. Und außerdem würde diese Vertraulichkeit dem Präsidenten gefallen, und er würde Zuneigung zu ihm fassen! Dieser Pinhas ist ein starker Charakter, würde er lachend sagen! Er las weiter.

»Drittes P. S. Ich habe vergessen zu erwähnen, daß ich es aus eigener Kraft zu etwas gebracht habe, ein Selfmademan, wie unsere gemeinsamen Freunde in England sagen, da ich nur bis zum neunten Lebensjahr in die Schule ging, und der Lehrer war ein Dummkopf, der uns wegen der kleinsten Lappalie mit dem Stock auf die Fußsohlen oder die Fingerspitzen schlug, oder er steckte uns in einen Kissenbezug, wo nur der Kopf herausschaute! Aber zweitens bin ich ein Intellektueller, denn ich habe viel gelesen,

Tragödien, verschiedene Naturwissenschaften, Romane, Philosophie, Reden, Klassiker, Wörterbücher! Vorhin beim Lunch habe ich mich zum Beispiel für den *Ursprung der Arten* begeistert, ein tiefgründiges Werk, das ich Ihnen empfehle! Übrigens wird nicht jeder zum Universitätsrektor ernannt! Drittens und vor allem glühender Republikaner, und ich weiß, wie dringend Frankreich Ihr Genie braucht! Drei sehr wohl ausreichende Gründe für einen französischen oder englischen Orden. Unter uns, ich ziehe den englischen vor, denn er berechtigt zu der edlen Anrede Sir, mit der man, nur unter Hinzufügung des Vornamens, dann immerzu angeredet wird. Lieber Sir Pinhas, wird man zu mir sagen! Können Sie sich vorstellen, wie das wirkt? Diese Engländer haben etwas für sich, trotz Trafalgar! Sie haben Sinn dafür, was einem Manne schmeichelt!

Meine Empfehlungen an die reizende Präsidentin! Wenn sie ihre entzückende Gestalt nach Kephalonia verfügt, um ihre präsidentiellen Glieder auszuruhen, wird sie auf Milz in Essig nicht verzichten müssen! Und seien Sie versichert, daß ich ihr Ritter und Cicisbeo sein und es verstehen werde, einen gewissen Michael und seine lüsternen Blicke auf die Schönheit der Tugendhaften von ihr fernzuhalten! Übergangslos und im voraus mein Beileid für alle bedauerlichen Todesfälle, die in Ihrer verehrten Familie vorkommen mögen! Ach, lieber Präsident und Freund, finden Sie sich damit ab, und seien Sie stark im Unglück, der Mensch ist sterblich und wie das gelbe Blatt, das im Herbst vom Baum fällt. Entschuldigen Sie die Traurigkeit dieser Beileidsbekundung, aber charmant und weltgewandt, wie ich bin, wollte ich der erste sein, der Sie im Falle eines plötzlichen Trauerfalls meiner tiefen Zuneigung versichert!

Teurer Freund, es kann sein, daß ich bald an Schwindsucht sterbe! Der Orden ist also dringend! Selbst ein wertloser kleiner häßlicher wäre, in Ermangelung eines besseren, ein Sonnenstrahl in den Zuckungen meines Todeskampfs, der durch eine Enttäuschung beschleunigt werden könnte! Wenn für den Orden irgendwelche kleinen Gebühren zu zahlen sind, brauchen Sie mir selbstverständlich nur die Rechnung zu schicken, genieren Sie sich nicht! Nun leise das folgende, hören Sie gut zu! Wenn Ihnen eine teure heuchlerische Leckerei für die Kinder irgendeines in Ordensangelegenheiten kompetenten Ministers notwendig erschiene, brauchen Sie es mir nur schriftlich anzudeuten! Die Lekkerei würde in Form eines gedeckten und an den Überbringer auszuzahlenden Schecks ohne indiskrete Namensnennung postwendend übersandt. Aber den gewünschten Betrag für die Lekkerei angeben! Was soll man machen, das ist menschlich! Die Minister sind auch nur Menschen. Verzeihen wir ihnen ihre Schwächen! Mit vorzüglichen Empfehlungen und einem sentimentalen Augenaufschlag zu Ihrer Majestätischen Gefährtin!

Immer noch Derselbe!

Letztes aber wichtigstes P.S.! Gutes tun, den anderen Glück bringen, das ist das Ziel des tugendhaften Menschen!«

Auf dem Rückweg, nachdem der Brief ordnungsgemäß als Einschreiben aufgegeben war, wechselte er ein paar Höflichkeiten mit Sarfati, dem Fischbrater. Als dieser ihn zu den intelligenten Mienen der drei Buben beglückwünschte, machte Eisenbeißer verstohlen ein Zeichen mit den Fingern, um den bösen Blick unwillkürlicher Mißgunst zu bannen, denn Sarfatis junger Sohn war unlängst gestorben. Danach nahm er sich einen gebratenen Tintenfisch, nur um zu sehen, wie er schmeckte, gab seine Meinung ab und ging weiter, nicht ohne sicherheitshalber noch ein paarmal das Zeichen gemacht zu haben.

Zurück in seiner Küche, heftete er den Einlieferungsschein des Einschreibebriefes in einen Ordner, den er »Geheime Absprachen mit Frankreich« betitelte. Er rieb sich siegesgewiß die Hände, dann betrachtete er sich im Spiegel über dem Ausguß.

»Sir Pinhas«, sagte er und erhob die Hand zum militärischen Gruß.

Plötzlich tippte er sich an die Stirn und vollführte einen Sprung wie ein russischer Tänzer. O wunderbarer Einfall! Aber ja, natürlich, ein zweiter Brief mit verstellter Schrift! Hatte Napoleon in seinem Leben nicht auch ein paar kleine Tricks angewandt? Die heimliche Abreise aus Ägypten! Der achtzehnte Brumaire! Und außerdem, Saltiels Neffe hatte ja schon einen Orden, und das genügte doch wohl! Pfeifend und gutgelaunt beugte er sich über ein weißes Blatt, die Zunge vorgestreckt.

»An den Präsidenten der französischen Republik, seien Sie gegrüßt! Nach reiflicher Überlegung denken wir, die einmütige Bevölkerung von Kephalonia, daß die Hauptsache der dringend zu verleihende Orden an Professor Rektor Pinhas Solal, genannt Eisenbeißer, ist! Berücksichtigen Sie also bitte keine anderen Gesuche aus Kephalonia, sie sind vernachlässigbar! Danke im voraus! Um es ganz offen zu sagen, Saltiels Neffe ist nur ein Franzose neueren Datums und im übrigen schon voller Orden! Während der Professor Pinhas Solal, genannt Eisenbeißer, von der jüngeren Linie, seit Jahrhunderten Franzose ist und außerdem frei von allen Ehren und Ritterwürden! Die ältere Linie ist nur eine Ansammlung griechischer Untertanen, lieber Präsident! Also noch einmal danke! Im Namen der einen und unteilbaren israelitischen Bevölkerung Kephalonias! Ihr Vertreter und autorisierter Bevollmächtigter! Reßiebnesie!«

Eine Stunde später verließ er mit gesenktem Blick und ohne jemanden anzuschauen die Post, wo er den Brief der Bevölkerung per Expreß abgeschickt hatte. Kurz darauf stand er, von Gewissenbissen geplagt, wieder vor dem Schalter und verlangte beschämt die Rückgabe des verräterischen Schreibens. Als er es zerrissen hatte, machte er sich auf den Heimweg, würdevoll, aber bekümmert, gebeugt unter der Last seiner schmerzlichen Redlichkeit. Auf dem Markt leistete er sich ein halbes Pfund Sesamnougat und ging dann, ab und zu traurig knabbernd, weiter.

Vor der Talmudschule blieb er stehen mit dem Gefühl, daß sein erster Brief an den Präsidenten zum Scheitern verurteilt sei, sein schöner Brief, geschrieben in Begeisterung und Freundschaft. Wer war er, daß er einen Präsidenten der Republik interessieren könnte? Er war niemand und würde nie einen Orden bekommen. Die Könige bekamen alle Orden, die sie wollten, ohne jede Mühe, ohne darum bitten zu müssen und ohne sie zu verdienen! Ein unfähiger König ohne brodelndes Gehirn und ohne überschwengliches Herz, der höchstens dazu taugte, von einem anderen aufgesetzte Reden zu lesen, und dessen einziges Talent das Stricken war, ein dummer König, der niemals kämpfen und sein Brot im Schweiße seiner Intelligenz verdienen mußte, dem gab man gleich das rote Band der Ehrenlegion! War das gerecht, Gott der Gerechtigkeit? Und warum war er nicht König, er, der es so sehr verdiente? Warum nie richtige Ehren für ihn, der sie so sehr brauchte, warum nie Soldaten, die vor ihm das Gewehr präsentierten? O Ungerechtigkeit! Wenn ein König operiert werden mußte, versammelten sich vier große Chirurgen im Frack und mit Orden behängt und diskutierten vier Stunden lang, das Kinn in die Hand gestützt, wie man die Operation machen sollte, damit sie gelang! Ihn aber, den armen Eisenbeißer, würde man ruckzuck und egal wie aufschneiden!

Er warf das kaum angebissene Nougat weg. Ja, erhängen, und diesmal richtig! Also ein guter Strick! Er würde ihn bei Benrubi finden, er würde den haltbarsten kaufen und nicht auf den Preis schauen. Dieser Strick wäre sein Vermächtnis an seine Familie, die Nutzen daraus ziehen würde, indem sie ihn stückweise an Abergläubische verkaufte. Er ging schnell und blieb nicht mehr vor den Auslagen der Feinkostgeschäfte und Bratereien stehen. Unterwegs wurde er von Padoa angesprochen, der ihm erklärte, er habe in der italienischen Lotterie gewonnen und sei daher imstande, ihm die zu Zeiten der Bank geliehenen fünf Napoleons zurückzugeben. Er nahm wortlos die Goldstücke und strebte weiter seinem Erhängungsstrick zu.

Der Trödler Benrubi, genannt Kleiner Konsul oder Konsulchen, auch genannt Protokoll, ein freundlicher Mann von tadelloser Erziehung, der mit einem dicken Adamsapfel versehen war, saß auf der Schwelle seines Ladens und verbrachte die Zeit damit, gekochte und mit grobem Salz bestreute Bohnen zu kauen, von denen er melancholisch die Häute abschnipste. Sobald er Eisenbeißer erblickte, stand er auf, grüßte ihn dreimal, wünschte ihm hundert Jahre, und zwar gute, sowie Reichtum, Frieden und Gesundheit. Nachdem er sich dann nach seinen Wünschen und Befehlen erkundigt hatte, bat er ihn, ein langes Hanfseil, dessen Haltbarkeit er garantierte, als freundschaftliches Geschenk anzunehmen, und lud ihn ein, sich an die Tür zu setzen, in die frische Luft. Als großer Bewunderer des falschen Advokaten beeilte er sich, einen Krug frisches Wasser und Nußgebäck zu holen.

»Mit gebührender Ehrerbietung, und auf daß die Gabe im Glück genossen werde!«

»Dank dem großzügigen Gastgeber und Wohlstand über ihn!« erwiderte Eisenbeißer.

Und er begann mechanisch zu essen, nicht ohne melancholische Seitenblicke auf das in der Tat recht solide Seil. In diesem Augenblick erschien Salamanca, genannt der Beduine, der fettleibige Cafetier von gegenüber, unter seiner Tür, deren Vorhang aus bunten Perlen er zur Seite schob. Benrubi hob zwei Finger, und Salamanca begriff sofort.

»Gehorsamst, sofort zwei süße Schwarze!«

Kurz darauf kam er mit seinem birnenförmigen Gesicht und drei kleinen Tassen mit schwarzem Kaffee, die beiden hübschen für die Kunden und die angeschlagene für ihn selbst. Auf der Schwelle des Trödelladens sitzend, die Beine auf den Gehsteig gestreckt, schlürften die drei Kephalonier, von Fliegen umschwirrt, das heiße Gebräu, was Eisenbeißer Gelegenheit gab, seinen medizinischen Vierzeiler über den Kaffee zu zitieren, nämlich: »Er fördert den Schlaf, vertreibt ihn auch gern – Heilt Magenschmerzen, hält Migräne fern – Verstärkt des Harnes Fluktuation – Und verkürzt den Zyklus der Menstruation.« Dann diskutierte man über verschiedene ernste Themen, und der Bey der Lügner erzählte unter anderem, daß man jetzt durch eine Art drahtlosen Fernsprecher, genannt Teletaktil, die entfernte Person, mit der man sich unterhalte, nicht nur hören und sehen, sondern auch berühren könne.

»Die Erfindung des Teletaktils ist einfach, aber man mußte darauf kommen«, erklärte er. »Tatsächlich befindet sich im Apparat eine gefärbte Gummimasse, die die Form und die Ausmaße des Gesprächspartners annimmt, auch wenn der Tausende Kilometer entfernt ist.«

»Wunder aus der anderen Welt!« rief Benrubi.

»Was bedeutet«, fuhr Eisenbeißer fort, »daß ein Ehemann in Athen seine Frau küssen kann, die in New York ist. Zur Zeit kann er ihr noch kein Kind machen, aber das kommt auch noch, Amerikas Gelehrte arbeiten daran.«

Benrubi geriet in Verzückung, der Adamsapfel war in Aufruhr. Die hatten Ahnung, diese Teufelskerle von Amerikanern! Der schwitzende Salamanca jedoch schien besorgt, hustete, schaute auf seine Füße, dann auf Eisenbeißer. Um sich Mut zu machen, rieb er sein Kraushaar, eine Pyramide wirrer Drähte, die mit einer sonderbar niedrigen Stirn kontrastierte. Endlich entschloß er sich.

»Professor, ich muß Sie um Rat fragen, denn meine Jüngste heiratet in drei Tagen.«

»Allerbeste Glückwünsche der Reizenden, und der böse Blick möge ihr fernbleiben!« rief Benrubi.

»Und männliche Nachkommen in großer Zahl!« ergänzte Eisenbeißer.

»Danke für die erlesenen Artigkeiten!« sagte Salamanca. »Mit dieser Heirat fällt mir ein großer Stein vom Herzen, denn meine Tochter ist ein wenig bucklig ...«

»Das macht nichts, sie kokettiert nur mit dem Rücken«, unterbrach ihn Benrubi, »und außerdem hat sie schöne Augen.«

»Ja, ich hatte einige Mühe, sie unter die Haube zu bringen, aber ich habe ihr die doppelte Mitgift gegeben, zehntausend und nicht fünftausend wie ihrer älteren Schwester, die grade und sehr begünstigt ist, alles gutes Fett, kein Gramm Muskel.«

»Eine gerechte und hervorragende Entscheidung«, befand Benrubi.

»Und jetzt, Professor, um auf den von Ihrer Weisheit erwünschten Rat zurückzukommen, werde ich Ihnen sagen und gestehen, daß ich fürchte, bei dieser Heirat das Gesicht zu verlieren!«

»Das Unglück bleibe fern!« sagte Benrubi.

»Sie müssen wissen, daß ich mir gestern neue Schuhe gekauft habe, um bei der Feier Eindruck zu machen. Aber heute morgen habe ich gemerkt, daß diese verfluchten Hurensöhne sich weigern zu knarren. Ich habe sie dem Exkommunizierten, der sie mir verkauft hat, zurückgebracht und ihm erklärt, daß der Beweis der Neuheit der Schuhe im Knarren besteht und daß, da diese Schuhe nicht knarren, niemand bei der Hochzeit merken wird, daß sie neu sind, und daß ich folglich eine schlechte Figur machen werde vor den Eltern des Bräutigams, die mich verachten und in Gegenwart meiner Tochter von oben herab ansehen werden! Und das wird mich bedrücken und mit Bitterkeit erfüllen!«

»Genau«, sagte Benrubi. »Denn nichts verschafft einem mehr Ansehen und Ehre als knarrende Schuhe.«

»Dieser gemeine Kerl von Verkäufer aber, ein echtes Moslemgemüt, wollte sie nicht zurücknehmen und mir dafür knarrende geben, und so bin ich mit lautlosen Schuhen gestraft, die zu tragen folglich unehrenhaft ist! Was soll ich tun, Professor? Vor Gericht klagen?«

»Nein, antwortete Eisenbeißer und wickelte seine Bartgabeln um den Zeigefinger. »Was du tun mußt, mein Lieber, ist, deine Schuhe zu einem Schuhknarrer bringen.«

»Schuhknarrer?« rief Salamanca aus, seine kleinen Augen verblüfft aufgerissen. »O sonderbares und nie gehörtes Ding!«

»Aber zu einem guten Knarrer! Einem seriösen und vertrauenswürdigen Knarrer!«

»Und wer ist dieser gute Knarrer?«

»Ich«, antwortete Eisenbeißer. »Patentrezept von meinem Großvater, der eine gute Seele und ein Weiser war, er ruhe in Frieden!«

»Amen«, sagte Benrubi.

»Und kommt mich das teuer?« fragte Salamanca.

»Umsonst, denn du tust mir leid mit deinem Unglück, du Armer! Du brauchst deine Schuhe nur heute abend zu mir zu bringen und dazu die nötigen Zutaten für die Knarrmixtur.«

»Mit Gehorsam und Lob für Ihr Wohlwollen, Professor«, sagte Salamanca. »Und welche geheimnisvollen Zutaten sind das, wenn ich fragen darf?«

»Zuerst muß ich wissen, ob du ein hohes oder ein tiefes Knarren deiner Schuhe wünschst.«

»Ein tiefes, glaube ich, Professor«, antwortete Salamanca, der sich umwandte, um Benrubis Meinung zu hören.

»Ein tiefes paßt in der Tat besser zu einer Hochzeit«, bestätigte der letztere.

»Was sind die Zutaten, Professor?« fragte Salamanca.

»Für ein Knarren, wie du es dir wünschst, zunächst und vor allem ein gefüllter Gänsehals!«

»Ich höre und gehorche, Meister Eisenbeißer, und Ihre Worte sind Honig auf meinen Lippen!« sagte Salamanca.

»Honig mit Myrrheduft!« übertrumpfte ihn Benrubi.

»Ein gefüllter Gänsehals also, aber ein dicker für das tiefe Knarren! Plus ein Pfund Kalamata-Oliven, die dicksten und fleischigsten, die du finden kannst! Plus ein Pfund gut gesalzener Käse, dessen gelbe Färbung Reife garantiert! Plus ein Kilo gut gebackenes Marzipan, also nicht zu weiß, eher hellbraun! Bring mir das Ganze heute abend nach Hause, wenn sich die endlich zur Ruhe gekommene Goldgasse in der untergehenden Sonne altrosa färbt, wenn die Zikaden verstummt sind und die Glühwürmchen ihre grünen Laternen angezündet haben, wenn die Grillen zitternd zirpen, die Skorpione anfangen miteinander zu kämpfen und die heiseren Frösche ihre feierlichen Klagen anstimmen. Dann werde ich um Mitternacht nach meiner Geheimformel aus all diesen komplexen Substanzen mittels Retorten durch Pressen, Zerquetschen, Transmutation und Destillation ein starkes Knarrextrakt herstellen, mit dem ich deine Schuhe einreibe, um dann die ganze Nacht hindurch jede Stunde aufzustehen und den Auftrag zu erneuern! Hol deine Schuhe morgen zu früher Stunde bei mir ab, und zu deiner großen Freude wirst du sehen, daß sie knarren und lauter sind als Christenpistolen an Ostern. Und so wirst du bei diesem Hochzeitsfest deiner Buckligen vor Stolz geradezu jubeln und von den Eltern des Bräutigams hoch geehrt werden!«

»Gelobt seien Sie, mein Wohltäter, denn Sie haben die Bedrückung von mir genommen! Ich eile, die Zutaten zu holen!«

»Eile, mein Sohn«, sagte Eisenbeißer gütig. »Und du, treuer Benrubi, hab Dank für deine reizende Gastfreundschaft. Leb wohl und sei meiner Zuneigung gewiß.«

Respektvoll gegrüßt ging er von dannen, sein Hanfseil schlenkernd und seinen Bekannten in der Straße freundlich zulächelnd. Vor der Politis-Apotheke angelangt, trat er unbekümmert pfeifend ein und kaufte für eine Drachme zwei Unzen Alaun, ein hervorragendes Mittel gegen geräuschlose Schuhe.

Auf der Straße überkam ihn erneut die Melancholie, er setzte sich auf das Mäuerchen oberhalb der Nausikaa-Bäder. In der hitzeflimmernden Luft ließ er die Beine baumeln und bewunderte wieder einmal sein Ionisches Meer. Die goldenen Sonnenstrahlen fielen schräg durch das transparente Grün auf die wunderbar sichtbaren, so reinen Kieselsteine des Grundes. O Schönheit, Urgeruch, Meeresgeruch. Er ließ die fünf Goldmünzen in seiner Hand hüpfen, lächelte vor Traurigkeit. Diese Schönheit würde er eines nahen Tages verlassen müssen. Er war nur einer dieser Menschen, die seit Jahrtausenden aufeinander folgten, ein

Mensch, der bald sterben würde. Und in den Jahrtausenden nach seinem Tod würde keiner mehr an ihn denken, keiner wissen, daß er gelebt hatte, und in Wahrheit würde er nie gelebt haben. O Nichtigkeit, die noch in der Zukunft anhielt. Er warf die fünf Goldmünzen eine nach der anderen ins Meer.

XVI

Am Montag morgen machten sich die Tapferen, denen die Einlösung des Schecks nach dem Verlassen des Crédit Hellénique noch in den ernsten Gesichtern stand, auf den Weg zum Hafen, gefolgt von einer wachsenden Menge von Freunden und Bekannten in Festtagskleidern, die alle geröstete Kichererbsen und gesalzene Kürbiskerne kauten.

Händler und Handwerker standen unter den Türen ihrer Läden, warfen den fünf Cousins Küsse und Blumen zu und wünschten ihnen eine vortreffliche Reise und friedlichen Verzehr der Schweizer Franken. Bewunderer, die sich aus den Fenstern beugten, klatschten Beifall, während andere herbeieilten, um sie zu umarmen oder ihnen für Verwandte in verschiedenen Ländern Europas Pakete anzuvertrauen.

Im jasmingeschmückten Gehrock, den Zylinder schief auf dem gesenkten Kopf, marschierte Onkel Saltiel mit dem feierlichen Ausdruck des Menschenführers an der Spitze des Zuges. Eine seiner Innentaschen war mit zahlreichen Banknoten vollgestopft, denn die Cousins hatten ihm ihre Anteile zur Aufbewahrung gegeben, bis auf Eisenbeißer, der seinen behalten wollte. (»Aus zwei Gründen, lieber Saltiel. Erstens, wenn du unglücklicherweise auf der Straße tot umfallen würdest, müßte man sofort deinen Gehrock versiegeln und mich mittels Beweisen und Zeugen als Gläubiger der Erbschaft einsetzen, und Gott weiß, wann ich meinen Teil bekäme! Der zweite und wichtigere Grund ist der, daß es mich entzückt, meinen lieben Anteil konkret zu besitzen. Nichts für ungut, lieber Cousin, und möge meine Erklärung wohlwollend aufgenommen werden!«)

Onkel Saltiel hielt ständig die Hand auf seine Leber, um sich zu vergewissern, ob die Banknoten in seiner obendrein durch vier Sicherheitsnadeln versperrten Innentasche immer noch da waren. In seinen Rockschößen hatte der schlaue kleine Greis eine Brieftasche mit einem entwerteten Hundert-Drachmen-Schein plaziert, um sie bei einem Überfall dem eventuellen Räuber bereitwillig auszuhändigen. Als letzte Vorsichtsmaßnahme schritt rechts von dem wandelnden Tresor Michael in Synagogendieneruniform einher, die Hand abwehrbereit am Griff einer Pistole. Samson, der epileptische Sohn des Cafetiers, trug ihnen die Koffer hinterher.

Die drei anderen Tapferen hatten sich passend gekleidet. Der immer besorgte Mattathias steckte in der Kluft eines Totengräbers, die er von einem seiner Schuldner, dem Erben des seinerseits verstorbenen Angestellten eines Bestattungsunternehmens, günstig erhalten hatte. Salomon hinter ihm protzte mit einem zugleich mondänen und sportlichen Aufzug: kleine Melone, Smokingjacke, weiße Flanellhose und Turnschuhe. Außerdem war sein Gesicht mit einer Fechtmaske geschützt, deren Zweck zu gegebener Zeit erklärt werden wird. Begleitet von seiner langen einzähnigen Gattin, die ein Köfferchen aus falschem Leopard trug, trabte er, um nicht zurückzubleiben, da seine kurzen Beine ihm nur kleine Schritte ermöglichten. Er schwitzte stark, denn es war anstrengend, so zu traben, noch dazu mit dem schweren Kettenhemd unter dem Smoking, das dazu bestimmt war, ihn vor den Dolchen der italienischen Mafia zu schützen.

Dann kam Eisenbeißer. Wohlwollend und majestätisch mit seinem nutzlosen Zwicker am Seidenband, hatte er sich mit einem Tropenhelm geadelt. Und zu Ehren dieser Reise hatte er nicht seinen üblichen Gehrock, sondern einen Frack angezogen, den er am Vortag dem Direktor eines kleinen in Not geratenen Zirkus abgekauft hatte. Ein aus mehreren Korkstücken zusammengesetzter Rettungsgürtel in der Taille sollte ihm im Falle eines Schiffbruchs erlauben zu schwimmen, während er an den Füßen Bergschuhe trug, die in der Schweiz als unentbehrlich galten und mit Steigeisen versehen waren. Schließlich machte ihn ein an den Frack gesteckter Marienkäfer aus Metall, dessen schwarze Punkte er rot übermalt hatte, ein klein wenig zum Offizier der Ehrenlegion.

Hoch oben auf den väterlichen Schultern hielt Eliacin mit beiden Händen einen kleinen Geheimsafe an seinen Bauch gedrückt, in den Eisenbeißer seinen Paß und die zwölftausend Schweizer Franken in verschiedenen Scheinen und Münzen eingeschlossen hatte. Der liebe Mann hielt die beiden kleinen Buben in seinen Armen, die er durch die grünen Schleier hindurch, von denen später die Rede sein wird, zur großen Bewunderung der Menge unaufhörlich küßte. Ab und zu unterbrach er seine Küsse, um Eliacin zu bitten, er möge nachsehen, ob der Safe da oben »immer noch gut verschlossen« sei. Am Schluß des Zuges schoben Rebecca und ihre beiden schmachtenden Töchter einen Kinderwagen mit den Reisekartons ihres Herrn und Meisters, der nur Augen für seine Buben hatte und sich trocken schneuzte, um seinen Schmerz darüber, daß er sie verlassen mußte, zur Schau zu stellen.

Aber das ist nicht alles, und das Wichtigste ist noch nicht gesagt worden. Morgens beim Aufstehen hatte Eisenbeißer zwei im Verband fliegende Wespen, vielleicht Töchter der Eingesperrten, bemerkt und wegen einer »Wespeninvasion« seine Cousins alarmiert. Diese, vernünftig oder verwegen, hatten sich nicht weiter aufgeregt, bis auf Salomon allerdings, der sich eine Fechtmaske beschafft hatte, um sein Gesicht zu schützen. Eisenbeißer und die Buben hatten sich mit Fausthandschuhen und langen grünen Imkerschleiern gewappnet, Eliacin hatte sich für die Sicherheit der Waden sogar Lederbeinlinge zugelegt. »Nun zu uns beiden, Wespen!« schrie Eisenbeißer ab und zu. »Du bist ulkig«, sagte Michael. »Vielleicht ulkig, aber am Leben!« erwiderte Eisenbeißer.

»Und die Nicht-Ulkigen sollen sich ruhig stechen lassen und ihr Leben aushauchen!«

Im Hafen angekommen, bahnten sich die Tapferen einen Weg durch die Menge der Getreuen, betraten das Verkaufsbüro der Schiffahrtsgesellschaft und kauften Billetts für das Deck. Wozu brauchten sie Kabinen, und warum sollten sie diese Gesellschaft reich machen? Dann kam der Zoll, dann die Polizei, und Salomon murmelte, er zittere »wie Espenlaub«. Eisenbeißer dagegen, der seine drei Schätzchen abgeladen hatte, öffnete selbstsicher den kleinen Safe, nahm seinen Paß heraus und erklärte, er sei französischer Staatsbürger in Sondermission. Mit einem solchen Dokument war er stark, und wehe, wenn ihn jemand anrühren sollte, die französische Flotte sei ja nicht weit, erklärte er dem griechischen Polizisten, vor dem Salomon, schwitzend vor Angst, eine Unschuldsmiene aufsetzte, was aber durch die Übelkeit erschwert wurde, die ein Mittel gegen Seekrankheit verursacht hatte.

Die Schiffssirene stieß ihren Verzweiflungsschrei einer Wahnsinnigen aus, und der Augenblick der Trennung war gekommen. Auf einem Stuhl stehend, seine Fechtmaske in der Hand, küßte Salomon mehrmals die Stirn seiner Gattin, während Eisenbeißer seine Söhne umarmte und sie süße Erben, angenehme Spatzen und Herzensküchlein nannte. Schließlich spielte er den Männlichen, der mit zusammengebissenen Zähnen seinen Schmerz beherrscht, küßte rasch Rebecca und seine Töchter, empfahl ihnen stärkende Nahrungsmittel für die Buben und lief als Tragöde, einen Arm vor die Augen gelegt, zum Fallreep.

Plötzlich muß ich an die deutschen Greueltaten denken, an die Millionen Opfer der bösen Nation, die in Auschwitz ermordeten Mitglieder meiner Familie und ihre Ängste, an meinen Onkel und seinen Sohn, in Nizza verhaftet, in Auschwitz vergast, niemals werde ich mit einem von der tollwütigen Nation sprechen können, niemals wieder werde ich in das Land der tollwütigen Nation fahren und diese Sprache hören können, die Sprache von Auschwitz, die starren Augen meiner vor Unglück irrsinnigen Tante, sie hat am Fenster gewartet, von morgens bis abends am Fenster, bis zu ihrem Tod am Fenster, sie leben, sie werden zurückkommen, hat die Irre immer wieder gesagt, am Fenster des möblierten Zimmers, das sie gegenüber dem Bahnhof von Nizza gemietet hatte, um sie ankommen zu sehen, um sie schneller ankommen zu sehen, die Irre an ihrem Fenster, die Angst der Meinen mit den schönen Augen, die Angst meiner Mutter in der Zeit, als sie in Marseille lebte, meine Mutter, die Zärtlichkeit und Arglosigkeit war, ihre Angst vor den Deutschen, ihr tägliches Warten auf die Schläge an der Tür, Schläge der Gestapo, deutsche Schläge, böse Schläge, Stunde um Stunde erwartete Schläge, ihre wartenden Augen, ihr Zittern, ihr Angstschweiß, und wenn sie klopfen, muß man aufmachen, und sie werden eintreten mit ihren Lederjacken und sie mitnehmen, und sie wird mich nicht mehr wiedersehen, und mich schwindelt, so lebendig ist meine tote Mutter, mich schwindelt, und wozu schreiben und wie weitererzählen von den Tapferen, wie lächeln? Doch ich muß weiter mit ihnen leben und lächeln, die Lebenssünde fortsetzen bis zu meinem so nahen Tod, meinem Tod nach dem Tod meiner Mutter, wir beide zusammen unter der Erde, Mama. Ja, lächeln und sogar lachen mit den Tapferen, lachen mit meiner Traurigkeit und dieser immer gegenwärtigen Angst, der Angst meiner Mutter, der Angst in den Augen meiner wartenden Mutter, dieser selben Angst in meinen noch lebenden Augen. Doch in diesen angstvollen Augen eine plötzliche Freude, Freude über meine Brüder in Jerusalem, die jetzt frei sind, Freude über mein stolzes Volk, das in Israel für immer frei ist. Halleluja.

XVII

Nachdem sie ihrer Insel einen letzten Kuß zugeworfen hatten, sogen Saltiel, Eisenbeißer und Salomon den guten Geruch nach warmer Farbe ein und lächelten sich an. Mit gültigen Pässen versehen und mit enormen Mitteln ausgestattet, waren sie jetzt wirklich unterwegs, bei ruhiger See und auf einem großen Schiff, das unter ihnen kräftig vibrierte. Das Leben war schön.

»Seien wir ernsthaft«, sagte Saltiel, »und schauen wir einmal, wo sich die Rettungsringe befinden, um uns für den Notfall, der hoffentlich nicht eintritt, ihren Platz zu merken.«

»Ich bin versorgt«, sagte Eisenbeißer und trommelte auf seine Korkbriketts. »Ich bin unsinkbar und ruhig wie in der Tasche unseres Herrn Moses.«

»Ohne dich kränken zu wollen«, sagte Saltiel, »aber die Gojim der ersten Klasse haben sich über all den Kork um deinen Bauch lustig gemacht. Als wir an ihnen vorbeigegangen sind, haben sie sich umgedreht und gelacht.«

»Sollen die Gojim sich doch lustig machen und sogar ertrinken, wenn es ihnen Spaß bereitet«, antwortete Eisenbeißer. »Vielleicht treten sie so mutig auf, weil sie fühlen, daß ihr Leben bedeutungslos ist, und außerdem glauben sie ja an ein zukünftiges Leben. Mein eigenes Leben aber ist kostbar, erstens, weil ich ich bin, und zweitens, weil ich weiß, daß ich, wenn ich tot bin, nicht mehr lebe. Daher trage ich nicht nur einen Korkgürtel, sondern habe im Hinblick auf Schiffbruch, Feuer, Kollision und andere Seeunglücke in einem wasserdichten Beutel unter meinem Tropenhelm auch noch Schiffszwieback, einen Wachsstock und Leuchtraketen. Schließlich mußt du wissen, daß ich einen Teil der Nacht damit verbracht habe, mit wasserunlöslicher Tinte auf meinen nackten Oberkörper meinen Namen und meine Adresse zu schreiben sowie Hinweise an meine dämlichen Retter, wie sie mich mit Hilfe der sogenannten künstlichen Beatmung wiederbeleben können. Also, meine Herren Gojim, wer zuletzt lacht, lacht am besten! Und vor den Rettungsringen, die für mich nutzlos sind, wollen wir jetzt die Schaluppen prüfen!«

Sie machten einen Rundgang zu den Rettungsbooten, inspizierten und untersuchten sie eins nach dem andern. Das fünfte, blaugestrichene, wurde als das neueste und unsinkbarste erachtet.

»Das nehmen wir«, beschloß Eisenbeißer. »Beim ersten Anzeichen einer Gefahr, Kumpane, wird sofort zu dieser blauen Schaluppe gerannt, die jetzt unsere ist!«

»Ich werde mich gleich darin niederlassen«, sagte Salomon. »Auf diese Weise gehe ich sicher, daß man mir meinen Platz nicht wegnimmt, und werde als erster gerettet!«

»Ängstliches Kerlchen«, sagte Michael, der gerade von einer Erkundung der ersten Klasse zurückgekommen war.

»Ängstlich und stolz darauf!« erwiderte Salomon. »Denn ich will leben und nicht von der Tiefe der Meere verschlungen werden! Und was gibt es Schöneres als das Leben, frage ich euch? Ich werde mich also ins Boot setzen!«

»Unnötig«, sagte Eisenbeißer. »Ich habe vorgesorgt.«

Aus der Innentasche seines Fracks holte er ein Schild, auf dem in Großbuchstaben stand:

»Reserviert für die französische Sondermission.« Nachdem er es an der Bootswand festgemacht hatte, verschränkte er die Arme. So ein Mann war er!

»Mut habe ich, wohlgemerkt«, sagte Salomon, »und zwar mehr als genug, aber natürlich nicht, wenn Gefahr droht. Manchmal sogar, wenn Gefahr droht! So hat ein griechischer Polizist einmal ein häßliches Wort zu mir gesagt. Da habe ich mich mit ironischer Miene bedankt. Meine ironische Miene muß man gesehen haben! Also, seht ihr! Und ein anderes Mal hat ein anderer Polizist, ein größerer, ein noch häßlicheres Wort zu mir gesagt, über unser Volk, wißt ihr. Und da habe ich zu ihm gesagt, ich sei nicht einverstanden mit ihm!«

»Und er ist nicht böse geworden?« fragte der Spötter Michael.

»Nein, weil ich schon ein bißchen weiter weg war. Und wißt ihr, liebe Freunde, gleich werde ich aufs Vorschiff gehen, um Luft zu atmen, die vor mir noch niemand geatmet hat, denn das wird meine schwache Brust stärken.«

»Beug dich nicht zu weit hinaus«, empfahl Saltiel.

»Aber wo ist Mattathias?« fragte das kleine Kerlchen besorgt. »Vielleicht ist er ins Meer gefallen! Die Engel mögen bei ihm sein! Eilen wir ihm zu Hilfe! Benachrichtigen wir den Kapitän!«

»Ruhe, Kurzer«, sagte Michael. »Mattathias verkauft den Leuten der ersten Klasse seine Postkarten, denn er liebt es, Geld zu verdienen.«

»Und es nicht auszugeben, der Dummkopf«, sagte Eisenbeißer. »Neulich hat er sich seinen schlechten Zahn mit einer Zange und viel Geschrei selber gezogen!«

»Verurteilen wir ihn nicht«, sagte Saltiel. »Das ist sein Erbe.«

»Was meinen Sie damit, Onkel? Erklären Sie es, damit ich es lerne«, bat Salomon.

»Wisse, mein Sohn, daß in unseren Jahrhunderten der großen Drangsal das Leben für uns arme wehrlose Fremdlinge ein Luxus war, ein Luxus, der bezahlt werden mußte, und das Geld war unser einziger Schutz, unsere Waffe gegen die Bösen, und daher war es uns wichtig. Wen muß man dafür rügen, uns oder unsere gierigen Verfolger, die uns nur gegen Sondersteuern und Trinkgelder leben und atmen ließen? Aber wenn wir erst unseren Staat haben, da kannst du beruhigt sein, dann spucken wir aufs Geld, in unseren Dörfern wird es kein Geld mehr geben, alles wird umsonst sein! Und es wird ein Beispiel sein für die ganze Erde und eine Antwort an unsere Verleumder!«

»Und die Gojim«, fragte Eisenbeißer, »verachten sie das Geld? Wenn ja, möchte ich wissen, warum in den Heiratsannoncen ihrer jungen Damen immer die Rede von entsprechenden Verhältnissen und schönen Hoffnungen ist! Hoffnungen, das bedeutet, daß die Reizende hofft, daß ihr Vater und ihr Großvater bald sterben! Ich spucke jetzt schon aufs Geld! Wozu es anhäufen, wenn du es doch einem anderen geben mußt! Das Geld ist in Umlauf und bleibt nie stehen, es ist wie ein Hund, der immer zu einem anderen Herrchen will! Daher werde ich es ausgeben, jetzt, da ich es habe, und das Leben genießen!«

»Deine Überlegung ist nicht sehr klar«, sagte Saltiel.

»Ich spucke auch aufs Geld, und es soll krepieren!« sagte Salomon. »Denn wichtig ist doch, daß man anständig lebt und Freunde hat. Ich werde es Mattathias erklären und ihm erzählen, daß der große Gelehrte Einstein andauernd auf das Geld spuckt, was ihn auf die Idee bringen wird, es genauso zu machen! Das werde ich ihm erklären, als guter Jude, der ich bin! (Saltiel tätschelte ihm die Wange, der kleine Mann strahlte vor Weisheit und Tugend und kam dann auf das begeisternde Thema.) Sagen Sie nur, Onkel, das wird herrlich, wenn wir unseren Staat haben! Stellen Sie sich vor, wir könnten Sichtvermerke in den Pässen der Gojim anbringen! Nein, mein Herr, so können Sie israelischen Boden nicht betreten!«

»Ich muß es an meine Regierung weiterleiten!« ergänzte Saltiel.

»Falls die Juden dieses Staates nicht Antisemiten werden vor lauter normal und unabhängig sein!« sagte Eisenbeißer. »Und uns Gemeinheiten über euch sagen, o ihr Tölpel! Und falls sie nicht zu braun werden. Denn wenn du gebräunt und glücklich und ein Blondschopf bist, wirst du weniger intelligent und irgendwie holländisch. Dennoch, wenn sie mich zum Botschafter ernennen, bin ich einverstanden mit diesem jüdischen Staat, der dann seine Daseinsberechtigung haben wird!«

»Schande über dich und deine gotteslästerlichen Reden!« empörte sich Saltiel. »Unser Staat wird Gerechtigkeit und Mut sein, ein Vorbild für die Nationen!«

»Absolut!« bestätigte Salomon.

»Und außerdem, lies die Bibel!« fuhr Saltiel fort. »Der Ewige selbst hat gesagt, Er werde uns aus den Völkern herausnehmen und in unser Land führen, das Land, das Er uns gegeben hat! Denn wir sind Sein Volk, das Volk, das Er erwählt hat, und Er kennt sich aus, zum Teufel noch mal! Also siehst du! Und wahrhaftig, mein Lieber, wir werden normal, wir werden wie die anderen, wir werden nicht mehr fremd und unglücklich sein!«

»Und wenn es mir gefällt, unnormal und fremd zu sein!« rief

Eisenbeißer. »Und nicht wie die anderen und sogar unglücklich! Nein, mein Herr, auf diese Ehre werde ich niemals verzichten! Unnormal bin ich, unnormal bleibe ich, und das soll mir von Nutzen sein! Und jetzt, mein Guter, bist du dran!«

Doch Saltiel begnügte sich damit, die Schultern zu zucken, nahm eine Prise Tabak, betrachtete das herrliche Meer, lächelte Israel im gelobten Land zu. Nach einer Pause entschuldigte sich Michael beim Onkel, aber er habe eine junge Schwedin der ersten Klasse kennengelernt, die ihn gebeten habe, in ihre Kabine zu kommen und ihr zu helfen, die Flügelschraube eines schwer zu öffnenden Bullauges zu lockern. Er entschwand, und Saltiel verfluchte die Schwedinnen und ihre Bullaugen.

»Warum diese Verwünschungen, Onkel?« fragte Salomon.

»Weil die Schwedinnen sich allzu gern das Bullauge lockern lassen«, erklärte Eisenbeißer.

»Aber warum sie verfluchen, die Ärmsten, wenn sie die Kraft nicht haben?«

»Weil sie sich zum Lockern an die Kraft des Mannes wenden«, sagte Eisenbeißer.

»Es reicht«, sagte Saltiel. »Laß ihn in Ruhe.«

»Ich verstehe gar nichts«, sagte Salomon, »aber sei's drum! Apropos, ich hätte gern, daß man mir die Erfindung des großen Gelehrten Einstein erklärt.«

»Nobelpreis«, sagte Saltiel, die Faust stolz in die Hüfte gestemmt.

»Das ist ganz einfach«, sagte Eisenbeißer. »Dieser Einstein ist der einzige, der seine Theorie versteht, und er hat allen gesagt, daß er sie hervorragend findet! Da hat man ihm geglaubt und ihn ausgezeichnet!«

Saltiel zuckte die Schultern. Was für ein Lästermaul, dieser Pinhas!

»Und der Doktor Freud, der auch einer von uns ist, warum ist der ein großer Gelehrter?« fragte Salomon.

»Professor Sigmund Freud, ebenfalls Nobelpreis«, sagte Saltiel.

»Er schaut dich an«, erklärte Eisenbeißer, »und er weiß, daß du beim Zoll gemogelt hast! Und bei ihm zu Hause, bei Tisch mit seiner Frau und seinen Kindern, sind sie alle so intelligent, daß sie beim Essen den Blick senken, um sich nicht gegenseitig anzuschauen und ihre geheimen Gedanken zu erraten! Was bedeutet, daß ihre Mahlzeiten melancholisch sind.«

»Eigentlich haben wir nämlich gute Köpfe zum Denken!« sagte Salomon.

»Und zum Essen auch«, sagte Eisenbeißer. »Es ist schon nach Mittag, und ich habe Hunger wie eine Lokomotive! Liebe Freunde, was habt ihr Gutes zum Beißen mitgebracht, auf daß ich das freundschaftliche Vergnügen daran mit euch teile?«

»Ich habe beschlossen zu fasten«, sagte Saltiel, »in Ehrfurcht vor all diesen armen Leuten, die in Asien Hunger leiden.«

»In diesem Fall werde ich auch fasten«, schloß sich Salomon an, »obwohl ich wegen der Seeluft großen Hunger habe und es in meinem Magen ein bißchen rumort.«

»Ich«, sagte Eisenbeißer, »ich werde essen und dabei Mitgefühl mit diesen hungernden Asiaten haben, was genauso verdienstvoll ist und übrigens auch unerläßlich, denn wenn ich vor Hunger sterbe, wie kann ich diesen Unglücklichen dann schmerzliche Gedanken widmen?«

Er saß an eine Ankerwinde gelehnt, hatte seine eisenbeschlagenen Schuhe ausgezogen, um es bequemer zu haben, und schnürte einen seiner Kartons auf. Zum Vorschein kamen nun zwei Sesambrote, der riesige gefüllte Gänsehals von Salamanca, Fleischklößchen mit Spinat und, in einer Blechdose, gefüllte Auberginen. Nachdem er diese guten Dinge sorgfältig auf einer Zeitung ausgebreitet hatte, stärkte er sich, indem er mal hiervon, mal davon und dann wieder vom ersten nahm, um die Freuden zu variieren, und während er triumphierend kaute, wackelte er vor Zufriedenheit mit seinen großen Zehen und summte durch die Nase. Den Abschluß bildeten würzige Bohnenbällchen, die er sich zum Spaß mit geschickten Fingern von weitem in den offenen Mund schnipste. Unangenehm berührt blickte Saltiel aufs Meer, während Salomon den Fresser beobachtete, seine Spucke herunterschluckte, an die armen Menschen in Indien zu denken versuchte und ab und zu bescheiden einen verirrten Brotkrümel pickte.

»Ich habe mich abgefüllt und vollgestopft«, sagte Eisenbeißer, als er mit seiner Arbeit fertig war. »Ach, meine süßen Cousins, was für eine Freude, dieses wunderbare Futter, das mein Speichel so schön verklebt hat, sanft in mein zufriedenes Gedärm hinabgleiten und sich in meinem lieben Wanst niederlassen zu hören!«

»Ein großer Schwadroneur bist du in Wahrheit«, sagte Salomon.

»Das ist mir nicht unbekannt«, erwiderte Eisenbeißer, »und ich danke dafür dem edlen Frankreich, das mich mit der Milch aus seiner Brustwarze genährt hat. Doch, meine Herren, was gönne ich mir jetzt zum Nachtisch? Schauen wir einmal, und denken wir nach, denn die Sache ist wichtig. Eine Wassermelone? Ich glaube nicht, wenn ich es mir recht überlege, denn die Farbe ist zwar schön, aber die Wassermelone ist ein Nahrungsmittel ohne Konsistenz und letztlich nur rosafarbenes, kaum verfestigtes Wasser. Ich verspüre aber das Bedürfnis nach einer konkreten Süßigkeit. Ich wähle also, o meine Freunde, die ihr nicht sehr interessiert scheint, aber das macht nichts, denn ich bin dafür stark interessiert, ich wähle also als Gaumenkitzel einen Nachtisch, der sich in diesem Karton befindet und den ich vor euren Augen auspacke, einen Nachtisch, den ich erfunden und dem ich die Bezeichnung Kukudi gegeben habe. Dieses Kukudi ist einfach und besteht aus Weizenkörnern und Korinthen, die zusammen gekocht werden, und nach dem Kochen habe ich am Freitag abend, als ich mich sehr wenig um Salamancas Schuhe kümmerte, viel Zucker, Granatapfelkerne, Pinienkerne und einen Hauch Zimt hinzugefügt. Ich werde mir, liebe Freunde, das Kukudi einverleiben, ob es dem Gevatter Saltiel, der das Gesicht verzieht, gefällt oder nicht!«

»Eisenbeißer, warum ißt du so viel?« fragte Salomon.

»Aus drei Gründen, mein Schatz. Erstens, um im Leben etwas Nützliches zu tun. Zweitens, um meinen sicheren und auf grauenhafte Schmerzen und Krankheiten folgenden Tod zu vergessen! Drittens und ganz im Vertrauen, um mich dafür zu trösten, daß ich weder Botschafter noch irgendein Gesandter für irgendwas bin und keinen Anspruch auf den Titel Exzellenz habe! Also esse ich, um die Gedanken von mir abzuschütteln! Trotzdem erbleiche ich jedesmal und werde fast ohnmächtig, wenn mein Blick in der Zeitung auf einen Botschafterempfang fällt! Denn schließlich bin ich genauso fähig wie er! Warum hat ausgerechnet dieser Dummkopf, Sohn eines reichen Dummkopfs mit Beziehungen, eine goldbestickte Uniform, die viel vornehmer ist als der Frack des Akademiemitglieds, den nur grüne Rankenornamente zieren, was ärmlich wirkt, wobei das einzig Gute am Akademiemitglied der Degen und der Zweispitz ist! Ja, warum er und nicht ich? Kurz, essen ist bei mir ein Bedürfnis der Seele und nicht des Körpers, und jede Seele hat das Bedürfnis nach Glück! Und jetzt, liebes Kukudi, komm in mich!«

»All das ist schön und gut«, sagte Saltiel, »aber ich habe gehört, daß es dir Spaß macht, deine Kinder verhungern zu lassen. Erkläre dich zu diesem Punkt, denn sollte sich diese Information als zutreffend erweisen, würde ich sofort alle Beziehungen zu dir abbrechen!«

»Extreme Verleumdung! Ich vergöttere meine Buben! Ich necke sie, das stimmt, aber letztlich bekommen sie immer zu essen.«

»Warum diese unschuldigen Seelen necken?«

»Zunächst mußt du wissen: Was sich liebt, das neckt sich! Ziehst du einen kleinen Hund, wenn er nett ist, nicht gern ein wenig am Schwanz oder am Ohr? Das war erstens! Und zweitens, um auf meine Buben zurückzukommen, sei dir gesagt, daß die Bekundungen ihres Appetits mich mit Stolz erfüllen, und deshalb provoziere ich besagten Appetit! Drittens, weil ich es liebe, wenn sie revoltieren, ein Zeichen von Vitalität und Garantie für eine glänzende Zukunft! Viertens, weil der Hunger ihre Eloquenz weckt. Fünftens, um sie daran zu gewöhnen, Schicksalsschläge zu ertragen! Sechstens, und das entdecke ich gerade erst, weil ich vielleicht ein wenig egoistisch bin, eine kleine Schwäche, die auch Napoleon eigen war, den du so bewunderst! Und, ja, ich mag die großen Liebesbeweise, zum Beispiel auf einer Barrikade zu sterben, indem ich meine Brust den für meine Kinder bestimmten Kugeln darbiete! Das lohnt sich! Also ich vergöttere sie, und du kannst beruhigt sein, letztlich gebe ich ihnen immer zu essen! Und als Eliacin krank war, habe ich nicht Nacht für Nacht bei ihm gewacht, leidend wie eine Mutter, und ihm zarte Worte ins Ohr geflüstert? Und als Lord Isaac mitten in der Nacht Heißhunger auf Marzipan hatte, bin ich da nicht freudig aufgestanden, um sofort welches herzustellen und ihm mit reizendem Lächeln zu bringen? Was willst du mehr? Und jetzt laßt uns die blauen Fluten betrachten, das wird meine Verdauung erleichtern.«

Und dann? fragte Diejenige, der ich diktiere. Dann, Geliebte, promenierten die Tapferen, die sich am kleinen Finger hielten, bis zum Abend auf dem Deck der vierten Klasse, plauderten über alle göttlichen und menschlichen Themen, betrachteten das Kielwasser, das sich in zwei schrägen Linien entfernte, und atmeten die Wohlgerüche des Ionischen Meeres ein, das mein Meer ist und Ihnen allein, Geliebte, an Süße vergleichbar.

Und danach? fragte sie mich. Danach, als schweigend mit ihren langen Schleiern die Nacht gekommen war, setzten sie sich im Kreis unter die unzähligen Himmelslichter und ließen sich die aus zwei Körben und einem Tonkrug hervorgeholten Herrlichkeiten schmecken, nämlich gut gepfefferte Nudeln mit Korinthen, gebratenen Stockfisch mit vielen gebratenen Zwiebeln, Kichererbsen mit Spinat, gefüllte Weinblätter, Ziegenkäseküchlein, Fleischtaschen, Reis mit sieben Gewürzen, dem Michael für seinen persönlichen Gebrauch mehrere harte Eier hinzufügte, vorteilhaft für das Lockern von Bullaugen, und schließlich eine riesige Boutargue, ein Geschenk von Salomon. »Ich bewerbe mich um die Gesamtheit dieses dicken Schätzchens!« schrie Eisenbeißer. Da Salomon beschlossen hatte, sie gleichmäßig unter den fünfen aufzuteilen, verzichtete Eisenbeißer auf seinen Teil: »Ich esse lieber gar nichts davon als nur ein wenig, denn der Schmerz der Trennung ist größer als der Kummer über die Abwesenheit!«

Und danach? Danach tranken sie ein letztes Glas von dem sehr tanninhaltigen Wein aus Korfu und kosteten mit erhobenem kleinen Finger die Nachspeisen, die weinende Freunde und ehemalige Feinde spendiert hatten. Was für Nachspeisen? Nun, Honigecken, köstliches Blätterteiggebäck voller Nüsse und triefend von Sirup, kandiertes Zedrat, Sesamnougat und ein wenig zu stark gebackenes, aber sonst vorzügliches Marzipan! All das!

Und dann? fragte die Charmante mit den großen Augen. Dann saßen sie satt und behaglich immer noch im Kreis unter dem sternenbesäten Himmel, liebkosten ihre nackten Füße, betrachteten das Meer, das in der Nacht glitzerte, und unterhielten sich in großer Freundschaft. Worüber? Über alles, Geliebte. Zuerst über Napoleon, den sie tadelten, weil er von der Insel Elba geflohen war, um Kaiser zu werden. »Schließlich war er König, zum Teufel, und hatte es gut auf diesem Elba, was brauchte er mehr? Welche Dreistigkeit, stell dir das vor! Als Besiegter wird er zum König gemacht und gibt sich nicht damit zufrieden! Und anstatt ruhig zu regieren, schön im Warmen, am Meer, von Generälen bedient und verköstigt mit allem, was gut und teuer ist, sogar einem Kilo Räucherlachs, will er nach Frankreich zurück und wieder Krieg führen! Und es war klar, daß er geschlagen würde, man hatte genug davon! Wo ist also die Intelligenz dieses Napoleon? Man soll mich doch mal zum König der Insel Elba machen, dann wirst du schon sehen, ob ich mein Königreich verlasse! Von wegen, ich bleibe und herrsche dort bis an mein Lebensende und geliebt von allen, weil ich gut bin zu meinen Untertanen!«

Dann wurde diskutiert und gestritten darüber, wer der Wichtigere sei, der Papst oder der Kaiser, und Eisenbeißer war für den Kaiser, während Saltiel sich für Seine Heiligkeit stark machte.

»Verstehst du denn überhaupt, was der Papst ist, o Eisenbeißer? Der Papst ist das größte religiöse Oberhaupt der Welt, mein Lieber, und mit einer Enzyklika ist nicht zu spaßen! Wenn er mit seiner sanften Stimme zu dir spricht, liegst du auf den Knien und erschauerst! Ein edler Greis ganz in Weiß, von erschreckender Güte und Weisheit, das ist ein Papst. Und selbst die Könige küssen ihm den Fuß! Was sagst du dazu? Übrigens untersteht sogar der Oberste der Jesuiten seinem Befehl! Und was machst du mit Canossa, du Unwissender? Weißt du nicht, daß der deutsche Kaiser, hemdsärmlig im Schnee, den Herrn Papst angefleht hat, ihm die Füße küssen zu dürfen, und wie er schlotterte! Nein, mein Lieber, hat der Papst zu ihm gesagt, jetzt nicht, wir werden später sehen, wenn du dich anständig aufführst! Und zur Strafe hat Seine Heiligkeit ihm befohlen, seine Reisetiara zu polieren, und als der Kaiser sie ihm demütig wiedergebracht hat, hat der Papst mit ihm geschimpft. Diese Tiara glänzt nicht genug! hat der Heilige Vater geschrien, los, nochmal, Taugenichts! Und er hat ihm einen großen Fußtritt versetzt! Das, mein Freund, das ist ein Papst!«

»Der Papst kümmert sich längst nicht so um dich wie du dich um ihn«, sagte Mattathias.

»Aber trotzdem hat Napoleon dem Papst befohlen, nach Frankreich zu kommen, um ihn zu krönen, und der Papst mußte gehorchen!« feixte Eisenbeißer.

»Mit roher Gewalt!« kreischte Saltiel. »Und wo ist das Reich Napoleons jetzt? Während der Herr Papst immer noch auf seinem Thron sitzt mit der dreifachen Krone seiner Herrlichkeit! Denn außer Papst, mußt du wissen, ist er auch noch Bischof von Rom, Primas von Italien, Patriarch des Abendlandes, oberster Brükkenbauer und echter Souverän. Das ist ein Papst, mein Lieber!«

»Das ist natürlich eine schöne Stellung«, sagte Mattathias.

»Sie kennen sich ja aus, Onkel!« sagte Salomon.

»Und höre weiter, o Eisenbeißer, daß der Papst, wenn er spazierengehen will, von Fürsten auf einem beweglichen Thron getragen wird, den große Fächer umgeben, und er segnet die Welt mit einem gütigen Lächeln, das dir Tränen entlockt! Ich würde dem Tod trotzen, um Seine Heiligkeit zu verteidigen!«

»Sag mal, lieber Saltiel, solltest du zufällig katholisch geworden sein?« fragte Eisenbeißer scheinheilig.

»Nein, mein Herr, ich bin und bleibe ein guter Jude, aber ich achte, was achtenswert ist!« sagte Saltiel mit stolzem Beben und geballten Fäusten. »Und keine Angst, du wirst schon sehen, wie der Herr Papst uns verteidigt, wenn Hitler schlimmer wird! Er wird aus dem Vatikan herauskommen und nach Deutschland gehen, um diesen Bösen zu verfluchen, das sage ich dir!«

»Bestimmt«, sagte Salomon.

»Das werden wir sehen«, sagte Eisenbeißer.

Der Streit dauerte lang, und die beiden Gegner schworen, nie mehr miteinander zu sprechen. Auf Salomons Flehen hin waren sie aber bereit, sich kühl zu versöhnen.

»Außerdem«, legte der hartnäckige Saltiel nach, um seinen Sieg vollkommen zu machen, »hat der Vatikan neunhundertneunundneunzig Fenster!«

»Pah«, machte Eisenbeißer gekränkt. »Ich kann mir einen Palast mit neunundneunzigtausend Fenstern vorstellen. Neunhundertneunundneunzig ist also gar nicht so viel!«

»Und weißt du, daß der Herr Papst jeden Beliebigen zum Kardinal ernennen kann, sogar jemanden, der nicht Priester ist?«

»Dann bin ich für den Papst!« rief Eisenbeißer plötzlich begeistert aus. »Könnt ihr euch das vorstellen, meine Freunde, wie ich im langen roten Gewand des Kardinals und Kirchenfürsten in die Synagoge einziehe? Mit dem Pluviale und gefolgt von meinem Caudatarius, der mir die Schleppe trägt! Was für ein Gesicht würde unser Großrabbiner machen, der nichts wäre neben mir! Neben mir, einer Eminenz! Alle reichen Juden der Synagoge würden mich zum Essen einladen, um sagen zu können, daß sie einen Kardinal kennen!«

»Bist du verrückt geworden, o Eisenbeißer, und sollte dir die Milz zu Kopf gestiegen sein? Du weißt doch, daß ein Jude nicht zum Kardinal ernannt werden kann!«

»Und der allererste Papst«, erwiderte Eisenbeißer, »der wichtigste von allen, der Apostel Petrus, war der nicht ein Jude wie du und ich? Also! Und als Kardinal, mein Lieber, bin ich den Prinzen von Geblüt überlegen! Kurz, einem Richelieu und Mazarin ebenbürtig! Römisches Purpur, mein Freund! Und ich werde viel mehr sein als ein Botschafter, der schließlich nur der Postbote des Ministers und der Überbringer seiner Briefe ist, ein Sachbearbeiter, nichts weiter! Die großen Probleme werden ohne das Zutun der Botschafter gelöst, die nicht diejenigen sind, die entscheiden, Nichtsnutze im Grunde! Und außerdem sind sie alle mehr oder weniger in den Morphiumhandel verwickelt! Stell dir das mal vor, Freund, die anderen Kardinäle, meine Kollegen, sagen zu mir Eminenz und Ehrwürdigster Herr, und ich unterschreibe meine Briefe mit Pinhas Kardinal Solal, aber die Briefe an meine Freunde des Heiligen Kollegiums einfach und vertraulich mit Pinhas Kardinal Eisenbeißer! Und vielleicht würde Seine Teure Heiligkeit mir erlauben, eine ihrer Enzykliken zu unterschreiben! Im Auftrag und als Bevollmächtigter, gezeichnet Kardinal Eisenbeißer! Ja, meine Freunde, Kardinal mit rotem Birett, unerschrocken bis zum Blutvergießen, das ist das Leben, das ich brauche! Und dann ein Milieu, das mir zusagt, ein angenehmes und gut erzogenes Milieu, und ich wandle sanftmütig in den Fluren der Kurie, gefolgt von meinem monokeltragenden englischen Kammerdiener, respektvoll gegrüßt von meinen Untergebenen, den Bischöfen, denen ich dankend mit den Fingern anmutige Küsse zuwerfe, kurz, zufriedener und fröhlicher als ein Hund, der durch den Neuschnee rennt! Und in der Synagoge knien sie vor Meiner Eminenz nieder, um den Kardinalsring zu küssen! Der Großrabbiner selbst wird niederknien müssen! Geschieht ihm recht! Und wenn ich eingeladen bin, komme ich stets in der Kutsche, umringt von meinen Schweizer Garden mit rotflammenden Federbüschen, und am Fuß der Treppe werde ich empfangen vom steinreichen Hausherrn und zwei Dienern mit brennenden Fackeln! Kardinal, meine Herren, immer mit roten Strümpfen, denn das Rot ist meine Lieblingskardinalsfarbe! Und als Patriot und Kardinal ist mein Kirchenfürstenwappen der Judenstern aus den beiden heiligen Dreiecken! Kardinal, meine Herren, wie der Herzog von Vendôme, ein großer Prior Frankreichs!«

Begeistert stand er auf, schritt salbungsvoll dahin wie ein großer Prälat, grüßte väterlich mit erhobenen Händen und teilte den Segen aus.

»Schändlicher!« rief Saltiel. »Würdest du also konvertieren?«

»O nein, niemals! Ich, unseren Gott verraten und Schweinefleisch essen? Wofür hältst du mich? Ich hatte bloß diese Formsache vergessen, daß man konvertieren muß, das ist alles. Im übrigen muß ich sagen, daß ich lieber Speaker des Unterhauses wäre, mit Perücke und langer Schleppe!«

»Ich«, sagte Salomon, »wäre gern Reiter, derjenige auf dem ersten Pferd der Kutsche, auch mit Perücke!«

»Speaker!« empörte sich Saltiel. »Was glaubst du denn, und wo hast du deinen Kopf?«

»Am richtigen Platz, mein Lieber«, sagte Eisenbeißer.

»Speaker, mit deinen unmanierlichen Winden!«

»Lieber Cousin, als Antwort auf deine Schmähung möchte ich dich bitten, dich gefälligst nicht mit meinem Privatleben zu befassen, erstens! Und zweitens, als würde der Speaker keine Winde fahren lassen! Alle Bedeutenden lassen Winde fahren, und dann tun sie so hochmütig! Minister, Könige, Königinnen! Folglich mache ich es genauso wie Könige und Königinnen, sie aber verstecken sich, verbergen ihre Winde oder duften inkognito! Ich bin offenherzig, und damit basta! Und ich erröte nicht wegen meiner Winde, die liebenswürdige und keineswegs schädliche Ausdünstungen sind! Ja, meine Herren, die Könige lassen ihre Winde in der Einsamkeit fahren! Und wenn Leute da sind, tun sie es heuchlerisch, verstohlen, gebremst und abgeschwächt! Das ist der ganze Unterschied zwischen den Königen und mir! Und außerdem gehen auch die reizenden Prinzessinnen in feierlichen Roben mit Diademen und Diamanten mehrmals am Tag auf die Toilette und setzen sich hin wie alle andern!«

»Stimmt nicht!« rief Salomon.

»Na gut, sagen wir, sie tun es im Stehen, und sprechen wir nicht mehr davon«, sagte Eisenbeißer. »Und um dir eine Freude zu machen, o Salomon, füge ich hinzu, daß die Königinnen Kinder gebären, nachdem sie an einer Blume gerochen haben.«

»Genug der Unanständigkeiten, vulgärer Mensch!« befahl Saltiel. »Etwas Respekt, wenn ich bitten darf!«

»Vulgär sein heißt die Wahrheit sagen!« grinste Eisenbeißer schmerzlich.

Nach einer Pause redete man, um ein weniger gewagtes Thema anzuschneiden, über Milliardäre und die jeweilige Bedeutung von Rockefeller und Basil Zaharoff, wobei Eisenbeißer für die Überlegenheit des letzteren plädierte. »Erstens ist er Sir! Und dann ist er bekanntlich der einzige Mensch, der ohne Geld reisen kann, und alle Banken der Welt sind angewiesen, ihm auf einfache Anfrage und ohne Quittung jede beliebige Summe auszuzahlen! Er betritt die Bank und pfeift auf zwei Fingern nach dem Direktor! Bastard, sagt er zu ihm, Sohn eines Bastards und Sprößling eines Esels, bring mir mal zwei Millionen Dollar und beeil dich, Unfähiger!«

Dann kam man auf die Hochzeitsreise eines jungen Königspaars zu sprechen. Was zu einer Rede Eisenbeißers über die Relativität der weiblichen Tugend führte. »Ich sage euch, ich der Unterzeichnete: Wenn diese Königin, die ihren König so anbetet, wenn die also mit einem jungen, ungebildeten Matrosen auf einer einsamen Insel strandet und kein Schiff kommt und sie von der einsamen Insel abholt, dann gebe ich euch mein Ehrenwort, daß sie nach sechs Monaten ihrer Natur freien Lauf läßt und mit dem Matrosen im Schatten einer Kokospalme ihr übliches Spiel treibt!« Diese Bemerkung, der Michael zustimmte, rief bei Saltiel und Salomon Empörung hervor, eine Empörung, die ihren Gipfel erreichte, als der zu Originalität aufgelegte Eisenbeißer erklärte, alles in allem gebe es keine Seele und auch keinen Gott! Worauf er eine tiefsinnige Miene aufsetzte.

»Freimaurer!« rief Salomon. »Was er sich zu sagen traut, dieser Bösewicht! Habt ihr je solche Niederträchtigkeiten gehört? Keinen Gott, wahrhaftig! Lies die Propheten, o du Schwarzer, und du wirst sehen, wie es Gott gibt! Und die Seele gibt es auch! Sie ist hinter den Augen, und man kann sie sehen! Und sie ist wie ein Flügel! Hör zu, sag, daß es nicht wahr ist, was du gesagt hast!«

Eisenbeißer antwortete nicht, drehte sich anmutig um sich selbst, schnalzte wie ein Spanier mit den Fingern. Da mischte sich Onkel Saltiel ein.

»Pinhas Solal, war das dein Ernst, was du über Gott gesagt hast? Denn in diesem Fall ist alles aus zwischen uns!«

»Ich widerrufe«, sagte Eisenbeißer. »Um so mehr, als es nicht ohne Reiz ist, in die Synagoge zu gehen und an Gott zu glauben. Aber was soll's, in der Öffentlichkeit bin ich eben gern Atheist!«

»Kommt, umarmt euch, bitte!« rief Salomon.

Als die Harmonie wiederhergestellt war, schnitt man das Lieblingsthema an, nämlich die Herrlichkeiten des Staates Israel, wenn er dank des mächtiges Armes des Ewigen, der die Rückkehr Seines Volkes verheißen hatte, neu errichtet wäre. »Aber keine Republik, das ist vulgär!« sagte Eisenbeißer. »Ich brauche ein Königreich, denn ich bin für die Monarchie, die Adelstitel, die Vornehmheit!« Salomon war beunruhigt. Was würden die Kinder Israel tun, wenn die Araber böse würden und zu langen Messern griffen? »Keine Angst, mein Lieber, wir pusten sie um«, sagte Eisenbeißer. »Ich bin dagegen«, sagte Onkel Saltiel, »denn ich bin für Gerechtigkeit und Güte! Das ist meine Meinung, und Gott teilt sie! Wenn wir unsere Republik haben, denn ich bin für die Demokratie, ob es dir gefällt oder nicht, o Eisenbeißer, dann werden wir den arabischen Ländern gute Ratschläge geben, damit sie ihre Geschäfte erfolgreich führen, und sie werden zu schönster Blüte erblühen, und sie werden uns sogar umarmen, das sage ich euch!«

Dann diskutierten die Tapferen darüber, was sie täten, wenn sie plötzlich Milliardäre in harter Währung würden. Jeder sagte das Seine, und Eisenbeißer erklärte, seine Privatjacht wäre immer von sechs Panzerkreuzern umgeben, »so daß, falls meine Jacht bei Sturm kentert, immer ein Panzerkreuzer da ist, der mich rettet.«

Und dann? fragte die Charmante mit den großen Augen, Blüte Israels, o ihr Gesicht, das von einem alten Kanaan herkommt. Dann, o Edle, ließ der Herr Pinhas eine neue atheistische Tirade los, worauf der entrüstete Salomon ihn als Deutschen beschimpfte. »Nenn mich Kannibale, Ungeheuer, sogar Behemoth und Leviathan, wenn dir daran liegt, und ich akzeptiere es mit Vergnügen!« sagte Eisenbeißer. »Aber Deutscher, ich bitte dich, nein, die Kränkung ist zu groß!« – »Stimmt«, räumte der kleine Mann ein, »und daher ziehe ich die Beleidigung zurück, die in der Tat grausam ist, und bitte dich, mir verzeihen zu wollen, o Freund!« Worauf Eisenbeißer seine Arme öffnete und sie sich fest drückten. Als die Gefühlsausbrüche beendet waren, schauderte Salomon plötzlich beim Gedanken an das sonderbare deutsche Volk. »Verstehst du, lieber Eisenbeißer, ein ganzes böses Volk mit schrecklichen, sehr spitzen Zähnen! Millionen und Abermillionen von Bösen, wie ist das möglich? Und alle stolz auf ihren Hitler, weil er die ganze Zeit schreit und die ganze Zeit böse ist, noch böser als sie, da bewundern sie ihn, jubeln ihm zu mit erhobenem Arm und hätscheln ihn dafür, daß er laut schreit und unseren armen Brüdern Leid zufügt! Aber die anderen Nationen, die ihre Nächsten doch sehr lieben, warum tun sie nichts, um unsere armen Brüder aus Deutschland zu retten, bevor es zu spät ist? Das verstehe ich wirklich nicht!« – »Ich verstehe es«, feixte Eisenbeißer. »Du mußt nämlich wissen, daß ihre Nächstenliebe ein Ideal ist, und das genügt ihnen! Darüber hinaus mußt du wissen, daß ihre großen Marschälle und Admirale sehr fromm sind, was sie keineswegs daran hindert, eine große Zahl von Nächsten umbringen zu lassen!« Nein, dachte indessen Saltiel, nein, es gab sicher gute Deutsche, reizende Deutsche, die darüber weinten, daß die Kinder Israel mißhandelt wurden, viele liebenswürdige Deutsche, und er liebte sie, lächelte ihnen von weitem zu, und plötzlich merkte er, und es krachte wie ein Blitz in seine Seele, daß er die bösen Deutschen auch liebte, daß er sie aus Mitleid liebte, die bösen Deutschen, die seinen jüdischen Brüdern so weh taten und nicht wußten, daß es unrecht war, arme Böse, die vielleicht die guten Söhne ihrer Mütter waren und die glaubten, es sei richtig, zu schlagen und zu foltern, die nicht wußten, daß sie böse waren, wie kleine Kinder, artige kleine Kinder, die den Fliegen die Flügel ausrissen und lachten und nicht wußten, daß es unrecht war. Nein, nein, dachte er, den Cousins nichts davon sagen, sie würden es nicht verstehen und sich aufregen. So dachte Onkel Saltiel. »Meine Idee«, sagte plötzlich Eisenbeißer, »wäre, daß wir mit ein paar tollwütigen Hunden, die wir für angebliche Experimente billig im Institut Pasteur kaufen und in einem großen Koffer mit Lüftungsrohr verstecken, einen Ausflug nach Deutschland machen! Sobald wir in Berlin sind, lassen wir sie frei, und sie beißen die Deutschen, die sich sofort gegenseitig beißen und alle tollwütig werden, und das wäre nur gut für sie!« – »Ich bin wieder dagegen«, sagte Saltiel, »denn wir sind keine Deutschen, sondern Kinder der Zehn Gebote!« – »Und außerdem sind die Deutschen schon tollwütig, also wozu?« sagte Mattathias. »Ich fahre in meiner bedauerlicherweise unterbrochenen Rede fort«, sagte Saltiel. »Also, meine Herren. Um die Zeit des Wartens bis zum gesegneten ersten Juni auszufüllen, schlage ich vor, daß wir einen Wohnwagen kaufen und durch die Lande ziehen, um Gottes Wort zu verkünden! In jedem Dorf erklären wir ihnen, wieviel besser es ist, in dieser kurzen Zeit unseres Lebens freundlich und sanften Herzens zu sein, und Schande über die Bosheit! Wir halten ihnen bewegende Ansprachen und fasten sogar, um sie zu überzeugen!« – »Absolut!« kreischte Salomon, der vor Begeisterung aufstand und sich mit ausgebreiteten Armen im Kreis drehte. »Ja, alle sollen nett sein! Und wißt ihr, o meine Freunde, unseren Wohnwagen wird ein hübscher kleiner Esel ziehen, und ich werde schieben, damit er sich nicht überanstrengt! Und ich werde ihn striegeln und seine Hufe wichsen! Mit schwarzer Schuhcreme werde ich sie wichsen, mit englischer Schuhcreme, das ist die beste! Und ich werde ihm sogar den Kopf mit Blumen schmücken, damit er zufrieden ist!« – »Bei allem geschuldeten und verdienten Respekt, ehrbarer Saltiel, faste doch im Auge deiner Schwester!« rief Eisenbeißer aus. »Denn in Wahrheit habe ich gar keine Lust, in der Blüte meiner Jahre Hungers zu sterben! Daher stelle ich für meinen Teil eine Vergnügungsreise nach Tibet zur Wahl, wo man hervorragende scharf gewürzte Fleischklößchen zubereitet, bei deren Genuß einem vor Glück die Sinne schwinden, und wo bärtige und magere Weise gewisse philosophische Bewegungen der vier Extremitäten lehren, durch welche die Geisteskraft derart zunimmt, daß selbst der kümmerliche Salomon intelligent werden wird!« – »Deinen Vorschlag«, sagte Saltiel, »beantworte ich wie folgt. Erstens, wisse, daß ich jeden Spott über unseren Salomon verbiete, denn sein freundliches Gesicht spiegelt die Freundlichkeit seiner Seele, und in seinen sanftmütigen Augen liegt alle Sanftmut der Welt! (Aus Verlegenheit bekam der puterrote Salomon Schluckauf.) Daher wird dieser Cousin ohne Arg in mir immer einen beherzten Verteidiger finden, und keiner hier möge das verkennen! Zweitens bin ich gegen Tibet, das zu hoch in der Höhe liegt, und wir würden Gefahr laufen herabzustürzen, und im übrigen habe ich gehört, daß die Straßen dort von blutrünstigen Kühen verstopft sind!« – »In diesem Fall gehen wir nach Spitzbergen!« sagte Eisenbeißer. »Dort gibt es Sprotten in Hülle und Fülle, reizende und geräucherte kleine Fische, die du ganz essen kannst, so weich ist ihr Rückgrat!« Genug. Man kann nicht alles erzählen, man würde nicht mehr aufhören.

Um ein Uhr morgens verspeisten die Tapferen Kaktusfeigen, die Michael, unempfindlich gegenüber den Stacheln, geöffnet hatte. Mit erfrischter Kehle erhoben sie sich, setzten das rituelle Käppchen auf und sprachen das Gebet zum Schlafengehen, wobei Eisenbeißer nicht der am wenigsten Inbrünstige war. »Gelobt seist Du, Ewiger, Unser Gott, der den Schlaf in unsere Augen und die Müdigkeit auf unsere Lider senkt. Hilf uns, das Gute zu tun und die Sünde zu fliehen. Unser Schlaf sei nicht von schrecklichen Träumen getrübt, und unsere Ruhe sei die der Unschuld. Ist die Zeit des Schlafes um, so gib unseren Augen wieder das Licht, und laß uns nicht den Schlaf des Todes schlafen. Höre, Israel, der Ewige ist unser Gott, der Ewige ist eins!«

Nach Umarmungen und Gute-Nacht-Wünschen legten sie sich, ganz als Cousins, die sich liebten, um den großen Mast herum, der auf die kleinen Feuer des Himmels zeigte, und schliefen nacheinander ein, gewiegt vom Stampfen der Maschinen. Salomons Hand lag in Eisenbeißers Hand, der, laut träumend, seine Buben anflehte, die ganze Moussaka zu essen. Und das war's, jetzt schlafen sie alle. Gehen wir auch schlafen. Gute Nacht, meine Geliebte.

XVIII

Salomon erbebte, als der Lautsprecher die Passagiere der Swissair zum Flug nach Rom aufrief. Was für ein Wahnsinn, in der Luft zu reisen, mit einer Maschine, die nirgends den Boden berührte! Er stopfte sich sein Testament in die Tasche und folgte den Cousins. Am angegebenen Ausgang empfing sie eine Stewardeß mit einem Lächeln, das ihm mitleidig schien, und geleitete sie bis zu dem zweimotorigen Flugzeug; er fragte sich, wie diese schwere Masse sich in der Luft halten konnte, getragen von Leere. Da ihn der Mut verließ, beschloß er, das von ihm so genannte Rasenpanier zu ergreifen, aber Michael hielt ihn am Hosenboden zurück. »Fürchte dich nicht, mein Sohn«, sagte Saltiel, kreidebleich vor Angst. »Dieses Luftschiff ist von einer weltbekannten Fluggesellschaft, sehr gut gebaut, Schweizer Fabrikat, sehr solide, alles aus Metall.« Worauf Salomon dachte, daß, seit die Welt Welt ist, das Los eines in der Luft befindlichen Metalls stets war, zu fallen. Dennoch steuerte er, von Michael geschoben, auf den Tod zu, seine Bordkarte in der Hand. »Meine Rettung wird vom Ewigen kommen, der Himmel und Erde geschaffen hat«, murmelte er, als er das Flugzeug bestieg.

Mattathias setzte sich ganz allein in die Nähe der Tür, neben das Gepäck, um es zu bewachen, und hinter ein Paar, das mit einem aus unerfindlichen Gründen zur Welt gebrachten Brüllbaby von zweifelhaftem Nutzen versehen war. Salomon und Eisenbeißer setzten sich ganz vorne hin. Hinter ihnen nahmen Saltiel und Michael Platz, und der letztere beugte sich sogleich vor, um dem kleinen Verdutzten ins Ohr zu flüstern, sie seien in einem großen Luxussarg gefangen. Eisenbeißer gähnte, trällerte die karibische Hymne, ließ seine Finger knacken, wies Salomon auf einen eleganten jungen Mann hin, der hereingekommen war. »Der Sohn eines Lords, wahrscheinlich, mit diesem sauberen Hals«, sagte er, »aber Israelit, so intelligent wie er aussieht. Ich werde ihm nachher meine Tresorine antragen, und wenn er infolge mangelnder Mitgift ablehnt, ziehe ich zurück und biete ihm Allegrine an, die Tochter von Romano, pickelig, aber ganze zwanzigtausend Taler.« Salomon antwortete nicht. Was kümmerten ihn Heiraten in dieser Stunde des nahen Todes?

Der Lautsprecher des Flugzeugs befahl, die Gurte anzulegen, und Salomon, dem bereits übel war, gehorchte und fragte sich, wie er derart gefesselt beim Aufprall auf dem Boden entkommen sollte. Im feindseligen Lärm der Motoren hob das Flugzeug ab, und Salomon, mit gesträubtem Haarbüschel nach vorn geschleudert, bekräftigte das Einssein Gottes, um als guter Israelit umzukommen. Doch er überlebte.

Kurz danach verkündete dieselbe Stimme, man sei in tausend Meter Höhe und die Sicherheitsgurte dürften gelöst werden. Der befreite Salomon seufzte. Ewiger Herr, was wollte er in tausend Meter Höhe und in den Wolken? Er haßte die Fortschritte der Wissenschaft und verfluchte den Erfinder der fliegenden Panzer. Hätte der Schändliche nicht lieber ein Mittel gegen den Schnupfen erfinden können? In seinen Ohren ertönte plötzlich ein unheilvolles Krachen. War das sein Gehirn, das zu platzen begann? Und würde sich dieser Notausgang beim Absturz öffnen lassen? Nachprüfen? Aber wenn er aufginge und er in die Wolken fiele? Michael zeigte ihm die Papiertüten und erklärte ihm den Gebrauch, was die Übelkeit des armen Kleinen noch verstärkte.

»In diesem Augenblick überfliegen wir Kephalonia«, verkündete der Lautsprecher, und Salomon unterdrückte ein Schluchzen, die kleinen Hände auf der Brust. Dort unten war Kephalonia, fest und unbeweglich, und roch so gut nach Jasmin, und er, ein wahnsinniger Reisender im Leeren! Eisenbeißer, der aufgestanden war und den Hut gezogen hatte, um im Vorüberfliegen seiner Heimatinsel die Ehre zu erweisen, taumelte plötzlich, als das Flugzeug in ein Luftloch absackte, und rempelte Salomon an, der die Augen schloß, ein Schilfrohr im Sturm, dabei aber die Kraft hatte, als Fallschirm seinen Regenschirm aufzuspannen, den Saltiel ihm freilich sofort wieder zuzuklappen gebot.

Das Flugzeug gewann an Höhe, und das war das Ende der Luftlöcher. Salomon lächelte wie ein Genesender, und Eisenbeißer erklärte, von der Fliegerei eingenommen zu sein. Ja, in Genf werde er »Aeroplan-Unterricht« nehmen, um dann Hitler ein paar Brandbomben auf die Nase zu werfen! Mit einem charmanten Lächeln bot die schöne Stewardeß Salomon Bonbons an, der, nachdem er seine kleine Melone gelüpft hatte, höflich eines nahm. Eisenbeißer griff mit beiden Händen zu, wie ein Bulldozer. »Danke, Holde«, sagte er. »Ich habe ein paar mehr genommen für die Buben, die bei meiner Rückkehr dankbar dafür sein werden. Ich stelle mich vor. Vicomte Pinhas, aber in Bälde Comte! Auf englisch Earl! Und Ihr Vorname, liebe Freundin, damit wir uns kennenlernen?« Sie antwortete, sie heiße Ilse, und enteilte, um im Cockpit loszuprusten, worauf Saltiel sogleich erbleichte, weil er sie mit dem Kapitän scherzen sah. Als sie mit Tabletts beladen zurückkam, nahm er seinen Mut zusammen: »Psst, Fräulein! Entschuldigen Sie, aber es ist unvorsichtig, mit dem Kapitän zu sprechen, das kann ihn ablenken!« Sie lächelte.

Das Lunchtablett vor sich, summte Eisenbeißer eine Synagogenmelodie, wetzte sein Messer an Salomons Messer und bekannte, sich wohlzufühlen in der Luft. Nur gute Sachen! Verschiedene Vorspeisen! Hühnchen! Gebratene und zahlreiche Kartoffeln! Und sogar Schinken! »Was, du ißt Schweinefleisch?« hauchte Salomon entsetzt. »Der Schinken ist der jüdische Teil des Schweins«, sagte Eisenbeißer. »Schweig, und wenn du mich bei Saltiel verrätst, zerquetsche ich dir den Fuß.« Als das Tablett leer war, schnalzte er mit den Fingern, lüpfte seinen Tropenhelm. »Taube«, sagte er zu der Stewardeß, »ich wiederhole! Ein kleiner Nachschlag, nicht schweinern, wenn möglich, wegen des Dummkopfs hier neben mir. Ich liebe solche dicken europäischen Kartoffeln, haben Sie welche, dienstbare Hübsche? Egal, liebe Ilse, bringen Sie, was Sie haben, nichts wird verachtet!« Amüsiert kam das hohe Mädchen mit mehreren Scheiben Roastbeef zurück. »Führ dich nicht so auf vor der Moabiterin, du bringst Schande über uns!« flüsterte Saltiel. »Habe ich mein Ticket bezahlt oder nicht?« erwiderte Eisenbeißer.

Gesättigt stand er auf und ging, um sein schmeichelhaftes Heiratsangebot zu machen, zu dem jungen Engländer, der aber nicht antwortete und den Kopf abwandte. »Nichts für ungut, Milord, England ist ja ein großes Land«, sagte der Ehestifter und kehrte nicht im geringsten verlegen und leutselig seine Hände reibend zu seinem Platz zurück. Der Rest der Reise verlief ohne Zwischenfall, das Flugzeug benahm sich gut und schien wohl tatsächlich in der Luft zu bleiben. Schließlich wurden die Sicherheitsgurte wieder angelegt, und die zweimotorige Maschine berührte den Boden, machte noch einen Satz, rollte, blieb stehen. »Roma Fiumicino«, meldete die Stewardeß. Salomon streckte sich, unzweifelhaft am Leben. Ehre sei dem Ewigen!

»Meine Herren«, sagte Saltiel, »ich halte eine sofortige Unterredung in dieser zum Glück leeren Wartehalle für unerläßlich. Ich sage zum Glück, denn das Fräulein von der fliegenden Karosse hat sich die ganze Zeit kaum das Lachen verkneifen können, und die beiden Kapitäne sind nacheinander herausgekommen, um uns zu beobachten. Wißt ihr warum, meine Herren? Wegen eurer Kleidung!« – »Was die meine betrifft«, sagte Eisenbeißer, »so finde ich sie passend, ein Frack ist immer würdig!« – »Mit einem Tropenhelm?« fragte Saltiel, der seinen Unwillen beherrschte. »Mein Lieber, sieh dir die Photographien von den Gouverneuren der englischen Kolonien an, sie tragen alle den Tropenhelm zum weißen Frack! Möchtest du etwa einen englischen Gouverneur kritisieren?« – »Unnötig zu diskutieren«, beschied ihn Saltiel, »ich weiß, was ich sage. Man findet euch alle vier komisch!« – »Schlußfolgerung?« fragte Eisenbeißer. »Schlußfolgerung: ihr sollt euch anständig und vernünftig einkleiden und Kephalonia nicht zum Gespött Europas machen!« Eisenbeißer und Mattathias protestierten, aber Saltiel war unerschütterlich. Wenn sie nicht gehorchten, würde er sie verlassen und allein nach Genf gehen! Schließlich wurde von Eisenbeißer eine Kompromißlösung vorgeschlagen. »Laßt uns heuchlerische Regenmäntel kaufen, da diese konformistischen Dummköpfe uns merkwürdig finden, aber unter einer Bedingung, Saltiel, und zwar daß du die Regenmäntel bezahlst und um der Harmonie willen auch einen anziehst!«

Die Koffer, das Köfferchen aus falschem Leopard, die Kartons und der kleine Safe wurden bei einem Krämer untergestellt, der Meshullam hieß und folglich vertrauenswürdig war, und eine Stunde später tummelten sich fünf lange Regenmäntel im Petersdom. Saltiel, vom guten Geschmack der Päpste überzeugt, geriet angesichts der Herrlichkeiten in Verzückung, während Mattathias mit seinem Haken die Alabastersäulen abklopfte und Michael sinnend vor einer schönen, von göttlicher Liebe durchdrungenen Heiligen stehenblieb. Plötzlich stieß Salomon einen kleinen Freudenschrei aus, als er ganz oben in der Nähe der Kuppel in goldenen Lettern eine hebräische Inschrift entdeckte. Seine Cousins hoben den Kopf und lasen laut die heiligen Worte, stolz und auf einmal zu Hause.

Vor der Statue des Heiligen Petrus, beeindruckt von dem bronzenen Fuß, den die Küsse der Gläubigen abgewetzt hatten, betrachteten sie lange den Apostelfürsten und fanden, er habe erstaunliche Ähnlichkeit mit Mordechei Halfon, dem Vorsänger in der Synagoge. »Im Grunde sind wir bei einem Verwandten zu Besuch«, stellte Eisenbeißer fest. »Pst, ein wenig Haltung«, flüsterte Saltiel. Bevor sie hinausgingen, steckten die Tapferen höflich ihren Obolus in einen Opferstock neben der Pietà Michelangelos. »Komm, Mattathias, nur Mut, wirf auch deine kleine Münze hinein!«

Draußen blinzelten sie, verwirrt von so viel Pracht. »Trotzdem«, sagte Saltiel, »auch wenn unsere Synagoge klein ist, unser Gott ist groß.« – »Trotzdem«, stimmte Eisenbeißer ein, »es ist einer von uns, der sogar noch über dem Papst steht!« – »Und jetzt«, sagte Saltiel, »nehmen wir eine Droschke und lassen uns zum Forum fahren, denn ich habe einen gewissen Plan. Unnötig, mich auszufragen, der Plan wird erst verraten, wenn es an der Zeit ist.« Im Wagen nahmen Saltiel und Eisenbeißer die Ehrenplätze ein, gegenüber von Mattathias und Michael. Salomon kletterte auf die Bank neben den Kutscher, der ihn in den ruhigen Straßen die Zügel halten ließ. Während der ganzen Fahrt ließ Eisenbeißer, um die Bewunderung der Römer zu erregen, mit der nachdenklichen und müden Miene des desillusionierten Grandseigneurs einen Arm aus dem Wagen hängen.

Als sie am Ziel, dem Titusbogen, angekommen waren, stellte Saltiel sich auf, verschränkte die Arme und sprach zum römischen Kaiser: »O Titus, Zerstörer Jerusalems, es war mir ein Anliegen, dir ein paar Worte zu sagen und dir mitzuteilen, daß es deinen Besiegten gutgeht. Apropos, o Besieger der Juden, was ist bloß aus deinem mächtigen Reich geworden?« Die Tapferen klatschten Beifall mit Ausnahme von Eisenbeißer, den es verdroß, daß die Initiative zu dieser historischen Szene nicht von ihm ausging. So wechselte er das Thema, damit Saltiel nicht fortfahren konnte. »Freunde«, sagte er, »ich langweile mich in diesem Rom, wo es nur alten Plunder gibt. Daher formuliere ich meinen Vorschlag, der darin besteht, einen kleinen Ausflug nach Paris zu machen, der Hauptstadt, nach der ich mich sehne.« Salomon hob den Finger. »Laß deinen Änderungsantrag hören«, sagte Eisenbeißer. »Ich schlage vor«, sagte Salomon, »daß wir als Menschenwesen nach Paris fahren, also auf dem Landweg und nicht durch die Luft! Und wenn ihr einverstanden seid, könnten wir sofort im Reisebüro Kuckuck die Fahrkarten kaufen.« – »Mein Vorschlag ist hiermit abgeändert und angenommen«, sagte Eisenbeißer, »mit der Klarstellung allerdings, daß die Fahrkarten im Reisebüro Cook und nicht Kuckuck, wie eine ungebildete Person soeben gesagt hat, gekauft werden. Los, meine Herren, auf nach Frankreich, Mutterland der Künste, Wiege der Zivilisation!«

Durch ein einschmeichelndes Lächeln hatte Eisenbeißer beim Schaffner erreicht, daß er sich umsonst in ein leeres Abteil der ersten Klasse setzen durfte. Da er niemanden hatte, mit dem er reden konnte, langweilte er sich in seiner Pracht, aber aus Spaß beugte er sich pünktlich bei jedem Halt des Zuges aus dem Fenster, um von der Bevölkerung bewundert zu werden und, wenn auf dem Gleis gegenüber ein Zug stand, um des Hochgenusses willen, mit der Gleichgültigkeit des Aristokraten in nachdenklicher Pose, den Daumen unterm Kinn und zwei Finger an der Schläfe, die armen Teufel aus der dritten Klasse anzuschauen.

Im Speisewagen, wo er mit Freuden seine Cousins wiedertraf, raffte er, als ihm die Platte gereicht wurde, allen Spargel an sich. Als der Kellner ihm sagte, die anderen Reisenden äßen auch gern

Spargel, antwortete er: »Nicht so gern wie ich, mein Lieber!« Entgegenkommend und verständnisvoll legte er jedoch die Hälfte wieder zurück, nicht ohne laut darauf hinzuweisen, daß er in seiner Eigenschaft als amerikanischer Botschafter und kraft seiner Exterritorialität auch alles hätte behalten können. Unter dem vernichtenden Blick Saltiels grinste er spöttisch, zufrieden über die eroberten Spargel und seine diplomatische Immunität. »Ach, zum Teufel«, flüsterte er, »laß uns hier doch ein bißchen bewundert werden!«

Nach dem Essen lud er Salomon ein, die Schönheiten der ersten Klasse kennenzulernen. Er spielte freundlich den Gastgeber, zeigte ihm den Komfort des Abteils, bat ihn, die weichen Sitze zu befühlen, ließ ihn dann die Toiletten besichtigen und erklärte ihre Vorzüge bis hin zum Funktionieren des Seifenspenders. Zurück in den Samtpolstern, schlug er behaglich die Beine übereinander. »Aus Diskretion, mein Lieber, habe ich den anderen nicht gesagt, daß ich am Tag vor unserer Abreise von der Universität Oxford ein dringendes Telegramm erhalten habe, in dem man mir einen Lehrstuhl anbietet, aber ich habe die Absicht, ihn abzulehnen.« – »Aber nicht doch, Eisenbeißer, du mußt annehmen, das ist eine Gelegenheit!« – »Nein, mein Lieber, ich werde die Freundschaft nicht verraten! Ich habe versprochen, mit euch zu reisen, und ich werde Wort halten! Im übrigen ist Oxford zu weit nördlich, da gibt es an jeder Straßenecke Eisbären.« – »Das wußte ich nicht«, sagte Salomon. »Hör zu, ich gehe zurück zu den anderen, denn wenn ich hierbleibe, riskiere ich Gefängnis, weil ich nur eine Fahrkarte dritter Klasse habe.« Eisenbeißer beschloß, ihn zu begleiten, denn er war der Größe in Einsamkeit überdrüssig. Außerdem war es jetzt dunkel, und wenn er sich ans Fenster stellte, wer würde ihn sehen?

Ins Abteil der Tapferen zurückgekehrt, war Salomon überglücklich. Nun waren sie wieder alle fünf zusammen! Zum dritten Mal in wenigen Tagen geriet er in Redetrance. »Wisset, meine lieben Freunde, als ich neulich in Kephalonia vom Onkel erfahren hatte, daß Gott sogar die Fliegen liebt, wollte ich es ihm nachtun und habe die Fliegen auf meiner Wange herumspazieren lassen, ohne sie zu stören! Ihr könnt euch nicht vorstellen, wie sie mich gekitzelt haben! Manchmal wurde ich ganz schön wütend! Ich hatte solche Lust, sie totzuschlagen! Dann lief ich weg, um sie loszuwerden, aber sie folgten mir, und sobald ich stehenblieb, setzten sie sich wieder auf meine Wange! Ich kann euch garantieren, daß es nicht einfach ist, die Fliegen zu lieben! Ich muß euch noch etwas anderes sagen, hört zu! Ich wäre so gern Arzt geworden! Wenn mein Herr Vater reich gewesen wäre, hätte er mich statt ans Aprikosenwasser ans Studium der Bücher gesetzt! Und ich hätte gelernt und wäre jetzt Arzt! Es ist schön, Arzt zu sein! Du trittst ein, alle verneigen sich und achten dich, du nimmst das Handgelenk des Kranken, schaust auf deine goldene Uhr und rettest ihn! Und danach gehst du langsam hinaus, und man macht dir die Tür auf! Danke, Herr Doktor! Aber was soll's, ich lebe! O meine Freunde, ihr könnt euch nicht vorstellen, wie gern ich lebe! So sehr, liebste Freunde, daß ich sogar einverstanden wäre, immer im Gefängnis zu bleiben, wenn ich nur immer am Leben bliebe! Ja, immer im Gefängnis, aber immer am Leben! Natürlich mit dem Besuch meiner Frau und meiner lieben Freunde mindestens einmal in der Woche! Was sagt ihr dazu?« – »Das reicht jetzt«, sagte Saltiel. »Du hast genug geredet.« – »Nur eins noch, Onkel. Wenn wir Hitler einen vorwurfsvollen Brief schrieben? Einen sehr kurzen, sehr kühlen Brief. Ihm nur sagten, an seiner Stelle würden wir uns schämen! Was sagen Sie dazu, Onkel?« – »Wir sprechen morgen darüber«, sagte Saltiel. »Jetzt müssen wir schlafen.«

Zehn Uhr morgens. Träge rollte der Zug, blieb dann mit einem letzten Ruck stehen, stieß die letzten Dampfseufzer aus. Paris zu Ehren ersetzte Eisenbeißer den Tropenhelm durch einen Panamahut. Mit seinen beiden Kartons und dem tragbaren Safe beladen, sprang er als erster aus dem Wagen. »Paris, meine Herren!«

verkündete er. »Die Lichterstadt, Kapitale der zivilisierten Welt!« Ein Kreis von Neugierigen bildete sich um den sonderbaren Kerl, unter dessen Regenmantel die eisenbeschlagenen Schuhe hervorschauten. Plötzlich war er niedergekniet, bedeckte den unsauberen Bahnsteig mit leidenschaftlichen Küssen und murmelte laut genug, um verstanden zu werden: »O Frankreich! O wiedergefundene Heimat!« Saltiel befahl ihm, mit diesem Theater aufzuhören. Genug dieser Schamlosigkeiten! Sofort aufstehen! Befriedigt über den patriotischen Händedruck, mit dem ein Oberst mit weißem Schnurrbart ihn geehrt hatte, gehorchte der Schwindsüchtige, und die Tapferen verließen ohne weiteren Zwischenfall den Bahnhof. Saltiel entschied, wenn das Gepäck in einem Hotel in Sicherheit gebracht wäre, sei es ihre erste Pflicht, auf dem Grab des Unbekannten Soldaten ein paar Blumen niederzulegen, aber in vornehmer Andacht, ohne unangebrachte Kundgebungen. »Ich verkleide mich im Hotel in eine Elsässerin mit großer Flügelhaube und blauweißroter Kokarde«, schlug Eisenbeißer vor. »Und dann lege ich weinend die Blumen aufs Grab!«

Saltiel geruhte nicht einmal zu antworten und winkte einem Taxi. Als das Gepäck eingeladen war, forderte er den Fahrer auf, vor einem bescheidenen Hotel und dann vor einem ordentlichen Blumengeschäft anzuhalten. So geschah es, und Salomon bat um die Ehre, die Blumen auf seine Kosten zu liefern, was gewährt wurde. Errötend und stolz kam er mit fünf Veilchensträußen, einem für jeden Cousin, aus dem Laden. »Und jetzt, Automobilist, zum glorreichen Unbekannten!« gebot Saltiel, aber das erforderte zusätzliche Angaben.

Triumphbogen. »Delegation«, erklärte der ehemalige Rektor dem Grabwächter. Die Sträuße wurden von Salomon niedergelegt, der diskret eine getrocknete Rose aus Kephalonia hinzufügte. Mit gezogenem Hut verharrten die Regenmantelträger eine Minute in Schweigen. Nachdem er sich geschneuzt hatte, beendete Onkel Saltiel die Andacht. Mattathias, der fürchtete, sich an den Kosten der Taxifahrt beteiligen zu müssen, sagte, er müsse seinen Geschäftspartner, der ihm die letzte Sendung Boutarguen noch nicht bezahlt habe, in der Rue Cadet aufsuchen. Michael verabschiedete sich seinerseits, denn er könne es kaum erwarten, sagte er, einen alten Freund, einen sehr gelehrten Kabbalisten, wiederzusehen. Er fügte hinzu, er werde erst so um Mitternacht zurück im Hotel sein, der Kabbalist liebe eingehende Gespräche. Saltiel hüstelte und sah Eisenbeißer an, der Michael empfahl, sich nur nicht zu übernehmen. »Kutscher«, sagte Saltiel zum Fahrer, »zu den Invalides!« – »Der letzten Ruhestätte des Sohnes der Laetizia!« ergänzte Eisenbeißer. Vor Napoleons Grab entblößten sie ihre Häupter, und Saltiel verordnete drei Minuten stumme Meditation. Beim Hinausgehen sagte Salomon, er sei lieber warmer Verkäufer von Aprikosenwasser und beweglicher Schuhputzer als unbeweglicher und kalter Kaiser.

Zurück im Hôtel Moderne et des Tropiques, wo zwei Zimmer für fünf reserviert worden waren, wuschen sie sich rasch und beschlossen dann auszugehen, um zu sehen und gesehen zu werden. Auf der Straße hatte Salomon Lust, den Passanten die Hand zu schütteln, da sie ja alle seine Landsleute waren, aber er traute sich nicht und begnügte sich damit, den Herren zuzulächeln. Ein Feldwebel fand dieses Lächeln, das ihm zugeworfen wurde, unangenehm. »Was ist an mir komisch, du Idiot?« Salomon schloß daraus, daß man nur den Kindern zulächeln sollte. Wirklich, all diese guten Absichten wurden mißdeutet. Vorhin, als sie aus dem Hotel traten, hatte er geglaubt, einem Herrn sagen zu müssen, er möge auf die Stufe achten, und der Herr hatte ihn gefragt, was ihn das überhaupt angehe!

Unterwegs kauften sie eine Zeitung. Sie blieben stehen, um sie zu überfliegen und erschauderten plötzlich. Typhus-Fälle in Paris! Und sie hatten im Hotel Leitungswasser getrunken! Zum Arzt gehen und sich untersuchen lassen? »Nein, da gibt es eine Inkubationszeit«, wußte Eisenbeißer, »wir werden erst in zehn Tagen Klarheit haben.« Sie setzten sich auf eine Bank in den Anlagen beim Kaufhaus Bon Marché, vor die Statuen der Damen Boucicaut und de Hirsch, die sich, eingemummt in ihre reichen Pelze, mitleidig und liebend teurer Armer in Lumpen erbarmten. Leise verglichen sie ihre Symptome. Benommenheit und Schüttelfrost, natürlich, das war der Anfang der Inkubation. »Vitamin C!« schrie Eisenbeißer plötzlich. Saltiel und Salomon standen sogleich auf. Sie hatten verstanden.

Von der Apotheke liefen die drei Regenmäntel zur Brasserie Lutétia, bestellten dort bakteriologisch tadelloses Wasser von Évian, schluckten eine dreifache Dosis Vitamin C und zogen munter weiter. Um ihre Genesung zu feiern, beschlossen sie, in einem Restaurant zu speisen, das ihnen luxuriös vorkam. Als der beeindruckende Kellner mit dem Block in der Hand erschien, stand Salomon auf und verbeugte sich. Unnötig, das weiter auszuführen. Ich werde bald sterben, und es bleibt nicht mehr viel Zeit. Kurz, sie aßen sehr gut.

Und obwohl sie von der üppigen Mahlzeit träge waren, wollten sie dann zur Abgeordnetenkammer gehen, um sich ein wenig über die französische Politik zu informieren. Unterwegs fragte Salomon den Onkel, ob man besser konservativ oder revolutionär sein sollte. »Ehrlich gesagt«, antwortete Saltiel, »weiß ich nicht so recht, was ich dir raten soll, der Konservative möchte eben alte Ungerechtigkeiten konservieren, und der Revolutionär will neue.« Im Palais Bourbon wurden sie abgewiesen, da sie keine Eintrittskarten hatten. Daraufhin schlug Eisenbeißer einen Besuch beim Präsidenten der Republik vor, um sich über diese Ungezogenheit zu beschweren. »Schließlich kennen wir ihn, wir haben ihm ja geschrieben!« – »Aber wird er uns empfangen?« fragte Salomon. »Frankreich ist eine Demokratie«, sagte Eisenbeißer. »Im übrigen werde ich meine Karte überreichen lassen.« – »Ich werde ihm sagen lassen, daß ich der Onkel von Sol bin«, sagte Saltiel. »Und obendrein werde ich dem Pförtner ein Münze zustecken«, schloß Eisenbeißer. »Klarer Fall, wir werden empfangen! Auf zu einer Kutsche mit Benzinmotor und Frankenzähluhr!«

Vor dem Palast, in dem leibhaftig das Oberhaupt Frankreichs lebte, stiegen sie aus dem Taxi, besprachen sich und entschieden, daß Eisenbeißer die Annäherungsversuche machen sollte. Den gläserlosen Kneifer auf der Nase und den Panamahut anmutig in der Hand, überquerte er die Straße und wandte sich liebevoll an den Vertreter der Garde Républicaine, der ihm befahl weiterzugehen. Als Eisenbeißer ihn darauf hinwies, daß er mit Seiner Exzellenz in brieflicher Verbindung stehe und daß Ludwig der Heilige für alle seine Untertanen unter einer Eiche zu erreichen gewesen sei, stampfte der Türhüter mit seinem schweren Stiefel auf, und Eisenbeißer suche das Weite, angewidert von diesen Manieren. Was für eine Idee, eine antisemitische Wache vor die Tür des Elysée-Palastes zu stellen! Saltiel und Salomon beschlossen, zu einem erquickenden Mittagsschlaf ins Hotel zurückzukehren, doch Eisenbeißer wollte lieber spazierengehen, da nachmittägliches Ruhen ihn in düstere Stimmung versetzte.

Zwei Stunden später saß er in einem kleinen jüdischen Restaurant der Rue de Provence, das ihm ein Glaubensgenosse, dem er an der Place de l'Opéra begegnet war und der sich als ein Verwandter Bellelis herausstellte, empfohlen hatte, und aß zerstreut Käsepastetchen, während er seinem Tischnachbarn erklärte, er sei englischer Staatsbürger und kandidiere bei den nächsten Wahlen für die Tories. Doch da der Dummkopf die Bedeutung dieser Information nicht verstand und obendrein polnischer Herkunft war, beschloß er, ihn zu ignorieren und den Seinen zu schreiben.

»Liebe Rebecca, Kephalonia!

Es geht mir gut. Heute Pastete mit verschiedenen unbekannten, aber köstlichen kleinen Dingen darin, dann Hähnchen am Spieß mit aufgeblähten Kartoffeln, dann Omelette Norvégienne! Zusätzlich und aus Melancholie in diesem israelitischen und schlecht geführten Restaurant, in dem ich Euch schreibe, Käsetörtchen, die mir viel besser gelingen! Beiliegend finden Sie mit Entzücken einen Tausend-Französische-Franc-Schein, den Sie umtauschen sollen, um meine drei Süßen zu überfüttern. Mit besten Empfehlungen! Grüße an die Mädchen!

Geliebte Buben!
Wenn ich Euch manchmal ein wenig Nahrung verweigere, so um des Vergnügens willen, Euch protestieren zu sehen, wie ich es vorgestern bei aufgewühltem Meer bereits erklärte. Ich habe Euch aus Rom, bevor ich in den Zug stieg, ein Einschreibepäckchen geschickt mit einem Pfund Torrone-Nougat, einem Kilo geräuchertem Käse, genannt Provolone, und italienischen Nudeln in verschiedenen Farben, die Euch Spaß machen werden! Das Ganze sollte ein wenig mit Euren mageren Schwestern geteilt werden!

Bezüglich Rom nichts Besonderes zu melden, außer herrlicher Petersdom und pollo in padella, was bedeutet Stücke vom Huhn, geschmort mit Salz, Pfeffer, Knoblauch, Majoran, Wein und Tomaten, selbige Stücke umlegt mit ganz kleinen, zarten, in schwimmendem Öl gebratenen Artischocken, und alles um fünf Uhr nachmittags allein verspeist im Bahnhofsrestaurant von Roma Termini, vor der Abfahrt des Zuges nach Paris und um die Zeit zu vertreiben, während ich ein Buch über den Kosmos las, begleitet von einer Flasche Frascati, die ich unter den bewundernden Blicken meiner lieben Cousins im Handumdrehen verputzte! Und schließlich zwei kleine Kalbsschnitzel, in Butter gebraten, was gegen unsere heilige Religion, aber vorzüglich ist, und mit einem Salbeiblatt belegt, das von einem Holzspießchen gehalten wird!

Das Omelette norvégienne vorhin war wirklich köstlich, beruhend auf dem Zusammentreffen zweier gegensätzlicher Prinzipien, nämlich heiß und kalt! Hört das Omelette norvégienne! Im Innern Eis verschiedener bezaubernder Geschmacksrichtungen mit anmutigen Überraschungen darin, wie Meringuestücken und kandierten Früchten, das Ganze umhüllt mit heißer Schokoladencreme! Und darüber Eischnee, im Ofen gebräunt und mit Cognac flambiert! Ach, wärt Ihr dagewesen, liebe Buben! Aber das Omelett ist ja in der Familie geblieben! Apropos Petersdom: Alles, was man da predigt und singt, haben wir vor zweitausend Jahren erfunden! Aber keine Dankbarkeit!

Leider haben wir wegen eines ungebildeten Polizisten den Präsidenten der Republik nicht sehen können. Als Vergeltung erwäge ich, nach England weiterzureisen, der Heimat von Disraeli, später Lord Beaconsfield, nachdem er der Königin Victoria, die ihn sehr mochte, Indien geschenkt hatte, hm hm! Nun, lassen wir das! Ich reise vielleicht erster Klasse, mit richtiger bezahlter Fahrkarte! Meine Gedanken fliegen zu Euch mit großer Zuneigung! Seid meiner immer würdig!

Euer Vater bis zum Tod!«

Als er den Brief auf der Post in der Rue de Provence aufgegeben hatte, verspürte Eisenbeißer das Bedürfnis nach sofortigem Kontakt mit seinen Lieblingen. Er erkundigte sich am Schalter, und es hieß, ein Telegramm würde in zwei Stunden bei ihnen ankommen. Das lohnte sich! So könnte er sich in zwei Stunden den lesenden Eliacin mit tränenüberströmten Wangen vorstellen. Vor einem Fenstersims stehend, den Panamahut in den Nacken geschoben und seinen Kindern zulächelnd, verfaßte er das Telegramm.

»Buben von Eisenbeißer, Kephalonia, Griechenland, ausreichende Adresse, da jeder sie kennt! Meine Schätzchen, zärtlicher Brief folgt mit Bericht Omelette norvégienne und Ankündigung Freßpaket! Vorsicht daß man es auf der Post nicht klaut! Um mich über Eure Abwesenheit hinwegzutrösten liebe Kinder werde ich mich in ein Luxuscafé setzen und mich mit diversen Tassen Milchschokolade stärken! Denn was gibt es Tröstlicheres als schön fettige Croissants, die man tief in heiße schäumende sahnige Schokolade eintunkt! Und dabei lächle ich meinen drei Vögelchen zu! Umarmungen und wahnsinnige väterliche Liebe! Euer Verehrter Vater!«

»Meine Herren, wir haben heute den fünften April«, sagte Saltiel am nächsten Morgen zu seinen Cousins. »Mit meinem Neffen sind wir aber leider erst am ersten Juni verabredet. Was sollen wir bis dahin tun und wohin gehen? Ich bin bereit, eure Vorschläge zu prüfen.« – »Ich bitte ums Wort«, sagte Eisenbeißer, »und ich ergreife es. Ich schlage vor, daß wir nach Rom zurückkehren! Dort bitten wir den Papst, uns zu empfangen! Ich habe Gutes über ihn gehört und wäre glücklich, ihn kennenzulernen. Wenn die protokollarischen Freundlichkeiten dann ausgetauscht sind, laßt ihr mich bitte mit dem Pontifex maximus allein, und ich versuche, ihn mit bewegenden Worten zu unserer Religion zu bekehren. Falls es mir, wie ich hoffe, gelingt, werde ich Seiner Heiligkeit nahelegen, seinen Millionen Anhängern zu befehlen, ebenfalls zu konvertieren! Da er ex cathedra sprechen wird, als unfehlbares Oberhaupt der Weltkirche, werden seine Jünger ihm nur gehorchen können, und mit einem Schlag gibt es Hunderte Millionen Israeliten, und wir werden die wichtigste Religion der Welt mit dem römischen Petersdom als Hauptsynagoge!«

»Hirngespinste«, sagte Saltiel. »Ich lege mein Veto ein.«

»Schade, einen so meisterhaften Coup nicht zu landen«, sagte Eisenbeißer. »Aber da ich kein Mann des Widerspruchs bin, ziehe ich meinen päpstlichen Vorschlag zurück und schlage eine Reise nach Dänemark vor, der Heimat der geräucherten Heringe, die, mit Olivenöl beträufelt, köstlich sind! Lassen wir über die Sache beraten!«

»Nein«, sagte Saltiel. »Es ist erst April, und Gott weiß, welcher Schnee in diesem mit Seehunden versehenen Land fällt. Ich schlage Marseille vor. Dort ist es warm, und wir können unsere Glieder bequem in die Sonne strecken. Außerdem ist die Synagoge schön und der Ritus vornehm und nicht polnisch.«

»Und unser Meer ist da, dasselbe wie in Kephalonia«, sagte Salomon.

»Einverstanden!« schrie Eisenbeißer. »Vorwärts ins antike Phokäa, die süße Heimat der Anchoïade! Vorwärts, und umarmen wir uns in großer Freude, geliebte Cousins, Lieblinge meines großen Herzens, umarmen wir uns, denn nichts ist besser als lieben! Umarmen wir uns aus tiefster Seele vor dieser köstlichen Abreise zum brausenden Meer! Ja, Erzfreunde bis zum Ende aller Tage, umarmen wir uns mit großen schmatzenden Küssen, und freuen wir uns zu leben und zu lieben und noch nicht unter der Erde zu sein, furchtbar gleichgültig und erkaltet! Dir die erste Umarmung, guter Saltiel«, rief er mit Tränen in den Augen und weit geöffneten Armen.

Schnee heute. Vorhin, bevor sie hinausging, habe ich ihr geraten, vorsichtig zu gehen wegen des Glatteises. Vom Fenster in meiner siebten Etage aus habe ich gesehen, wie sie sich gewissenhaft bemühte, mir zu gehorchen, und rührend, sehr langsam, einen Fuß vor den andern setzte, um nicht auszurutschen, behutsam wie eine alte Frau, sie, die noch so jung ist, sie ging, wie sie in dreißig Jahren gehen wird.

So wird sie in dreißig Jahren sein, eine alte Frau, dachte ich an meinem Fenster und sah ihr nach und winkte, als sie sich umdrehte, eine alte Frau, dachte ich, und ich habe sie geliebt, schmerzlich geliebt dafür, daß sie heute ging, wie sie in dreißig Jahren gehen wird. Mit zugeschnürter Kehle habe ich diese plötzlich alte Frau geliebt, die mit der Schwerfälligkeit des Alters ging, diese alte Frau von in dreißig Jahren, die ich nicht sehen werde, denn ich werde nicht mehr dasein, denn sie ist jung und ich bin nicht jung.

Diese Liebeswallung überkam mich mit den Tränen, weil ich sie langsam auf der verschneiten Straße habe gehen sehen, sie, die ich nicht mehr sehen werde, sie, die mir versagt ist, weil ich meine alte Herzliebste von später habe gehen sehen, unbeholfen, auf welcher unbekannten Straße, in welcher Stadt? Diese Liebeswallung kam mit den Tränen, weil ich wußte, daß ich nicht dasein werde, um ihr zu helfen, ihr, die dann alt sein wird, nicht da, um ihr gehen zu helfen und ihren Arm zu nehmen, damit sie nicht fällt, nicht da, um ihr eine Stütze zu sein, das letzte Glück, das mir verwehrt ist.

Was wird sie dann machen ohne mich, allein und alt, meine Herzliebste, ohne mich, der ihr einschärft, nicht auf dem Glatteis auszurutschen, ohne mich am Fenster, der sie weggehen sieht und ihr winkt und sie liebt, ohne mich, der sie beschützt? Wer wird sie beschützen? Gott schütze dich, mein Liebling, murmelte ich, ohne daran zu glauben.

XIX

»Kahn's and Bloch's Family Kosher Windsor and Tel Aviv Hotel for Jewish Ladies and Gentlemen, 7 Commercial Street, London, eine triste, düstere Straße ohne den geringsten Sonnenstrahl und ohne den bezaubernden Duft des Jasmins, der wie parfümierter Zucker ist! Nein, mein Kind, nichts als Qualm! Was für ein Unterschied zu Kephalonia, wo schon im Februar die Mandelbäume blühen! Vierzehnter Tag des Monats Nissan des Jahres 5695 nach der Erschaffung der Welt! Und ebenfalls vierzehnter Tag des Monats April des Kalenderjahres 1935! Übereinstimmung und Zusammentreffen der Monatstage sind ja ein gutes Zeichen! Hoffen wir es zumindest!

Saltiel von den Solal an seinen verehrten Neffen Solal von den Solal, angeblich nur zweiter Chef des Völkerbunds, der dort in Wirklichkeit aber alles bestimmt! Zur Zeit im Erstklassigen Superluxushotel Plaza-Athénée in Paris, der Lichterstadt, sie möge wachsen an Bedeutung und Wohlstand, Amen!

Liebes Kind und Augenstern!

Das Herz ging mir extrem weit auf, als ich in Brüssel Deinen zärtlichen Brief erhielt, der postwendend und postlagernd von Paris nach Brüssel expediert wurde, wie ich es in meinem Brief erbat, den ich aus Paris nach Genf sandte, von wo man ihn Dir, sagst Du, da Du abwesend warst, sofort nach Paris schickte!

Wenn man bedenkt, daß Du in Paris warst, während ich auch dort war! Und ich wußte es nicht! Sei gelobt dafür, daß Du mir so schnell nach Brüssel oder vorher nach Paris geantwortet hast, ich wußte schon, daß wir hinfahren würden, denn ich hatte meinen Geheimen Plan zur Erforschung der belgischen Gewohnheiten und Gebräuche! Aber zuerst sind wir nach Marseille gefahren, wo wir freilich nur ein paar Stunden blieben infolge eines großen Eisigen Mistralwindes, eines veritablen Lungenentzünders, der uns terrorisierte! Und dann los alle fünf nach Brüssel, wo wir auch nicht lange geblieben sind! Denn diese Stadt ist nicht sehr interessant! Was für eine Idee, die Statue eines Unbeschnittenen Kindes aufzustellen, das andauernd ein Geschäft erledigt, über das zu sprechen sich nicht ziemt! Und außerdem sollten, unserem großen Weisen Maimonides, gesegnet sei er, zufolge, gewisse natürliche Bedürfnisse mit Scham und ganz im Geheimen verrichtet werden! Ach, mein Sohn, als ich in Brüssel durch die Lektüre Deines hinreißenden Briefes plötzlich erfuhr, daß Du in Paris so nah bei mir warst, bekam ich schreckliche Lust, zu kommen und Dich anzuschauen und zu betrachten! Aber dann brachte ich mich, aus Angst, Dich zu stören, mit verschiedenen Argumenten zur Vernunft, indem ich lange mit mir diskutierte und mich schließlich für Verzicht und Geduld entschied! Er hat erster Juni gesagt für die Vereinigung der Herzen, nun, dann soll es am ersten Juni sein und nicht vorher! So rief ich in meiner zurückgekehrten Weisheit!

Unsere beste Erinnerung an Brüssel ist ein Gastspiel der Comédie-Française, wo wir, Eisenbeißer, Salomon und ich, in Lackschuhen und feierlichen Fräcken hingingen, die wir uns vom Schwager aus zweiter Ehe des reizenden Dieners der Brüsseler Synagoge ausgeliehen hatten, um dem Ersten Nationaltheater Frankreichs, auch Maison de Molière genannt, die Ehre zu erweisen! Ein Theater, das Ludwig XIV. gegründet hat, kannst Du Dir das vorstellen? Aber Du hast es sicher schon gewußt! Leider gab es nur noch Karten ganz oben beim Plebs! So daß all diese

Dummköpfe uns ansahen! Aber wir haben jedenfalls unsere Pflicht als französische Staatsbürger erfüllt! Mattathias wollte aus Sparsamkeit nicht mitkommen! Und Michael, den kennst Du ja! Er war anderweitig beschäftigt, wie er sagt! Das Stück hieß Horatius, von Corneille, dem Vater der französischen Tragödie, geboren in Rouen! Erhabenes Stück, natürlich, gewählte Sprache! Schwer erträglich finde ich aber, wenn man den alten Vater fragt: Was sollte er tun gegen drei?, und dieser Wüterich ganz ruhig antwortet: Sterben! Schande über dich, gefühlloser Mensch! Stell Dir vor, was das für Leute sind, diese Römer! Niemals würde ein Vater in Israel so etwas Abscheuliches sagen! Im Gegenteil, er würde sagen: Bravo! Gut, daß mein Liebling abgehauen ist! Die Hauptsache ist, er lebt hundert Jahre, und zwar gute Jahre! Dagegen gefielen mir die Verwünschungen Camilles sehr! Sie hat es ihnen gegeben, den Römern! Ich habe ihr lange applaudiert! Stell Dir vor, in London haben wir die Comédie Française wiedergetroffen! Wir haben uns ein Stück von Racine angesehen! Phädra! Eine schamlose Person! Schande über dich, Garstige!

Wie Du siehst, sind wir jetzt in England, um uns zu vergnügen und durch die Beobachtung der Sitten und Gebräuche in der Heimat Lord Beaconsfields unsere Kenntnisse zu mehren! An seiner Stelle hätte ich lieber stolz verlangt, daß man Lord Disraeli zu mir sagt, eine viel schönere Anrede! Sträfliche Neigung mancher unserer Glaubensgenossen, ihre schönen israelischen Namen abzulegen! Daß man sich schämt, zum auserwählten Volk zu gehören, und es verheimlicht, kannst Du Dir das vorstellen? Was für Toren! Ich habe gehört, ein Schriftsteller Levi in Paris hat seinen prachtvollen, sehr alten Namen in Ivel ändern lassen! Krepieren soll er! Danke für den liebevollen Tscheck über 100 000 (in Worten hunderttausend) belgische Franken, aber wozu schickst Du uns diesen zusätzlichen Reichtum, mein Sohn? Was Du uns nach Kephalonia geschickt hast, war doch ausreichend! Ich habe den freundlichen Tscheck also nicht eingelöst und werde ihn Dir beim köstlichen Wiedersehen zurückgeben, das bald geschehen möge und bei guter Gesundheit von allen, Amen! Aber Du erklärst mir nicht den Grund Deines Aufenthalts in Paris, und warum Du Genf verläßt, die vornehme Schweizer Stadt, sie möge ebenfalls wachsen, wie oben schon für Paris gewünscht! Ich nehme an, es ist wegen Politischer Gespräche von Großer Tragweite! Nun, Du wirst es mir bei besagtem Wiedersehen erzählen! Ich habe mich sofort in einem der Läden von Lord Cook and Co nach der Bedeutung des Hotels Plaza-Athénée erkundigt, und ein erstaunlich blonder, aber Französisch sprechender Angestellter hat mir versichert, es sei ein hervorragendes Hotel, aber sehr teuer, der Dummkopf dachte, es sei für mich! Um so besser, wenn es ein sehr teures Hotel ist, Du verdienst es! Gib das Geld aus, und vergnüge Dich, mein Kind, denn man lebt nur einmal, aber keine schweinefleischhaltige Nahrung, bitte! Danke im voraus! Wenn ich wieder nach Paris komme, werde ich mich lange vor das Hotel Plaza-Athénée stellen, um meine Augen daran zu weiden und mich in die Brust zu werfen!

Liebes Kind, der Tag des Monats Nissan und unsere Jahreszahl wurden angegeben um der Schönheit willen und um Dich daran zu erinnern, daß wir ein Volk von uraltem Adel sind! Wir vergessen aber gewiß nicht, die Cousins und ich, daß wir seit Jahrhunderten, Gott sei Dank, französische Staatsbürger sind, insofern wir zum jüngeren Zweig der Solal gehören, der in Wirklichkeit der ältere Zweig sein müßte, aber rühren wir nicht an dieses Problem! Kurz, wir sind ebenso stolz, Franzosen zu sein, wie, Söhne Israels zu sein! Du hättest sehen sollen, mit welch geschwellter Brust wir letztes Jahr in Kephalonia das erhabene Datum des Vierzehnten Juli gefeiert haben! Ein gesegneter Tag, an dem wir die Verhaßte Bastille eingenommen und Freiheit, Gleichheit, Brüderlichkeit die Tür geöffnet haben! Bist Du Dir der Schönheit dieser Devise bewußt, und welche andere Nation wäre imstande gewesen, sie zu erfinden? Keine, glaub mir! Also die Bastille, einverstanden, daß man sie stürmt und die armen eingesperrten Unschuldigen befreit! Aber dann haben die Revolutionäre doch zu viel guillotiniert! Und da bin ich nicht mehr einverstanden mit ihnen! Was meinst Du dazu? All diese guillotinierten Charmanten Aristokraten, mein Herz blutet! Und der arme Ludwig XVI., so friedfertig, ein bißchen dick, zugegeben, aber warum muß man ihm den Kopf abschlagen? Er hätte keiner Fliege etwas zuleide getan! Alles, was er wollte, war, sich mit Kunstschmiedearbeiten zu vergnügen! Ich hätte ihm gesagt: Hören Sie, mein lieber Ludwig XVI., es tut uns furchtbar leid, aber mit der Monarchie ist Schluß! Wir werden Ihnen ein schönes Schloß kaufen mit einer großen Kunstschmiedewerkstadt im Keller, und Sie bekommen eine monatliche Rente von 350 (dreihundertfünfzig!) Louisdor! Kümmern Sie sich also um Ihre Schmiedesachen, leben Sie in Frieden mit Ihrer lieben Familie, und um Sie nicht zu demütigen, werden wir immer Majestät zu Ihnen sagen! Aber Vorsicht, jetzt ist Republik, verhalten Sie sich ruhig, und keine Intrigen mit Mirabeau! So hätte ich die Revolution gemacht! Arme Marie-Antoinette, wie sie auf ihrem Karren steht und von weitem das blitzende Messer der Guillotine sieht und an ihr armes Kind denkt, den reizenden Dauphin, den verlassenen Waisenknaben in seinem Gefängnis! Das ist nicht erlaubt, solche Gemeinheiten! Na ja, es ist vorbei, denken wir nicht mehr daran!

Ich würde nicht einmal Hitler guillotinieren! Ins Gefängnis, ja, damit er nichts Böses mehr tut, und zur Strafe soll er jeden Tag eine Seite der Bibel auswendig lernen, einmal das Alte Testament und einmal das Neue Testament! Auswendig! Und wenn du nicht gut gelernt hast und wenn du es schlecht aufsagst, fällt das Abendessen aus! Eine ganze Seite der Bibel, das ist vielleicht zuviel, weil es sehr klein geschrieben ist, sagen wir jeden Tag dreißig Zeilen! Der niederträchtige Goebbels auch! Und sogar fünfzig Zeilen am Tag, weil er intelligenter ist, der Verfluchte!

Liebes Kind, dank der enormen Summen, die aus Deiner Hand geflossen sind, landeten wir also, auf dem Wolkenweg aus Amsterdam kommend, gesund und munter in England! Beschreibung Londons folgt gleich, zuerst aber etwas Wichtigeres! Wenn Du irgend etwas brauchst, Ratschläge oder meine leibhaftige Anwesenheit, so brauchst Du mir nur zu telegraphieren: Saltiel Solal c/o, ein englischer Ausdruck, der bedeutet bei Sowieso, aber das weißt Du wahrscheinlich, c/o Synagogendiener Sephardische Synagoge London, Hauptstadt Englands! Das Telegramm an den Synagogendiener, mit dem ich mich angefreundet habe und der ein ehrbarer Mensch ist, damit Du nicht für die Adresse meines Hotels bezahlen mußt, die drei Viertel des Telegramms einnehmen würde, und wozu?

Noch etwas Wichtiges! Wenn Du im Winter an einem warmen Ort bist, dann hüte Dich wie vor der Lepra, mein Sohn, direkt ins Kalte hinauszugehen, denn so holt man sich einen Katarrh, der sich in Bronchitis verwandeln kann oder sogar in Lungenentzündung, was Gott verhüten möge! Nein, der kluge und vorsichtige Mensch bleibt, nachdem er sich gut angezogen hat, einen Augenblick an einem temperierten, weder warmen noch kalten Ort, beispielsweise im Hausflur, während die Tür zur Straße aber noch verschlossen ist! Nach genau fünf Minuten gehst Du hinaus! Doch dann, beim Hinausgehen, atmest Du durch die Nase, vor die Du einen weichen Wollschal hältst, damit die Luft durch die Wollfasern gefiltert wird! Du atmest also durch die Nase und nicht durch den Mund, die Luft erwärmt sich im Nasengang, in dem die Temperatur 37 (siebenunddreißig) Grad beträgt, während es draußen schreckliche Minusgrade haben kann, und die im besagten Gang erwärmte Luft strömt mild und ungefährlich in Deine Lungen, Gott schütze sie, Amen!

Wenn Du jetzt nicht die Verschwendung Deines Vermögens durch die Länge der Adresse fürchtest, kannst Du das Telegramm für mich auch, wenn Dir das lieber ist, senden an: Kahn's and Bloch's Family Kosher Windsor and Tel Aviv Hotel for Jewish Ladies and Gentlemen, das uns, stell Dir vor, auf dem Schiff empfohlen wurde von einem traurigen rothaarigen Glaubensgenossen, der zufällig ein Verwandter von Colonimos ist! Gott ist groß, aber die Erde ist klein, und es gibt mehr Kinder Israel als Sand in der Wüste, aber es ist gut, daß sie verstreut sind, denn sie sind das Salz der Erde! Ein bißchen Salz ist köstlich, aber zuviel Salz brennt auf der Zunge!

Nun die Beschreibung von London! Nach einer raschen Gesichtswäsche bei unserer Ankunft gingen wir spazieren und fanden diese riesige Hauptstadt nach unserem Geschmack! Aber stell Dir vor, die Omnibus genannten Fahrzeuge haben die Farbe von blutigem Fleisch, ein Greuel, das die Heiden lieben, und wenn Du heiratest, wie es mein Herzenswunsch ist, so rate Deiner reizenden Gattin, das Fleisch gut zu salzen und vor dem Kochen sogar zu waschen, um das Blut zu entfernen, das noch daran sein könnte! Besagte Heirat wäre natürlich mit einer von uns, denn mit ihr kannst Du voller Vertrauen über alles sprechen! Sie ist Deine Frau, aber sie ist auch Deine Schwester, und das ist von größter Wichtigkeit! Vergiß meine Worte nicht, und verstaue sie in einem ausgewählten Winkel Deines Gehirns, mein Schatz, denn da ich in spätem Alter bin und in die Schule des Lebens ging, habe ich tief in den Stamm des Baums der Weisheit und der Erkenntnis gebissen! Rot sind auch die Briefkästen und die Mäntel der jungen charmanten Krankenschwestern, die Michael zu sehr anschaut! Im allgemeinen sind die Türen der Häuser weiß, und die Messingbeschläge werden jeden Tag poliert, damit sie glänzen, meines Erachtens Zeitverschwendung! Es gibt viel Farbe in diesem Land, vielleicht um die Sonne zu ersetzen. Die Parkwächter zum Beispiel tragen rote Gehröcke, die jungen Mädchen haben Turbane in allen Schattierungen auf, die Kuchen sind gelb und grün und sehr schlecht. Außerdem fahren die alten Frauen Fahrrad und haben auch Turbane in tausend Farben auf und alle eine Zigarette im Mund, stell Dir vor! Aber das ist nicht so wichtig! Das Wichtigste ist, daß Du nicht zuviel rauchst, schließlich kann ich mich nicht um die Gesundheit all dieser alten Hexen kümmern. Gott beschütze sie, ich kann es nicht! Apropos, mein Schatz, hast Du die Bergpredigt gelesen? Sehr schön, sehr richtig! Aber unser Gott ist Einzig, und Er hat nicht Seinesgleichen!

Im Grunde war der größte Teil unseres Aufenthalts in London der äußeren Besichtigung der Konservativen Klubs gewidmet! Vor jedem dieser Aristokratischen Klubs sind wir lange auf der Straße stehengeblieben, denn wir wollten die gutgekleideten englischen Politiker kommen und gehen sehen und sie beobachten, kurz, ein wenig ihre Bekanntschaft machen! Eigentlich sahen diese Aristokraten aus wie jeder andere, außer daß sie alle trotz des schönen Wetters einen Schirm hatten und vorstehende Zähne. So sind wir also mehrere Tage lang von morgens bis abends auf den Beinen gewesen und haben diese konservativen Klubs gesucht, deren Adressen Eisenbeißer beschafft hatte, und haben freundliche Riesen von der Polizei nach dem Weg gefragt, wobei wir jedoch den Trafalgar Square mieden, der uns an eine für unser französisches Herz schmerzliche Episode erinnert!

Ich vergaß, Dir zu sagen, daß wir dank einer List dieses teuflischen Eisenbeißer, die zu erklären zu lange dauern würde, an einer Sitzung des Unterhauses teilgenommen haben, in langen Regenmänteln und begleitet von dem sephardischen Synagogendiener, der gut Englisch kann und uns die Debatte übersetzt hat, halb ins Französische und halb ins Spanische und Hebräische, das er ziemlich richtig ausspricht. Es war die Sitzung, die Fragestunde genannt wird. All diese Abgeordneten sind sehr höflich. Beispielsweise gab es einen blassen Blonden, der den Premierminister gefragt hat: Ist sich der Sehr Verehrte Gentleman darüber im klaren, daß seine Politik uns ins Verderben führt? Und der Premierminister hat einfach geantwortet: Nein, nicht daß ich wüßte. All das mit Lächeln! Dann hat derselbe Blondschopf gefragt: Könnte uns der Sehr Verehrte Gentleman die Gründe für seine verheerende Entscheidung erklären? Und der Premierminister mit Blume im Knopfloch hat höflich geantwortet: Ich sehe nicht die Notwendigkeit. Und immer noch Lächeln! Etwas anderes als unsere Streitereien in der Goldgasse! Was mich erstaunt hat angesichts der guten Erziehung all dieser großen englischen Politiker, ist, daß Seine Exzellenz der Premierminister seine Füße auf einen Tisch legte, und es hat mich um so mehr erstaunt, als auf diesem Tisch auch eine Art großes Zepter lag, das den König repräsentierte! Aber sei's drum, der Premierminister wird sicher sehr müde gewesen sein, was ja verständlich ist bei all den Sorgen, die ihn plagen. Ausnehmend gut gefallen hat mir dagegen, daß, jedesmal wenn ein Abgeordneter kam oder ging, er sich in dem Moment, da er über die Schwelle trat, vor dem imposanten Speaker in Robe und Perücke verbeugte, stell Dir vor, bei jedem Hereinkommen und Hinausgehen! Da wage noch mal einer, mir Schlechtes über England zu sagen! Was soll's, ich mag eben Respekt, gute Manieren! Die französischen Abgeordneten sollten es den englischen Abgeordneten nachtun und sich auch bei jedem Kommen und Gehen vor dem Präsidenten der Abgeordnetenkammer verbeugen! Dies habe ich dem Letzteren in einem Einschreibebrief empfohlen, aber ich habe seine Antwort noch nicht erhalten. Aber vielleicht müßten die französischen Abgeordneten jedesmal über diese Verbeugungen lachen. Was soll ich Dir sonst noch sagen? Nichts, außer daß alle englischen Abgeordneten stottern. Das ist vielleicht Vorschrift im Unterhaus. Der *Speaker* hat mir mit seinem vollkommen korrekten Verhalten sehr gefallen! Man spürt den gut erzogenen und ganz und gar vertrauenswürdigen Menschen! So, nun habe ich Dir meine Eindrücke von London geschildert.

Da wir uns zu langweilen beginnen, haben wir beschlossen, einen kleinen Ausflug nach Schottland zu machen, um zu sehen, ob es stimmt, daß die Männer dieses Landstrichs sich als Frauen kleiden. Der arme Eisenbeißer kann uns nicht begleiten, denn er hat einen Plötzlichen und Schrecklichen Ischias und verzieht das Gesicht und macht dem Ewigen Tausend Vorwürfe! Ein echter Freimaurer! Wir haben ihm erklärt, daß wir freiwillig auf Schottland verzichten würden, um bei ihm zu bleiben, ihn zu Pflegen und durch Tröstende Worte zu Beruhigen! Aber er hat uns inständig gebeten, uns nicht zu opfern, und er hat sogar geschworen, seine Rebecca zu verstoßen, wenn wir auf unsere Schottische Expedition verzichten! Was willst Du machen, wir können es nicht verantworten, aus der armen Rebecca eine beschämte Geschiedene Frau zu machen! Kurz und gut, wir haben nachgegeben, und in einer Stunde reisen wir ab, was Dir die Kürze dieses Briefs und den Mangel an eleganten Wendungen erklärt. Ich werde Dir aber meine Beobachtungen über Schottland und die Frage der Weiblichen Kleidung der Männer schicken. Natürlich fahren wir 3. Klasse, denn wozu brauchen wir Schlafwagen? Sitzend und lächelnd werden wir uns angenehm unterhalten! Arme Königin Maria von Schottland, die umgebracht wurde von der infamen Königin Elizabeth, einer wahren Megäre, welche eifersüchtig war auf die Schönheit ihrer Cousine, die perfekt Französisch sprach! Sobald wir in Schottland sind, werde ich fragen, wo das Grab der reizenden Maria ist, um ihr mit ein paar duftenden Veilchen zu huldigen. Kein Mann wollte die Megäre Elizabeth heiraten! Recht geschieht ihr! Und krepieren soll sie!

Mit den üblichen Segnungen und vorzüglichen Grüßen bin ich, mein liebes Kind, Dein Onkel mütterlicherseits und treu ergeben bis zur Stunde meines Todes, so spät wie möglich, wenn es Demjenigen gefällt, der den Patriarchen ein langes Leben gab!

Saltiel von den Solal

Psst! Vergiß nicht die Empfehlung, durch die Nase zu atmen und auch nach beiden Seiten zu schauen, bevor Du über die Straße gehst! Und wenn sie Dir Schweinefleisch bringen, lehne es ab, und sie sollen zum Teufel gehen! Wer zahlt, befiehlt! Hühnchen oder Kalbfleisch statt dessen, eben eine Nahrung für Menschen! Wie ein Blitz aus heiterem Himmel fährt mir ein Gedanke durch den Kopf! Ist Eisenbeißers Ischias womöglich gespielt und vorgetäuscht? Er verzieht das Gesicht ein Wenig zu Stark! Sollte dieser Teufel einen geheimen Plan aushecken und uns loswerden wollen wegen irgendwelcher Machenschaften, aus denen ihm allein Gewinn und Ehre erwächst? Wenn ich diesen Brief beendet habe, werde ich ihn Scharf Beobachten! Ich werde Dich auf dem laufenden halten! Warm anziehen, aber im Fall von Schwitzen sofort die Wäsche wechseln! Was für ein Ungeheuer, dieser Hitler! Ich habe ihm mehrmals geschrieben, um ihn zur Vernunft zu bringen, ihm zu erklären, daß er bald sterben wird! Wie wir alle! Warum also all diese Bosheit? Ist es nicht besser, freundlich zu sein und zu lächeln?

Der Obige!

Noch ein Psst! Ich habe das Wichtigste vergessen! Morgen, am fünfzehnten Nissan, ist der erste Abend unseres lieben Pessach! Zum Gedenken an unseren Auszug aus Ägypten, wo wir Sklaven des Pharao waren! Doch der Ewige unser Gott befreite uns mit Seiner starken Hand und Seinem ausgestreckten Arm! Daher beschwöre ich Dich, mein Sohn, fromm unser Altes Fest zu feiern mit dem ungesäuerten Brot, den bitteren Kräutern und den fröhlichen Liedern! So wirst Du Dich bis in Deine tiefste Seele ergriffen fühlen! Den Rothschilds von Paris wird es sicherlich ein Vergnügen sein, Dich zu der heiligen Zeremonie einzuladen! Dieses Jahr Sklaven im fremden Land, nächstes Jahr ein freies Volk in Jerusalem! So werden wir alle rufen, wie es vorgeschrieben ist! Außerdem habe ich gehört, daß die jüngste Rothschild-Tochter, einundzwanzig Jahre alt und noch nicht verheiratet, ein Ausbund an Charme und Tugend sein soll! Es ist nicht gut, daß der Mann allein sei, hat der Ewige im zweiten Kapitel der Genesis gesagt, und deshalb hat Er die Frau erschaffen, um dem Mann eine dem Mann entsprechende Hilfe zu geben! Als Adam dann die schüchterne und angenehme Eva daherkommen sah, rief er aus: Das ist ja endlich Bein von meinem Bein und Fleisch von meinem Fleisch! Nun, Gott möge Dich leiten! Was uns betrifft, so werden wir, sobald wir morgen früh in Glasgow ankommen, dem Großrabbiner unsere Aufwartung machen, und wenn er erfährt, daß ich Dein Onkel bin, wird er sich beeilen, uns noch für den gleichen Abend, den erhabenen ersten Abend unseres Pessach, an seinen Tisch einzuladen! Klarer Fall!

Kommen wir zu einem anderen Thema! Gestern haben wir zwischen zwei konservativen Klubs Dr. Weizmann, das Oberhaupt des Zionismus, besucht, und er hat uns empfangen! Wir haben ihm den Ärmel geküßt! Schade, daß er das Hebräische in der Art der polnischen Juden ausspricht! Danach ist er nach Amerika gefahren, um ein paar Dollars einzusammeln. Du wirst sehen, wenn wir unseren Jüdischen Staat haben, wie schön das wird! Nur noch Gerechtigkeit! Und welche Begeisterung, welche Hingabe, welcher Mut! Apropos, stell Dir vor, neulich hat mir Eisenbeißer, während er sich kennerisch über den Bart strich, gesagt, in diesem Jüdischen Staat gebe es bald keine Juden mehr vor lauter Glück und Normalität! Denn ihm zufolge macht das Glück dumm und lähmt das Genie des Herzens! Worauf ich erwidert habe, es sei ja das Schicksal unseres Volkes, von Generation zu Generation Drangsal, Widrigkeiten, Unglück zu erleiden, und in unserem Jüdischen Staat würde das sicher nicht anders sein, folglich werde alles gutgehen, ohne daß die Gefahr von Glück oder Sicherheit bestehe, also mach Dir keine Sorgen, lieber Eisenbeißer, wir werden Juden bleiben, selbst im Lande Israel, und wenn der Ewige uns zwei- oder dreimal im Jahrhundert Unannehmlichkeiten und Feinde gewährt, so wisse, er will uns damit nur in guter israelitischer Form halten. So habe ich ihm gesagt! Was denkst Du darüber, mein Sohn? Aber wo habe ich meinen Kopf? Ich vergaß, Dir zu sagen, daß wir in einem Theater waren und ein Stück von Shakespeare gesehen haben, dem berühmten englischen Schriftsteller und wichtigsten Bühnenautor aller Zeiten! Das Stück hieß Hamlet, und der Schauspieler sah Dir ähnlich, worüber ich ein paar Tränen vergoß, aber er war natürlich nicht so schön! Mit besten Wünschen für Deinen Seelenfrieden bin ich, liebes Kind und mein Augapfel

Wiederum der Obige

Ein letztes Psst! Was willst Du machen, mein Schatz, wenn ich bei Dir bin, kann ich Dich nicht lassen und dem Reiz einer süßen Unterhaltung mit meinem Herzensneffen nicht widerstehen, denn ich hatte ja nicht das Privileg legaler Vaterschaft, weil ich, treu der Erinnerung an die zärtliche Verlobte, die mir leider im Poetischen Alter von Achtzehn Jahren durch eine grausame Krankheit entrissen wurde, die Augen verschloß vor allen Heiratsangeboten, die mir in recht großer Zahl gemacht wurden, denn ich war in meiner Jugend nicht unansehnlich! Aber wie verrückt sind doch diese Alten, die Junge heiraten und sich von ihnen geliebt wähnen! Glaubst Du, eine junge Dame könnte sich in mich verlieben, so wie ich jetzt bin, mit diesem Gesicht und diesen Beinen? Nein, sie würde einen Entsetzensschrei ausstoßen und hätte vollkommen recht!

Etwas gefällt mir an Ludwig XIV., genannt Sonnenkönig, obwohl ich ziemlich republikanisch bin, nämlich daß er seinen Federhut abnahm, wenn er an einer Dienerin vorbeiging! Was ich dagegen von Napoleon halten soll, weiß ich, ehrlich gesagt, nicht so recht! Was hältst Du von ihm? Einerseits gefällt er mir, aber andererseits hat er viel zu viele Menschen umgebracht! Der Rückzug aus Rußland! Und völlig ohne gesunden Menschenverstand! 1814 wird er besiegt, und man ist so nett und macht ihn zum König der Insel Elba! König, stell Dir das vor, mit einer Krone! Anstatt schön ruhig in seinem Königreich zu bleiben, denn das ist doch immerhin etwas, König zu sein und Euer Majestät genannt zu werden! Aber nein, das reicht dem Herrn nicht! Der Herr möchte wieder Kaiser sein und kehrt nach Frankreich zurück! Dann kommt natürlich Waterloo! Da hatten die Engländer genug, und ich kann es ihnen nicht verargen! Ach, du wolltest nicht König sein? Nun, dann eben Gefangener auf Sankt Helena! Das kann ich Dir sagen, mein Lieber, wenn man mir anbieten würde, König von Elba zu sein, dann würde ich mich ganz ruhig verhalten, mit meinem Zepter und der Unterwürfigkeit der Minister auf meinem Thron sitzen und mich bescheiden und nicht so unvorsichtig sein, Kaiser werden zu wollen! Aber freilich reicht kein Oberhaupt irgendeines Volkes unserem Herrn Moses auch nur bis an die Knöchel, gelobt sei Er bis ans Ende aller Zeiten!

Was sage ich, bis an die Knöchel, nicht einmal an den unteren Teil seiner Ferse! Hat sich Napoleon die Zehn Gebote ausgedacht? Hat Ludwig XIV. Gott von Angesicht zu Angesicht gesehen? Also!

Was die Nase und ihre Innere Wärme betrifft, von der ich zu Beginn dieses Schreibens plauderte, so stell Dir vor, welche Fürsorge der Ewige, Schöpfer des Himmels und der Erde, walten läßt! Wie schön es ist, daß Er in Seiner Güte daran gedacht hat, es so einzurichten, daß wir genau diese milde Wärme von 37 (siebenunddreißig) Grad in unserem Organismus haben! Nicht mehr und nicht weniger! Und es gibt Unbesonnene, die Seine Existenz leugnen! Meine höfliche Bitte, mein Schatz, ist also, daß Du ab und zu ein bißchen in die Synagoge gehst! Sie haben etwas zuviel elektrisches Licht in dieser Genfer Synagoge, ich weiß, aber gleichviel, es ist das Haus des Ewigen! In der sephardischen Synagoge von London haben sie noch viel mehr unbarmherziges elektrisches Licht, es hat mich beklommen gemacht, man könnte glauben, man wäre in einem dieser Luxusgeschäfte, in denen moderne eisgekühlte Getränke auf Milchbasis serviert werden. Wie schade, und wie liebe ich die Kerzen und die Olivenöllampe unserer lieben Synagoge in Kephalonia, wo der Ewige uns im Schatten so nahe ist!

Mein liebes Kind, wie wunderbar ist Gott! Weatah marom le'olam Adonai! Ich habe diesen Satz in profanen Buchstaben geschrieben, falls Du Dein Hebräisch ein bißchen vergessen haben solltest, die Bedeutung ist: Und Du, Herr, bist herrlich in Ewigkeit! Was sehr wahr ist! Manchmal bleibe ich auf der Straße stehen und erschauere und stampfe mit dem Fuß auf, weil ich plötzlich merke, wie herrlich Er ist. Vor Freude und Wahrheit stampfe ich mit dem Fuß auf wie ein Wildesel! Was willst Du machen, wenn ich ein großer Schriftsteller oder ein großer Musiker wäre, würde ich eine Hymne an unseren Gott komponieren, aber weil ich nur der arme Saltiel bin, stampfe ich mit dem Fuß auf! Um Ihm meine Begeisterung über Seine Größe und Seine Güte zu zeigen! Also, wenn Du keine Zeit hast, in die Synagoge zu gehen, dann denke mindestens abends vor dem Schlafengehen ein wenig an unseren Gott! Das ist das größte Geschenk, das Du mir machen kannst! Dafür habe ich Dir in Amsterdam, einer Stadt, in der alle Einwohner fett sind, eine sehr alte hebräische Bibel gekauft, die ich Dir bei meinem nächsten, mit eigener, vor Alter zitternder Hand ausgeteilten Segen übergeben werde! Außer daß die Holländer alle fett sind, sprechen sie auch eine schreckliche Sprache, die klingt, als wäre ihnen eine Reihe von Fischgräten in die Kehle geraten, die sie schnell mit gräßlichem Röcheln ausspucken müssen, damit sie nicht in der Luftröhre steckenbleiben! Die französische Sprache aber, welche Schönheit! Ich bin stolz darauf und habe ein Recht dazu, denn die jüngeren Solal sind, wie oben erwähnt, seit Jahrhunderten Franzosen, während die älteren Solal, ohne Dich kränken zu wollen, liebes Kind, Griechen sind vom Vater auf den Sohn, außer Dir, den Frankreich, gelobt sei Gott, in seinen großzügigen Schoß aufgenommen hat!

Apropos Gott, stell Dir doch einmal vor, über welches Vermögen an Güte Er verfügt, daß Er jeden einzelnen Menschen liebt, mehr als ein Vater, mehr sogar als ein Onkel, eine ungeheuere Liebe für jeden, selbst für den unbedeutenden Menschen Saltiel, was wirklich allerhand ist! Neulich, als ich in einem Londoner Park, genannt Regent, spazierenging, blieb ich stehen, um einem kleinen Vogel auf einem Zweig zuzuhören, der aus voller Kehle sang, ein bißchen verrückt, weißt Du, wie ein Künstler! Dann hat er innegehalten, um seine Federchen zu glätten, wie mit Besitzerstolz, eine Feder nach der andern und als würde er kleine Nadelstiche ausführen! Und da, stell dir vor, habe ich plötzlich begriffen, daß Gott auch dieses Häufchen Federn liebt und auch alle anderen Vögel der Welt, jeden einzelnen, und jede einzelne Fliege, jedes einzelne Insekt, jedes einzelne Reptil! Da habe ich, begeistert von dieser Größe Gottes, schrecklich mit dem Fuß aufgestampft, stärker denn je und lange! Das hättest Du sehen sollen! Ein wütender Esel! Damen haben sich umgedreht, um mich zu beobachten! Da habe ich mich geschämt und aufgehört zu stampfen, aber ganz leise gepfiffen, um mich wieder zu fassen! Nun ja, Ehre sei Gott!

Mittlere Scham überkommt mich plötzlich bei dem Gedanken, daß ich diesen Brief am Samstag schreibe, dem Tag des heiligen Sabbat, der der Erholung und der Freude geweiht ist! Aber bevor ich damit anfing, habe ich mir erlaubt, den Ewigen daran zu erinnern, daß es für einen Vater im Geiste keine größere Erholung und keine höhere Freude gibt, als dem Seelensohn zu schreiben! Ich bin also entschuldigt! Dagegen habe ich von den Cousins verlangt, daß sie erst mit dem Abendzug nach Schottland fahren, denn sobald die ersten drei Sterne am Himmel erscheinen, ist der Sabbat ja zu Ende und jede Fortbewegung erlaubt! Kurzum, alles wie es sich gehört! Vorhin hat mich Salomon gebeten, Dich von ihm hochachtungsvoll zu grüßen und Dir zu sagen, er sei Dein leidenschaftlicher Diener! Wörtlich! Ein wahrhafter Engel, unser Salomon, gehorsam, immer zufrieden, und er folgt mir überallhin! Stell Dir vor, er küßt jeden Morgen seinen neuen, in Brüssel gekauften Wecker, so liebt er ihn! Und abends ruft er jedem von uns mehrmals hintereinander sein Gute Nacht durch die Tür! Gute Nacht, Onkel Saltiel, schlafen Sie gut, träumen Sie schön, gute Nacht, schlafen Sie gut! Und wie er sich freut, wenn er im Bett liegt und man in sein Zimmer kommt und ihm auch Gute Nacht sagt! Und wenn man sich vorstellt, daß in Deutschland die Bösen einen solchen Engel schlagen würden! In Brüssel, übrigens, habe ich mitten in der Nacht unter einer Straßenlampe einer liederlichen jungen Frau einen Vortrag gehalten, daß sie ihr Leben ändern soll, wofür ich ihr auf dem Bürgersteig mehrere Argumente geliefert habe! Leider war all meine Mühe vergeblich, und sie ließ es sogar an Höflichkeit fehlen! Aber ich habe es ihr nicht übelgenommen, die Menschen sind ja groß gewordene arme Kinder, die im schrecklichen Lebenskampf bestehen müssen!

Also jeden Abend ein Gebet, auch wenn es kurz ist, und danke im voraus! Außerdem solltest Du die heilige Kapsel mit den Zehn Geboten an der Tür Deines prachtvollen Appartements im Hotel Ritz anbringen lassen, wie der Ewige es vorgeschrieben hat! Deuteronomium, sechstes Kapitel, neunter Vers! Andererseits, könntest Du nicht in einen etwas höheren Rang befördert werden, denn, siehst Du, mein Schatz, dieses *Unter* vor Generalsekretär des Völkerbunds ist mir ein Dorn im Auge! Vor allem seit ich das Bild Deines angeblichen Chefs gesehen habe, dieses Engländers mit dem wenig aufgeweckten Gesicht, entschuldige den Ausdruck! Die Adresse der Brüder Rothschild ist übrigens Rue Laffitte Nr. 21! Paris!

Ich höre auf, liebes Kind, denn als ich mich aus dem Fenster lehnte, das wie eine Guillotine ist, sah ich Salomon, Mattathias und Michael, mit ihren verschnürten Gepäckstücken und Pässen in der Hand; sie erwarten mich in höchster Ungeduld vor dem Mietwagen mit der Shillingzähluhr, der uns zum Bahnhof bringen soll, wo wir den Zug nach Schottland besteigen! Der Fahrer dieses Wagens ist auch ein redlicher und rechtschaffener Glaubensgenosse, mit dem wir uns heute morgen in der Synagoge angenehm unterhielten und bei dem wir dann einen scheußlichen und kalten gefüllten Karpfen aßen! Aber lehrreich ist die Unterhaltung mit ihm, dem großen Kenner des Talmud und sogar des Sohar, obwohl auch er das Hebräische auf die fehlerhafte Weise, vor der Gott bewahre!, ausspricht wie all diese polnischen Juden aus der Kälte und dem Nebel! Was für eine Vorstellung, polnischer Jude zu sein, während es in Kephalonia so schön ist unter den Oliven, du hörst das Lied der Zikaden, und das Meer liegt ganz ruhig und angenehm vor dir, und du verspeist gratis eine Orange, die für dich vom Baum fällt, und die Trauben sind dick wie Pflaumen und die Sonne riecht nach Harz! Aber was willst du machen, immerhin ist er ein Glaubensgenosse, und so hilft man ihm, seinen Lebensunterhalt zu verdienen, zudem hat er uns eine Reduktion des Preises, der vom Zähler angezeigt wird, versprochen, aber mit diesen Shillings soll sich einer auskennen! Ich nehme meinen Koffer und laufe, denn die Cousins schreien vor Ungeduld und verfluchen mich mit meinem Vor- und Nachnamen! Der Böse sei fern! Gott allein sei Lob und Ehre! In aller Eile und mit dem Koffer in der Hand, ein letzter Herzenserguß!

Von Demselben!«

XX

Humpelnd und gekrümmt verabschiedete sich Eisenbeißer auf dem Bürgersteig von seinen lieben Cousins, drückte sie ein letztes Mal an seine Brust, wünschte ihnen mit heiserer Stimme, von Schluchzen unterbrochen, gute Reise. Ach, wie schade, dieser verfluchte Ischias, der ihn um das Glück brachte, mit ihnen zu fahren! Ach, ungerechtes Schicksal! Ach, was hatte er Gott angetan, daß er so bestraft wurde? Er biß sich auf die Lippen, um seinen Schmerz zu unterdrücken, wischte sich mit einem Zipfel seines Gehrocks die Tränen ab und zog dann weitausholend seinen Zylinder vor den abreisenden Tapferen, die, aus den Wagenfenstern gebeugt, rosafarbene und grüne Taschentücher schwenkten.

Als das Taxi um die Ecke verschwunden war, grinste der Bey der Lügner wohlig in seinen gegabelten Bart und tanzte ohne jeden Ischias mitten auf der Straße eine kleine Gigue. Endlich war er allein und frei, sein großes Vorhaben auszuführen, ohne Angst vor Nachahmern und Konkurrenten! Während er die Treppe des Windsor and Tel Aviv hinaufstieg, begrüßte er seine Unabhängigkeit, indem er sich heiter einiger in Reserve gehaltener Winde entledigte. Ja, ohne die Störenfriede und Neider würde er in der vorteilhaften Einsamkeit sein Genie entfalten können und einen schwindelerregenden Satz auf der gesellschaftlichen Stufenleiter machen! Heute ganz unten, morgen ganz oben! Morgen mit der königlichen Familie intim! Morgen den Größten ebenbürtig!

»Nun zu uns, meine einflußreichen Herren!«

Aber bevor er den Brief verfaßte, der sein Schicksal verändern sollte, beschloß er, durch ein schnelles und praktisches Abendessen seine Hirnkraft zu mehren. Zu diesem Zweck schnitt er, nachdem er seine Zimmertür abgeschlossen hatte, einen Kilolaib Brot der Länge nach durch. In das so erhaltene endlose Sandwich packte er eine komplette Mahlzeit: ans rechte Ende Heringsfilets, zwei harte Eier und entkernte Oliven; in die Mitte Fleischklößchen mit Tomaten und Knoblauch, morgens heimlich zubereitet auf einem Petroleumkocher, den er mit Galanterien von seiner Etagennachbarin, einer alten Frau Israelowich, ausgeliehen hatte; anschließend an die Fleischklößchen griechischen Käse, genannt Cascaval, den er bei einem Feinkosthändler in Soho entdeckt hatte; ganz links schließlich Rosenkonfitüre und Sesamnougat.

Nach getaner Arbeit bequem im Bett ausgestreckt, biß er mit langen Zähnen in dieses umfassende Sandwich. Er hielt es mit beiden Händen wie eine Klarinette und begann dann mit den Vorspeisen, fuhr mit dem Hauptgang fort, ließ den Käse folgen und schloß mit dem Nachtisch, all das unter Zehengewackel und fröhlichem Geträller. Er war gestärkt, rülpste, dachte nach, stand auf. Auf einen kleinen Tisch legte er seine heimlichen Einkäufe, und zwar ein Fläschchen rote Tinte, drei Federhalter und sechsunddreißig Doppelbögen Kanzleipapier.

»Nun zu uns, mein Schicksal!« rief er und rüstete sich mit einem der Federhalter.

Ja, die Welt würde endlich sehen, wer ein gewisser Eisenbeißer war und was er vermochte! Man mußte die Gelegenheit nur zu ergreifen wissen. Nun, jetzt war sie da, und er würde den Schopf nicht loslassen. Die Stunde war gekommen, zu zeigen, was man konnte!

»Mein achtzehnter Brumaire«, murmelte er.

Nachdem er sich eine in der Petticoat Lane gekaufte schottische Mütze mit Bommel und Bändern aufgesetzt hatte, befeuchtete er die neue Feder mit Spucke, tauchte sie in die vornehme Tinte, die einen guten Eindruck auf Ihre Majestät machen würde, und begann mit dem Brief, welcher aus ihm endlich den Mann machen würde, der er zu sein verdiente.

»Samstag, den vierzehnten April des Jahres neunzehnhundertfünfunddreißig, bei unwirtlichem, tristem Wetter, aber was soll man machen? An Ihre Majestät die Königin von England in ihrem Großartigen Buckingham Palast, London! Streng persönlich und gewissermaßen intim, aber in allen Ehren!

Teure und Hinreißende Majestät, Königin von England, Herzogin von Cornwall, glaube ich, und eben alles, was Sie sonst noch sind in punkto Titel und Ehren, um Sie nicht zu kränken; ein bescheidener kephalonischer Wurm, allerdings französischer Nationalität, wagt es, langsam kriechend, zu Ihrer Gestirnten Erhabenheit aufzuschauen!«

Er hielt inne, schmunzelte verstohlen. Nicht schlecht, dieser kleine Anfang, Ihre Majestät wären entzückt. Er ließ einen Lobeswind auf sich selbst fahren, spuckte in die Hände, rieb sie und fuhr mit seinem Meisterwerk fort.

XXI

Am nächsten Tag, Sonntag, um drei Uhr nachmittags, als der Brief nach einer ganzen mit Schreiben verbrachten Nacht endlich fertig war, nahm Eisenbeißer seine schottische Mütze ab und kratzte seine Schädelrinne. Worauf er erbleichte und ihm der Schweiß ausbrach, weil er einen kleinen Höcker spürte.

»Beginn eines Gehirntumors?« murmelte er.

Sofort Kahn, Bloch und den Synagogendiener fragen, welcher der größte, teuerste, am meisten aufs Gehirn spezialisierte Professor Londons war! Wenn die drei Meinungen übereinstimmten, um jeden Preis noch in dieser Nacht den Professor konsultieren, ihm doppeltes Honorar in bar anbieten und mit der Strahlenbehandlung anfangen. Nicht eine Minute verlieren, die Wucherung aufhalten! Nein, doch zuerst eine Röntgenaufnahme! Oder ein Enzephalogramm? Nein, eine Biopsie, das war sicherer! O die Qual des Wartens auf das Ergebnis! Und die Cousins waren weggefahren, diese Egoisten! Allein im riesigen London! Niemand, der ihn tröstete! Die Praxis des Spezialisten mußte in der Harley Street sein, der Straße der berühmten, der teuren Ärzte! Ihn gleich anrufen, ihn wecken und unverzüglich hineilen! Ihm erklären, daß es um ein Menschenleben geht! Dreifaches Honorar! Sofort eine Biopsie! Und das Ergebnis im Laufe des Tages! Er würde den nötigen Aufpreis bezahlen, um Vorrang zu haben! Eine Expreßbiopsie! Schnell, eine Biopsie, denn es gab kein zukünftiges Leben, kein Jenseits! Das Mitleid des Professors erregen! Ihm von den Buben erzählen! Vor ihm auf die Knie fallen mit gefalteten Händen und tränennassen Wangen! Aber wenn dieser Spezialist nicht in London war? Diese herzlosen Menschen fuhren doch dauernd in Urlaub! In diesem Fall zu seinem Assistenten gehen! Doch nein, der Assistent war ein Ignorant, zu jung, nicht genug Erfahrung! Dem Professor telegraphieren, ihn nach London zurückfliegen lassen! Aber wozu? Er war ja sowieso verloren! Die Bestrahlung war nur ein Palliativmittel, und nach einer Pause würde die Wucherung weitergehen! O die verfluchten Dummköpfe, die das spezifische Heilmittel noch nicht gefunden hatten! Selber Krebsforschung betreiben? Nein, er würde nicht genug Zeit haben, und der Tod würde ihm zuvorkommen!

»Ganz ruhig, noch ist nicht alles verloren«, murmelte er, in Schweiß gebadet. »Nur Mut, versuchen wir, uns den Tumor anzuschauen. Es gibt auch gutartige.«

Vor dem Spiegel, den er schon seit zehn Jahren von Salomon ausgeliehen hatte, wagte er mit einer Lupe und zitternden Händen seinen Tumor zu untersuchen. Einige Sekunden später lächelte er bis über die Ohren und erhob dankbar die Hände zum Ewigen. Er sagte liebster Schatz zu sich selbst und küßte seine großen adrigen und behaarten Hände, so begeistert war er weiterzuleben. Es war nur ein Furunkel, ein freundschaftliches Furunkel mit einer lieben kleinen gelben Spitze, ein winziges Furunkel, Beweis für lebenswichtigen Austausch und Überschuß an Intelligenz! Nun ja, das Gehirn war ein bißchen übergekocht, weiter nichts! Er drückte, er mochte die hervorquellende weiße Substanz.

»O geliebter Eiter, o zurückgekehrtes Leben!«

Um seine wiedergewonnene Gesundheit zu feiern, polsterte er den alten Korbsessel mit zwei Kopfkissen, ließ sich wie ein Milliardär darin nieder und bereitete sich auf den Genuß des Briefes vor. Die Beine übereinandergeschlagen, die nackten Füße köstlich an der Luft, den Klappzylinder neckisch schief aufgesetzt, ganz behaglich und vergnügt und ab und zu den Rest seines Furunkels streichelnd, deklamierte er sein Meisterwerk als großer Schauspieler mit höfischem Scharwenzeln und koketten Blicken zur Königin, wobei er sich hin und wieder in dem zu diesem Zweck auf den Tisch gestellten Spiegel bewunderte, nicht ohne bei besonders gelungenen Passagen anmutige Winde der Anerkennung fahren zu lassen.

XXII

Samstag, den vierzehnten April des Jahres neunzehnhundertfünfunddreißig, bei unwirtlichem, tristem Wetter, aber was soll man machen? An Ihre Majestät die Königin von England in ihrem Großartigen Buckingham Palast, London! Streng persönlich und gewissermaßen intim, aber in allen Ehren!

Teure und Hinreißende Majestät, Königin von England, Herzogin von Cornwall, glaube ich, und eben alles, was Sie sonst noch sind in punkto Titel und Ehren, um Sie nicht zu kränken; ein bescheidener kephalonischer Wurm, allerdings französischer Nationalität, wagt es, langsam kriechend, zu Ihrer Gestirnten Erhabenheit aufzuschauen!

Ehrlich gesagt hätte ich es ja vorgezogen, direkt telephonisch die Erlaubnis zu bekommen, mich zu einem verbalen Gespräch unter vier Augen einzufinden, die mir gehörenden beiden sind nämlich direkt bezaubert! Deshalb hatte ich gestern die Ehre, in einer dieser großen roten, verglasten Schachteln, von denen aus man auf den Straßen mittels eingeworfener kleiner Münzen telephoniert, die Nummer Ihres Luxuriösen Palastes zu wählen! Geben Sie mir Ihre Majestät die Königin, wenn ich sie nicht allzu sehr störe, habe ich höflich verlangt und sogar bitte dazu gesagt! Aber Ihr Angestellter hat mir auf Englisch geantwortet, obwohl er doch merkte, daß ich Französisch mit ihm sprach! Was für eine Erziehung! Nun ja, lassen wir das! Mehrere Minuten lang haben wir also in verschiedenen Sprachen verhandelt! Ich muß Ihnen gestehen, Bezaubernde, daß ich ein wenig ärgerlich wurde, und ich glaube sogar, daß ich ihn in einem Augenblick der Verwirrung Dummkopf geheißen habe! Aber was wollen Sie machen, die französische Sprache nicht zu kennen, alles was recht ist! Die französische Sprache, Majestät, die Sprache der Diplomatie, also wirklich! Wenn Sie nichtsdestoweniger Ihrem Angestellten meine maßvolle Entschuldigung übermitteln wollen, vor allem wenn er Sir oder Lord ist!

Mein Anruf hatte also den Zweck, Sie um eine Kleine Audienz von ein paar Sekunden zu bitten, um über ein Thema zu sprechen, das Sie interessieren könnte! Da mir am Telefon kein Erfolg beschieden war, bin ich gleich darauf zu Ihrem Beachtlichen Palast gegangen, gekleidet wie es sich bei gesellschaftlichen Anlässen geziemt, und ohne daß meine Cousins es wußten, die mich natürlich hätten begleiten wollen! Wenn Sie sie kennten, würden Sie mich verstehen! Sie sind nicht leicht zu regieren, das können Sie mir glauben, Majestät! Ihr lieber Gatte hat England, aber ich habe meine vier Cousins, und ich glaube, von uns beiden habe ich die schwerere Aufgabe! Ohne Sie kränken zu wollen und im Scherz gesagt! Aber einer dieser unbeweglichen großen Soldaten mit weißem Gürtel und einer komischen, tief in die Stirn gezogenen Pelzmütze, die vor Ihrer Majestätischen Residenz Wache stehen, war sehr unfreundlich, und ich konnte nicht einmal mit ihm sprechen und ihm sagen, ich wünschte Einzutreten und Sie zu Besuchen! Stellen Sie sich vor, Gnädige Frau, sobald ich näherkam, hat er sein Kinn gehoben, das mit einem Riemen, den wir Franzosen Jugularriemen nennen, versehen war, und hat, um mich zu verjagen, mit seinen riesigen Schuhen so gewaltig den Boden erdröhnen lassen, als hätte er eine giftige Boa zertreten wollen!

Da ich nun nicht mehr weiter weiß, schreibe ich Ihnen also, verzweifelt, aber zuversichtlich, in meinem bescheidenen Zimmerchen und werde den Brief der Post anvertrauen und nicht Ihrem Wachposten, denn ich will wirklich nichts mehr zu tun haben mit Ihren Soldaten, die zwar hochgewachsen, aber nicht sehr gesprächig sind! Im übrigen bin ich Antimilitarist, da ich nur Korporal war!

Ich hoffe, Euer Majestät nehmen es mir nicht übel, daß ich Ihnen an einem vierzehnten April schreibe, dem Tag, an dem Ludwig XVI. im Temple eingesperrt und des Verrats beschuldigt wurde, ein verhängnisvolles Datum für die französische Monarchie! Unter Königen unterstützt man sich! Aber keine Angst, Majestät, die englische Monarchie kann ganz ruhig sein! Man wird ihr nie eine Revolution machen, denn sie ist sehr gut erzogen, unauffällige Kleidung, Familienleben, also sehr korrekt, während, was soll ich sagen, Ludwig XV. und seine Favoritinnen, die Ausgaben Marie-Antoinettes, das Trianon, die Prinzessin von Lamballe ...! Natürlich hat es bei Ihnen Charles I. gegeben, der einiges durchgemacht hat, aber ich glaube, Ihr Lieber Mann stammt eigentlich nicht aus derselben Familie, es gab da einen Coburg und einen Hannover, wenn ich mich nicht täusche, jedenfalls Deutsche! Aber nichts für ungut! Übrigens, wenn Sie ein altes Exemplar des *Debrett* hätten, ein Handbuch der Aristokratie, wie Ihnen nicht unbekannt sein dürfte, und wenn Sie es nicht mehr brauchen, ich würde es dankbar annehmen! Es würde mich an meinen einsamen Winterabenden erfreuen und den Ältesten Buben glücklich machen, der sich auch sehr für diese Fragen des guten Geschmacks interessiert! Um auf den Coburg und den Hannover zurückzukommen, die sich irgendwo Einlaß in die englische Monarchie verschafft haben, ich wäre entzückt, bei einem ersten Gespräch zur Kontaktaufnahme einige Einzelheiten über Ihre Noble Herkunft zu erfahren! Wer könnte mir besser Auskunft geben als Euer Majestät? Aus philosophischer Sicht interessieren mich diese aristokratischen Stammbäume lebhaft! Mit übereinandergeschlagenen Beinen können wir uns bei einer Tasse Tee gepflegt darüber unterhalten, denn so ist es Brauch in England, obwohl ich, um die Wahrheit zu sagen, entschuldigen Sie mein Geständnis!, ein Glas geharzten Wein vorziehe, begleitet von einem gefüllten Gänsehals, der gut nach gebratenen Zwiebeln riecht, oder auch von einigen Scheiben Geräucherter Zunge, vor allem vom dicken Teil, der schön fett ist! Jeder nach seinem Geschmack, Majestät, und natürlich werden Sie mich behandeln, wie es Ihnen gefällt! Überglücklich, von Euer Majestät empfangen zu werden, gebe ich mich mit jedem Gericht zufrieden!

Durch diese Überleitung, deren Gewandtheit Ihrem gewitzten Blick nicht entgangen sein wird, komme ich, Verehrte Majestät, zum eigentlichen Zweck dieses Briefes, der darin besteht, Ihnen taktvoll meine Gedanken zu einem delikaten Thema, nämlich der englischen Küche, mitzuteilen! Zunächst hatte ich vor, Ihrem Geliebten Gefährten, von Gottes Gnaden König des Vereinigten Königreiches von Großbritannien und Irland und so weiter, zu schreiben, aber ich habe mir gesagt, es sei ratsamer, mich an Seine Reizende Gefährtin zu wenden, denn die Küche fällt in die freundliche Zuständigkeit einer Person des Anderen Geschlechts! Nun ja, Majestät, mit einem Wort, die englische Küche ist Grauenhaft und Geeignet, Angst und Schrecken zu Verbreiten! Mit Verlaub! So daß ich seit ein paar Tagen beschlossen habe, mir meine Mahlzeiten selbst zu kochen mittels erstens eines Kochers, den mir freundlicherweise meine Hotelnachbarin ausgeliehen hat, eine Frau Israelowich, die mit Vornamen Patricia Iris heißt, komische Idee, wirklich, aber wir wollen sie entschuldigen, der Familienname sollte dadurch gemildert werden, übrigens ist sie häßlich wie die Nacht, aber ich habe ein wenig mit ihr geschäkert, Sie wissen ja, wie Ihr Geschlecht ist!, und zweitens einiger Töpfe von den Herren Kahn und Bloch, sehr nett, obwohl sie sich für Fußball interessieren! Welchen intellektuellen Reiz hat Fußball? Einen Ball kicken, laufen, die Affen machen es genauso! Der Mensch ist dazu geschaffen, mit angemessenen Gebärden Scharfsinniges zu sagen, zu diskutieren, zu widerlegen! Was meinen Sie dazu, Majestät?

Beginnen wir aber zuerst mit den Komplimenten! Gewisse Aspekte der Englischen Küche schätze ich! Was gibt es Hinreißenderes als ein Englisches Breakfast, diverse Sorten geräucherter Fische, seien es die gekochten gelben mit zerlassener Butter darüber, seien es die braunen, ganz platten und halb geöffneten, die man auf dem Rost brät und die so gut riechen! Und dann die Lieben Gebratenen Eier mit Köstlichem Speck, genossen hinter dem Rücken meiner rückständigen Cousins! Ich versichere Ihnen, hätte Moses von Ihren Eiern mit Speck gekostet, er hätte seine Meinung über Schweinefleisch geändert! Ich verlasse mich auf Ihre Diskretion, denn in Kephalonia sollte man von meinen unschuldigen Übertretungen doch lieber nichts erfahren! Die obige Stelle über den Speck ist also Streng Vertraulich und zu Ihrer Persönlichen Information! Komplimente auch für Ihre Orangenmarmelade und Ihre Huntley-and-Palmers-Kekse, vor allem die mit Ingwer!

Nachdem ich diese Dinge ehrlich, wenn auch mit einer Spur Diplomatie, gewürdigt habe, fürchte ich mich nicht, mutig und mit entsprechender Grimasse zu sagen, daß die englische Küche bis auf die obengenannten Ausnahmen der Heimat Shakespeares unwürdig ist! Spielen wir mit offenen Karten, Madame, das Land, das so gute Breakfasts macht, beraubt sich seiner Ehre durch den Rest seiner Küche!

Um Himmels willen, Majestät! Ich habe in Ihren Restaurants erschreckende Erlebnisse gehabt! Beispielsweise wurde mir am Tag meiner Ankunft ein gebratener, ich wiederhole: gebratener, Fisch serviert und als Beilage gekochter, ich wiederhole: gekochter, Kohl! Zu weich gekocht übrigens und schaurig am Tellerrand, von dem das schändliche Wasser in die Mitte floß, so daß der arme geschändete Fisch in der Brühe schwamm und seine Knusprigkeit verlor, die den Reiz des Gebratenen ausmacht! Schluck das, mein Freund, und sieh zu, wie du zurechtkommst! Im übrigen hat mir der Diener der sephardischen Synagoge, der meine Gefühle teilt, gesagt, daß die Gemüse in England keine eigenen Namen haben und daß Ihre Landsleute sie einfach Grünzeug nennen! In Ihrer Sprache *Greens*! Grünzeug! Die Farbe genügt ihnen! Der Geschmack bedeutet wenig! Sie bestellen also Fleisch und Grünzeug, Fisch und Grünzeug! Und immer gekochtes Grünzeug!

Und das ist noch nicht alles! Ein weiteres Beispiel, hören Sie zu! Neulich in dem Restaurant mit Namen Lyons aß mein Nachbar, ein redlich aussehender Mann, Spaghetti auf Toast, während ein junges Mädchen mit großen blauen Augen neben ihm sich Bohnen auf Toast schmecken ließ! Mehliges auf Mehligem in beiden Fällen! Irrwitz! Warum nicht gleich Toast auf Toast, frage ich Sie frei heraus, Majestät. Und zu seinen Spaghetti trank der Mann mit dem redlichen Gesicht Limonade! Ehrenwort, gnädige Frau, mein Augenlicht soll ich verlieren, wenn ich lüge!

Und als Nachtisch, gnädige Frau, brachte man mir einen kleinen Papiersarg, der eine rotgefärbte zitternde Substanz enthielt, bei meinen Nachbarn war sie gelb, das mußte Kalbsfußgelee oder Fischleim sein, kurz: festes, lauwarmes Wasser mit einer Bananenscheibe darauf und dem Geschmack von Hustensaft! Und das nennen Sie einen Nachtisch, gnädige Frau? Alles, was recht ist!

Ich bin erst seit wenigen Tagen in London, aber was habe ich nicht alles gesehen! Gekochte und mit ein bißchen Wasser kaum zerdrückte Kartoffeln ohne Butter und Milch, und diese Schande wagen sie mit dem süßen Wort Püree zu bezeichnen! Verzeihung, Majestät, aber ich ersticke vor Empörung, ich werde auch noch mit dem Kopf auf dem Schafott reden! Und Ihre trockenen Omeletts, die nicht mehr fließen, das müssen Sie sich einmal vorstellen, Verehrteste! Und das Hammelfleisch kochen sie, hat mir mein Informant von der Synagoge versichert und beim Grab seiner Mutter geschworen! Während der Hammelbraten aus dem Ofen oder vom Spieß mit seiner schönen dunkelbraunen Kruste etwas Wunderbares ist! Und die englischen Salate, Gnädige Frau! Ohne Öl, ohne Essig, mit Wasser angemacht! Sie essen Blätter wie die Kaninchen! Und Ihr warmes Bier! Und Ihr Brot mit weicher Kruste und ohne Löcher in der Krume! Ein Pflasterstein aus gepreßter Watte! Eine Schande für ein großes Land! Eine Ohrfeige, diese Küche, für das Oberhaus und die ruhmreiche englische Flotte, die uns vor dem Pogrom gerettet hat! Ach, wenn Sie sie gesehen hätten, die Antisemiten von Kephalonia, wie bescheiden sie auftraten, als Ihre Marineinfanteristen landeten mit jungen Leutnants an der Spitze, die rote Nacken hatten, so gründlich waren sie gewaschen, alles Söhne von Lords! Ich möchte noch hinzufügen, daß ich erfahren habe, und um meine Rinne herum sträubten sich mir dabei die Haare, daß Sie in England nur zwei Arten Suppe haben, die eine wird dick und die andere klar genannt! Und damit Schluß! Kein Kommentar!

Und Ihre Kuchen, die so tun, als wären sie Kuchen! Aus wissenschaftlicher Neugier habe ich einen gekauft! Unter einer weißen Schicht, die nicht Sahne und die nicht süß ist, vielleicht Kerzenwachs oder Gips oder gegen Durchfall hilfreiches Wismut, unter dieser harten Schicht trifft der erstaunte Zahn des kühnen Reisenden auf Brot, echtes Brot, das zugegebenermaßen feucht ist und weich sein könnte!

Ich bin es leid und koche also meine Mahlzeiten selbst, dank der mir von meinen liebenswürdigen Glaubensgenossen (obwohl der Preis des Zimmers zu hoch ist), den Herren Kahn und Bloch, geborgten Töpfe! Der letztere ist auch Heiratsvermittler, aber er versteht nichts davon! Mangel an psychologischem Spürsinn! Als ein junges Mädchen ihm sagte, sie wolle nicht heiraten, hat er es geglaubt, stellen Sie sich vor!

Nun werde ich, damit Ihnen ein wenig das Wasser im Mund zusammenläuft, eine meiner Mahlzeiten beschreiben, aber nicht die von heute abend, die schnell ging, weil ich es nicht erwarten konnte, mich mit Eurer Majestät zu unterhalten, sondern die von heute mittag! Mit früh am Morgen gekauftem Hackfleisch habe ich durch Hinzufügen von feinzerstoßener Matze, geschlagenen Eiern, Petersilie, Salz und einer großen Menge Pfeffer Fleischklößchen hergestellt! Andererseits habe ich eine köstliche Soße aus scharfen Pfefferschoten, Zwiebeln und Tomaten komponiert! Das dreifache Geheimnis besteht nun darin, Olivenöl zu benutzen, mindestens fünf Stunden auf kleinem Feuer köcheln zu lassen und ein wenig Zucker beizugeben! Ein ausgezeichnetes Rezept, das Sie ausprobieren könnten! Seine Majestät der König würde sich die Finger lecken! Natürlich dürfen Sie nicht vergessen zu salzen, und geben Sie auch etwas Oregano dazu!

Übrigens, als ich gestern abend beim Krämer meine Tomaten kaufte, stellte ich fest, daß eine Ihrer Untertaninnen in Männerhosen mit brennender Zigarette im Mund eine Konservendose Spaghetti verlangt hat! Wörtlich! Gekochte Spaghetti in der Dose, seit Jahren in ihrem Saft liegend, folglich weich und unsympathisch an den Zähnen! Als wäre es schwierig, welche zu kochen! Wirklich, was für ein Volk! Wenn man sich vorstellt, daß es trotz allem ein Weltreich gegründet hat!

Letzten Endes wäre es das beste, wenn ich Sie in Ihrem Riesigen Palast besuchte, mindestens hundert Zimmer, nehme ich an! Wie kompliziert, die Instandhaltung eines so großen Hauses! Und, unter uns, hinter vorgehaltener Hand, welche Möglichkeiten des Schwunds durch das subalterne Personal! Machen Sie also die Augen auf, Majestät! Offen gesagt, Sie bräuchten zur Überwachung einen Mann mit scharfen Augen und strengem, durchdringendem Blick, mit dem Titel eines Kammerherrn! Ich kenne Jemanden, der passen könnte. Ihm entgeht nichts! Wir sprechen noch darüber!

Zurück zu meinen Ausführungen, durch die hundert Zimmer habe ich den Faden verloren! Ich sagte also, daß ich mich freuen würde, Sie zu besuchen, Verehrteste, damit wir offenherzig miteinander plaudern und die Reformen in Sachen englischer Küche besprechen können, und ich werde die Gelegenheit nutzen, fällt mir gerade ein, um Ihnen von einer kleinen Angelegenheit zu erzählen, über die Seine Exzellenz der Präsident der Französischen Republik vielleicht schon mit Seiner Majestät Ihrem Lieben Mann gesprochen hat, einem kleinen Orden für eine Person, die ihn verdient und die in den letzten Jahren eines Lebens, das ertragreich war, gerne Sir sein würde! Die Empfehlung des Präsidenten der Republik ist zwar eine gute Sache, aber eine Laute und Anmutige Weibliche Fürsprache mit Ihrer Ehelichen Sanftmut wäre nicht zu verachten! Vor allem abends, wenn die Königlichen Eheleute zusammen in ihrem Historischen Bett liegen! In diesem Augenblick erreicht eine Kluge und Kokette Gattin alles, was Sie will! Wir können dann auch über die Ernennung des Kammerherrn mit den Luchsaugen, der Ihre Interessen verteidigen könnte, sprechen, und bitte glauben Sie mir, Ihre Domestiken würden sofort Ruhe geben, und mit ihren Spielchen wäre Schluß!

Es gibt noch ein Problem, von dem ich Ihnen höflich berichten möchte! Majestät, Sie haben in Ihrem Land eine Aussprache, vor der Gott behüte! Sie sprechen die Buchstaben nie so aus, wie sie geschrieben sind, das A sprechen Sie wie O aus, das O wie A usw., und so ist es dauernd, da soll sich einer auskennen! Ein wenig gesunden Menschenverstand, bitte, Majestät! Dann könnte man genausogut chinesische Schriftzeichen benutzen, das wäre ehrlicher! Entschuldigen Sie meine katilinarische Rede!

Ich warte also auf Ihre Verehrte Einladung! Die Adresse ist Rektor Pinhas Solal, auch genannt Eisenbeißer! Also im Kahn's and Bloch's Family Kosher Windsor and Tel Aviv Hotel for Jewish Ladies and Gentlemen, ein ausgezeichnetes Haus, das ich empfehlen kann! Ich werde das Hotel nicht verlassen, so daß ich im Falle einer Telephonischen Einladung durch Ihre Liebenswürdige Stimme oder die eines meinetwegen auch subalternen, aber Französisch sprechenden Angestellten bereit bin, sofort in Gesellschaftskleidung zu Ihrem Thron zu eilen!

Keine Angst, Majestät, ich komme sehr gut gekleidet, Handschuhe an den Händen und Schuhe an den Füßen! Wenn es Ihnen lieber ist und wenn die Sache dadurch erleichtert wird, kann ich auch in Hoftracht kommen, mit Seidenstrümpfen, Schuhen mit silberner Schnalle und Chapeau claque unterm Arm, nennen Sie mir dann aber in Ihrer Antwort die Adresse eines Fachgeschäfts, wo ich diese mondänen Kleinigkeiten zu guten Konditionen leihen kann, denn für nur fünf oder sechs Besuche im Buckingham Palace würde es sich nicht lohnen, sie zu erwerben. Ich sagte fünf oder sechs Besuche, denn ich hoffe, ehrlich und ohne Schmeichelei, daß unsere Beziehungen nicht flüchtig, sondern im Gegenteil ein wenig Intim und Dauerhaft sind infolge gegenseitiger Sympathie! Andererseits habe ich das Wort nur hinzugefügt, weil ich meine drei Vögelchen, nach denen mein Herz schreit, wiedersehen möchte und leider nicht lange in London bleiben kann, was Unser Zusammentreffen um so dringender macht! Ich muß dazusagen, daß ich allein zu Ihnen kommen werde, denn meine lieben Cousins sind in Schottland! Ich habe sie mir ein bißchen vom Hals geschafft, weil ich sie kenne! Wären sie in London, wenn Ihre Majestätische Einladung erfolgt, würden sie auch kommen wollen, weil sie es ehrenvoll fänden! Ich habe ihnen also ganz aufrichtig sehr viel Gutes über Schottland erzählt, damit sie hinfahren und uns, Sie und mich, nicht stören mit ihrem endlosen Geschwätz, während ich nämlich schweigen und dem Gezwitscher einer Dame geduldig zuhören kann! Aber sie haben trotzdem ihre guten Seiten, was ich, um meinen Brief aufzulockern, im folgenden Abschnitt erklären werde!

Stellen Sie sich vor, als wir gelesen haben, welche Wunder unsere tüchtigen Glaubensgenossen in Palästina vollbracht haben, und wenn ich *unsere* sage, denke ich an meine Cousins und mich, natürlich nicht an Sie, Majestät, haben wir beschlossen, die Hälfte unserer Vermögen einem Hilfskomitee für den Zionismus zu spenden; dessen Präsident, Lord Rothschild, treffen Sie wahrscheinlich oft auf Gesellschaften, das ist die Macht des Geldes, leider! Als verdiente ich es nicht genauso wie er, von Monarchen empfangen zu werden, Schlagfertig wie ich bin! Gehen wir seufzend darüber hinweg! Kurz und gut, auch ich habe die Hälfte meines bescheidenen Vermögens gegeben! Das Schönste ist aber, daß Mattathias, der Kapitän der Geizhälse, Ströme von Tränen vergoß, als er die Wunder unserer zionistischen Brüder vernahm! Und plötzlich stand er, Mattathias also, auf und sagte: Ich gebe vier Fünftel meiner in England befindlichen Barschaft! Und er tat es! Da er ein Konto bei der Westminster Bank hat, einer exzellenten Firma, die ich Ihnen ebenfalls empfehlen kann, mit sehr dicken Panzerschränken und jungen muskulösen Pförtnern, schrieb er auf der Stelle einen Scheck aus über eine selbst für Sie, Majestät, kolossale Summe! Unerforschliches Geheimnis der menschlichen Seele! Zutiefst getroffen, haben meine anderen Cousins dann auch vier Fünftel ihres Vermögens gespendet! Als ich eine solche Summe auf den Krauskopf Lord Rothschilds, der das Hebräische ganz grauenhaft ausspricht, niederprasseln sah, habe ich meine Gabe schnell wieder zurückgezogen und mir ins Fäustchen gelacht, aber was soll's, zuerst meine Buben!

Nach einiger Überlegung greife ich wieder zur Feder, um den ungerechten Ausdruck Krauskopf für diese Drahtlocken zurückzunehmen, denn Lord Rothschild gehört schließlich zu meinem Volk, und er ist Wohltätig, obwohl er deswegen auf keinen Kaviar verzichtet! Aber was wollen Sie machen, verehrte Freundin, ich bin eben so, daß ich manchmal, um zu gefallen und zu brillieren, einem witzigen Einfall, einer geistreichen Bemerkung nicht widerstehen kann! Plötzlich von Liebe und Ehrfurcht vor dem Heroismus unserer Pioniere im Lande Israel entflammt, habe ich gerade beschlossen, meine Spende an das Komitee dieses vom

Schicksal zu Unrecht begünstigten Rothschild zurückzugeben! Sie sehen also, Majestät, daß es mir nicht an Großzügigkeit fehlt, obwohl ich oft vor Elend ächze! Apropos, ich frage mich, wie hoch die Bezüge des vorgeschlagenen Überwachungskammerherrn sein werden! Ich hoffe, ausreichend! Denn er wird Repräsentationsaufwendungen haben, um seinen Stand zu wahren und eine gute Figur zu machen!

Falls ich das Vergnügen habe, Ihr edles Exterieur zu sehen, kann ich Ihnen ein paar jüdische Rezepte aus Kephalonia verraten! Sie werden den Unterschied bemerken zu dem, was man Ihnen in Ihrem Palast auftischt! Ein köstliches Dessert, beispielsweise, hören Sie zu! Sie mischen Maisgries, aber groben, mit massenhaft Korinthen! Dann geben Sie warmes Wasser dazu, so daß ein ziemlich flüssiger Brei entsteht. Den Brei gießen Sie in eine feuerfeste Form und darüber ein großes Glas Olivenöl! Bestreuen Sie den Brei mit viel Sesamkörnern! Und dann ab in den Ofen, und mach dich gut! Nach einer halben Stunde holen Sie das Ganze heraus, bestreuen es mit Zimt und Zucker und essen es voll des Lobs für mich! Aber Vorsicht, massenhaft Korinthen, so daß man nur ein wenig vom gelben Mais sieht und viel schwarze Weinbeeren! Kurz, so, daß Sie den Eindruck haben, gebackene Fliegen zu essen! Sie werden sehen, wie gut es ist!

Wenn Sie jetzt keine Süßspeisen mögen, können Sie sich auch Nudeln mit Knoblauch kochen! Das ist ein Gericht, das ich erfunden und König Salomons Wonnen genannt habe! Ganz einfach, machen Sie Ihre kleinen, sicherlich wohlgeformten Ohren auf! Sie gießen Ihre dicken gekochten, aber noch recht bißfesten Makkaroni ab und wenden oder gewissermaßen braten sie drei Minuten auf großer Flamme in Olivenöl! Vorsicht, daß das siedende Öl nicht spritzt! Anschließend bestreuen Sie Ihre Makkaroni mit altbackenem Brot, das Sie vorher gerieben und mit zwanzig zerstoßenen Knoblauchzehen vermischt haben. Deliziös! Lassen Sie Ihren Lieben Gatten davon kosten, Sie werden sehen, wie ihm das schmeckt!

Nun gibt es noch ein vorzügliches Gericht, das wir in Kephalonia oft zubereiten! Hören Sie zu, Majestät! Sie kaufen drei Kuhbrüste, auch Euter genannt, also Titten, mit Verlaub! Verlangen Sie recht große! Zurück im Buckingham Palace, rösten Sie Ihre Brüste auf einer schönen Holzkohlenglut, bis sie ziemlich braun werden und Ihnen ein delikater Duft nach gebratenem Käse in die entzückte Nase steigt! Essen Sie dann sofort Ihre Brüste oder Ihre Euter, noch ganz heiß! Nur zu! Wenn Sie sie aufgegessen haben, werden Sie satt und zufrieden beide Hände auf Ihren Aristokratischen Bauch legen, so gut wird es Ihnen geschmeckt haben! Und Sie werden ausrufen: genial!

Natürlich kann ich Ihrer zauberhaften Aufmerksamkeit noch andere Rezepte unterbreiten, bei manchen wird Ihnen schon im voraus das Wasser im Mund zusammenlaufen! Aber ohne mich aufdrängen zu wollen und nur, falls Sie etwas Wirklich Gutes genießen wollen! Wobei der Unterzeichnete sogar bereit ist, die Speisen vor Ihren Erhabenen und Interessierten Augen herzustellen!

Natürlich enthalte ich mich, weil ich gut erzogen bin und mich nicht in etwas einmischen will, was mich nichts angeht, jeden Kommentars über das Benehmen Ihrer Untertanen bei Tisch, ein Benehmen, das ich im Restaurant beobachtet habe! Ich sage also nichts über diese widernatürliche Manie, beim Essen den Mund zuzumachen, denn wie kannst du dann genießen und vor allem sprechen, und was macht es für einen Spaß, zu essen ohne zu reden? Und auch nichts über jenen anderen Brauch, die Suppe ganz ohne nettes kleines Schlürfen zu essen, was, wie Sie zugeben werden, todtraurig ist! Und nie ein Ellbogen auf dem Tisch, um ein bißchen Freundschaftlichkeit in die Unterhaltung zu bringen! Die reinsten Ölgötzen! Aber, nun ja, jede Nation hat ihre Sitten!

Derjenige, der gern den Kleinen Orden bekäme, durch den man Sir wird, könnte, wenn absolut notwendig, die englische Staatsbürgerschaft annehmen unter der Bedingung, daß er gleichzeitig Franzose bleibt, denn er war Korporal wie Napoleon! Nur ein Spaß! Übrigens ist seine Familie seit dem achtzehnten Jahrhundert französisch! Nebenbei, Majestät, schicken Sie doch ein paar mehr Polizisten in den sogenannten Hyde Park, denn ich habe festgestellt, daß es dort nachts zwischen jungen Damen und Studenten zu unsittlichen Handlungen kommt unter dem Vorwand des lingualen Austauschs, ohne ungehörige Anspielung, Majestät! Niemals würde ich mir das erlauben, Sie kennen mich, Elizabeth! Oh, Verzeihung! Entschuldigen Sie die Unbesonnenheit, die auf geheime Gefühle schließen läßt!

Nichtsdestoweniger mit einem verschmitzten und lustigen Blinzeln, in der Hoffnung, eine sofortige Antwort auf mein heutiges wertes Schreiben zu erhalten, schließe ich, indem ich mich zum passionierten Diener Eurer Majestät erkläre, der sich auf der Erde wälzt, um die Spur Ihrer spitzen Schuhe im Staub zu küssen!

Pinhas Solal, genannt Eisenbeißer!

Postscriptum und nicht Psst, wie ein gewisser Ignorant! So bemerkte ich auch neulich in meinem Brief an den Präsidenten der Republik! Aus Sympathie für Ihr Heimatland trage ich, während ich dies schreibe, eine schottische Mütze mit Bommel in der Mitte und Bändern, die in den Nacken fallen! Kleine Aufmerksamkeit! Ich werde in Erwartung Ihrer Verehrten Antwort das Hotel nicht verlassen! Wie ich Ihnen schon gesagt habe, bin ich allein, ohne meine Cousins, die ich schlauerweise nach Schottland geschickt habe, in Ihre Charmante Heimat, wo Sie, ein Mägdelein mit reizenden Grübchen, das Licht der Welt erblickten und Ihr Bedeutender Vater Graf oder Herzog von Soundso war, ich habe den Namen vergessen, entschuldigen Sie! Jedenfalls etwas mit Löwe, glaube ich, und daher Keine Mesalliance! Ihre Verbindung war nicht Morganatisch, obwohl Sie nur von Herzoglichem Blut sind! Wenn Sie dennoch von Königlichem Blut sind, bitte ich Sie, mir Bescheid zu sagen! Um zu meinen lieben Cousins zurückzukommen, ich habe zu einer Harmlosen Ausflucht gegriffen und ein bißchen Ischias simuliert, der mich angeblich hinderte, mich zu bewegen, der wirkliche Grund war aber mein Plan, Euer Majestät kennenzulernen! Was soll's, ein wenig Diplomatie ist manchmal notwendig im Lebenskampf! Right or wrong, my interest! Denn wenn sie von meinem Plan eines Tea for Two in Ihrer Gesellschaft gewußt hätten, wäre nichts zu machen gewesen, sie hätten mich mit aller Gewalt zu der Einladung begleiten wollen, denn sie sind zwar sehr lieb, aber ein wenig neidisch, und wenn man mir eine Ehre erweist, wollen sie auch ihr Stück vom Kuchen! Menschliche Natur, dein Name ist Schwäche!

Noch ein bißchen Geplauder! Vorgestern abend haben wir uns das Stück Phädra angesehen! Auch eine, die es juckt, diese Phädra. Schlimmer als die rasende Karenina! In ihrem Alter will diese Vettel mit Feuer unterm Rock das übliche Geschäft von Mann und Frau mit dem Sohn ihres Mannes treiben! Sie, liebenswürdige Kreatur, Sie würden sich nicht in Ihren Stiefsohn verknallen! Dieser Theseus, König von Athen, stellen Sie sich vor, was für ein Dummkopf, daß er den Verleumdungen seiner Amme geglaubt hat! Ein Mangel an Gespür! Es gibt wirklich Könige, die keine großen Leuchten sind, und sie verdienen ihr Glück nicht! Ich hätte es gleich geahnt, und sofort Scheidung von diesem Miststück Phädra! Und keine Unterhaltszahlungen! Soll sie doch krepieren! Am Schluß wurde God Save the King gespielt, und die Zuschauer sind aufgestanden! Ich war sehr gerührt und habe viel an Ihre Majestät gedacht und mir tausend Hoffnungen gemacht! Sie hätten mich sehen sollen, wie ich strammstand mit verschränkten Armen, ich fühlte mich Schrecklich Englisch dabei, und aufpaßte, ob alle aufgestanden waren, und strenge und hitzige Blicke um mich warf! Mit unwillig verzogenem Mund schlug ich Mattathias den Hut vom Kopf, als er ihn nicht schnell genug abnahm!

Neulich ist es uns durch einen genialen Trick (raten Sie, wer darauf kam) gelungen, ins Unterhaus vorzudringen, die Mutter der Parlamente! Hervorragender Eindruck! Bestellen Sie das dem Premierminister, es wird ihn freuen! Leider konnten wir nicht bis zum Schluß bleiben, ein sommersprossiger Aufseher hat den Trick bemerkt! Da der Unterzeichnete eine gewisse Charmante Protektion leider noch nicht genießt, sind wir ein bißchen hinausgeworfen worden! Nicht so schlimm! Wir sind hinlänglich daran gewöhnt! Apropos, könnten Sie gelegentlich, wenn es Euer Majestät nicht stört, dem Premierminister, der schließlich nur Ihr Angestellter ist, erklären, daß die Nationale Jüdische Heimstatt eine Dummheit ist, die überhaupt nichts zu bedeuten hat! Was wir brauchen, Liebe Freundin, ist ein kompletter Staat, ein Staat wie jeder andere, mit Panzerkreuzern, Polizei, Briefmarken und Pässen mit komplizierten Schnörkeln, nicht zu vergessen die Banknoten! Apropos Banknoten, stellen Sie sich vor, nach meiner Entlassung aus dem Regiment in Marseille wurde ich als Kassiererlehrling in einer Bank angestellt! Seltsamer und schmerzlicher Beruf, der darin besteht, jede Menge Banknoten in die Hand zu bekommen, ohne daß du jemals etwas davon hast!

Macht nichts, ich entschließe mich, gewagt zu spielen und alle Minen hochgehen zu lassen! Mit einem Wort, die Karten auf den Tisch zu legen! Die auf einen englischen Orden versessene Person ist der Unterzeichnete selbst, Ihr Kavalier! Ohne länger darum herumzureden, teile ich es Ihnen in aller Bescheidenheit jetzt schon mit, um Zeit zu gewinnen! So können Sie schneller zur Sache schreiten, und ich hoffe, wenn wir uns dann sehen, können Sie mir die frohe Botschaft des Ordens verkünden, der mich dank der Anmutigen Weiblichen Fürsprache im Himmelbett durch die Buchstaben hinter meinem Namen in Sir Pinhas und meinen dicken Schatz in Lady Rebecca verwandeln wird! Grüßen Sie den Premierminister von mir, und sagen Sie ihm, seine Rede habe mir sehr gefallen! Eine harmlose Schmeichelei, unter uns gesagt, damit er sich bei Ihrem geliebten Gatten ein wenig für meinen Orden einsetzt! Aber ich verlasse mich vor allem auf Ihre Ehelichen Beziehungen! Das hätten wir!

Jetzt verbrenne ich meine Schiffe hinter mir, und indem ich zu

Fuß den Rubikon durchquere, sage ich Ihnen im Vertrauen und ganz im Geheimen, daß der Wunsch nach einem israelitischen Staat ebenfalls persönliche Gründe hat! Gewissermaßen ein subjektiver Patriotismus! Denn sehen Sie, Verehrteste, ich sehne mich danach, Minister zu sein! Aber wie kann man das sein ohne Staat? Ich brauche also einen Staat! Und Sie werden sehen, was ich für Reden halte! Ebenso gute wie Ihr Churchill, aber ohne Aussprachefehler! Harmloser kleiner Scherz! Oder zumindest Botschafter, obwohl das ein wenig untergeordnet ist, denn, im Vertrauen gesagt, was tut ein Botschafter? Er wiederholt wie ein Papagei, was sein Minister ihm zu sagen befohlen hat! Und seit einiger Zeit ernennt man auch ein bißchen zu viele! Wenn man sie wenigstens nur zu Gesandten ernennen würde, was immer noch viel zuviel für sie wäre, aber nein, sie wollen alle Botschafter sein, diese eingebildeten Kerle! Das entwertet dieses Amt! Zu viele Botschafter von neu gegründeten unbedeutenden kleinen Staaten! Estland, Litauen, Lettland, und was weiß ich! Alle ohne Kinderstube und ohne Weltläufigkeit, schlecht rasierte ehemalige Journalisten oder analphabetische Schwarzhändler, die Seidenstrümpfe verkaufen, oder magere Handelsvertreter, sie schauen in den Spiegel und können es nicht fassen, daß man sie Exzellenz nennt, ein Wort, von dem sie nicht einmal wissen, wie man es schreibt! Und dann spielen sie die Guterzogenen und Charmanten, sie, die sich dauernd den suchenden Zeigefinger in die Nase steckten! Und natürlich sind die Botschafter der echten Staaten zu Recht wütend über den unlauteren Wettbewerb all dieser Parvenüs ohne Ungezwungenheit, ohne elegante Traditionen!

Übrigens, unter uns gesagt, befürchte ich, wenn es dann einen israelitischen Staat gibt, daß all diese Zionisten, die in kalten Ländern geboren sind und im Hebräischen eine furchtbare Aussprache haben, koscher statt kascher und taliss statt tallith, stellen Sie sich vor, Majestät!, daß sie mich vernachlässigen, denn ich bin aus den Regionen der Sonne und des warmen Meeres, o geliebtes Mittelmeer!, ein Nachkomme der stolzen Israeliten Spaniens,

Degen an der Seite, Rose im Mund und feine Manieren, und an meiner Stelle werden sie russische oder polnische Juden ernennen mit Nasen, von denen Sie keine Vorstellung haben! Ich ziehe das zurück, gnädige Frau, ich bin etwas weit gegangen bezüglich der Nasen! Es stimmt, sie würden sich ärgern, wenn ich zufällig zum Sir ernannt würde! Und als Sir Pinhas würde ich ein solches Ansehen genießen, daß sie es nicht wagen würden, mich nicht zum Außenminister zu ernennen! Nun, wir sprechen noch darüber!

Letzten Endes, nach einer Stunde Überlegen mit Aufundabgehen, die Stirn schwer von Gedanken und das Für und Wider abwägend, möchte ich aus Verschiedenen Gründen doch lieber Botschafter von Israel als Außenminister sein! Erstens wegen des Zweispitz, und ich hoffe, es gibt einen Degen! Aber ich bin nicht sicher, diese russischen und polnischen Juden sind ja leider so demokratisch! Fast alle sind Sozialisten, liebe Freundin! Zweitens Diplomatenkoffer, CD hinten auf meinem Automobil und Respekt der Zollbeamten! Drittens englischer Kammerdiener mit Monokel! Das ist schon lange mein Traum! Viertens Überreichung meines Beglaubigungsschreibens, ich ganz einfach und natürlich, wenn ich aus der Staatskarosse aussteige und die Soldaten das Gewehr präsentieren zu den Klängen von Hatikvah, unserer lieben Nationalhymne, die leider ein wenig melancholisch ist! Aber dafür gibt es ja gute Gründe! Und ich grüße mit gelangweilter, ein wenig herablassender Miene, stellen Sie sich das vor! Fünftens perlgrauer Hut bei Pferderennen! Sechstens, bei meinem Tod habe ich Anspruch auf militärische Ehren und auf die blau-weiße israelische Fahne um meinen Sarg! Siebtens, in der ausländischen Hauptstadt bin ich der Erste der Juden, während ich als Außenminister in Tel Aviv weniger als der Premierminister bin, der es sicher nicht mit mir aufnehmen kann, keine Sorge! Achtens, ein Botschafter verkehrt in mondänen Kreisen, ist gefragt bei den großen Dîners, sitzt stets elegant schäkernd zur Rechten der Hausherrin, mit einem Wort, so etwas wie ein Kardinal, ein Beruf, den ich mir immer gewünscht habe! Neuntens wegen der Anrede Exzellenz! Zehntens, weil eine Stadt wie Paris oder London, unter uns gesagt, doch angenehmer ist als Tel Aviv! Elftens, der Minister ist gezwungen, mit den schlecht gekleideten und ungezogenen Abgeordneten des Parlaments zu diskutieren, beim Botschafter dagegen: nichts als Marquisen, Getändel, subtile Bemerkungen, Takt, beredtes Schweigen! Kurz, er ist vielleicht weniger mächtig als ein Minister, aber sehr viel vornehmer! Ich verlasse mich also auf Eure Majestät, daß der israelitische Staat bald ausgerufen wird und ich als Botschafter herumschwirren kann! Und deshalb bin ich wütend über diese Botschaftervermehrung, die meinem künftigen Amt seinen Glanz zu nehmen droht! Ich bin auch höchst besorgt über diese immer häufigeren direkten Kontakte zwischen Außenministern oder Staatschefs! Was bleibt mir da noch zu tun?

Der Hauptgrund für mein dringendes Bedürfnis nach der Botschaft ist ja, daß ich leider nur zu gut weiß, daß du hienieden nicht nach dem Wert deines Herzens und Geistes bemessen wirst, sondern nach deiner gesellschaftlichen Stellung und deinen Orden, vor allem wenn sie um den Hals getragen werden! Sei ein Genie ohne offizielle Ämter und ohne Orden, und du bist nichts, mein Lieber, stehst verlassen in einer Ecke des Lebens! Aber sei ein Dummkopf wie irgendein x-beliebiger Botschafter, und du wirst bewundert, gehätschelt und hast jede Menge Freunde!

Geben Sie mir natürlich vorher Bescheid, an welchem Tag der israelitische Staat gegründet wird, damit ich mich sofort frühmorgens bewerben kann, denn ich kenne sie, sie möchten alle Botschafter werden! Ich muß also unbedingt der erste sein, der den mir zustehenden Posten fordert! Ich flehe Sie an, Teure und Große Freundin, kümmern Sie sich rasch um meinen Fall durch die Gründung des israelitischen Staates! Egal, wie groß das Gebiet ist, sogar ein Dorf genügt mir, wenn es nur Botschafter haben kann! Hundert Quadratmeter, wenn es sein muß! Sie sehen, ich bin nicht schwierig!

Teure Freundin, Sie können sich nicht vorstellen, wie Traurig ich abends vor dem Schlafengehen bin, Melancholischer als ein Prostatiker, dessen Adenom noch nicht operiert ist, wenn ich daran denke, daß ich nicht Botschafter bin! Nichts als ein sehr wertvoller Mensch zu sein ist schrecklich! Ach, endlich umschmeichelt werden, den Journalisten erklären, daß sich die Standpunkte beider Länder im Lauf einer herzlichen und konstruktiven Unterredung nähergekommen sind, oder ihnen phlegmatisch, auf englische Art, sagen, daß ich nichts zu sagen habe, please do not disturb, füge ich in Ihrer edlen Sprache und mit mondäner Verachtung hinzu, und was gibt es für ein größeres Glück, als an königlichen Begräbnissen teilzunehmen und sich zu den Klängen des Trauermarschs und unter lauter Sirs ganz langsam fortzubewegen, fünfundsechzig Schritte in der Minute, die Seele erfüllt von sanfter Heiterkeit, und dann ab und zu in die Synagoge gehen, um mich bewundern zu lassen in meiner wohlwollenden Haltung mit einer Spur Überheblichkeit, vor allem aber auf Empfängen glänzen bei Christen der vornehmsten Kreise, die begierig sind, mich einzuladen, ich ganz aufgeräumt zur Rechten der knochigen Hausherrin, und alle schweigen und hören Mir zu! Denn meine Vorlieben sind rechts, obwohl mein Ideal links ist! Kurz, ein Salonlöwe sein, dessen geistreiche Bemerkungen in der auserwähltesten Gesellschaft Erfolg haben! Denn mit meinem überragenden Scharfsinn bin ich nie um Antworten verlegen! Doch sie verflüchtigen sich in der Einsamkeit, von allen unbeachtet! Manche Blume erblüht, die der Blick übersieht! Ihr Duft in der gleichgültigen Atmosphäre verfliegt. Dies sind die ersten beiden Verse eines Gedichts, in dem Ihr Diener sich mit einem Veilchen vergleicht und das ich Ihnen bei unserem ersten Treffen ganz vorlesen werde!

Verehrte, haben Sie Mitleid! In den Illustrierten werde ich verfolgt von den Empfängen der Botschaften, verfolgt von den Botschaftern, die ständig ihre Beglaubigungsschreiben überreichen, die Verfluchten, nachdem sie aus ihrem Wagen ausgestiegen sind, wobei sie nicht einmal die Tür selbst aufgemacht haben, verfolgt von der Nationalgarde, die vor ihnen salutiert, verfolgt von den für mein empfindliches Herz tödlichen Berichten, ach, es schmerzt mich zu sehr, Gnädige Frau, und ich blättere die Seiten der Zeitschrift schnell um, damit ich die Photographien nicht sehe! Manchmal aber kann ich wie ein Bettler, der vor einer Konditorei stehenbleibt, nicht umhin, einen Blick auf diese verbotenen Herrlichkeiten zu werfen, und mein Bart trieft vor Verzweiflung! Vor allem wenn der Dummkopf, der gerade zum Botschafter ernannt wurde, den biographischen Angaben in der Zeitschrift zufolge zwanzig Jahre nach mir geboren ist! Wie bitte, er ist jetzt eine Exzellenz, und ich nichts, ich, der ich erwachsen und geistig in Hochform war, während dieser Dummkopf nur ungesittet seine Windeln naßmachen konnte! Und, um Ihnen nichts zu verschweigen, wenn ich nicht viel esse, so weil ich traurig bin, nicht Botschafter zu sein! Also eine gute Regung, Teuerste, und schnell einen jüdischen Staat, damit ich endlich Etwas bin, denn das ist angenehmer, als Jemand zu sein, und schlauer!

Können Sie sich vorstellen, daß ich, der ich dafür geschaffen bin, einen Zweispitz mit Federn zu tragen und jeden beliebigen Minister einzuwickeln, zu Hause das Geschirr abtrocknen muß? Das führt dazu, daß ich manchmal ganz schwermütig werde, wenn ich allein bin und die anderen schlafen, und Ströme von Tränen auf die Teller vergieße, so daß ich gezwungen bin, sie ein zweites Mal abzutrocknen! Also einen israelischen Staat, bitte, und zwar schnell, denn ich habe das sechzigste Lebensjahr überschritten! Da sollte man nicht lange fackeln! Morgens, liebe Königin, lächle ich meinen drei Bübchen zu, aber das tue ich aus heroischer Liebe, denn in meinem Innern ist nichts als Bitterkeit, und jeden Abend bei meinem makabren Zubettgehen überkommt mich lockend und verführerisch die Versuchung, mich selbst zu töten! Ja, Teure, mich zu töten, mich, der ich mein Liebling bin! Und dann weine ich in meine Kissen und schluchze lauthals, aber dann beherrsche ich mich sofort, um meine kleinen

Herzliebsten nicht zu wecken! Sie sehen also, wie dringend eine Botschaft ist!

Ach, was für einen gut erzogenen und charmanten Botschafter würde ich abgeben, denn ich habe alles, Manieren, Haltung, Scharfsinn, und kann auch etwas Englisch stammeln, um aristokratisch zu wirken! Ach, wie hochnäsig stiege ich in die prächtige Staatskarosse mit dem Wappen meiner lieben Nation, egal welcher, wenn ich nur ihr Botschafter wäre! Ach, der Kummer nagt an meinem Herzen, und meine Gedärme verschlingen sich vor Traurigkeit, wenn ich in den Illustrierten diese ganze Bande dummer Botschafter mit gestärkter Hemdbrust sehe und ihre mageren, tief dekolletierten Gattinnen, die ihre Knochen zeigen! Und ich verdiene es so sehr, wie sie zu sein, und bin es nicht mangels Staat!

Noch einmal schreie ich es Ihnen aus meinem Abgrund zu, mich dürstet nach Höflichkeit, nach Raffinesse, nach subtilen und rätselhaften Antworten, mich dürstet nach Soldaten, die das Gewehr präsentieren, wenn ich mit meinen Beglaubigungsschreiben aus meinem langen Automobil aussteige, und auch ich mache mir nicht die Mühe, den Schlag zu öffnen, das tut der vornehme und christliche Fahrer, die Mütze in der Hand, schließlich dürstet mich danach, daß meine alten Freunde mich in meiner Herrlichkeit sehen und vor Neid ein bißchen platzen! Notfalls und voller Bitterkeit würde ich es vorläufig auch akzeptieren, nur Gesandter zu sein, ein demütigender Posten, da er nicht zur Anrede Exzellenz berechtigt! Aber was soll's!

Ein letztes Argument! Wahrscheinlich sterbe ich in zehn Jahren, das heißt in 3650 Tagen, was wenig ist, denn bedenken Sie, wie schnell man 3650 französische Franc ausgibt bei all diesen Abwertungen! Nachts im Bett ziehe ich mir die Decke über den Kopf, wenn ich daran denke, daß der Tod auf mich wartet! Mir selber verlorengehen, der ich mich mehr liebe als alles auf der Welt, mich auf immer von diesem lieben Eisenbeißer trennen, den ich so gemocht habe, das ist grauenhaft! Und was meinen

Kummer noch vergrößert, das ist die Gewißheit, daß in hunderttausend Jahren niemand mehr an mich denken wird und ich in gewisser Weise nie gelebt haben werde! Schreckliche Aussicht! Na gut, wenn ich zumindest Diplomat mit Zweispitz wäre, das würde mich auf andere Gedanken bringen, und ich würde weniger an meinen Untergang denken, da ich sehr beschäftigt wäre!

Wenn es nun wirklich unmöglich ist, einen israelitischen Staat im Hinblick auf meinen persönlichen Gebrauch zu schaffen, würde ich auch einen höheren Posten in der englischen Hierarchie akzeptieren. Die ganzen Kosten der Einbürgerung zahle ich natürlich! Bin ich erst naturalisiert, lerne ich in drei Monaten Englisch, das garantiere ich Ihnen! Aber zur Sicherheit brauche ich zuerst und noch vor der Einbürgerung einen festen Vertrag als hoher Beamter, einen vorschriftsmäßig aufgesetzten Vertrag ohne jede aufhebende oder suspensive Bedingung! Denn Sie können sich denken, daß ich nicht anfange, Englisch zu lernen, ohne des höheren Postens absolut sicher zu sein! Aber dann werden Sie sehen, was für ein hoher Beamter ich sein werde! Wenn ich beispielsweise zum Ersten Hauptassistenten des Schatzkanzlers ernannt werde, dann werden Sie schon sehen, wie das Pfund Sterling steigen wird! Oder auch Oberkämmerer, möglichst mit dem Titel eines Lords, was den Vorteil hätte, daß man mich in den Geschäften, in denen ich die Einkäufe für den Palast tätige, mit Eure Herrlichkeit anreden würde! Und die Preisnachlässe! Außerdem hat jeder zum Tod verurteilte Lord und Pair des Königreichs das Recht, mit einem seidenen Strick gehängt zu werden! Also bitte den Titel eines Lords! Und wenn möglich Aussicht auf den Hosenbandorden, ein von Edward II. oder III. gestifteter Ritterorden, der nur sechsundzwanzig Mitglieder zählt! Stellen Sie sich vor, was für einen Eindruck das in der Synagoge von Kephalonia macht, wenn ich mit dem Ordensband am linken Knie aufkreuze! Vorzugsweise aber Botschafter von Israel! Dann wird sich zeigen, welche Riesenmengen an Jaffaorangen und Pampelmusen ich durch meine Eloquenz werde absetzen können! Was wollen Sie machen, zweitausend Jahre lassen sich nicht so ohne weiteres abschütteln! Was aber einen kleinen Hosenbandorden bei Gelegenheit nicht verhindern sollte! Ich werde Sie ab und zu listig daran erinnern!

Falls Sie jetzt, angesichts Ihrer Beschäftigungen und *Garden-parties,* keine Zeit haben, mich brieflich oder telephonisch zu bestellen, so lassen Sie uns ein Zeichen vereinbaren! Euer Majestät brauchen zum Beispiel nur einen Blumentopf auf den großen Balkon des Buckingham Palastes zu stellen, und das würde bedeuten, daß ich dieser Art großem Soldaten mit kleinem Bären auf dem Kopf nachdrücklich versichern kann, daß ich per Zeichen und Blumentopf bestellt bin! Und daß er sich ein bißchen informieren soll, der Dummkopf, bevor er mit dem Fuß aufstampft!

Wenn wir das Vergnügen unserer ersten Begegnung haben, werden Sie sehen, wie ich Konversation machen kann! Über alle Themen! Intelligente Erklärungen der Geheimnisse des Lebens und warum der Instinkt der Biber keineswegs von Gott kommt! Obwohl ich in der Synagoge erschauere, bin ich oft Atheist, vor allem wenn es mir gutgeht! Und man schwärme mir nicht von den Lebensgewohnheiten der Termiten und erzähle mir, daß Gott ihnen diese Lebensgewohnheiten mitgegeben hat! Die Königin der Termiten legt ein Ei in der Sekunde, nun ja, aber wenn sie zu alt ist und in ihrem zwölften Lebensjahr nicht mehr legt, dann wird sie von ihren Untertaninnen umgebracht! Wahrlich nette Gewohnheiten, wenn Gott sie ihnen gegeben hat! Möchten Sie, daß man Sie umbringt, wenn Sie keine Kinder mehr bekommen können? Und die riesige Spinne, die sofort nach dem, was Eure Majestät erraten können, ohne daß ich ins taktlose Detail gehe, das Männchen verschlingt! Nein, Gott hat damit nichts zu tun! Denn hätte er etwas damit zu tun, ginge es anständiger zu! Sehen Sie sich in Ihren Erhabenen Gatten beißen?

Das Vorige nur als Kostprobe! Wir werden über alles diskutieren! Sie werden sehen, wie interessant ich sein kann! Nur angenehme Unterhaltungen am Kamin, wobei ich liebevoll Ihrem

Geplapper lausche! Und wenn Ihnen nach Scherzen zumute ist, kann ich Ihnen die verschiedenen Darmwinde beschreiben, die herzlichen, die begeisterten, die ironischen, die sentimentalen und so weiter! Mit praktischen Beispielen, wenn Sie es wünschen! Stets zu Diensten! Damit Sie sich ausschütten vor Lachen! Ich werde Ihnen auch von einem Streich berichten, den ich dem kleinen Salomon gespielt habe, indem ich ihm erzählte, daß eine große Schauspielerin namens Marlene in ihn verliebt sei, worauf ich ihm im Dunkeln, parfümiert und als Marlene verkleidet, mit hoher Stimme meine verwerfliche Leidenschaft gestand und ihn auf meinen Schoß zog und wahnsinnig küßte und er sich wehrte und schrie, er wolle nicht, er sei seiner Gattin treu! Ich werde Ihnen noch mehr Streiche erzählen, so lustige, daß Sie vor Lachen zu Boden gehen und die Beine in die Luft strecken!

Vor allem aber werden wir lehrreiche Gespräche führen! Hier weitere Kostproben! Ich werde Ihnen den Professor Bergson kritisieren, meiner Meinung nach ein Spaßvogel mit seinem »etwas mehr Seele«! Ich werde Ihnen erklären, daß es ungeheuer große Sterne gibt, eine Milliarde mal so groß wie unsere Erde! Was sind dagegen die Vereinigten Staaten? Also nicht so überheblich, meine Herren! Schließlich, letzte Kostprobe, werde ich Ihnen sagen, was ich von Anna Karenina halte, dieser Lügnerin, die ihrem Wronski erzählte, sie nehme wöchentlich ein Bad, und zwar, um ihm zu zeigen, wie kultiviert sie ist und ihn zu unzüchtigen Gedanken zu verleiten! Welcher Unterschied zu Ihnen, die Sie anständig sind! Aber diese Anna, mir aus den Augen! Und wenn Sie medizinische Ratschläge wünschen, stets zu Diensten! Zum Beispiel gegen Verstopfung! Wenn von Ihrem edlen Inneren hartnäckiger Widerstand ausgeht, so rösten Sie Leinsamen, zerstoßen diese in einem Mörser, vermischen das gewonnene Pulver mit Zucker und nehmen abends vor dem Schlafengehen zwei gehäufte Eßlöffel davon! Am nächsten Morgen bei Ihrem charmanten Erwachen werden Sie hochentzückt sein! Der Takt verbietet mir, mehr zu sagen!

Wir werden über die großen Probleme diskutieren! Ich werde Ihnen vom Antisemitismus erzählen! Onkel Saltiel hatte ganz recht, als er sagte, das Leben des Juden sei ein teurer Luxus! Nicht nur in Deutschland, wo man die Nazis bezahlen muß, damit sie einen gehen lassen! Auch in den freundlichen Ländern muß der Israelit sich beliebt machen, mehr Geschenke machen, dem Dienstmädchen und dem Anwalt mehr bezahlen, all das, damit man ihm gewissermaßen verzeiht und die Verleumder ein bißchen den Mund halten! Nicht zu reden davon, daß man immer einen Vorrat an Bargeld haben muß, um im Fall eines Plötzlichen Pogroms schnell abreisen zu können! Ich werde Ihnen auch von den Fortschritten der Menschheit dank der Zehn Gebote sprechen! Als vor hunderttausend Jahren Ihr Vorfahr meinem Vorfahr begegnete, wissen Sie, was da geschah? Nun, ich werde es Ihnen sagen, hören Sie zu! Mit wütend gesträubtem Fell packte Ihr Vorfahr einen riesigen Stein und ging, nach deutscher Art die Zähne fletschend, auf meinen armen kleinen Vorfahr zu, der damals schon Israelit war, wie Sie sehen! So waren die freundlichen Beziehungen unserer Vorfahren beschaffen! Sie aber, ein Nachkomme dieser Bestie, werden mir vielleicht zulächeln, wenn ich das Vergnügen habe, im Buckingham Palace empfangen zu werden, und auf jeden Fall werden Sie nicht meinen, mich sofort mit einem dicken Stein erschlagen zu müssen, was doch ein wunderbarer Unterschied ist! Sie sehen, wie sehr Moses' Gesetz Sie verändert hat!

Ich habe vergessen! Wir werden auch über mein großes Projekt diskutieren! Den Plankton Trust! In knappen Worten, folgendes! Das Plankton ist eine sehr nahrhafte Substanz, die in Unermeßlich großen Mengen in den Ozeanen vorkommt! Es besteht aus Millionen unterschiedlicher, sichtbarer und unsichtbarer Kleinorganismen! Fischeier, winzige Garnelen, Krebstierlarven, kleine Quallen, Miniaturkrabben in allen Farben, kurz, Millionen von reizenden, phantastischen und phosphoreszierenden, unendlich winzigen Kreaturen! Und das Ganze schmeckt nach Kaviar! Wirklich köstlich! Und jetzt hören Sie zu! Das Plankton ist gratis, wenn es außerhalb der Hoheitsgewässer gefischt wird! Es gibt Milliarden und Abermilliarden Tonnen Plankton in den Meeren! Man muß es nur vorsichtig herausholen, mit ganz feinmaschigen Netzen aus Seide, denn es handelt sich um mikroskopisch kleine Lebewesen! Genau das wird die spezialisierte Flotte meines Trusts tun, eine Flotte, die nachts arbeitet, wenn das Plankton durch seine Phosphoreszenz sichtbar ist! Kaviargeschmack! Voller Vitamine! Genug, um den Planeten zu ernähren! Gratis und nie ausgehend! Man muß nur kleine Seidennetze in Trichterform durchs Wasser ziehen! Das Hungerproblem in den rückständigen Ländern wäre gelöst! Folglich nobelpreisträchtiges humanitäres Unternehmen und ungeheuere Gewinne, an denen die englische Krone vielleicht teilhaben möchte, indem sie freundlicherweise meiner Gesellschaft Einige Panzerkreuzer und Zerstörer ausleiht, die dann mit kleinen trichterförmigen Seidennetzen ausgestattet werden! The Plancton Anglo-Cephalonian Trust! Ich bin begeistert!

Um auf die gewünschte Botschaft zurückzukommen, keine Angst, ich werde meinen Stand zu wahren wissen! Ich werde der Angestellten, die das Telefon abnimmt, befehlen, sich stets arrogant und müde zu melden mit: »Hier Botschaft des Israelitischen Staats und Diplomaten, die das Protokoll kennen!« Und wenn der Mann, der mich zu sprechen verlangt, ein Jude ist, soll sie ihm sagen: »Wisse, du Hund, Seine Exzellenz ist zu beschäftigt und zu elegant, um sich mit dir zu beschäftigen! Lege ein Audienzgesuch vor, dann wird man sehen! Und jetzt mach, daß du wegkommst!« So ein Botschafter werde ich sein! Verzeihen Sie mir, daß ich so viel über mich gesprochen habe, liebe Freundin, denn das Ich ist hassenswert, wie Pascal gesagt hat, der übrigens an nichts anderes dachte als an sein Ich und das Leben nach dem Tod! Was denken Sie über seine berühmte Wette? Ich nichts Gutes!

Nun ist die Stunde gekommen, uns zu trennen, aber nur vorläufig, hoffe ich, liebes Königinchen, wenn Sie diese respektvolle

Vertraulichkeit einem Edelmann erlauben wollen, der bereit ist, für jede Bluttransfusion, die Ihr königlicher Organismus im Falle eines Attentats benötigen sollte, sein Blut, Blutgruppe 0, Rhesusfaktor unbekannt, aber sicher erstklassig, zu spenden! Wenn ich also die Ehre habe, dieselbe Blutgruppe wie Eure Majestät zu besitzen, so stehe ich zur Verfügung, liebenswürdige Elizabeth, die Sie die anderen Schönen überstrahlen! Erfragen Sie also Ihre Blutgruppe bei Ihrem Leibarzt, sicher wieder irgendein Lord, dieser Glückspilz! Unter vier Ohren, was sind diese examinierten Ärzte wert? Dummköpfe, die mit dem Geld des steinreichen Vaters und Erzgauners die Namen von unseligen sogenannten Spezialmitteln auswendig lernen und, wenn sie dich dann richtig krank gemacht haben, einen Napoleondor für ihren Besuch verlangen!

So, und nun Schluß! Um diesen Brief zu schreiben, habe ich sechzehn Stunden gebraucht ohne Unterbrechung, von Samstagabend, vierzehnter April, bis Sonntagmittag, fünfzehnter April des Jahres neunzehnhundertfünfunddreißig! Unter Verzicht auf Schlaf und Essen! Ist Ihnen klar, welche Mühe ich mir gemacht habe? Und auf Luxuspapier, das Unsummen gekostet hat! Sie können sich wirklich nicht beklagen! Ich werde den Brief am Montag in aller Frühe zur Post bringen, damit Sie ihn schon am Nachmittag erhalten! In aller Feinheit und Eleganz bin ich mit entzückten Augen

Ihr Pinhas!

Der vierte Buchstabe meines obigen Vornamens wird mit Hilfe des Rachens und mit Rage ausgesprochen, so als wollten Sie sich von einer Fischgräte befreien, die quer in Ihrer liebenswerten Kehle steckt! Nur als Hinweis, falls Sie mich später bei meinem Vornamen zu nennen wünschen! In diesem Fall könnten wir zusammen in aller Herzlichkeit ein kleines Gesetz gegen den Antisemitismus vorbereiten!

Natürlich Grüße an Seine Majestät den König des Vereinigten

Königreiches von Großbritannien und Irland und sogar Kaiser von Indien, aber leider nicht für lange, fürchte ich! Meine Voraussage habe ich angefügt, damit Sie ihn schonend darauf vorbereiten können, um ihm den Schock zu ersparen! Und daß er nicht allzu enttäuscht ist, wenn er nicht mehr Kaiser von Indien ist! Und richten Sie ihm schon im voraus mein Beileid aus, aber was soll man tun, Geduld und Mut! Kurz und gut, trösten Sie ihn mit Ihrem hübschen Lächeln!

Bitte, und ohne Ihnen befehlen zu wollen, Ihre Antwort so schnell es geht, wenn möglich postwendend und in gut verschlossenem Briefumschlag! Und als Einschreiben! Spätestens aber, falls Sie von irgendwelchen Weiblichen Unpäßlichkeiten befallen sein sollten, am Montag, dem dreiundzwanzigsten April, letzte Frist! Mittagszustellung, wenn möglich, sonst auf jeden Fall die abendliche, der glattrasierte Briefträger kommt um sechs Uhr vorbei! Denn unsere erste Kontaktaufnahme sollte vor der Rückkehr der Cousins stattfinden! Ich gebe Ihnen also eine ganze Woche, um mir zu antworten, was mir vernünftig und gentlemanlike erscheint, was meinen Sie dazu, Anmutige? Aber ich gestehe, daß ich, von ungeduldigem Wesen, eine sofortige Antwort zu wünschen wage! Um so mehr als Ihre zahlreichen Sekretäre sich dann mit den Antworten auf die anderen, wahrscheinlich ziemlich belanglosen Briefe befassen können! Ihren Umschlag mit den königlichen Wappen, bitte, um den Herren Kahn und Bloch, die mir immer von ihren Beziehungen erzählen, das Maul zu stopfen! Diese Unglücklichen kennen nur Israeliten, unter uns gesagt!

Wenn Sie mir jetzt lieber unmittelbar per Blumentopf antworten, ist es nur um so besser! Für alle Fälle werde ich mich also übermorgen früh, wenn im Osten die Morgenröte mit Perlenzehen erscheint, vor Ihrem Palast einfinden, um Ihre erhoffte blühende Botschaft auf dem großen Balkon zu sehen, das wäre weiblicher und würde mich freuen, mein Herz würde in meiner Brust hüpfen wie ein Kanarienvogel in seinem Käfig vor Freude über dieses köstliche Einverständnis zwischen uns, Vorzeichen eines innigen Verhältnisses, von dem Sie sich vorstellen können, daß es einen verwirrenden Zauber auf mich ausüben wird!

Auf jeden Fall bis bald, Majestät! Es ist mir ein so großes Vergnügen, Sie kennenzulernen! Und ich muß sagen, ich möchte auch gern Ihr hübsches Zuhause im Buckingham Palace sehen, die geschulte Dienerschaft, die moderne Kücheneinrichtung, eben alles, was es anzuschauen gibt, und dabei, nicht zu vergessen, Ihren beiden schlafenden Töchterchen einen züchtigen Kuß auf die Stirn geben, wenn ich nach dem Dinner zum Kaffee komme! Nun, ganz wie es Ihnen beliebt!

Um auf den heißbegehrten Orden zurückzukommen, so erscheinen mir plötzlich drei oder vier Orden, die mir gleichzeitig verliehen würden, passender als ein einziger, der, verwaist und kümmerlich auf meiner leeren Brust, ein trauriges Bild abgeben würde! Dies im Hinblick auf meine späteren Besuche im Buckingham Palace und um Ihnen Ehre zu machen, damit es nicht so aussieht, als empfange Eure Majestät jeden X-Beliebigen! Dieser Vorschlag ergeht also in Ihrem Interesse!

Sehen Sie nur die Ungerechtigkeit, liebe Gnädige Frau! Ich bin seit Wochen in London! Hat mich die englische Gentry eingeladen? Nein, Gnädige Frau! Sehen Sie den Unterschied zum Sohn Napoleons III., genannt Kaiserlicher Prinz! Wer war er? Nichts, der Sohn eines zügellosen und von ausgehaltenen Mätressen umgebenen Mannes! Und war er wenigstens intelligent, dieser Sohn eines Gelegenheitsherrschers? Nein, keineswegs! Ich kann es beweisen! In der aristokratischen Schule von London, in die man ihn gesteckt hatte, konnte er nicht bleiben, weil die anderen Schüler seines Alters zu gut für ihn waren! Erster Punkt! Bei der Aufnahmeprüfung der englischen Militärakademie war er einer der Letzten! Zweiter Punkt! Ich dagegen, auf Anhieb Universitätsrektor! Und doch haben sich diesem jungen Ignoranten in London die exklusivsten Salons geöffnet! Mir aber nicht! Der Prinz von Wales hat ihn in die Peerage eingeführt und beim Derby von Epsom auf der königlichen Tribüne Platz nehmen lassen! Mit

Verlaub, Gnädige Frau, hat sich von Ihrer ehrenwerten Familie bisher irgend jemand um mich gekümmert, und hat man an Ihrem Hof daran gedacht, mir zumindest ein Gratisbillett für dieses Derby zu überreichen? Kein Kommentar!

Von diesem Kaiserlichen Prinzen könnte man wohl sagen Ish ba'ar lo yeida uchsil lo yavin! Oh, Verzeihung! Ich habe vergessen, daß Sie nicht Hebräisch können, kleine Unwissende! Ein harmloser Scherz, bei allem Respekt! Aber ich stehe natürlich zu Diensten, um Sie die Sprache zu lehren, in der Moses sich mit dem Ewigen unterhielt! Und wenn die Amerikaner stolz auf ihre dreihundertjährige Vergangenheit sind, von mir aus! Meine Vergangenheit erstreckt sich allerdings auf über fünftausend Jahre! Und Moses hat Gott von Angesicht zu Angesicht gesehen! Was besser ist, als die Rothäute umgebracht oder Napoleon besiegt zu haben! Eine kleine Anspielung, nicht böse gemeint!

Nun ein Geständnis! Abends auf meinem Lager tröste ich mich vor dem Einschlafen oft, indem ich mir vorstelle, daß ich König bin, daß man mir nie den Rücken zukehrt und die Höflinge mir nie widersprechen, was übrigens langweilig ist, denn dann gäbe es nie Diskussionen, nie dialektische Siege! Am Morgen aber wache ich auf, wieder ein Tag als armer Eisenbeißer! Ohne Orden! Während ein dummer König gleich das Großkreuz der Ehrenlegion bekommt! Was er getan hat, um es zu verdienen, fragen Sie mich? Ich zucke schmerzlich mit den Schultern und den Augenbrauen und antworte Ihnen! Nichts, gnädige Frau, nichts hat er getan, als naß aus einem Bauch wie andere Bäuche zu schlüpfen! Und er setzt sich immer auf seinen Hintern, selbst auf seinem Thron! Doch wenn er stirbt, legt man ihn in einen Luxussarkophag, und die anderen Könige schicken gefühlvolle Telegramme an die Witwe, und die Soldaten präsentieren die Waffen vor dem Sarkophag! Für mich aber gibt es nicht die Befriedigung eines gepolsterten Sarkophags, kein Telegramm an meine dicke Rebecca, keine Waffen, die vor meinem teuren Leichnam präsentiert werden! Und wenn ich in eine Hauptstadt komme, keinen einzigen Kanonenschuß! Nein, gnädige Frau, nein, Gott existiert nicht!

Noch eine Bemerkung! Empfehlen Sie den Richtern freundliche Nachsicht mit Dieben, armen Naivlingen, die nicht begriffen haben, daß anständig sein von Vorteil ist! Unter den anständigen, ruhig und geachtet lebenden Leuten dagegen, wie viele Böse, wie viele schwarze Seelen! Ich denke zum Beispiel an Mordo den Einäugigen, was für ein Vampir!

Kommen Sie, Teuerste, seien Sie gnädig und antworten Sie rasch, damit wir uns nett bei einer Tasse Tee unterhalten können. Ich vertrete eine kühne These und Sie die Gegenthese, und dann werden wir sehen, wer gewinnt! Zum Beispiel werde ich Ihnen mit verschmitzten Seitenblicken einige Überlegungen zur Nächstenliebe mitteilen, von der ja sonntags soviel geredet wird! Und mit übereinandergeschlagenen Beinen werde ich Sie bitten, mir mal zu sagen, wozu diese Nächstenliebe gut ist, da es in Ihrem Europa doch jedes Jahrhundert zwei oder drei große Kriege mit vielen herausgerissenen Gedärmen gibt. Mal ehrlich, liebe Freundin, ist es Liebe, einem Nächsten die Gedärme herauszureißen? Und ist es gerecht, daß Ihre Marschälle und Admirale dermaßen geehrt werden, weil sie wissen, wie man schnell viele Nächste auf einmal tötet! Und man errichtet ihnen Denkmäler, was Mich Wütend Macht! Wir werden darüber diskutieren!

Apropos Gedärme, wenn eine Ihrer beiden Töchter sich in irgendeinen großen Kerl mit glänzendem Haar verliebt, der aber nicht einmal Sir ist, dann erklären Sie ihr zur Abschreckung, daß jeder charmante Knabe in seinem Bauch mehr als zehn Meter Gedärm hinter sich herzieht wie eine lange gräßliche Schlange! Erklären Sie ihr auch, daß alle männlichen Körper häßlich sind einschließlich der schönen, wenn man genau hinsieht! Gibt das Dummerchen nicht nach und beginnt zu weinen und mit einer Stimme, die klingt wie das Kettenrasseln auf dem Schiff, wenn der Anker gelichtet wird, den üblichen Blödsinn zu schreien, wie: ich liebe ihn aber, Mama, und ich bringe mich um, wenn du ihn mir nicht lassen willst, denn er ist meine große Leidenschaft, er ist so schön und gut gebaut, er ist zum Anbeißen, oh, ich bin ganz vernarrt in ihn!, was absurd ist, und in einem Jahr wird sie genug von ihm haben, Sie werden sehen, nun dann lassen Sie ein Röntgenbild von ihm machen und überreichen Ihrer unbesonnenen Tochter das lebensgroße Skelett ihres Wunderbaren mit der Anweisung, es vor ihrem Bett aufzuhängen, damit sie Tag und Nacht sein knochiges Grinsen sehen soll! Und wenn ihre Erregung trotz des Skeletts nicht nachläßt, bringen wir ein Schild zum Einsatz, auf dem steht, daß alle Verführer ihr Geschäft höchst scheußlich verrichten, und das geschieht ihr recht!

Um auf die Nächstenliebe zurückzukommen, so will ich Ihnen ganz freundlich sagen, daß meine Glaubensgenossen diese Liebe im Lauf der Jahrhunderte eindrücklich kennengelernt haben! Nun, gehen wir mit einem Lächeln darüber hinweg! Aber immer noch bezüglich dieser seltsamen Liebe, hören Sie zu! Bei Ihnen in England fanden es Anfang des neunzehnten Jahrhunderts diese frommen Herren mit Backenbart, die bei Tisch mit zum Himmel erhobenen Blicken Gebete sprachen, ja, meine Teure, diese Herren fanden es ganz normal, sechsjährige Kinder von fünf Uhr morgens bis neun Uhr abends in ihren Fabriken arbeiten zu lassen! Ist das Nächstenliebe? Ich stehe zur Verfügung, um darüber zu debattieren!

Wenn ich andererseits sagen höre, eine wohlhabende Dame liebe die Armen, scheue ich mich nicht, mit den Schultern zu zukken! Denn worin besteht denn diese Liebe zum Armen? Sie besteht darin, ihm gütig zuzulächeln! Das heißt, ihm freundliche Zähne zu zeigen und Gefühle zu haben, die nichts bedeuten! Denn es sind nur Gefühle! Das heißt Dunst und Wolken, die es dieser so leidenschaftlich ihren Nächsten Liebenden, die Diamanten dick wie Nüsse besitzt, erlauben, weiterhin in Frieden bei jeder Mahlzeit ein Pfund Kaviar zu verdrücken, und auch noch Malossol! Während der Arme sich mit einem elenden Löffel voll falschem Kaviar begnügen muß, dem rosafarbenen, der nichts taugt, schnöden Lachseiern, die nach Salzwasser schmecken! Aber diese Unglückselige hat dem Armen einen Shilling gegeben, werden Sie sagen! Gestatten Sie, daß ich lächle, die Daumen in den Armausschnitten der geblümten Weste, die ich mir im Hinblick auf unser Treffen gekauft habe! Was ist das für eine Barmherzigkeit, die weder die Armut jenes abgemagerten Elenden beseitigt noch den Reichtum dieser Gräßlichen, die sich durch den Shilling nicht nur mit Kaviar, sondern auch mit Tugend bekleckert, ohne daß sie Gefahr läuft, bankrott zu gehen und sich mit dem Malossol einschränken zu müssen! Soll sie krepieren! Fazit: diese Liebe, das ist nur Theater! Kommen Sie, geben Sie es zu, Taube!

Diskutieren wir jetzt ein wenig über Religion! Finden Sie es feinsinnig und edel, religiöse Gefühle zu haben? Ja? Nun, ich bin nicht einverstanden! Denn schließlich bedeutet es doch, sich um das zu kümmern, was einem nutzt! Überlegen Sie ein bißchen philosophisch, und gestehen Sie sich ein, daß Gebete stets eigennützige Zwecke verfolgen! Was sagen die Religiösen zu Gott? Sie sagen, komm, sei mir hierbei behilflich, tu dies, tu das und vor allem laß mich nach dem Tod weiterleben, was ein Kunststück ist, kurz, sei mir gefällig, sei der, der alles für mich macht!

Gewiß, Freundin, möchte ich gern Vertrauen in die menschliche Natur haben! Aber ist es meine Schuld, wenn die Generäle, die Napoleon mit Wohltaten überhäuft hatte, Prinzen von hier und Herzöge von da, mit wunderbaren Uniformen, ist es meine Schuld, wenn sie ihn im Stich gelassen haben, um Ludwig XVIII. den Fahneneid zu schwören? Ist es meine Schuld, wenn von den Damen der großen Aristokratie, allesamt im Besitz eines Ehemanns, keine einzige dem Kaiser widerstand! Ein kleines Zeichen, und sie eilten zu seinem Bett, sehr geehrt, sich darin tummeln zu dürfen! Außerdem, wenn ich einen Mann vor mir habe, selbst einen stolzen Antisemiten, dann weiß ich, wie hoch er die Nase auch trägt, wie ausgeprägt sein Ehrgefühl auch sein mag, daß er für ein paar Millionen Dollar bereit ist, sich auf alle Viere zu begeben und zu bellen!

Sie sehen, welche interessanten Debatten uns erwarten, wenn ich in Ihr elegantes Boudoir vorgelassen werde! Beispielsweise über den Eifer, mit dem man am Begräbnis eines Monarchen teilnimmt oder einem Wohltätigkeitsverein angehört! Nun, ich werde Ihnen beweisen, daß der Grund für diesen Eifer das Vergnügen ist, sich zur herrschenden Klasse gehörig zu fühlen, oder auch der Wunsch, nach und nach in sie einzudringen und vorteilhafte Beziehungen zu knüpfen im Hinblick auf Vergünstigungen und Möglichkeiten zum Schmuggel! Und im Fall der Beerdigung natürlich auch das lebhaft empfundene Glück, noch am Leben zu sein! Und im Fall des Wohltätigkeitsvereins die Freude, sich zur Gruppe der Privilegierten zu zählen, derjenigen, die Gutes tun können, mit ihrem Überflüssigen natürlich! Und nützliche Bekanntschaften zu machen!

Obendrein werde ich Ihnen einige Geistesblitze meiner niederträchtigen Kerlchen erzählen, so nenne ich nämlich meine geliebten Buben, um den bösen Blick zu bannen! Sogar eine reizende Königin kann den bösen Blick haben, ohne es zu ahnen! Und Sie werden sehen, ob diese kleinen Schätze nicht verdienen, Söhne eines Lords zu sein! Was den Imbiß betrifft, so machen Sie sich keine Umstände, bitte ganz zwanglos! Ohne großen Aufwand! Ich gebe mich mit jedem Gericht zufrieden! Notfalls ein wenig Konfitüre! Oder Lokum. Das von der Insel Rhodos ist das beste, schön weich, mit gutem Aroma! Wenn Sie lieber Halva mögen, empfehle ich Ihnen das von Hadji Bekir aus Stambul! Es ist perfekt! Ein bißchen wie Kitt!

Auf meine Hoffnung auf Kardinalspurpur, die ich weiter oben flüchtig erwähnt habe, zurückkommend, erlaube ich mir, zu einem freundlichen Vorstoß Ihres Bewundernswerten Mannes beim Papst zu raten, damit ich zum Kardinal ernannt werde! Er möge dem Heiligen Vater erklären, mir als bescheidenem Repräsentanten Israels die obengenannte Kardinalswürde zu verleihen wäre eine vom Weltjudentum hoch geschätzte Geste, eine politische Geste, die zeigen würde, daß von nun an gute Beziehungen zwischen uns bestehen, daß es im Vatikan keinen Antisemitismus mehr gibt! Honorarkardinal, wenn man so will! Auf jeden Fall aber das Recht für mich auf den Hut, das Birett und vor allem die *Cappa Magna* aus rotem Moiré mit fünf Meter langer Schleppe, die von meinem Schleppenträger getragen wird! Stellen Sie sich das vor, ich, nach der Zeremonie der Ernennung, auch Erhebung genannt, Küsse tauschend mit meinen älteren Kollegen, den Hochverehrten Herren des Heiligen Kollegiums! Ach, wie herzlich ich sie umarmen würde! Stellen Sie sich das vor, ich auf einer Stufe mit dem Prinzen Colonna, der auch Kardinalsrang hat! Ach, wie wünsche ich mir das! Das einzig Dumme wäre, daß ich mich an jenem Tag meiner Ernennung vor dem Papst lang hinlegen muß, mit dem Gesicht zum Boden! Aber was soll's, das geht vorbei! Und schließlich wäre es ganz natürlich, denn Seine Heiligkeit wäre dann mein Vorgesetzter! Also einverstanden! Ach, Teure, wie glücklich wäre ich, könnte ich als Kirchenfürst mit dem herrlichen Ring am Finger herumzuspazieren, ab und an die Hand heben, damit man ihn gut sieht, lächeln und majestätisch einen Haufen niederkniender Betschwestern segnen! Ach, wie ich mir das wünsche, sage ich noch einmal mit einem sanften, etwas wehmütigen Lächeln! Also passen Sie auf, nachts im Ehebett, in allen Ehren, wie abgemacht! Ihr Regenwurm und zärtlicher Untertan dankt Ihnen im voraus!

Aber bemühen Sie sich nicht weiter, wenn diese Herren wollen, daß ich konvertiere! Konvertieren, niemals! In diesem Fall greife ich auf meine Idee irgendeiner britischen Ehrung zurück! Wenn ich es mir recht überlege, würde ich eine Baronie vorziehen, die zum Lordtitel berechtigt, was diesem kleinen Dreck von Sir ja unendlich überlegen ist! Mit dem Hosenbandorden, wenn möglich! Wie bereits diskret angedeutet! Apropos, ich habe gehört, daß man daran denkt, die Seidenstrümpfe und die zeremonielle Hose abzuschaffen! Hoffen wir, daß das nur eine Falschmeldung ist!

Plötzlich brandet Empörung auf in meinem Schädel! All diese

Pracht bei der Parlamentseröffnung durch Ihren Gatten, von der ich ausgeschlossen bin! Warum kann ich mich nicht an einem hermelinbesetzten Samtmantel erfreuen wie diese ganze Bande von Herzögen und Pairs, alle dumpf und stumpf, ohne Sensibilität und Feuer! Warum kann ich nicht, bis die Zeremonie anfängt, ein paar geistreiche Worte mit der Herzogin von Kent oder zumindest mit der Herzogin von Bedford wechseln, die nicht zur Königlichen Familie gehört, aber egal, besser als nichts! Und warum bin ich nicht der Lord Großkämmerer, der rückwärts vor Seiner Majestät hergeht und ihm dann die Thronrede reicht, die Ihr Gatte nicht einmal selbst geschrieben hat, diese Aufgabe hat er nämlich jemand wirklich Intelligentem überlassen!

Verlangen Sie für das Gericht, das im Griechischen Mastari genannt wird und das so gut ist, daß ich ihm den Namen Springinsmaul gegeben habe, Euter von jungen Kühen! Aber mannbaren, die schon Junge bekommen haben! Entfernen Sie sorgfältig die äußere Haut, bevor Sie die Brüste, vorzugsweise über einem Kohlenbecken, rösten! Andererseits sollten Sie sich, damit der Kuchen aus Maismehl und Korinthen gut gelingt, Weinbeeren aus Vostizza beschaffen, die zwischen kiefernbedeckten Bergen und Meer reifen, und das griechische Meer ist hinreißend, etwas anderes als Ihr gräßlicher Ärmelkanal!

Halb drei Uhr nachmittags! Ich halte inne und lese den Brief noch einmal durch, um mir vorzustellen, wie meine Einfälle und bescheidenen Gedanken, alle mit Herzblut genährt, auf Eure Majestät wirken werden! Nach einem leichten Imbiß und einem Schläfchen, das ich wohl brauche, nachdem ich diese ganze Nacht damit verbracht habe, Eure Besagte Majestät zu bezaubern, werde ich mich dann in Gala werfen mit weißer Krawatte, um an diesem Abend des fünfzehnten Nissan bei den lieben Kahns und Blochs dem Seder vorzusitzen, dem ersten Seder unseres erhabenen Pessachfests zum Gedenken an den Auszug aus Ägypten! Bei unserem nächsten Treffen werde ich Ihnen den Seder ausführlich erklären, mit gelehrten Kommentaren, Gleichnissen und diversen Gesängen auf hebräisch! Das wird Sie interessieren! Hören Sie jetzt gut zu!

Teure Königin und Freundin, ich habe Ihnen gestern abend zu Beginn dieses Briefes gesagt, mir sei alles recht, falls Sie es für passend halten, mir, je nach dem Zeitpunkt der Einladung, etwas zu servieren, ein Breakfast oder einen einfachen Lunch oder ein Galadîner oder auch eine leichte nächtliche Mahlzeit, genannt Medianoche, ein Five o'clock scheint mir allerdings angezeigter für einen ersten Besuch, aber nun muß ich etwas richtigstellen! Verwirrt von diesem ersten engen Kontakt mit einer Reizenden Königin, die an Schönheit mit der vor Pharaos Wagen gespannten Stute vergleichbar ist, habe ich nämlich etwas vergessen! Ich erkläre mich! Unser Pessach dauert acht Tage, vom fünfzehnten bis zum zweiundzwanzigsten April! Folglich muß ich acht Tage lang auf gesäuertes Brot und jedwede Mischung, die Gesäuertes enthält, verzichten! Und zwar in Erinnerung an das kärgliche ungesäuerte Brot, das unsere Vorfahren auf ihrer Flucht aus dem Land Ägypten aßen! Wenn ich sage unsere Vorfahren, spreche ich von meinen und nicht von Ihren, die zu jener Zeit, in Tierfelle gehüllt, weder lesen noch schreiben konnten, diese wilden Angeln und ungebildeten Sachsen, die zu nichts anderem gut waren, als mit der Steinaxt Schädel zu spalten! Für alle Fälle und zu Ihrer charmanten Orientierung stelle ich also klar, daß ich zwischen den obengenannten Daten wohl oder übel auf das Vergnügen, von Ihrem Brot zu kosten, verzichten muß! Das Beste wäre daher, Sie würden sich ein paar Kilo Matzot beschaffen! Matzot bedeutet ungesäuerte Brote! Erklärung für einen sympathischen Laien! Sie könnten sie beim sephardischen Synagogendiener bestellen, dem es, eitel wie er ist, ein Vergnügen sein wird, sie Ihnen unverzüglich selbst zu überbringen! So kann er auf seine Matzotpakete schreiben, er sei patentierter Lieferant Ihrer Majestät der Königin! By appointment to Her Majesty the Queen! Purveyor of Royal Matzot! Wenn es Ihnen jetzt wegen der anderen eleganten Gäste unangenehm ist, dieses uralte Brot Israels auf Ihren

Tisch zu stellen, weil die beste der Königinnen vielleicht einen gewissen mondänen Hang zum Antisemitismus hat, je nun, dann gibt es eben keine Matzot! In diesem Fall begnüge ich mich, je nach der Art der Einladung, mit Konfitüre ohne Brot oder mit Kaviar ohne Brot oder mit verschiedenen kalten Braten ohne Brot! Ich werde so tun, als äße ich ein wenig gesäuertes Brot, auf hebräisch Chametz genannt! Aber nur so tun! Wegen der Etikette. Räuspern Sie sich heftig, um die erste Silbe von Chametz korrekt auszusprechen!

Ein kleines Geheimnis! Vor ein paar Tagen habe ich heimlich hinter dem Rücken meiner Cousins eine Farbphotographie von einer Hinreißenden Person gekauft! Raten Sie von wem! So lächelt mir in meiner bescheidenen Kammer eine liebliche Königin zu und sieht mich an, daß ich ganz verlegen werde! Auf diesem Bild waren Sie in Begleitung Ihres Ehemanns! Ich gestehe frei heraus, daß ich Ihren lieben Gatten ein wenig abgeschnitten habe, in allen Ehren! Es ist so süß, mit Ihnen Allein zu sein! Manchmal, Teure, gehe ich aus meinem Zimmer einzig um des Vergnügens willen, sofort zurückzukehren und von Ihrem unvergleichlichen Lächeln empfangen zu werden! Nec pluribus impar, wie Ludwig XIV. sagte, auch so ein Eitler! Und so schön, diese Königin! Wie eine Lilie inmitten der Dornen, so ist Elizabeth unter den anderen Frauen! Apropos Eitelkeit, Ludwig XIV. ließ sich in seiner langen Robe malen, die er absichtlich bis zu den Knien und noch weiter hochraffte, um zu zeigen, daß er wohlgebildet war! Würden Sie das tun? Nein, sicherlich nicht!

Jetzt ein großes Geheimnis! Heute nacht bin ich einen Augenblick eingeschlafen und habe geträumt, ich wohnte im Buckingham Palast! Wir waren glücklich, Euer Majestät und ich, und wir waren unzertrennlich! Mit einer brennenden Kerze, wie es vorgeschrieben ist, nahmen Sie in allen Ecken Bedikat Chametz vor, das heißt Sie suchten das gesäuerte Brot, um den Buckingham Palast im Hinblick auf unser Pessach davon zu reinigen! Oh, wie stolz und glücklich war ich! Als die Suche beendet war, sprachen

Sie die Formel! Hören Sie zu! Alles Gesäuerte, das sich noch an diesem Ort befindet und das ich weder gesehen noch beseitigt habe, sei wie nicht existierend und soll als Staub betrachtet werden! Euer Majestät haben diese Formel so schön auf hebräisch rezitiert! In dem von der zitternden Flamme kaum erhellten dunklen Saal fiel ich plötzlich vor Ihnen auf die Knie und gestand Ihnen durch meine vorstehenden Augen meine keusche Zuneigung! Da nahmen Sie eine bescheidene Grafenkrone, Earl's Crown auf englisch, und setzten sie mir anmutig auf den Kopf! Man behauptet, Träume seien Vorahnungen! Wir werden sehen!

Jetzt mache ich wirklich Schluß! Teure, wundern Sie sich nicht, wenn dieser Brief als Einschreiben kommt! Was wollen Sie machen, für Sie Christen läuft alles gut, Sie sind ans Glück gewöhnt, nie Katastrophen, warum sollte man da Einschreiben schicken? Wir dagegen, wir Armen!

Indem ich Sie mit Bedauern, aber in lebhafter Hoffnung auf die Botschaft verlasse, wage ich mit einem innigen Lächeln zu unterzeichnen als Ihr Getreuer Cicisbeo und Ritter, der sich für immer Ihrem Dienst geweiht hat, und bleibe, wie Sie mich vielleicht eines Tages in freundschaftlicher Zärtlichkeit zu nennen geruhen,

Ihr teurer Eisenbeißer!«

XXIII

Als er mit dem lauten Vorlesen fertig war, küßte er seinen schönen Brief, um ihm Glück zu bringen, und steckte ihn dann in einen riesigen Umschlag, den er fünfmal mit Lack versiegelte. Nachdem er in einem von Frau Israelowich ausgeliehenen französisch-englischen Wörterbuch nachgeschlagen hatte, schrieb er in verschnörkelten Buchstaben die Adresse: Respectfully to Her Gracious Majesty the Queen! London! Strictly Confidential! Perfekt! Wenn diese Elizabeth nicht zufrieden war, dann war ihr nicht zu helfen.

Seines Sieges plötzlich sicher, schlug er mit der Faust auf den Tisch. Ja, klarer Fall, nach einem solchen Brief dringende Einladung in den Palast, vielleicht mit der Staatskarosse! Er, in dem engsten Freunden vorbehaltenen kleinen Salon, mit übereinandergeschlagenen Beinen vor einer Tasse Tee, in winzigen Schlukken getrunken, dann, die Hände im Armausschnitt der Weste, bei einer etwas galanten Unterhaltung, unterbrochen vom kristallklaren Lachen Ihrer Majestät, und also bald Botschafter, mein Lieber! Stehend grüßte er militärisch die Wache, die ihm die gebührenden Ehren erwies, und erklomm dann in goldbestickter Uniform, seine Beglaubigungsschreiben in der Hand, langsam die Stufen des Palastes. Danach zündete er seinen Petroleumkocher an und bereitete sich als Zwischenmahlzeit eine dicke Matzesuppe mit Olivenöl, gebunden mit zwei Eigelb, und mit Zitronensaft abgeschmeckt.

Als er seinen Imbiß eingenommen hatte, legte er sich in Kleidern aufs Bett, zog aus seinen Rockschößen den Deodorantstift, den er im Hinblick auf seinen Besuch im Buckingham Palace gekauft hatte, und drehte ihn auf und zu. Wirklich eine nützliche Erfindung. So würde er immer gut riechen, er würde auf Ihre Majestät einen ausgezeichneten Eindruck machen und sie ein wenig becircen. Er küßte den rosa Stift, legte ihn auf den Nachttisch, schloß die Augen, lächelte der teuren Königin von England zu, zeigte einem katzbuckelnden Zöllner seinen Diplomatenpaß und sank, immer noch lächelnd, mit gespreizten Zehen selig in den Schlaf.

XXIV

Um sieben Uhr morgens stand Eisenbeißer vor dem Postamt von Whitechapel. Feierlich mit Zylinder, eine Rose im Knopfloch seines Gehrocks und eine kreiselnde Reitpeitsche in der Hand, trat er ungeduldig von einem Fuß auf den andern. Als um acht Uhr die Tür endlich aufging, befestigte er auf seiner Nase den mit einem breiten Moiréband verzierten Kneifer und trat ein, Herr über sich und über die Welt. Vor einer Art Schalter zog er seinen Hut, klappte ihn zusammen, klemmte ihn sich unter den Arm und übergab, stolzer Diplomat, den riesigen Umschlag mit den fünf Siegeln.

»Expreß und eingeschrieben!« befahl er, nachdem er seinen Zylinder wieder aufgesetzt hatte.

Die Beamtin biß sich auf die Lippen, wandte sich zu einer älteren Kollegin um, die übersetzte und die er daher mit seinen langen Zähnen anlächelte. Nachdem die schwere Sendung ordnungsgemäß gewogen war, zahlte er das Porto, rückte seinen Klappzylinder zurecht, grüßte erneut, indem er ihn schwungvoll lüftete, und stolzierte hinaus, die Reitpeitsche unterm Arm und mit dem teuren Einlieferungsschein wedelnd, überaus zufrieden, von den Postbeamtinnen mit sicherlich respektvoller Neugier betrachtet worden zu sein. Ihrer Majestät konnte natürlich nicht jeder einfach schreiben, wenn er wollte!

Auf der Straße ging er dann mit der weiblichen Eleganz eines Lamas der Anden, lächelte sorglos, dachte sich tausend Glückseligkeiten und königliche Gespräche aus, versetzte übermütig bald das Band seines Zwickers, bald seine Reitpeitsche in kreiselnde Bewegungen, musterte die Passanten nicht ohne einiges Mitleid, grüßte aber die Policemen mit Wohlwollen und verständnisinnigem Zwinkern. So schlenderte er stundenlang dahin, wiegte sich auf italienische Art in den Hüften, graziös und geckenhaft, ein enger Freund der Krone, der sich ab und zu mit Ihrer Majestät unterhielt und die Untertanen liebte, die an ihm vorbeigingen.

Junge, schüchterne Soldaten mit entschlossenem Kinn, reinem Mund, sanften Augen, bereit zu erröten, sehr große, überzeugte kleine Jungen, gut gekleidet, gestiefelt und gewichst, erfrischend, anmutig und adrett, treuherzig. Die schmucke Kühnheit der Polizeimützen. Die rassige Heiterkeit der eleganten Uniformen, der kleinen Federn, der Schottenröcke, der grünen Bommel, der goldenen Abzeichen. Beamte mit Melone, ordentlich zusammengerolltem Regenschirm, Köfferchen und Nelke im Knopfloch. Ein alter Bankangestellter im Zylinder, frisch, sauber, rosig und jugendlich. Proletarier mit ehrbarem falschem Kragen und zahnlosem Mund. Stenotypistinnen mit vorstehenden Zähnen, in grünen und gelben Turbanen, männlich rauchend. Offiziere, wie einem Plakat für Rasierapparate entsprungen, mit kontrollierten Gesten und glattem rotem Nacken, rot von rotem Fleisch und eiskalten Duschen. Kleine Jungen im Blazer mit aufgenähtem Wappen und kurzer Flanellhose, rein und unschuldig, der Konservendose der guten Manieren entsprungen. Eine Großmutter mit kurzem aschgrauem Haar, eine Hand in der Tasche der Männerhose, in der anderen Hand die Zigarette, ging mit martialischem Schritt, gefolgt von einer kurzsichtigen Bulldogge mit seidenweichem Fell, die, obwohl englisch, nicht rauchte. Feine junge Mädchen, gekleidet in weiche Wolle und schönes Leder, bewegten sich mit der Sicherheit eines Volkes, das an Herrschaft gewöhnt und des morgigen Tages sicher ist. Für sie war alles klar. Die Welt war mit dem Lineal gezeichnet, und sie standen senkrecht zur Welt. Auch sie rauchten unablässig, kühle Blonde mit kühlen grünen Blusen, mit leeren Augen, ruhigem, glattem Kinn, überzeugt von ihrem Recht, strotzend vor Gewißheit, und sie stießen im Gehen den Rauch aus, ohne zu blinzeln und ohne die Zigarette aus dem Mund zu nehmen, was Eisenbeißer ärgerte, denn er konnte das nicht, wie ihn auch die Unverschämtheit ärgerte, mit der sie ihn übersahen.

Um vier Uhr nachmittags, nachdem er sich auf einer Bank im St. James's Park einen Imbiß aus gebackenem Fisch und Kartoffeln genehmigt hatte, den die Händlerin in einen alten *Daily Telegraph* eingepackt hatte, postierte er sich vor dem Buckingham Palace und betrachtete gerührt die zahlreichen Fenster, während er sich über seinen gegabelten Bart strich. Dort, hinter einem dieser Fenster war die teure Elizabeth und las bestimmt seinen Brief. Gutes und sanftes Geschöpf, murmelte er und lächelte ihr zärtlich zu. Da der unbeirrbare Posten mit der hohen Pelzmütze wieder mit dem Fuß aufstampfte, um den sonderbaren Gaffer zu verjagen, entfernte er sich rasch, versprach sich aber Genugtuung, wenn er morgen mit dem königlichen Wappen auf der Einladung auftauchen würde. Wer zuletzt lacht, lacht am besten!

»Ja, mein Lieber«, murmelte er der morgigen Wache zu, »Ihre Majestät erwarten mich, und gib ein bißchen Ruhe, Untergebener!«

Um halb elf Uhr abends stellte er sich wieder vor den Buckingham Palace, aber in vorsichtigem Abstand, denn der Posten war diesmal besonders groß und breit. Auf einem zerlegbaren Dreifuß baute er das antike Marinefernrohr auf, das er in aller Eile und ohne zu feilschen gekauft hatte, und richtete es auf den großen Balkon. Vielleicht stand der Blumentopf da, aber es war zu dunkel, um sicher sein zu können. Nicht so schlimm, er würde morgen früh wiederkommen. Nachdem er das Fernrohr eingepackt hatte, betrachtete er noch lange das majestätische Gebäude, in dem Ihre Majestät schlief. Vielleicht hatte sie den schönen Brief ihres zukünftigen Freundes neben ihr Bett gelegt, auf einen Nachttisch aus Mahagoni mit Perlmuttintarsien.

»Gute Nacht, Elizabeth, schlafen Sie gut«, sagte er und warf ihr einen keuschen Kuß zu, dann ging er, ein Träumer unter Gleichgültigen, unablässig das Band seines Zwickers schlenkernd.

Ja, morgen früh bei Sonnenaufgang wiederkommen und sehen, ob der Blumentopf da war! Wer weiß, morgen nachmittag würde er vielleicht diesen Palast betreten, und die Posten würden vor ihm die Waffen präsentieren und nicht mit dem Fuß aufstampfen! Und er würde sie großmütig, aber knapp grüßen, mit lustloser Geste. Und wenn er vor Ihrer Majestät stünde, würde er niederknien oder ihr nur die Hand küssen? Beides, das war sicherer. Zuerst Kniefall, dann Handkuß. Dann würde von Lakaien der Five o'clock serviert, er würde behutsam ein Sardellentörtchen nehmen, die Krümel des Blätterteigs mit den Fingern wegschnipsen, mit übereinandergeschlagenen Beinen lächeln und über elegante Nichtigkeiten plaudern. Ja, ein Sardellentörtchen, einverstanden, es wäre unhöflich, es abzulehnen, nicht so schlimm, wenn das während Pessach eine Sünde war, aber er konnte ja nicht Ihre Majestät kränken.

»Wir werden Geschäfte miteinander machen, Elizabeth und ich!« rief er aus und rieb sich die Hände. »Liebling«, wagte er auf der nächtlichen Straße ganz leise hinzuzufügen, dann ging er schneller, siegesgewiß, und verkündete plötzlich mit lauter Stimme den Sternen, er sei Eisenbeißer, ewiger Sieger.

Die Übersetzung wurde gefördert
von Pro Helvetia, Schweizer Kulturstiftung.

PRO HELVETIA
Schweizer Kulturstiftung

Die Übersetzerin dankt dem
Deutschen Übersetzerfonds e.V. für die
Förderung ihrer Arbeit.
Die Originalausgabe mit dem Titel
»Les Valeureux«
erschien 1969 bei Éditions Gallimard.

© 2006 Weidle Verlag
Beethovenplatz 4
53115 Bonn
www.weidle-verlag.de
Umschlag: Bettina Munk
Lektorat: Stefan Weidle
Korrektur: Simone Kirst
Gestaltung, Satz: Friedrich Forssman
Druck: Reinheimer, Darmstadt
Bindung: S. R. Büge, Celle
ISBN 3-931135-89-6

Die Deutsche Bibliothek
CIP-Einheitsaufnahme
Ein Titeldatensatz für diese Publikation
ist bei der Deutschen Bibliothek erhältlich.